精裝本・上

第一回至三六回

全本金瓶梅詞話

壹

第一回至十八回

全本金瓶梅詞話

撰者　蘭陵笑笑生

出版者　香港太平書局
香港筲箕灣耀興道3號
東滙廣場8樓

承印者　美雅印刷製本有限公司
九龍官塘榮業街6號
海濱工業大廈4樓A室

版次　二零一九年三月第二次印刷

ISBN 978 962 329 349 5

Printed in Hong Kong

出版說明

本書影印的目的，在供古典小說研究者參考。

原書是明萬曆年間刊本，舊藏北京圖書館，現藏于美國。一九三三年，曾以「古佚小說刊行會」名義影印。本書即用此影印本為底本重印。

原書有一些塗抹之處，並不完全正確，北京圖書館收藏此書時就是如此；也不知是何人的筆墨。因為着墨甚深，不易恢復原狀；並且也還因為尚有部分的參考價值：故暫仍其舊。我們只對有些顯著錯誤之處，和版面上的墨點等，做了一些修版的工作。

第五十二回有缺頁兩頁（第七頁和第八頁），現用明崇禎本「金瓶梅」抄補。由於它和「詞話」本繁簡不同，因之，第八頁和第九頁之間，微有不能銜接處。但原文大意，却完全可以理解。

本書插圖，也是用崇禎本「金瓶梅」木刻圖複製。

太平書局編輯部

金瓶梅詞話序

竊謂蘭陵笑笑生作金瓶梅傳寄意於時俗蓋有謂也人有七情憂鬱爲甚上智之士與化俱生霧散而氷裂是故不必言矣次焉者亦知以理自排不使爲

累惟下焉者旣不出了於心胸又無詩書道腴可以撥遣然則不致于坐病者幾希吾友笑笑生爲此爰罄平日所蘊者著斯傳凡一百囘其中語句新奇膾炙人口無非明人倫戒淫奔分

淑慝化善惡知盛衰消長之機
取報應輪迴之事如在目前始
終如脈絡貫通如萬系迎風而
不亂也使觀者庶幾可以一哂
而忘憂也其中未免語涉俚俗
氣含脂粉余則曰不然關雎之

作樂而不淫哀而不傷富與貴人之所慕也鮮有不至于淫者哀與怨人之所惡也鮮有不至于傷者吾嘗觀前代騷人如盧景暉之剪燈新話元嶶之之鶯鶯傳趙君弼之效顰集羅貫中

之水滸傳丘瓊山之鍾情麗集
盧梅湖之懷春雅集周靜軒之
秉燭清談其後如意傳于湖記
其間語句文確讀者往往不能
暢懷不至終篇而掩棄之矣此
一傳者雖市井之常談閨房之

碎語使三尺童子聞之如飫天
漿而拔鯨牙洞洞然易曉雖不
比古之集理趣文墨綽有可觀
其他關繫世道風化懲戒善惡
滌慮洗心無不小補譬如房中
之事人皆好之人皆惡之人非

堯舜聖賢鮮不爲所躭富貴善良是以搖動人　心蕩其素志觀其高堂大廈雲窓霧閣何深沉也金屏綉褥何美麗也鬢雲斜嚲春酥滿胸何嬋娟也雄鳳雌凰迭舞何慇懃也錦衣玉食何

偺費也佳人才子嘲風咏月何綢繆也雞舌含香唾圓流玉何溢度也一雙玉腕綰復綰兩隻金蓮顛倒顛何猛浪也既其樂矣然樂極必悲生如離別之機將與憔悴之容必見者所不能

免也折梅逢驛使尺素寄魚書所不能無也患難迫切之中顛沛流離之頃所不能脫也陷命於刀劍所不能逃也陽有王法幽有鬼神所不能逭也至于淫人妻子妻子淫人禍因惡積福

緣善慶種種皆不出循環之機故天有春夏秋冬人有悲歡離合莫怪其然也合天時者遠則子孫悠久近則安享終身逆天時者身名催喪禍不旋踵人之處世雖不出乎世運代謝然不

經凶禍不蒙耻辱者亦幸矣吾故曰笑笑生作此傳者蓋有所謂也

欣欣子書于明賢里之軒

跋

金瓶梅傳。為世廟時。一鉅公寓言。蓋有所刺也。然曲盡人間醜態。其爲先師不刪鄭衛之旨乎。中間處處埋伏因果。作者亦大慈悲矣。今後流行此書。功德無量矣。不知者竟目為淫書。不惟不知作者之旨。併亦冤却流行者之心矣。特為白之。

廿公書

金瓶梅序

金瓶梅穢書也袁石公亟稱之亦自
寄其牢騷耳非有取於金瓶梅也然
作者亦自有意蓋為世戒非為世勸
也如諸婦多矣而獨以潘金蓮李瓶
兒春梅命名者亦楚檮杌之意也蓋
金蓮以姦死瓶兒以孽死春梅以淫

死較諸嬪為更慘耳借西門慶以描畫世之大淨應伯爵以描畫世之小丑諸淫婦以描畫世之丑婆淨婆令人讀之汗下蓋為世戒非為世勸也余嘗曰讀金瓶梅而生憐憫心者菩薩也生畏懼心者君子也生歡喜心者小人也生效法心者乃禽獸耳余

友人褚孝秀偕一少年同赴歌舞之筵衍至霸王夜宴少年垂涎曰男兒何可不如此孝秀曰也只為這烏江設此一着耳同座聞之歎為有道之言若有人識得此意方許他讀金瓶梅也不然石公幾為導淫宣慾之尤矣奉勸世人勿為西門之後車可也

萬曆丁巳季冬東吳弄珠客漫書於
金閶道中

新刻金瓶梅詞話

詞曰

閬苑瀛洲。金谷陵樓。筭不如茅舍清幽。野花綉地。莫也風流。也宜春。也宜夏。也宜秋。酒熟堪謅。客至須留。更無榮無辱無憂。退閒一步。着甚來由。但倦時眠。渴時飲。醉時謳。

短短横墻。矮矮疎窻。忔憎兒小小池塘。高

低疊峯。綠水邊傍。也有些些風。有些些月。有些些凉。日用家常。竹几藤床。靠眼前水色山光。客來無酒。清話何妨。但細烹茶。熱烘盞淺澆湯。

水竹之居。吾愛吾廬。石磷磷牀砌堦除。軒窓隨意。小巧規模。却也清幽。也瀟灑。也寬舒。懶散無拘。此等何如。倚闌干。臨水觀魚。風花雪月。贏得工夫。好炷心香。說些些話讀

些書

淨掃塵埃。惜耳蒼苔。任門前紅葉鋪堦、也

堪圖畫。還也奇哉。有數株松。數竿竹。數枝

梅。花木栽培。取次教開。明朝事天自安排。

知他富貴幾時來、且優游。且隨分。且開懷

四貪詞

酒

酒損精神破喪家。語言無狀鬧喧譁、疎親

慢友多由你。背義忘恩盡是他。 切須戒飲流霞。若能依此實無差。失却萬事皆因此。今後逢賓只待茶。

色

休愛綠髩美朱顏。少貪紅粉翠花鈿、損身害命多嬌態。傾國傾城色更鮮。 莫戀此、養丹田。人能寡慾壽長年。從今罷却閒風月。紙帳梅花獨自眠。

財

錢帛金珠籠内收。若非公道少貪求。親朋道義因財失。父子懷情為利休。　急縮手且抽頭。免使身心晝夜愁。兒孫自有兒孫福。莫與兒孫作遠憂。

氣

莫使强梁逞技能。揮拳捋袖弄精神。一時怒發無明穴。到後憂煎禍及身。　莫太過免災迍。勸君凡事放寬情。合撒手時湏撒手。得饒人處且饒人。

新刻金瓶梅詞話目錄

金瓶梅詞話目錄畢

第一回

西門慶熱結十弟兄

武二郎冷遇親哥嫂

新刻金瓶梅詞話卷之一

第一回

景陽岡武松打虎　潘金蓮嫌夫賣風月

詞曰。丈夫隻手把吳鉤。欲斬萬人頭。如何鉄石打成心性。卻爲花柔。請看項籍并劉季。一似使人愁。只因撞着虞姬戚氏。豪傑都休。

此一隻詞兒。單說着情色二字。乃一體一用。故色絢于目。情感于心。情色相生。心目相視。亘古及今。仁人君子。弗合忘之。晋人云。情之所鍾。正在我輩。如磁石吸鐵。隔礙潛通。無情之物尚爾。何況爲人。終日在情色中做活計一節。須知。丈夫隻手把吳鉤。吳鉤。乃古劒也。古有干將。莫邪。太阿。吳鉤。魚腸。躅鏤之名。言丈夫心腸如鐵石。氣槩貫虹蜺。不免屈志于女人。題起當時西楚霸王。姓項名籍。單名羽字。因秦始皇無道。南修五嶺。北築長城。東塡大海。西建阿房。并吞六國。坑儒焚典。因與漢王劉邦。單名季字。時二人起兵。席捲三秦。滅了秦國。指鴻溝為界。平分天下。因用范增之謀。連敗漢王七十二陣。只因寵着一個婦人。名喚虞姬。有傾城之色。載于軍中。朝夕不離。一旦被韓信所敗。夜走陰陵。為追兵所逼。霸王敗向江東取救。因捨虞姬不得。又聞四面皆楚歌。事發。嘆曰。力拔山兮氣蓋世。時不利兮騅不逝。騅不逝兮可奈何。虞兮虞兮奈若何。歌畢。泪下數行。虞姬曰。大王莫非以賤妾之故。有費軍中大事。霸王曰。不然。吾與汝不忍相捨故耳。况汝這般容色。劉邦乃酒色之君。必見汝而納之。虞姬泣曰妾寧以義死。不以苟生。遂請王之寶劍。自刎而死。霸王因大慟。尋以自刎。史官有詩嘆曰。

拔山力盡霸圖隳　倚劍空歌不逝騅
明月滿營天似水　那堪回首別虞姬

那漢王劉邦。原是泗上亭長。提三尺劍。硭碭山。斬白蛇起手。二年亡秦。五年滅楚。掙成天下。只因也是寵着個婦人。名喚戚氏夫人。所生一子。名趙王如意。因被呂后妬害。心甚不安。一日高祖有疾。乃枕戚夫人腿而卧。夫人哭曰。陛下萬歲後。妾母子何所托。帝曰。不難。吾明日出朝。廢太子而立爾子。意下如何。戚夫人乃收泪謝恩。呂后聞之。密召張良謀計。良舉薦商山四皓。下來輔佐太子。一日同太子入朝。高祖見四人。鬚鬢交白。衣冠甚偉。各問姓名。一名東園公。一名綺里季。一名夏黃公。一名甪里先生。因大驚曰。朕昔求聘諸公。如何不至。今日乃從吾兒所遊。四皓荅曰。太子乃守成之主也。高祖聞之。愀然不悅。比及四皓出殿。乃召戚夫人指示之曰。我欲廢太子。况彼四人輔佐。羽翼已成。卒難搖動矣。戚夫人遂哭泣不止。帝乃作歌以解之。

鴻鵠高飛兮羽翼。抱龍兮橫蹤四海。橫蹤四海兮。又可奈何。

雖有矰繳兮。尚安所施

歌訖。後遂不果立趙王矣。高祖崩世。呂后酒酖殺趙王如意。人氣了戚夫人。以除其心中之患。詩人評此二君。評到個去處。說劉項者。固當世之英雄。不免爲二婦人。以屈其志氣。雖然。妻之視妾。名分雖殊。而戚氏之禍。尤慘于虞姬。然則妾婦之道。以事其丈夫。而欲保全首領于牖下。難矣。觀此二君。豈不是撞着虞姬戚氏。豪傑都休。有詩爲証。

劉項佳人絕可憐　英雄無策庇嬋娟

戚姬葬處君知否　不及虞姬有墓田

說話的。如今只愛說這情色二字。做甚。故士矜才則德薄。女衍色則情放。若乃持盈愼滿。則爲端士淑女。豈有殺身之禍。今古皆然。貴賤一般。如今這一本書。乃虎中美女。後引出一個風情故事來。一個好色的婦女。因與了破落戶相通。日日追歡。朝朝迷戀。後不免屍橫刀下。命染黃泉。永不得着綺穿羅。再不能施朱付粉。靜而思之。着甚來由。況這婦人他死有甚事。貪他的。斷送了堂堂六尺之軀。愛他的。丟了潑天閧産業。驚了東平府。大

閑了清河縣。端的不知誰家婦女。誰的妻小。後日乞何人占用。死于何人之手。正是

說時華岳山峯歪。　道破黃河水逆流。

話說宋徽宗皇帝。政和年間。朝中寵信高楊童蔡。四個奸臣。以致天下大亂。黎民失業。百姓倒懸。四方盜賊蜂起。罡星下生人間攪亂大宋花花世界。四處反了四大寇。那四大寇。

山東宋江　淮西王慶　河北田虎　江南方臘

皆轟州刼縣。放火殺人。僭稱王號。惟有宋江替天行道。專報不平殺天下贓官汚吏。豪惡刁民。那時山東陽谷縣。有一人姓武。名植。排行大郎。有個嫡親同胞兄弟。名喚武松。其人身長七尺。膀闊三停。自幼有膂力。學得一手好鎗棒。他的哥哥武大生的

身不滿三尺。爲人懦弱。又頭腦濁蠢可笑。平日本分。不惹是非。因時遭荒饉。將租房兒賣了。與兄弟分居。搬移在清河縣居住。這武松因酒醉。打了童樞密。单身獨自。逃在滄州。橫海郡小旋風柴進庄上。他那裡招覽天下英雄豪傑。仗義疎財。人號他做小孟嘗君。柴大官人。迺是周朝柴世宗嫡派子孫。那里躲逃。柴進因見武松。是一條好漢。收攬在庄上。不想武松。就害起瘧疾來。住了一年有餘。因思想哥哥武大。告辭歸家。在路上行了幾日。來到陽谷縣地方。那時山東界上。有一座景陽崗。山中有一隻弔睛白額虎。食得路絕人稀。官司杖限獵戶。擒捉此虎。崗子路上。兩邊都有榜文。可教過往經商。結夥成羣。于巳午未三個時辰過崗。其餘不許過崗。這武松聽了。呵呵大笑。就在路傍酒店內吃了幾碗酒。粧着膽。橫拖着防身稍棒。浪浪滄滄。大扠步走上崗來。不半里之地。見一座山神廟門首。貼着一張印信榜文。武松看時。上面寫道景陽岡上。有一隻大蟲。近來傷人甚多。見今立限各鄉并獵戶人等。打捕住時。官給賞銀三十兩。如有過往客商人等。可于巳午未三箇時辰。結夥過崗。其餘時分。及單身客旅。白日不許過崗。恐被傷害性命不便。各宜知悉。武松喝道。怕甚麼鳥。且只顧上崗去。看有甚大蟲。武松將棒綰在脇下。一步步上那崗來。回看那日色。漸漸下山。此正是十月間天氣。日短夜長。容易得晚。武松走了一會。酒力發作。遠遠望見亂樹林子。直奔過樹林子來。見一塊光撻撻地。大青卧牛石。把那棒倚在一邊。放翻身躰。却待要睡。但見青天。忽然起一陣狂風。

看那風時。但見

無形無影透人懷　四季能吹萬物開

就地撮將黃葉去　人山推出白雲來

原來雲生從龍。風生從虎。那一陣風過處。只聽得亂樹皆落黃葉。刷刷的响。撲地一聲。跳出一隻吊睛白額斑斕猛虎來。猶如牛來大。武松見了。叫聲阿呀。時從青石上翻身下來。便提稍棒在手。閃在青石背後。那大蟲又饑又渴。把兩隻爪在地下。跑了一跑。打了個歡翅。將那條尾剪了又剪。半空中猛如一個焦霹靂。滿山滿嶺。盡皆振响。這武松被那一驚。把肚中酒都變做冷汗出了。說時遲。那時快。武松見大蟲撲來。只一閃。閃在大蟲背後。原來猛虎項短。回頭看人教難。便把前爪搭在地下。把腰跨一伸。掀將起來。武松只一躲。躲在側邊。大蟲見掀他不着。吼了一聲。把山崗也振動。武松却又閃過一邊。原來虎傷人。只是一撲。一掀一剪。三般提不着時。氣力已自没了一半。武松見虎没力。翻身回來。雙手輪起稍棒。盡平生氣力。只一棒。只聽得一聲响。簌簌地。將那樹枝帶葉。打將下來。原來不曾打着大蟲。正打在樹枝上。磕磕把那條棒折做兩截。只拏一半在手裡。這武松心中。也有幾分慌了。那虎便咆哮性發。剪尾弄風起來。向武松又只一撲。撲將來。武松一跳。却跳回十步遠。那大蟲撲不着。武松把前爪搭在武松面前。武松將半截棒。丢在一邊。乘勢向前。兩隻手。撾在大蟲頂花皮。使力只一按。那虎急要挣扎。早没了氣力。武松儘力撾定那虎。那裡肯放鬆。一面把隻脚。望虎面上眼睛裏。只顧亂踢。那虎咆哮。把身底下。扒起兩堆黃泥。做了一個土坑里。武松按在坑里。騰出右手。提起拳頭來。只顧狠打。盡平生氣力。不消半歇兒時辰。把那大蟲打死。倘卧着。却似一個綿布袋。動不得了。有古風一篇。單道景陽崗武松打虎。但見

景陽崗頭風正狂　萬里陰雲埋日光
焰焰满川紅日赤　紛紛遍地草皆黃
觸目曉霞掛林藪　侵人冷霧滿穹蒼
忽聞一聲霹靂响　山腰飛出獸中王
昂頭踴躍逞牙爪　谷裏獐鹿皆奔降
山中狐兎潛蹤跡　澗内獐猿驚且慌
卞莊見後魂魄散　存孝遇時心膽亡

清河壯士酒未醒　忽在崗頭偶相迎
上下尋人虎飢渴　撞着猙獰來撲人
虎來撲人似山倒　人去迎虎如岩傾
臂腕落時墜飛砲　爪牙撾處幾泥坑
拳頭脚尖如雨點　淋漓兩手鮮血染
穢汚腥風滿松林　散亂毛鬚墜山嶺
近看千鈞勢未休　遠觀八面威風減
身横野草錦斑消　緊閉雙睛光不閃

當下這隻猛虎。被武松沒頓飯之間。一頓拳脚。打的動不得了。使的這漢子。口裏兒自氣喘不息。武松放了手來。松樹邊尋那打折的稍棒。只怕大蟲不死。向身上又打了十數下。那大蟲氣都沒了。武松尋思。我就勢把這大蟲拖下崗子去就。血泊中雙手來捉時。那里提得動。原來使盡了氣力。手脚都踈軟了。武松正坐在石上歇息。只聽草坡里刷刺刺响。武松口中不言。心下驚恐。天色已黑了。倘或又跳出一個大蟲來。我却怎生鬪得過他。剛言未畢。只見坡下鑽出兩隻大蟲來。諕武松大驚道。阿呀今番我死也。只見那兩個大蟲。于面前直立起來。武松定睛看時。却是個人。把虎皮縫做衣裳。頭上帶着虎磕腦。那兩人手裏。各拏着一條五股剛叉。見了武松倒頭便拜說道。壯士。你是人也。神也。端的吃了總律心。豹子肝。獅子腿。膽倒包了身軀。不然如何獨自一個。天色漸晚。又沒器械。打死這個傷人大蟲。我們在此觀看多時了。端的壯士。高姓大名。武松道。我行不更名坐不改姓。自我便是陽谷縣人氏。姓武名松。排行第二。因問你兩個是甚麽人。那兩個道。不瞞壯士說。我們是本處打獵戶。因爲崗前這隻虎。夜夜出來傷人極多。只我們獵戶。也折了七八個。過路客人。不計其數。本縣知縣相公。着落我們衆獵戶。限日捕捉。得獲時。賞銀三十兩。不獲時。定限吃拷。叵耐這業畜。勢大難近得他。誰敢向前。我們只和數十鄉夫。在此遠遠地。安下窩弓藥箭。等他正在這裡埋伏。却見你大剌剌。從崗子上走來。三拳兩脚。和大蟲敲閗。把大蟲登時打死了。未知壯士身上有多少力。俺衆人把大蟲綣了。請壯士下崗。往本縣去見知縣相公。討賞去來。于是衆鄉夫獵戶。約湊有七八十人。先把死大蟲擡在前面。將一個兜轎。擡了武松。逕投本處。一個上戶家。那戶里正。

都在庄前迎接把這大蟲扛在草庭上却有本縣里老都來相探問了武松姓名因把打虎一節說了一遍衆人道真乃英雄好漢那衆獵戶先把野味將來與武松把盞吃得大醉打掃客房武松歇息到天明里老先去縣裡報知一面合具虎床安排花紅軟轎迎送武松到縣衙前清河縣知縣使人來接到縣内廳上那滿縣人民聽得說一個壯士打死了景陽崗上大蟲迎賀將來盡皆出來觀看哄動了那個縣治武松到廳上下了轎扛着大蟲在廳前知縣看了武松這般模樣心中自忖道不恁地怎打得這個猛虎便喚與武松上廳來衆見畢將打虎首尾訴說了一遍兩邊官吏都驚呆了知縣就廳上賜了幾盃酒將庫中衆士戶出納的賞錢三十兩就賜與武松武松禀道小人托

賴相公的福蔭。偶然僥倖。打死了這個大蟲。非小人之能。如何敢受這三十兩賞賜。給發與衆獵戶。因這畜生。受了相公許多責罰。何不就把這賞給散與衆人去。也顯相公恩沾。小人義氣。知縣道。既是如此。任從壯士處分。武松就把這三十兩賞錢。在廳上俵散與衆獵戶去了。知縣見他仁德忠厚。又是一條好漢。有心要擡舉他。便道。雖是陽谷縣的人氏。與我這清河縣。只在咫尺。我今日就叅你。在我這縣里。做個巡捕的都頭。專一河東水西。擒拏盜賊。你意下如何。武松跪謝道。若蒙恩相擡舉。小人終身受賜。知縣隨即喚押司去了文案。當日便叅武松做了巡捕都頭。衆里正大戶。都來與武松作賀。慶喜連連。誇官吃了三五日酒。正要陽谷縣抓尋哥哥。不料又在清河縣。做了都頭。一日在街上閒遊喜不自勝。傳得東平一府兩縣。皆知武松之名有詩爲證。

壯士英雄藝略芳　　挺身直上景陽岡
醉來打死山中虎　　自此聲名播四方

按下武松。單表武大。自從與兄弟分居之後。因時遭荒饉。搬移在清河縣。紫石街賃房居住。人見他爲人懦弱。模樣猥衰。起了他個渾名。叫做三寸丁。谷樹皮。俗語言其身上粗躁。頭臉窄狹故也。以此人見他這般軟弱朴實。多欺負他。武大並無生氣。常時廻避便了。看官聽説。世上惟有人心最歹。軟的又欺。惡的又怕。太剛則折。太柔則廢。古人有幾句格言。説的好。

柔軟立身之本。剛强惹禍之胎。無爭無競是賢才。虧我些兒

何碍青史幾場春夢。紅塵多才奇才。不須計較巧安排。守分

而今見在

且説武大。終日挑担子出去。街上賣炊餅度日。不幸把渾家故了。丢下個女孩兒。年方十二歳。名喚迎兒。爺兒兩個過活。那消半年光景。又消折了資本。移在大街坊張大戶家臨街房居住。依舊做買賣。張宅家下人。見他本分。常看顧他。照顧他炊餅。閑時在他鋪中坐。武大無不奉承。因此張宅家下人。個個都歡喜。在大戶面前。一力與他説方便。因此大戶連房錢也不問武大要。這張大戶家。有萬貫家財。百間房産。年約六旬之上。身邊寸男尺女皆無。媽媽余氏。主家嚴厲。房中並無清秀使女。一日大戶拍胸。歎了一口氣。媽媽問道。你田産豐盛。資財充足。閑中何

故歎氣大戶道我許大年紀又無兒女雖有家財終何大用媽媽道既然如此說我教媒人替你買兩個使女早晚習學彈唱服侍你便了大戶心中大喜謝了媽媽過了幾時媽媽果然教媒人來與大戶買了兩個使女一個叫做潘金蓮一個喚做白玉蓮這潘金蓮却是南門外潘裁的女兒排行六姐因他自幼生得有些顏色纏得一雙好小脚兒因此小名金蓮父親死了做娘的因度日不過從九歲賣在王招宣府裡習學彈唱就會描眉畫眼傅粉施朱梳一個纏髻兒着一件扣身衫子做張做勢喬模喬樣況他本性機變伶俐不過十五就會描鸞刺綉品竹彈絲又會一手琵琶後王招宣死了潘媽媽爭將出來三十兩銀子轉賣與張大戶家與玉蓮同時進門大戶家習學彈唱

金蓮學琵琶。玉蓮學箏。玉蓮亦年方二八。乃是樂戶人家女子。生得白淨。小字玉蓮。這兩個同房歇臥。王家婆余氏。初時甚是擡舉二人。不會上鍋。排備洒掃。與他金銀首飾。粧束身子。後日不料白玉蓮死了。止落下金蓮一人。長成一十八歲。出落的臉襯桃花。眉灣新月。尤細尤灣。張大戶每要收他。只怕主家婆利害不得手。一日主家婆隣家赴席不在。大戶暗把金蓮喚至房中。遂收用了。正是

美玉無瑕。一朝損壞。　珍珠何日再得完全。

大戶自從收用金蓮之後。不覺身上添了四五件病症。端的那五件。

第一腰便添疼　第二眼便添淚　第三耳便添聾

第四鼻便添涕　第五尿便添滴

還有一庄兒不可說。白日間只是打盹。到晚來噴嚏也無數。後主家婆頗知其事。與大戶懷罵了數日。將金蓮甚是若打。大戶知不容此女。卻賭氣倒陪房奩。要尋嫁得一個相應的人家。大戶家下人。都說武大忠厚。見無妻小。又住着宅內房兒。堪可與他。這大戶早晚還要看覷此女。因此不要武大一文錢。白白的嫁與他為妻。這武大自從娶的金蓮來家。大戶甚是看顧他。若武大沒本錢。做炊餅。大戶私與銀伍兩。與他做本錢。武大若挑担兒出去。大戶候無人。便踅入房中。與金蓮厮會。武大雖一時撞見。亦不敢聲言。朝來暮往。如此也有許時。忽一日大戶得患陰寒病症。嗚呼哀哉死了。主家婆察知其事。怒令家童將金蓮武大卽時赶出。不容在房子里住。武大不覺。又尋紫石街西。王皇親房子。賃內外兩間居住。依舊賣炊餅。原來金蓮。自從嫁武大。見他一味老實。人物猥獕。甚是憎嫌。常與他合氣。報怨大戶。普天世界。斷生了男子。何故將奴嫁與這樣個貨。每日牽着不走。打着倒腿的。只是一味咮酒。着緊處。都是錐扎也不動。奴端的那世裡悔氣。却嫁了他。是好苦也。常無人處彈個山坡羊爲証。

想當初。姻緣錯配。奴把他當男兒漢看覷。不是奴自己誇奬。他烏鴉怎配鸞鳳對。奴眞金子埋在土里。他是塊高號銅。怎與俺金色比。他本是塊頑石。有甚福抱着我羊脂玉躰。好似糞土上長出靈芝。柰何隨他怎樣。倒底奴心不美。聽知。奴是塊金磚怎比泥土基。

看官聽說但凡世上婦女若自已有些顏色所禀伶俐配個好男子便罷了若是武大這般雖好殺也未免有幾分憎嫌自古佳人才子相湊着的少買金偏撞不着賣金的武大每日自挑炊餅担兒出去賣到晚方歸婦人在家別無事幹一日三飡吃了飯打扮光鮮只在門前簾兒下站着常把眉目嘲人雙睛傳意左右街坊有幾個奸詐浮浪子弟睃見了武大這個老婆打扮油樣沾風惹草被這干人在街上撒謎語往來嘲戲唱叫這一塊好羊肉如何落在狗口裡人人自知武大是個懦弱之人却不知他娶得這個婆娘在屋裡風流伶俐諸般都好為頭的一件好偷漢子有詩為證。

金蓮容貌更堪題　笑蹙春山八字眉
若遇風流清子弟　等閑雲雨便偷期

這婦人每日打發武大出門，只在簾子下磕瓜子兒，一徑把那一對小金蓮做露出來，勾引的這夥人，日逐在門前彈胡博詞扠兒難，口裏油似滑言語，無般不說出來。因此武大在紫石街住不牢，又要往別處搬移，與老婆商議。婦人道：賊混沌，不曉事的，你賃人家房住，淺房淺屋，可知有小人囉唣，不如湊幾兩銀子，看相應的，典上他兩間住，却也氣槩些，免受人欺負。你是個男子漢，倒擺布不開，常交老娘受氣。武大道：我那里有錢典房？婦人道：呸，濁才料，把奴的釵梳湊辦了去，有何難處？過後有了，再治不遲。武大聽了老婆這般說，當下湊了十數兩銀子，典得縣門前樓上下兩層。四間房屋居住。第二層。是樓。兩個小小院落。甚是乾淨。武大自從搬到縣西街上來。照舊賣炊餅。一日街上走過。見數隊纓鎗。鑼鼓喧天。花紅軟轎。簇擁着一個人。却是他嫡親兄弟武松。因在景陽崗。打死了大蟲。知縣相公擡舉他新陞做了巡捕都頭。街上里老人等作賀他。送他下處去。却被武大撞見。一手扯住。叫道兄弟。你今日做了都頭。怎不看顧我。武松回頭。見是哥哥。二人相合。兄弟大喜。一面邀請到家中。讓至樓上坐。房裡喚出金蓮來。與武松相見。因說道前日景陽崗打死了大蟲的。便是你小叔。今新充了都頭。是我一母同胞兄弟。那婦人叉手向前便道叔叔萬福。武松施禮。倒身下拜。婦人扶住武松道。叔叔請起。折殺奴家。武松道。嫂嫂受禮。兩個相讓了一回。都平磕了頭。起來。少頃小女迎兒拿茶二人吃了。武松見婦人十分妖嬈。只把頭來低着。不多時。武大安排酒飯管待武松。說話中間。武大下樓。買酒菜去了。丟下婦人。獨自在樓上陪武松坐的。看了武松。身材凛凛。相貌堂堂。身上恰似有千百斤氣力。不然如何打得那大蟲。心里尋思道。一母所生的兄弟。又這般長大。人物壯健。奴若嫁得這個。胡亂也罷了。你看我家那身不滿尺的丁樹。三分似人。七分似鬼。奴那世裡遭瘟。直到如今。據看武松。又好氣力。何不交他搬來我家住。誰想這段姻緣。却在這裡。那婦人一面臉上。排下笑來。問道叔叔。你如今在那里居住。每日飯食。誰人整理。武松道。武二新充了都頭。逐日答應上司。別處住不方便。胡亂在縣前。尋了個下處。每日撥兩個土兵服事做飯。婦人道。叔叔何不搬來家里住。省的在縣前土兵服事。做飯腌臢。一家里住。早晚要些湯水吃時。也方便些。就是奴家親自安排與叔叔吃。也乾淨。武松道。深謝嫂嫂。婦人又道。莫不別處有嬸嬸。可請來廝會也。武松道。武二並不曾婚娶。婦人道。叔叔青春多少。武松道。虛度二十八歲。婦人道。原來叔叔到長奴三歲。叔叔今番從那里來。武松道。在滄洲住了一年有餘。只想哥哥在舊房居住。不想搬在這里。婦人道。一言難盡。自從嫁得你哥哥。吃他忒善了。被人欺負。纔得到這里。若似叔叔這般雄壯。誰敢道個不是。武松道。家兄從來本分。不似武松撒潑。婦人笑道。怎的顛倒說。常言人無剛強。安身不牢。奴家平生快性。看不上這樣三打不回頭。四打連身轉的人。有詩爲

証。詩曰

叔嫂萍踪得偶逢　嬌嬈偏逞秀儀容
私心便欲成歡會　暗把邪言釣武松

原來這婦人。甚是言語撇清。武松道。家兄不惹禍。免嫂嫂憂心。二人只在樓上。說話未了。只見武大買了些肉菜果餅歸來。放在厨下。走上樓來。叫道大嫂。你且下來安排則個。那婦人應道。你看那不曉事的。叔叔在此。無人陪侍。却交我撇了下去。武松道。嫂嫂請方便。婦人道。何不去間壁請王乾娘來。安排便了。只是這般不見使武大便自去。央了間壁王婆子來。安排端正。都拿上樓來。擺在卓子上。無非是些魚肉果菜點心之類。隨即盪上酒來。武大教婦人坐了主位。武松對席。武大打橫。三人坐下。

把酒來斟。武大篩酒在各人面前。那婦人拿起酒來道。叔叔休怪。沒甚管待。請盃兒水酒。武松道。感謝嫂嫂。休這般說。武大只顧上下篩酒。那里來管閑事。那婦人笑容可掬。滿口兒叫叔叔。怎的肉果兒也不揀一筯兒。揀好的遞將過來。武松是個直性漢子。只把做親嫂嫂相待。誰知這婦人是個使女出身。慣會小意兒。亦不想這婦人一片引人心。那武大又是善弱的人。那里會管待人。婦人陪武松吃了幾盃酒。一雙眼只看着武松身上。武松乞他看不過。只低了頭。不理他。吃了一歇。酒闌了。便起身。武大道。二哥沒事再吃幾盃兒去。武松道。生受。我再來望哥哥嫂嫂罷。都送下樓來。出的門外。婦人便道。叔叔是必上心。搬來家里住。若是不搬來。俺兩口兒也吃別人笑話。親兄弟難比別人。與我們爭口氣。也是好處。武松道。既是吾嫂厚意。今晚有行李便取來。婦人道。叔叔是必記心者。奴這里專候。正是滿前野意無人識。幾點碧桃春自開。有詩為証。

可怪金蓮用意深　包藏淫行蕩春心
武松正大原難犯　耿耿清名抵萬金

當日這婦人情意。十分慇勤。卻說武松到縣前客店內。收拾行李鋪蓋。交士兵挑了。引到哥家。那婦人見了。強如拾了金寶一般歡喜。旋打掃一間房。與武松安頓停當。武松分付士兵回去。當晚就在哥家宿歇。次日早起。婦人也慌忙起來。與他燒湯淨面。武松梳洗裹幘。出門去縣里畫卯。婦人道。叔叔畫了卯。早些來家吃飯。休去別處吃了。武松應說到縣里畫卯已畢。伺候了一早辰。囘到家中。那婦人又早齊齊整整。安排下飯。三口兒同吃了飯。婦人雙手。便捧一盃茶來。遞與武松。武松道。交嫂嫂生受。武松寢食不安。明日縣裡。撥個土兵來使喚。那婦人連聲叫道。叔叔。却怎生這般計較。自家骨肉。又不服事了別人。雖然有這小丫頭迎兒。奴家見他拏東拏西。蹀里蹀斜。也不靠他。就是撥了土兵來。那厮上鍋上灶。不乾淨。奴眼里也看不上這等人。武松道。恁的。却生受嫂嫂了。有詩爲証。

武松儀表甚搊搜　阿嫂淫心不可收
籠絡歸來家里住　要同雲雨會風流

話休絮煩。自從武松搬來哥家里住。取些銀子出來。與武大。交買餅饊茶果。請那兩邊隣舍。都鬬分子來。與武松人情。武大又安排了回席。卻不在話下。過了數日。武松取出一疋彩色段子。與嫂嫂做衣服。那婦人堆下笑來。便道叔叔如何使得。既然賜與奴家。不敢推辭。只得接了。道個萬福。自此武松只在哥家歇宿。武大依前上街挑賣炊餅。武松每日自去縣里承差應事。不論歸遲歸早。婦人頓羹頓飯。歡天喜地服事武松。武松倒安身不得。那婦人時常把些言語來撥他。武松是個硬心的直漢。有話即長。無話即短。不覺過了一月有餘。看看十一月天氣。連日朔風緊起。只見四下彤雲密布。又早紛紛揚揚。飛下一天瑞雪來。但見

萬里彤雲密布。空中祥瑞飄簾。瓊花片片舞前簷。剡溪當此際。濡滯子猷船。頃刻樓臺都壓倒。江山銀色相連。飛瑛撒粉

漫連天當時呂蒙正窰內嗟無錢
當日這雪直下到一更時分却似銀粧世界玉碾乾坤次日武
松果去縣里畫卯直到日中未歸武大被婦人早赶出去做買
賣央及間壁王婆買了些酒肉去武松房里簇了一盆炭火心
里自想道我今日着實撩鬭他一鬭不怕他不動情那婦人獨
自冷冷清清立在簾兒下望見武松正在雪裡踏着那亂瓊碎
玉歸來婦人推起簾子迎着笑道叔叔寒冷武松道感謝嫂嫂
罣心入將門來便把毡笠兒除將下來那婦人將手去接武松
道不勞嫂嫂生受自把雪來拂了掛在壁子上隨即解了纏帶
脫了身上鸚哥綠紵絲衲襖入房內那婦人便道奴等了一早
辰叔叔怎的不歸來吃早飯武松道早間有一相識請我吃飯

了。却纔又有一個作盃。我不耐煩。一直走到家來。婦人道。既恁的。請叔叔向火。武松道。正好。便脫了油靴。換了一雙襪子。穿了煖鞋。掇條櫈子。自近火盆邊坐的。那婦人早令迎兒把前門上了門。後門也關了。却換些煮酒菜蔬入房里來。擺在卓子上。武松問道。哥哥那里去了。婦人道。你哥哥每日出去做些買賣。我和叔叔自吃三盃。武松道。一發等哥哥來家吃也不遲。婦人道。那里等的他。說由未了。只見迎兒小女早煖了一注酒來。武松道。不必嫂嫂費心。待武二自斟。婦人也掇一條櫈子。近火邊坐了。卓上擺着盃盤。婦人拏盞酒擎在手里。看着武松。叔叔滿飲此盃。武松接過酒去。一飲而盡。那婦人又篩一盃來。說道。天氣寒冷。叔叔飲個成雙的盞兒。武松道。嫂嫂自飲。接來又一飲而盡。

武松却篩一盃酒遞與婦人婦人接過酒來呷了却拏注子再斟酒放在武松面前那婦人一徑將酥胸微露雲鬟半軃臉上堆下笑來說道我聽得人說叔叔在縣前街上養着個唱的有這話麼武松道嫂嫂休聽的人胡說我武二從來不是這等人婦人道我不信只怕叔叔口頭不是心頭武松道嫂嫂不信時只問哥哥就見了婦人道呵呀你休說他那里曉得甚麽如在醉生夢死一般他若知道時不賣炊餅了叔叔且請一盃連篩了三四盃飲過那婦人也有三盃酒落肚烘動春心那里按納得住慾心如火只把閑話來說武松也知了八九分自己只把頭來低了却不來兜攬婦人起身去盪酒武松自在房内却拏火筯簇火婦人良久煖了一注子酒來到房里一隻手拏着注

子一隻手便去武松肩上只一捏說道叔叔只穿這些衣服不寒冷麽武松已有五七分不自在也不理他婦人見他不應匹手便來奪火筯口裡道叔叔你不會簇火我與你撥火只要一似火盆來熱便好武松有八九分焦燥只不做聲這婦人也不看武松焦燥便丟下火筯却篩一盞酒來自呷了一口剩下大半盞酒看着武松道你若有心吃我這半盃兒殘酒乞武松匹手奪過來潑在地下說道嫂嫂不要恁的不識羞耻把手只一推爭些兒把婦人推了一交武松睜起眼來說道武二是個頂天立地的噙齒戴髮的男子漢不是那等敗壞風俗傷人倫的猪狗嫂嫂休要這般不識羞耻為此等的勾當倘有些風吹草動我武二眼里認的是嫂嫂拳頭却不認的是嫂嫂再來休要

如此所爲。婦人吃他幾句。搶的通紅了面皮。便叫迎兒收拾了
碟盞家火。口裡指着說道。我自作耍子。不值得便當眞起來。好
不識人敬。收了家火。自往厨下去了。有詩爲證。

潑賤謀心太不良　貪淫無耻壞綱常
席間尚且求雲雨　反被都頭罵一場

這婦人見抅搭武松不動。反被他搶白了一場好的。武松自在
房中。氣忿忿的。自巳尋思。天色却早。申牌時分。武大挑着担兒。
大雪里歸來。推開門。放下担兒。進的房來。見婦人一雙眼哭的
紅紅的。便問道。你和誰鬧來。婦人道。都是你這不爭氣的。交外
人來欺負我。武大道。誰敢來欺負你。婦人道。情知是誰。爭奈武
二那厮。我見他大雪里歸來。好意安排些酒飰與他吃。他見前

後沒人。便把言語來調戲我。便是迎兒眼見。我不賴。他武大道。
我兄弟不是這等人。從來老實。休要高聲。乞隣舍聽見笑話。武
大撇了婦人。便來武松房里。叫道二哥。你不曾吃點心。我和你
吃些個武松只不做聲。尋思了半晌。脫了絲鞋。依舊穿上油膀
靴着了上蓋。戴上氊笠兒。一面繫纏帶。一面出大門。武大叫道
二哥。你那里去。也不荅。一直只顧去了。武大回到房內。問婦人
道。我叫他又不應。只顧往縣前那條路去了。正不知怎的了。婦
人罵道。賊混沌蟲。有甚難見處。那厮羞了。沒臉兒見你。走了出
去。我猜他一定叫個人來搬行李。不要在這里住。却不道你留
他。武大道。他搬了去。須乞別人笑話。婦人罵道。混沌魍魎。他來
調戲我。到不乞別人笑話。你要便自和他過去。我却做不的這

樣人你與了我一紙休書你自留他便了武大那里再敢開口被這婦人倒數罵了一頓正在家兩口兒絮聒只見武松引了個土兵拿着條扁担徑來房內收拾行李便出門武大走出來叫道二哥做甚麽便搬了去武松道哥哥不要問說起來裝你的幌子只由我自去便了武大那里再敢問備細由武松搬了出去那婦人在裡面喃喃吶吶罵道却也好只道是親難轉債人自知道一個兄弟做了都頭怎的養活了哥嫂却不知反來嚙咬人正是花木瓜空好看搬了去到謝天地且得冤家離眼前武大見老婆這般言語不知怎的了心中只是放去不下自從武松搬去縣前客店宿歇武大自依前上街賣炊餅本待要去縣前尋兄弟說話却被這婦人千叮萬囑分付交不要去兜

攬他因此武大不敢去尋武松。有詩爲証。

雨意雲情不遂謀　心中誰信起戈矛
生將武二撇離去　骨肉番令作寇仇

畢竟未知後來何如且聽下回分解。

第二回　俏潘娘簾下勾情

老王婆茶坊說技

第二回

西門慶簾下遇金蓮　王婆子貪賄說風情

月老姻緣配未眞　金蓮賣俏逞花容
只因月下星前意　惹起門旁簾外心
王媽誘財施巧計　鄆哥賣果被嫌嗔
那知後日蕭墻禍　血濺屏幃滿地紅

話說武松。自從搬離哥家。撚指不覺雪晴。過了十數日光景。却說本縣知縣。自從到任以來。却得二年有餘。轉得許多金銀。要使一心腹人。送上東京親眷處收寄。三年任滿朝覲。打點上司。一來却怕路上小人。須得一個有力量的人去方好。猛可想起都頭武松。須得此人英雄膽力。方了得此事。當日就喚武松到衙內商議道。我有個親戚在東京城內做官。姓朱名勔。見做殿前太尉之職。要送一担禮物。稍封書去問安。只恐途中不好行。須得你去方可。你休推辭辛苦。回來我自重賞你。武松應道。小人得蒙恩相擡舉。安敢推辭。既蒙差遣。只得便去。小人自來也不曾到東京。就那里觀光上國景致。走一遭。也是恩相擡舉。知縣大喜。賞了武松三盃酒。十兩路費。不在話下。且說武松領了知縣的言語。出的縣門來。到下處叫了士兵。却來街上買了一瓶酒。并菜蔬之類。逕到武大家。武大恰街上回來。見武松在門前坐地。交士兵去廚下安排。那婦人餘情不斷。見武松把將酒食來。心中自思。莫不這厮思想我了。不然却又回來。那厮一定强我不過。我且慢慢問他。婦人便上樓去。重勻粉面。再挽雲髻換了些顏色衣服穿了來到門前迎接武松。婦人拜道叔叔不知怎的錯見了。好幾日並不上門。交奴心裡沒理會處。每日交你哥哥去縣裡尋叔叔陪話。歸來只說沒尋處。今日再喜得叔叔來家。沒事壞鈔做甚麼。武松道武二有句話特來要和哥哥說知。婦人道既如此請樓上坐。三個人來到樓上。武松讓哥嫂上首坐了。他便掇杌子打橫。士兵擺上酒來。熱下飯。一齊拏上來。武松勸哥嫂吃。婦人便把眼來睃武松。武松只顧吃酒。酒至數巡。武松問迎兒討副勸盃。叫士兵篩一盃酒。拏在手里。看着武大道。大哥在上。武二今日蒙知縣相公差往東京幹事。明日便要起程。多是兩三個月。少是一個月便回。有句話特來和你說。你從來為人懦弱。我不在家。恐怕外人來欺負。假如你每日賣十扇籠炊餅。你從明日爲始。只做五扇籠炊餅出去賣。每日遲出早歸。不要和人吃酒。歸家便下了簾子。早閉門省了多少是非口舌。若是有人欺負你。不要和他爭執。待我回來。自和他理論。大哥你依我時。滿飲此盃。武大接了酒。道我兄弟見得是。我都依你說。吃過了一盃。武松再斟第二盞酒。對那婦人說道。嫂嫂是個精細的人。不必要武松多說。我的哥哥爲人質朴。全靠嫂嫂做主。常言表壯不如裡壯。嫂嫂把得家定。我哥哥煩惱做甚麽。豈不聞古人云。籬牢犬不入。那婦人聽了這幾句話。一點紅從耳畔起。須臾紫漲了面皮。指着武大罵道。你這個混沌東西。有甚言語。在別人處說來。欺負老娘。我是個不戴頭巾的男子漢。叮叮噹噹响的婆娘。拳頭上也立得人。胳膊上走得馬。

人面上行的人，不是那腲膿血搠不出來鱉。老婆自從嫁了武大，眞個螻蟻不敢入屋裏來，有甚麽籬笆不牢，犬兒鑽得入來。你休胡言亂語。一句句都要下落，丢下塊磚兒。一個個也要着地。武松笑道，若得嫂嫂這般做主，最好。只要心口相應，却不應心頭不似口頭。既然如此。我武松都記得嫂嫂說的話了。請過此盃。那婦人一手推開酒盞。一直跑下樓來，走到半胡梯上。發話道。既是你聰明伶俐。恰不道長嫂爲毋。我初嫁武大時。不曾聽得有甚小叔。那里走得來。是親不是親。便要做喬家公。自是老娘悔氣了。偏撞着這許多鳥事。一面哭下樓去了。有詩爲証。

苦口良言諫勸多　金蓮懷恨起風波

自家惶愧難存坐　氣殺英雄小二哥

那婦人做出許多喬張致來。武大武松。吃了幾杯酒。坐不住都下的樓來。弟兄洒淚而別。武大道。兄弟去了。早早回來。和你相見。武松道。哥哥你便不做買賣也罷。只在家里坐的。盤纏兄弟自差人送與你。臨行武松又分付道。哥哥。我的言語休要忘了。在家仔細門戶。武大道理會得了。武松辭了武大。回到縣前下處。收拾行裝。并防身器械。次日領了知縣禮物。金銀馱垛討了脚程。起身上路。往東京去了。不題。只說武大自從兄弟武松。說了去。整日乞那婆娘罵了三四日。武大忍氣吞聲。由他自罵。只依兄弟言語。每日只做一半炊餅出去。未晚便回家。歇了担兒。先便去除了簾子。關上大門。却來屋裡動旦。那婦人看了這般。心內焦燥起來。罵道不識時濁物。我倒不曾見日頭在半天裡。

便把牢門關了也吃隣舍家笑話說我家怎生禁鬼聽信你兄弟說空生有卵鳥嘴也不怕别人笑耻武大道由他笑也罷我兄弟說的是好話省了多少是非被婦人噦在臉上道呸濁東西你是個男子漢自不做主却聽别人調遣武大搖手道由他我兄弟說的是金石之語原來武松去後武大每日只是晏出早歸到家便關門那婦人氣生氣死和他合了幾場氣落後閑慣了自此婦人約莫武大歸來時分先自去收簾子關上大門武大見了心里自也暗喜尋思道恁的却不好有詩爲証

慎事關門并早歸　眼前恩愛隔崔嵬

春心一點如絲亂　空鎖牢籠總是虛

白駒過隙日月攛梭纔見梅開臘底又早天氣回陽一日三月

春光明媚時分。金蓮打扮光鮮。单等武大出門。就在門前簾下站立。約莫將及他歸來時分。便下了簾子自去房内坐的。一日也是合當有事。却有一個人從簾子下走過來。自古没巧不成話。姻緣合當湊着。婦人正手里拏着义竿放簾子。忽被一陣風將义竿刮倒。婦人手擎不牢。不端不正却打在那人頭巾上。婦人便慌忙陪笑。把眼看那人。也有二十五六年紀。生的十分博浪。頭上戴着纓子帽兒。金玲瓏簪兒。金井玉欄杆圈兒。長腰身穿綠羅褶兒。脚下細結底陳橋鞋兒。清水布襪兒。腿上勒着兩扇玄色挑絲護膝兒。手里搖着洒金川扇兒。越顯出張生般龎兒。潘安的貌兒。可意的人兒。風風流流從簾子下丟與奴個眼色兒。這個人被义杆打在頭上。便立住了脚待要發作時。回過臉來看。却不想是個美貌妖嬈的婦人。但見他黑鬒鬒賽鴉翎的鬢兒。翠灣灣的新月的眉兒。清冷冷杏子眼兒。香噴噴櫻桃口兒。直隆隆瓊瑤鼻兒。粉濃濃紅艷腮兒。嬌滴滴銀盆臉兒。輕嬝嬝花朶身兒。玉纖纖葱枝手兒。一捻捻楊柳腰兒。軟濃濃白面臍肚兒。窄多多尖蹻腳兒。肉妳妳胷兒。白生生腿兒。更有一件。緊揪揪。紅縐縐。白鮮鮮。黑裀裀。正不知是什麼東西。觀不盡這婦人容貌。且看他怎生打扮。但見

頭上戴着黑油油頭髮鬏髻。口面上緝着皮金。一逕里埶出香雲一結。周圍小簪兒齊插。六鬢斜插一朶並頭花。排草梳兒後押。難描八字灣灣柳葉。襯在腮。兩朶桃花。玲瓏墜兒最堪誇。露菜玉酥胷無價。毛青布大袖衫兒。褶兒又短襯湘裙

碾絹綾紗、通花汗巾兒。袖中兒邊搭剌、香袋兒身邊低掛、抹胷兒重重紐扣、褲腿兒臟頭垂下。往下看、尖趫趫金蓮小脚、雲頭巧緝山牙老鴉。鞋兒白綾高底、步香塵偏襯登踏、紅紗膝褲扣鶯花、行坐處風吹裙袴。口兒裡常噴出異香蘭麝、櫻桃初笑臉生花、人見了魂飛魄散、賣弄殺偏俏的寃家。

那人見了。先自酥了半邊。那怒氣早已鑽入爪睛目去了。變顏笑吟吟臉兒、這婦人情知不是、叉手望他深深拜了一拜。說道奴家一時被風失手。悞中官人休怪。那人一面把手整頭巾。一面把腰曲着地、還喏道不妨、娘子請方便。却被這間壁住的賣茶王婆子看見、那婆子笑道、兀的誰家大官人、打這屋簷下過、打的正好。那人笑道、倒是我的不是、一時冲撞、娘子休怪、婦人答道。官人不要見責。那人又笑着大大的唱個喏。回應道。小人不敢。那一雙積年招花惹草。慣細風情的賊眼。不離這婦人身上。臨去也回頭了七八迴。方一直搖搖擺擺。遮着扇兒去了。有詩爲証。

風日清和漫出遊　偶從簾下識嬌羞
只因臨去秋波轉　惹起春心不肯休

當時婦人見了那人生的風流浮浪。語言甜淨。更加幾分留戀。倒不知此人姓甚名誰。何處居住。他若沒我情意時。臨去也不回頭七八遍了。不想這段姻緣。却在他身上。都是在簾下。眼巴巴的。看不見那人。方纔收了簾子。關上大門。歸房去了。看官聽說。莫不這人無有家業的。原是清河縣一個破落戶財主。就縣門前開着個生藥鋪。從小兒也是個好浮浪子弟。使得些好拳棒。又會賭博。雙陸象棋。抹牌道字。無不通曉。近來發跡有錢。專在縣裏管些公事。與人把攬說事過錢。交通官吏。因此滿縣人都懼怕他。那人覆姓西門。单名一個慶字。排行第一。人都叫他做西門大郎。近來發跡有錢人都稱他做西門大官人。他父母雙亡。兄弟俱無。先頭渾家是早逝。身邊止有一女。新近又娶了清河左衛吳千戶之女。填房爲繼室。房中也有四五個丫鬟婦女。又常與拘欄裡的李嬌兒打熱。今也娶在家里。南街子又占着窠子卓二姐。名卓丟兒。包了些時。也娶來家居住。專一飄風戲月。調占良人婦女。娶到家中。稍不中意。就令媒人賣了。一個月倒在媒人家去二十餘遍。人多不敢惹他。這西門大官人。自從簾下見了那婦人一面。到家尋思道。好一個雌兒怎能勾得手。猛然想起那間壁賣茶王婆子來。堪可如此如此這般這般。撮合得此事成。我破幾兩銀子謝他。也不值甚的。于是連飯也不吃。走出街上閑遊。一直逕踅入王婆茶坊裡來。便去裡邊水簾下坐了。王婆笑道。大官人。却纔唱得好個大肥喏。西門慶道。乾娘。你且來。我問你。間壁這個雌兒是誰的娘子。王婆道。他是閻羅大王的妹子。五道將軍的女兒。問他怎的。西門慶說。我和你說正話。休取笑。王婆道。大官人怎的不認的。他老公便是縣前賣熟食的。西門慶道。莫不是賣棗糕徐三的老婆。王婆搖手道。不是。若是他。也是一對兒。大官人再猜。西門慶道。敢是賣餶飿的李三娘子兒。王婆搖手道。不是。若是他。倒是一雙。西門慶道。莫不是花肐膊劉小二的婆兒。王婆大笑道。不是。若是他時。又是一對兒。大官人再猜。西門慶道。乾娘。我其實猜不着了。王婆冷冷笑道。不是。若是他時。好交大官人得知了罷。笑一聲。他的蓋老。便是街上賣炊餅的武大郎。西門慶聽了。跌脚笑道。莫不是人叫他三寸丁。谷樹皮的武大郎麽。王婆道。正是他。西門慶聽了。叫起苦來。說道。好一塊羊肉。怎生落在狗口裡。王婆道。便是這般故事。自古駿馬却駝痴漢走。美妻常伴拙夫眠。月下老偏這等配合。西門慶道。乾娘。我少你多少茶果錢。王婆道。不多由他歇。些時却筭不妨。西門慶又道。你兒子王潮跟誰出去了。王婆道。說不的。跟了一個淮上客人。至今不歸。又不知死活。西門慶道。却不交他跟我。那孩子倒乖覺伶俐。王婆道。若得大官人擡舉他時。十分之好。西門慶道。待他歸來。却再計較。說畢。太謝起身去了。約莫未及兩個時辰。又踅將來。王婆門首簾邊坐的。朝着武大門前半歇。王婆出來道。大官人吃個梅湯。西門慶道。最好。多加些酸味兒。王婆做了個梅湯。雙手遞與西門慶吃了。將盞子放下。西門慶道。乾娘。你這梅湯做得好。有多少在屋裡。王婆笑道。老身做了一世媒。那討得不在屋裡。西門慶笑我問你這梅湯。你却說做媒。差了多少。王婆道。老身只聽得大官人問這媒做得好。老身道說做媒。西門慶道。乾娘。你既是撮合山。也與我做頭媒。說道好親事。我自重重謝你。王婆道。看這大官人作戲。你宅上大娘子得知。老婆子這臉上怎乞得那等刮子。西門慶道。我家大娘子。最好性格。見今也有幾個身邊人在家。只是沒一個中得我意的。你有這般好的。與我主張一個。便來說也不妨。若是回頭人兒也好。只是要中得我意。王婆道。前日有一個到好。只怕大官人不要。西門慶道。若是好時。與我說成了。我自重謝你。王婆道。生的十二分人才。只是年紀大些。西門慶道。自古半老佳人可共。便差一兩歲也不打緊。真個多少年紀。王婆子道。那娘子是丁亥生。屬猪的。交新年。恰九十三歲了。西門慶笑道。你看這風婆子。只是扯着風臉取笑。說畢。西門慶笑了起身去。看看天色晚了。王婆却纔點上燈來。正要關門。只見西門慶又踅將來。逕去簾子底下。拿櫈子上坐了。朝着武大門前。只顧將眼睃望。王婆道。大官人吃個和合湯。西門慶道。最好。乾娘放甜些。王婆連忙取一鍾來。與西門慶吃了。坐到晚夕起身道乾娘記了帳目明日一發還錢王婆道由他伏惟安置來日再請過論西門慶笑了去到家甚是寢食不安一片心只在婦人身上當晚無話次日清晨王婆却纔開門把眼看外時只見西門慶又早在街前來回踅走王婆道這刷子踅得緊你看我着些甜糖抹在這廝鼻子上交他抵不着那廝全討縣里人便益且交他來老娘手裡納些敗鈔撰他幾貫風流錢使原來這開茶坊的王婆子也不是守本分的便是積年通殷勤做媒婆做賣婆做牙婆又會收小的也會抱腰又善放刁還有一件不可說鬏髻上着綠陽臘灌腦袋端的看不出這婆子的本事來但見

開言欺陸賈出口勝隨何只憑說六國唇鎗全仗話三齊舌

劒。隻鸞孤鳳。霎時間交仗成雙。寡婦鰥男。一席話搬唆擺對。解使三里門內女。遮麽九皈殿中仙。玉皇殿上侍香金童。把臂拖來。王母宮中。傳言玉女。攔腰抱住。畧施奸計。使阿羅漢。抱住比丘尼。纔用機關。交李天王。摟定鬼子母。甜言說誘。男如封涉也生心。軟語調和。女似麻姑須亂性。藏頭露尾。攛掇淑女害相思。送暖偷寒。調弄嫦娥偷漢子。這婆子端的慣調風月巧排常在公門操鬪毆。

這婆子正開門。在茶局子裡整理茶鍋。張見西門慶踅過幾遍。奔入茶局子水簾下。對着武大門首。不住把眼只望簾子裡瞧。王婆只推不看見。只顧在茶局子內搧火。不出來問茶。西門慶叫道。乾娘點兩盃茶來我吃。王婆應道。大官人來了。連日少見。

且請坐。不多時。便濃濃點兩盞稠茶。放在卓子上。西門慶道。乾娘相陪我吃了茶。王婆哈哈笑道。我又不是你影射的。緣何陪着你吃茶。西門慶也笑了一會。便問乾娘。間壁賣的。是甚麽。王婆道。他家賣的。拖煎河滿子。乾巴子肉。翻包着菜肉匾食。餃窩窩。蛤蜊麵。熱盪溫和大辣酥。西門慶笑道。你看這風婆子。只是風。王婆笑道。我不是風。他家自有親老公。西門慶道。我和你說正話。他家如法做得好炊餅。我要問他買四五十個。拏的家去。王婆道。若要買他燒餅。少間等他街上回來買。何消上門上戶。西門慶道。乾娘說的是。吃了茶。坐了一會。起身去了。良久。王婆只在茶局里。比時冷眼張見他在門前。踅過東看一看。又轉西去。又復一復。一連走了七八遍。少頃。逕入茶房裏來。王婆道。大官人僥倖。好幾日不見面了。西門慶便笑將起來。去身邊摸出一兩一塊銀子。遞與王婆。說道。乾娘。權且收了。做茶錢。王婆笑道。何消得許多。西門慶道。多者乾娘只顧收着。婆子暗道。來了。這刷子當敗。且把銀子收了。到明日與老娘做房錢。便道。老身看大官人。有些湯吃了寬蒸茶兒如何。西門慶。如何乾娘便猜得着。婆子道。有甚難猜處。自古入門休問榮枯事。觀看形容便得知。老身異樣蹺蹊。古怪的事。不知猜勾多少。西門慶道。我有一件心上的事。乾娘若猜得着時。便輸與你五兩銀子。王婆笑道。老娘也不消三智五猜、只一智、便猜個中節。大官人。你將耳朶來。你這兩日。腳步見勤。赶趁得頻、已定是計掛着間壁那個人。我這猜如何。西門慶笑將起來。道乾娘端的智賽隨何、機强陸賈。不瞞乾娘說。不知怎的。吃他那日叉簾子時。見了一面。恰似收了我三魂六魄的一般。日夜只是放他不下。到家茶飯懶吃。做事沒入脚處。不知你會弄手段麽。王婆冷冷笑道老身不瞞大官人說。我家賣茶。叫做鬼打更。三年前十月初三日。下大雪。那一日賣了不泡茶。直到如今不發市。只靠些雜趁養口。西門慶道。乾娘如何叫做雜趁。王婆笑道。老身自從三十六歲沒了老公。丟下這個小厮。無得過日子。迎頭兒跟着人說媒。次後攬人家些衣服賣。又與人家抱腰。收小的。閒常也會做牽頭做馬伯六。也會針灸看病。也會做貝戎兒。西門慶聽了。笑將起來。我並不知乾娘有如此手段。端的與我說這件事。我便送十兩銀子。與你。做棺材本。你好交這雌兒。會我一面。王婆便哈哈笑了。有詩爲証。

西門浪子意猖狂　死下工夫戲女娘
虧殺賣茶王老母　生交巫女會襄王

畢竟婆子有甚計策說來。要知後項事情。且聽下回分解。

第三回　定挨光虔婆受賄

設圈套浪子挑私

第三回

王婆定十件挨光計　西門慶茶房戲金蓮

色不迷人人自迷　迷他端的受他虧
精神耗散容顔淺　骨髓焦枯氣力微
犯着姦情家易散　染成色病藥難醫
古來飽煖生閒事　禍到頭來摠不知

話說西門慶央王婆。一心要會那雌兒一面。便道乾娘。你端的與我說這件事成。我便送十兩銀子與你。王婆道。大官人。你聽我說。但凡挨光的兩個字最難。怎的是挨光。似如今俗呼偷情就是了。要五件事俱全。方纔行的。第一要潘安的貌第二要驢大行貨。第三要鄧通般有錢。第四要青春小少。就要綿裡針一般。軟款忍耐。第五要閑工夫。此五件喚做潘驢鄧小閑。都全了。此事便獲得着。西門慶道。實不瞞你說。這五件事。我都有。第一件我的貌。雖比不得潘安。也充得過。第二件我小時。在三街兩巷遊串。也曾養得好大龜。第三我家里。也有幾貫錢財。雖不及鄧通。也頗得過日子。第四我最忍耐。他便就打我四百頓。休想我回他一拳。第五我最有閑工夫。不然如何來得恁勤。乾娘。你自作成完備了時。我自重重謝你。西門慶當日意已在言表。王婆道。大官人。你說伍件事多全。我知道還有一件事打攪。也多是成不得。西門慶道。且說甚麽一件事打攪。王婆道。大官人休怪老身直言。但凡挨光最難。十分肯使錢到九分九厘。也有難成處。我知你從來慳恡。不肯胡亂便使錢。只這件打攪。西門慶道。這個容易。我只聽你言語便了。王婆道。若大官人肯使錢時老身有一條妙計。須交大官人。和這雌兒會一面。只不知大官人肯依我麼。西門慶道。不揀怎的。我都依你。端的有甚妙計。王婆笑道。今日晚了。且回去過半年三個月來商量。西門慶央及道。乾娘你休撒科。自作成我則個。恩有重報。王婆笑哈哈道。大官人却又慌了。老身這條計。雖然入不得武成王廟。端的強似孫武子教女兵。十捉八九着。大官人占用。今日實對你說了罷。這個雌兒來歷。雖然微末出身。却倒百伶百俐。會一手好彈唱。針指女工。百家奇曲。雙陸象棋。無般不知。小名叫做金蓮。娘家姓潘。原是南關外潘裁的女兒。賣在張大戶家。學彈唱。後因大戶年老。打發出來。不要武大一文錢。白白與了他爲妻。這幾年武大爲人軟弱。每日早出晚歸。只做買賣。這雌兒等閑不出來。老身無事。常過去與他閑坐。他有事亦來請我理會。他也叫我做乾娘。武大這兩日出門早。大官人如幹此事。便買一疋藍紬。一疋白紬。一疋白絹。再用十兩好綿。都把來與老身。老身却走過去。問他借曆日。央及人揀個好日期。叫個裁縫來做。他若見我這般來說。揀了日期。不肯與我來做時。此事便休了。他若歡天喜地。說我替你做。不要我叫裁縫。這光便有一分了。我便請得他來做。就替我裁。這便二分了。他若來做時。午間我却安排些酒食點心。請他吃。他若說不便。當定要將去家中做。此事便休了。他不言語吃了時。這光便有三分了。這一日你也莫來。直到第三日。晌午前後。你整整齊齊打扮了來。以咳嗽爲號。你在門前。叫道怎的連日。不見王乾娘。我來買盞茶吃。我便出來請你入房里坐吃茶。他若見你。便起身來。走了歸去。難道我扯住他不成。此事便休了。他若見你入來。不動身時。這光便有四分了。坐下時。我便對雌兒說道。這個便是與我衣施主的官人。虧殺他。我便誇大官人。許多好處。你便賣弄他針指。若是他不來兜攬荅應時。此事便休了。他若口里荅應。與你說話時。這光便有五分。我却難爲這位娘子。與我作成出手做。虧殺你兩施主。一個出錢。一個出力。不是老身路岐相央。難得這位娘子。在這里、官人做個主人。替娘子澆澆手。你便取銀子出來。央我買。若是他便走時。不成我扯住他。此事便休了。若是不動身時。事務易成、這光便有六分了。我却拏銀子。臨出門時。對他說。有勞娘子相待官人坐一坐。他若起身走了家去。我難道阻當他。此事便休了。若是他不起身。又好了。這光便有七分了。待我買得東西。提在卓子上。便說娘子。且收拾過生活去。且吃一盃兒酒。難得這官人壞鈔。他不肯和你同卓吃。去了。囘去了。此事便休了。若是只口里說要去。却不動身。此事又好了。這光便有八分了。待他吃得酒濃時。正說得入港。我便推道沒了酒。再交你買。你便拏銀子。又央我買酒去。并果子來配酒。我把門拽上。關你和他兩個在屋里。若焦躁跑了歸去時。此事便休了。他若由我拽上門。不焦躁時。這光便有九分。只欠一分了。便完就這一分倒難。大官人。你在房里。便着幾句甜話兒說入去。却不可燥爆。便去動手動脚。打攪了事那時。我不管你。你先把袖子。向卓子上拂落一雙筯下去。只推拾筯。將手去他脚上揑一揑。他若鬧將起來。我自來搭救。此事便收了。再也難成。若是他不做聲時。此事十分光了。他必然有意。這十分光做完備。你怎的謝我。西門慶聽了大喜。道雖然上不得凌烟閣。乾娘你這條計。端的絕品好妙計。王婆道。却不要忘了。許我那十兩銀子。西門慶道便得一片橘皮吃。切莫忘了洞庭河。這條計。乾娘幾時可行。王婆道亦只今晚來有回報。我如今趂武大未歸。過去問他。借曆日細細說念他。你快使人。送將紬絹綿子來。休要遲了。西門慶道乾娘若完成得這件事。如何敢失信。于是作別了王婆。離了茶肆。就去街上買了紬絹三疋。并十兩銀子。清水好綿。家里叫了個貼身答應的小廝。名喚玳安。用包袱包了。一直送入王婆家來。

王婆歡喜收下。打發小厮回去。正是雲雨幾時就。空使襄王築楚臺。有詩爲証。

兩意相投似蜜甜　王婆撮合更搜奇
安排十件挨光計　管取交歡不負期

當下王婆。收了紬絹綿子。開了後門。走過武大家來。那婦人接着。請去樓上坐的。王婆道。娘子怎的這兩日。不過貧家吃茶。那婦人道。便是我這幾日。身子不快。懶去走動。王婆道。娘子家里有曆日。借與老身看一看。要個裁衣的日子。婦人道。乾娘裁甚衣服。王婆道。便是因老身十病九痛。怕一時有些山高水低。我兒子又不在家。婦人道。大哥怎的一向不見。王婆道。那厮跟了個客人在外邊。不見個音信回來。老身日逐耽心不下。婦人道。

大哥。今年多少青春。王婆道。那廝十七歲了。婦人道怎的不與他尋個親事。與乾娘也替得手。王婆道。因是這等說。家中沒人待老身東擯西補的來。早晚也替他尋下個兒。等那廝來。却再理會。見如今老身白日黑夜。只發喘咳嗽。身子打碎般睚不倒的只害疼。一時先要預備下送終衣服。難得一個財主官人。常在貧家吃茶。但凡他宅里看病。買使女說親。見老身這般本分。大小事兒。無不照顧老身。又布施了老身一套送終衣料。紬絹表裡俱全。又有若干好綿。放在家里。一年有餘。不能勾閑做得。今年覺得好生不濟。不想又撞着閏月。趁着兩日倒閑。要做。又被那裁縫勒指。只推生活忙。不肯來做。老身說不得這苦也。那婦人聽了笑道。只怕奴家做得不中意。若是不嫌時。奴這幾日。

倒開出手與乾娘做如何。那婆子聽了。堆下笑來。說道。若得娘子貴手做時。老身便死也得好處去。久聞娘子好針指。只是不敢來相央。那婦人道。這個何妨。既是許了乾娘。務要與乾娘做了。將曆日去。交人揀了黃道好日。奴便動手。王婆道。娘子。休推老身不知。你詩詞百家曲兒內字樣。你不知全了多少。如何交人看曆日。婦人微笑道。奴家自幼失學。婆子道。好說。好說。便取曆日。遞與婦人。婦人接在手內。看了一回。道。明日是破日。後日也不好。直到外後日。方是裁衣日期。王婆一把手取過曆頭來。掛在墻上。便道。若得娘子。肯與老身做時。就是一點福星。何用選日。老身也曾央人看來。說明日是個破日。老身只道裁衣日。不用破日。不忌他。那婦人道。歸壽衣服。正用破日便好。王婆道。

既是娘子肯作成。老身膽大。只是明日起動娘子到寒家則個。那婦人道。不必將過來做不得。王婆道。便是老身也要看娘子做生活。又怕門首沒人。婦人道。既是這等說。奴明日飯後過來。那婆子千恩萬謝。下樓去了。當晚回覆了西門慶話。約定後日准來。當夜無話。次日清晨。王婆收拾房內乾淨。預備下針線。安排了茶水。在家等候。且說武大吃了早飯。挑着担兒。自出去了。那婦人把簾兒掛了。分付迎兒看家。從後門走過王婆家來。那婆子歡喜無限。接入房里坐下。便濃濃點一盞胡桃松子泡茶。與婦人吃了。抹得卓子乾淨。便取出那紬絹三疋來。婦人量了長短。裁得完備。縫將起來。婆子看了。口裡不住聲假喝采道。好手段。老身也活了六七十歲。眼裡真個不曾見這個好針線。那婦人縫到日中。王婆安排些酒食請他。又下了一筯麪與那婦人吃。再縫一歇。將次晚來。便收拾了生活。自歸家去。恰好武大挑担兒進門。婦人拽門下了簾子。武大入屋裡。看見老婆。面色微紅。問道你那裡來。婦人應道。便是間壁乾娘央我做送終衣服。日中安排了些酒食點心。請我吃。武大道。你也不要吃他的纔得。我們也有央及他處。他便央你做得衣裳。你便自歸來吃些點心。不值得甚麼便攪擾他。你明日再去做時。帶些錢在身邊。也買些酒食。與他回禮。常言道遠親不如近隣。休要失了人情。他若不肯交你還禮時。你便拏了生活來家。做還與他便了。有詩為証。

阿母牢籠設計深　大郎愚鹵不知音

帶錢買酒酬奸詐　却把婆娘自送人

婦人聽了武大言語當晚無話次日飯後。武大挑担兒出去了。王婆便踅過來相請。婦人去到他家房里。取出生活來。一向縫起。王婆忙點茶來與他吃了茶。看看縫到日中。那婦人向袖中取出三百文錢來。向王婆說。道乾娘。奴和你買盞酒吃。王婆道。阿呀那里有這個道理。老身央及娘子。在這里做生活。如何交娘子倒出錢婆子的酒食。不到吃傷了哩。那婦人道。却是拙夫分付奴來若是乾娘見外時。只是將了家去。做還乾娘便了。那婆子聽了。道。大郎直恁地曉事。既然娘子這般說時。老身且收下這婆子生怕打攪了事。自又添錢去買好酒好食。希奇果子來慇懃相待。看官聽說。但凡世上婦人。由你十八分精細。被小意兒過縱十個九個。着了道兒。這婆子安排了酒食點心請那婦人吃了。再縫了一歇。看看晚來。千恩萬謝歸去了。話休絮煩。第三日早飯後。王婆只張武大出去了。便走過來後門首。叫道娘子。老身大胆。那婦人從樓上應道。奴却待來也。兩個厮見了。來到王婆房里坐下。取過生活來縫。那婆子隨卽點盞茶來兩個吃了。婦人看看縫到晌午前後。却說西門慶巴不到此日。打選衣帽。齊齊整整。身邊帶着三五兩銀子。手拏着洒金川扇兒。搖搖擺擺。逕往紫石街來。到王婆門口。茶坊門首便咳嗽道。王乾娘。連日如何不見。那婆子瞧利便。應道。兀的誰叫老娘。西門慶道。是我。那婆子赶出來看了。笑道。我只道是誰。原來是大官人。你來得正好。且請入屋里去看一看。把西門慶袖子只一拖。

拖進房里來看。那婦人道。這個便是與老身衣料施主官人。西門慶睜眼看着那婦人。雲鬟疊翠。粉面生春。上穿白夏布衫兒。桃紅裙子。藍比甲。正在房裡做衣服。見西門慶過來。便把頭低了。這西門慶連忙向前屈身道唱喏。那婦人隨即放下生活。還了萬福。王婆便道。難得官人與老身段疋紬絹。放在家一年有餘不曾做得。虧殺隣家這位娘子。出手與老身做成全了。眞個是布機也似針線縫的又好又密。眞個難得。大官人你過來且看一看。西門慶把起衣服來看了。一面喝采。口裡道這位娘子。傳得這等好針指神仙一般的手段。那婦人笑道。官人休笑話。西門慶故問王婆道乾娘不敢動問這娘子。是誰家宅上的娘子。王婆道。大官人。你猜西門慶道。小人如何猜得着。王婆哈哈笑道大官人你請坐。我對你說了罷。那西門慶。與婦人對面坐下。那婆子道好交大官人得知了罷。大官人你那日屋簷下頭過。打得正好。西門慶道。就是那日在門首。叉竿打了我網巾的。倒不知是誰宅上娘子。婦人笑道。那日奴悮冲撞官人。休怪。一面立起身來。道了個萬福。那西門慶慌的還禮不迭。因說道。小人不敢。王婆道。就是這位。却是間壁武大郎的娘子。西門慶道。原來就是武大郎的娘子。小人只認的大郎。是個養家經紀人。且是街上做買賣。大大小小。不曾惡了一個。又會撰錢。又且好性格。真個難得。這等人。王婆道。可知哩。娘子自從嫁了這大郎。但有事百依百隨。且是合得着這婦人道。拙夫是無用之人。官人休要笑話。西門慶道。娘子差矣。古人道。柔軟是立身之本。剛

強是惹禍之胎。似娘子的夫主所為良善時萬丈水無涓滴漏
一生只是志誠為倒不好。王婆一面打着攛鼓兒。說西門慶獎
了一回。王婆因望婦人說道。娘子。你認得這位官人麽。婦人道。
不認得。婆子道。這位官人。便是本縣裡一個財主。知縣相公也
和他來往。叫做西門大官人。家有萬萬貫錢財。在縣門前。開生
藥鋪。家中錢過北斗。米爛成倉。黄的是金。白的是銀。圓的是珠。
白的是實。也有犀牛頭上角。大象口中牙。又放官吏債。結識人
他家大娘子。也是我說的媒。也是吳千戶家小姐。生的百伶百
俐。因問大官人。怎的連日不過貧家吃茶。西門慶道。便是連日
家中小女。有人家定了。不得閑來。婆子道。大姐有誰家定了。怎
的不請老身去說媒。西門慶道。被東京八十萬禁軍楊提督親

家陳宅。合成帖兒。他兒子陳經濟。纔十七歲。還上學堂。不是也請乾娘說媒。他那邊有了個文嫂兒來討帖兒。俺這里又便常在家中走的賣翠花的薛嫂兒。同做保卽說此親事。乾娘若肯去。到明日下小茶。我使人來請你。婆子哈哈笑道老身哄大官人耍子。俺這媒人們。都是狗娘養下來的。他們說親時又沒我。做成的熟飯兒。怎肯搭上老身一分。常言道。當行厭當行。到明日娶過了門時。老身胡亂三朝五日。拏上些人情去走走。討得一張半張卓面。到是正景。怎的。好和人鬭氣。兩個一遞一句。說了一回。婆子只顧誇奬西門慶口裏假嘈。那婦人便低了頭。縫針線。有詩爲証。

水性從來是女流　背夫常與外人偷

金蓮心愛西門慶　淫蕩春心不自由

西門慶見金蓮十分情意欣喜恨不得就要成雙王婆便去點兩盞茶來。遞一盞與西門慶。一盞與婦人。說道娘子。相待官人吃些茶。吃畢。便覺有些眉目送情。王婆看着西門慶。把手在臉上摸一摸。西門慶已知有五分光了。自古風流茶說合。酒是色媒人。王婆便道大官人不來。老身也不敢去宅上相請。一者緣法撞遇。二者來得正好常言道一客不煩二主。大官人便是出錢的。這位娘子。便是出力的。虧殺你這兩位施主。不是老身路岐相煩。難得這位娘子在這里官人好與老身做個主人拏出些銀子。買些酒食來。與娘子澆澆手如何。西門慶道。小人也見不到這裡。有銀子在此。便向茄袋裡。取出來。約有一兩一塊遞與王婆子。交倚辦酒食。那婦人便道。不消。生受官人。口裡說着。却不動身。王婆將銀子臨出門。便道有勞娘子相陪大官人坐一坐。我去就來。那婦人道乾娘免了罷。却亦不動身。也是姻緣、都有意了。王婆便出門去了。丢下西門慶和那婦人在屋裏。這西門慶一雙眼。不轉睛只看着那婦人。那婆娘也把眼來偷睃西門慶見了他這表人物。心中到有五七分意了。又低着頭只做生活。不多時。王婆買了見成肥鵞燒鴨。熟肉鮮鮓。細巧果子。歸來盡把盤碟盛了。擺在房里卓子上。看那婦人道。娘子且收拾過生活。吃一盃兒酒。那婦人道。你自陪大官人吃。奴却不當。那婆子道。正是專與娘子澆手。如何却說這話一面將盤饌。却擺在面前。三人坐在。把酒來斟。這西門慶。拏起酒盞來。道與婦人說道。請不棄滿飲此盃。婦人謝道。多承官人厚意。奴家量淺。吃不得。王婆道。老身知得娘子洪飲且請開懷吃兩盞兒。有詩爲証。

從來男女不同筵　賣俏迎奸最可憐

不獨文君奔司馬　西門今亦遇金蓮

那婦人一面接酒在手。向二人各道了萬福。西門慶拏起筯來。說道乾娘。替我勸娘子些菜兒。那婆子揀好的。遞將過來。與婦人吃。一連斟了三巡酒那婆子便去盪酒來。西門慶道小人不敢動問娘子青春多少。婦人應道。奴家虛度二十五歲屬龍的。正月初九日丑時生。西門慶道。娘子到與家下賤累同庚。也是庚辰。屬龍的。只是娘子。月分大七個月。他是八月十五日子時婦人道。將天比地。折殺奴家。王婆便插口道。好個精細的娘子。百伶百俐。又不枉了做得一手好針線。諸子百家雙陸象棋。拆牌道字。皆通。一筆好寫。西門慶道却是那里去討。武大郎好有福。招得這位娘子在屋里。王婆道。不是老身說是非。大官人宅上有許多。那里討得一個似娘子的。西門慶道。便是這等。一言難盡。只是小人命薄。不曾招得一個好的在家里、王婆道。大官人。先頭、娘子須也好。西門慶道。休說。我先妻若是他在時。却不恁的。家無主。屋倒豎。如今身邊枉自有三五七口人吃飯。都不管事。那婦人便問。大官人恁的時。沒了大娘子得幾年了。西門慶道。說不得。小人先妻陳氏。雖是微末出身。却倒百伶百俐。是件都替的小人。如今不幸他沒了。已過三年來也。繼娶這個賤累。

又常有疾病不管事、家里的勾當、都七顛八倒、為何小人只是走了出來、在家里時、便要嘔氣、婆子道。大官人休怪我直言、你先頭娘子。并如今娘子、也沒武大娘子、這手針線、這一表人物。西門慶道、便是先妻也沒武大娘子這一般兒風流。那婆子笑道、官人。你養的外宅、東街上住的。如何不請老身去吃茶、西門慶道。便是唱慢曲兒的張惜春。我見他是路岐人、不喜歡、婆子又道、官人你和勾欄中李嬌兒。却長久。西門慶道、這個人見今已娶在家里。若得他會當家時、自册正了他。王婆道。與卓二姐却相交得好、西門慶道。卓丟兒我也娶在家、做了第三房、近來得了個細疾。白不得好。婆子道、若有似武大娘子這般中官人意的。來宅上說。不妨事麽、西門慶道、我的爹娘、俱已沒了、我自主張。誰敢說個不字。王婆道。我自說要急切便那里有這般中官人意的。西門慶道。做甚麽便沒。只恨我夫妻緣分上薄。自不撞着哩。西門慶和婆子。一遞一句。說了一回。王婆道。正好吃酒却又沒了。官人休怪老身差撥。買一瓶兒酒來吃如何。西門慶便把茄袋內。還有三四兩散銀子。都與王婆。說道。乾娘。你拏了去。要吃時。只顧取來。多得乾娘便就收了。那婆子謝了官人。起身睃那粉頭時。三鍾酒下肚。烘動春心。又自兩個言來語去。都有意了。只低了頭。不起身。正是滿前野意無人識。幾朶碧桃春自開。有詩爲証。

眼意眉情卒未休　姻緣相湊遇風流
王婆貪賄無他技　一味花言巧舌頭

畢竟未知後來如何且聽下回分解

第四回　赴巫山潘氏幽歡

鬧茶坊鄆哥義憤

第四回

淫婦背武大偷姦　鄆哥不憤鬧茶肆

酒色多能悞國邦　由來美色喪忠良
紂因妲己宗祀失　吳為西施社稷亡
自愛青青行處樂　豈知紅粉笑中殃
西門貪戀金蓮色　內失家麋外趕傕

話說王婆拏銀子出門。便向婦人。滿面堆下笑來。說道老身去那街上。取瓶兒酒來。有勞娘子相待官人坐一坐。壺裡有酒。沒便再篩兩盞兒。且和大官人吃着。老身直去縣東街那里。有好酒買一瓶來。有好一歇兒躭閣。婦人聽了。說乾娘休要去奴酒多不用了。婆子便道阿呀。娘子大官人又不是別人。沒事相陪吃一盞兒怕怎的。婦人口裡說不用了。坐着却不動身。婆子一面把門拽上。用索兒拴了。倒關他二人在屋裏。當路坐了。一頭續着鎖。却說西門慶在房里。把眼看那婦人雲鬟半嚲。酥胸微露。粉面上顯出紅白來。一徑把壺來斟酒。勸那婦人酒。一回推害熱。脫了身上綠紗褶子。央煩娘子。替我搭在乾娘護炕上。那婦人連忙用手接了。過去搭放停當。這西門慶故意把袖子在卓上一拂。將那雙筯。拂落在地下來。一來也是緣法湊巧。那雙筯正落在婦人脚邊。這西門慶連忙將身下去拾筯。只見婦人尖尖趫趫。剛三寸。恰半扠。一對小小金蓮。正趫在筯邊。西門慶且不拾筯。便去他綉花鞋頭上。只一捏。那婦人笑將起來說道官人休要囉唣。你有心。奴亦有意。你眞個勾搭我。西門慶便雙膝跪下。說道娘子。作成小人則個。那婦人便把西門慶摟將起來。說只怕乾娘來撞見。西門慶道不妨。乾娘知道。當下兩個就在王婆房裡脫衣解帶共枕同歡。但見

交頸夗央戲水。並頭鸞鳳穿花。喜孜孜連理枝生。美甘甘同心帶結。一個將朱唇緊貼。一個粉臉斜偎。羅襪高挑。肩膊上露兩灣新月。金釵斜墜。枕頭邊堆一朵烏雲。誓海盟山。搏弄得千般旖旎。羞雲怯雨。揉搓的萬種妖嬈。恰恰鶯聲。不離耳畔。津津甜唾。笑吐舌尖。楊柳腰。脈脈春濃。櫻桃口。微微氣喘。星眼朦朧。細細汗流香玉顆。酥胸蕩漾。涓涓露滴牡丹心。直饒匹配眷姻諧。真個偷情滋味美。

當下二人雲雨纔罷。正欲各整衣襟。只見王婆推開房門入來。

大驚小怪、拍手打掌。說道你兩個做得好事。西門慶。和那婦人都吃了一驚。那婆子。便向婦人道、好呀好呀、我請你來做衣裳。不曾交你偷漢子。你家武大郎知。須連累我。不若我先去對武大說去。回身便走。那婦人慌的扯住他裙子。便雙膝跪下。說道乾娘饒恕。王婆道。你們都要依我一件事。婦人便道。休說一件。便是十件、奴也依乾娘。王婆道、從今日為始。瞞着武大每日休要失了大官人的意。早叫你早來。晚叫你晚來。我便罷休。若是一日不來。我便就對你武大說。那婦人說。我只依着乾娘說便了。王婆又道。西門大官人。你自不用着老身說得。這十分好事。已都完了。所許之物、不可失信。你若負心。一去了不來。我也要對武大說。西門慶道。乾娘放心。並不失信。婆子道。你每二人。出語無憑當各人留下件表記物件拏着纔見真情西門慶便向頭上拔下一根金頭銀簪又來插在婦人雲髻上婦人除下來袖了恐怕到家武大看見生疑一面亦將袖中巾帕遞與西門慶收了三人又吃了幾杯酒已是下午時分那婦人便起身道武大那廝也是歸來時分奴回家去罷便拜辭王婆西門慶撻過後門歸來先去下了簾子武大恰好進門且說王婆看着西門慶道好手段麽西門慶道端的虧了乾娘智賽隨何機強陸賈女兵十個九個都出不了乾娘手王婆又道這雌兒風月如何西門道這色系子女不可言婆子道他房里彈唱姐兒出身甚麽事兒不久慣知道得還虧老娘把你兩個生扭做夫妻強撮成配你所許老身東西休要忘了西門慶道乾娘這般費心

我到家便取定銀子送來。所許之物。豈肯昧心。王婆道。眼望旌節至。耳聽好消息。不要交老身棺材出了。討挽歌郎錢。西門慶道。但得一片橘皮吃。且莫忘了洞庭湖。一面看街上無人。帶上眼罩笑了去。不在話下。到次日。又來王婆家討茶吃。王婆讓坐連忙點茶來吃了。西門慶便向袖中取出一錠十兩銀子來。遞與王婆。但凡世上人錢財。能動人意。那婆子黑眼睛見了雪花銀子。一面歡天喜地。收了。一連道了兩個萬福。說道多謝大官人布施。因向西門慶道。這咱晚。武大還未見出門。待老身往他家。推借瓢看一看。一面從後門趕過婦人家來。婦人正在房中。打發武大吃飯。聽見叫門。問迎兒是誰。迎兒道是王奶奶來借瓢。婦人連忙迎將出來。道乾娘有瓢。一任拏去。且請家里坐。婆子道老身那邊無人因向婦人便做手勢婦人就知西門慶來了在那邊婆子拏瓢出了門一力攛掇武大吃了飯挑担出去了先到樓上從新粧點換了一套艷色新衣分付迎兒好生看家我往你王奶家坐一坐就來若是你爹來時就報我知道若不聽我說打下你這個小賤人下截來迎兒應諾不題婦人一面走過王婆茶坊里來和西門慶做一處正是合歡杏蕊春堪笑裹訴原來別有人有詞單道這雙關二意爲証

這瓢是瓢口兒小身子兒大你幼在春風棚上恁兒高到大來人難要他怎肯守定顏回甘貧樂道專一趂東風水上漂有疾被他撞倒無情被他罣着到底被他纏住拏着也曾在馬房里餧料也曾在茶房裡來叫如今弄的許由也不要赤

道黑洞洞葫蘆中賣的甚麼藥。

那西門慶見婦人來了。如天上落下來一般。兩個並肩疊股而坐。王婆一面點茶來吃了。因問昨日歸家武大沒問甚麼。婦人道。他問乾娘衣服做了不曾。我便說衣服做了。還與乾娘做送終鞋襪。說畢。婆子連忙安排上酒來擺在房內。二人交盃暢飲。這西門慶仔細端詳那婦人比初見時越發標致。吃了酒。粉面上透出紅白來。兩道水鬢描畫的長長的。端的平欺神仙。賽過姮娥。有沉醉東風爲証。

動人心紅白肉色。堪人愛可意裙釵。裙拖着翡翠。紗衫袖挽泥金摞。喜孜孜寶髻斜歪。恰便似月裏姮娥下世來。不枉了千金也難買。

西門慶誇之不足。摟在懷中。掀起他裙來。看見他一對小脚。穿着老鴉段子鞋兒。恰剛半扠。心中甚喜。一遞一口。與他吃酒。嘲問話兒。婦人因問西門慶貴庚。西門慶告他說。屬虎的。二十七歲。七月二十八日子時生。婦人問家中有幾位娘子。西門慶道。除下拙妻。還有三四個身邊人。只是沒一個中我意的。婦人又問幾位哥兒。西門慶道。只是一個小女。早晚出嫁。並無娃兒。西門慶嘲問了一回。向袖中取出銀穿心。金裹面。盛着香茶木樨餅兒來。用舌尖遞送與婦人。兩個相摟相抱。如蛇吐信子一般。嗚咂有聲。那王婆子。只管往來拿菜篩酒。那里去管他閑事。由着二人在房內做一處取樂頑耍。少頃吃得酒濃。不覺烘動春心。西門慶色心輒起。露出腰間那話。引婦人纖手捫弄。原來西門慶。自幼常在三街四巷養婆娘。根下猶來着銀打就藥煑成的托子。那話約有許長大。紅赤赤黑鬚。直豎豎堅硬。好個東西。有詩單道其態為証。

一物從來六寸長　有時柔軟有時剛
軟如醉漢東西倒　硬似風僧上下狂
出牝入陰為本事　腰州臍下作家鄉
天生二子隨身便　曾與佳人鬭幾場

少頃。婦人脫了衣裳。西門慶摸見牝戶上。並無毳毛。猶如白馥馥。鼓蓬蓬。軟濃濃。紅縐縐。緊湫湫。千人愛萬人貪。更不知是何物。有詩為証。

溫緊香乾口賽蓮　能柔能軟最堪憐

喜便吐舌開口笑　困時隨力就身眠
內襠縣里爲家業　薄草崖邊是故園
若遇風流清子弟　等閑戰鬥不開言

話休饒舌。那婦人自當日爲始。每日踅過王婆家來。和西門慶做一處恩情似漆。心意如膠。自古道好事不出門。惡事傳千里。不到半月之間。街坊隣舍。都曉的了。只瞞着武大一個不知。正是自知本分爲活計。那曉防奸革弊心。有詩爲証。

好事從來不出門　惡言醜行便彰聞
可憐武大親妻子　暗與西門作細君

話分兩頭。且說本縣有個小的。年方十五六歲。本身姓喬。因爲做軍。在鄆州生養的。人取名叫做鄆哥兒。家中止有個老爹。年紀高大。那小厮生的乖覺。自來只靠縣前。這許多酒店裏。賣些時新菓品。如常得西門慶賚發他些盤纏。其日正尋得一籃兒雪梨。提着。遶街尋西門慶。又有一等多口人說。鄆哥。你要尋他。我敎一個去處。一尋一個着。鄆哥道。聒譟老叔。敎我去。尋得他見。撰得三五十錢。養活老爹。也是好處。那多口道。我說與你罷。西門慶刮剌上賣炊餅的武大老婆。每日只在紫石街王婆茶房里坐的。這早晚。多定只在那里。你小孩子家。只故撞入去。不妨。那鄆哥得了這話。謝了阿叔指敎。這小猴子。提了籃兒。一直往紫石街走來。逕奔入王婆子茶房里去。却好正見王婆。坐在小櫈兒上。績苧蔴線。鄆哥把籃兒放下。看着王婆道。乾娘聲喏。那婆子問道。鄆哥。你來這里做甚麼。鄆哥道。要尋大官人。撰三

五十錢。養活老爹。婆子道。甚麼大官人。鄆哥道。情知是那個。便
只是他那個。婆子道。便是大官人。也有姓名。鄆哥道。便是兩個
字的。婆子道。甚麼兩個字的。鄆哥道。乾娘。只是要作耍。我要和
西門大官說句話兒。望裡便走。那婆一把手便揪住道。這小猴
子。那里去。人家屋裡。各有內外。鄆哥道。我去房裏便尋出來。王
婆罵道。含鳥小猴猻。我屋裏。那討甚麼西門大官。鄆哥道。乾娘。
不要獨自吃。你也把些汁水與我呷一呷。我有甚麼不理會得。
婆子便罵道。你那小猢猻。理會得甚麼。鄆哥道。你正是馬蹄刀。
水杓裏切菜。水泄不漏。半點兒也沒多落在地。直要我說出來。
只怕賣炊餅的哥哥發作。那婆子吃他這兩句道着他真病。心
中大怒。喝道。含鳥小猢猻。也來老娘屋裡放屁。鄆哥道。我是小

猢猻。你是馬伯六。做牽頭的老狗肉。那婆子揪住鄆哥。鑿上兩個栗暴。鄆哥便叫道。你做甚麽便打我。婆子罵道。賊肏娘的小猢猻。你敢高則聲。大耳刮子。打出你去。鄆哥道。賊老咬蟲。沒事便打我。這婆子一頭叉。一頭大栗暴着。直打出街上去。把雪梨籃兒也丟出去。那籃雪梨。四分五落。滾落了開去。這小猴子。打那虔婆不過。一頭罵。一頭哭。一頭走。一頭街上拾梨兒。指着王婆茶房裏。罵道老咬蟲。我交你不要慌。我不說與他。也不做出來不信。定然遭塌了你這場門面。交你撰不成錢使。這小猴子。提個籃兒。逕奔街上。尋這個人。不見鄆哥尋這個人。却正是王婆從前作過事。今朝沒與一齊來。有分交

險道神脫了衣冠　小猴子泄漏出患害

畢竟未知道。鄆哥尋甚麼人。要知後項如何。且聽下回分解

金瓶梅

第五回　捉奸情鄆哥設計

飲鴆藥武大遭殃

劉啟先

第五回

鄆哥幇捉罵王婆　淫婦藥酖武大郎

叅透風流二字禪　好姻緣是惡姻緣
痴心做處人人愛　冷眼觀時個個嫌
野草閑花休採折　眞姿勁質自安然
山妻稚子家常飯　不害相思不損錢

話說當下鄆哥。被王婆子打了。心中正沒出氣處。提了雪梨籃兒。一逕奔來街上。尋武大郎。轉了兩條街巷。只見武大挑着炊餅担兒。正從那條街過來。鄆哥見了。立住了脚。看着武大道。這幾時不見你。吃得肥了。武大歇下担兒道。我只是這等模樣。有甚麽吃的肥處。鄆哥道。我前日要糴些麥粉。一地里沒糴處。人都道你屋里有。武大道。我屋裡並不養鵞鴨。那里有這麥粉。鄆哥道。你說沒粉麥。怎的賺得你恁肥胳膀的。便軟倒提起你來也不妨。煑你在鍋里也沒氣。武大道。含鳥猢猻。倒罵得我好。我的老婆。又不偷漢子。我如何是鴨。鄆哥道。你老婆不偷漢子。只偷子漢。武大扯住鄆哥道。還我主兒來。鄆哥道。我笑你只會扯我。却不道咬下他左邊的來。武大道。好兄弟。你對我說是誰。我把十個炊餅送你。鄆哥道。炊餅不濟事。你只做個東道。我吃三盃。我說與你。武大道。你會吃酒。跟我來。武大挑了担兒。引着鄆哥到個小酒店里。歇下担兒。拏幾個炊餅。買了些肉。討了一鏇酒。請鄆哥吃了。那小厮道。酒不要添。肉再切幾塊來。武大道。好兄弟。且說與我則個。鄆哥道。且不要慌。等我一發吃了。却說與你你却不要氣苦我自幇你打捉武大看那猴子吃了酒肉你如今却說與我鄆哥道你要得知把手來摸我頭上的肐膝武大道却怎的來有這肐膝對你說我今日將這籃雪梨去尋西門大官掛一小勾子一地里沒尋處街上有人道他在王婆茶坊里來和武大娘子勾搭上了每日只在那里行走我指望見了他撰得三五十文錢使叵耐王婆那老猪狗不放我去房里尋他大栗暴打出我來我特地來尋你我方纔把兩句話來激你我不激你時你須不求問我武大道眞個有這等事鄆哥道又來了我道你是這般屁鳥人那廝兩個落得快活只專等你出來便在王婆房里做一處你問道眞個也是假莫不我哄你不成武大聽罷道兄弟我實不瞞你說我這婆娘每日去王婆

家里做衣服。做鞋脚。歸來便臉紅。我先妻丟下個女孩兒。要便朝打暮駡。不與飯吃。這兩日有些精神錯亂。見了我不做喜歡。我自也有些疑忌在心里。這話正是了。我如今寄了担兒。便去捉奸如何。鄆哥道。你老大一條漢。元來沒些見識。那王婆老狗。什麽利害怕人。你如何出得他手。他三人也有個暗號兒。見你入來拏他。他把你老婆藏過了。那西門慶須了得。打你這般二十個。若捉他不着。反吃他一頓好拳頭。他又有錢有勢。反告你一狀子。你須吃他一場官司。又沒人做主。乾結果了你性命。武大道兄弟。你都說得是。我却怎的。出得這口氣。鄆哥道。我吃那王婆打了。也沒出氣處。我教一着。今日歸去。都不要發作。也不要說。自只做每日一般。明朝便少做些炊餅出來賣。我自在巷口等，你若是見西門慶入去時，我便來叫你，你便挑着担兒只在左邊等我，我先去惹那老狗，他必然來打我。我先把籃兒丢在街心來，你却搶入，我便一頭頂住那婆子。你便奔入房里去，叫起屈來。此計如何，武大道，既是如此，却是虧了兄弟，我有數十貫錢，我把與你去，你可明日早早來紫石街巷口等我，鄆哥得了幾貫錢并幾個炊餅自去了。武大還了酒錢，挑了担兒，自去賣了一遭歸去，原來那婦人往常時只是罵武大，百般的欺負他，近日來，也自知禮虧，只得窩盤他些個。當晚武大挑了担兒歸來，也是和往日一般，並不題起別事。那婦人道，大哥，買盞酒吃。武大道，却纔和一般經紀人，買了三盞吃了。那婦人便安排晚飯與他吃了，當晚無話。次日飯後，武大只做三兩扇炊餅。

安在担兒上。這婦人一心只想着西門慶。那里來理會武大的做多做少。當日武大挑了担兒自出去做買賣。這婦人巴不得他出去了。便踅過王婆茶房裡來。等西門慶。且說武大挑着担兒。出到紫石街巷口。迎見鄆哥。提着籃兒。在那里張望。武大道如何。鄆哥道還早些個。你自去賣一遭來。那廝七八。也將來也。你只在左邊處伺候。不可遠去了。武大雲飛也似。去街上賣了一遭兒回來。鄆哥道。你只看我籃兒拋出來。你便飛奔入去。武大自把担兒寄了。不在話下。有詩為証。

虎有倀兮鳥有媒　暗中牽陷自狂為
鄆哥指計西門慶　虧殺王婆撮合奇

且說鄆哥提着籃兒。便走入茶坊里來。向王婆罵道。老猪狗。你

䀹日爲甚麼便打我那婆子舊性不改便跳起身來喝道你這
小猢猻老娘與你無干你如何又來罵我鄆哥道便罵你這馬
伯六做牽頭的老狗肉直我髩髩那婆子大怒揪住鄆哥便打
鄆哥叫一聲你打時把那手中籃兒丟出當街上來那婆子却
待揪他被這小猴子叫一聲你打時就打王婆腰里帶個住看
着婆子小肚上只一頭撞將去險些兒不跌倒却得壁子碍住
不倒那猴子死命頂在壁上只見武大從外裸起衣裳大踏步
直搶入茶坊裡來那婆子見是武大來得甚急待要走去阻當
時却被這小猴子死力頂住那裡肯放婆子只叫得武大來也
那婦人正和西門慶在房里做手脚不迭先奔來頂住了門這
西門慶便僕入床下去躲武大搶到房門首用手推那房門時

157

那里推得開口里只叫做得好事那婦人頂着門慌做一團口里便說道你閑常時只好鳥嘴賣弄殺好拳棒臨時便沒些用兒用了個紙虎兒也嚇一交那婦人這幾句話分明交西門慶來打武大奪路走西門慶在床底下聽了婦人這些話題醒他這個念頭便鑽出來說道娘子不是我沒本事一時間沒這智量便來撥開拴叫聲不要來武大却待揪他被西門慶早飛起脚來武大矮短正踢中心窩撲地望後便倒了武大打鬧一直走了鄆哥見頭勢不好也撇了王婆撒開跳了那街坊隣舍都知道西門慶了得誰敢來管事王婆當時就地下扶起武大來見他口裡吐血面皮蠟楂也似黃了便叫那婦人出來舀碗水救得甦醒兩個上下肩攙着便從後門扶歸中樓上去安排他

床上睡了。當夜無話。次日西門慶打聽得沒事。依前自來王婆家。和這婦人做一處。只指望武大自死。武大一病五日不出。勿起。更兼要湯不見。要水不見。每日叫那婦人又不應。只見他濃粧艶抹了出去。歸來便臉紅。小女迎兒又吃婦人禁住。不得向前。嚇道小賤人你不對我說。與了他水吃。都在你身上。那迎兒見婦人這等說。又怎敢與武大一點湯水吃。武大幾遍只是氣得發昏。又沒人來采問。一日武大叫老婆過來分付他道。你做的勾當。我親手又捉着你奸。你倒挑撥奸夫。踢了我心。至今求生不生。求死不死。你們却自去快活。我死自不妨。和你們爭執不得了。我兄弟武二。你須知他性格。倘或早晚歸來。他肯干休。你若肯可憐我。早早扶得我好了。他歸來時。我都不提起。你若不看顧我時。待他歸來。却和你們說話。這婦人聽了。也不回言。却踅過王婆家來。一五一十。都對王婆和西門慶說了。那西門慶聽了這話。似提在冷水盆內一般。說道苦也。我須知景陽崗上。打死大蟲的武都頭。他是清河縣第一個好漢。我如今却和娘子眷戀日久。情孚意孚。拆散不開。據此等說時。正是怎生得好。却是苦也。王婆冷笑道。我倒不曾見你是個把舵的。我是個撑船的。我倒不慌。你倒慌了手脚。西門慶道。我枉自做個男漢到這般去處。却擺布不開。你有甚麽主見。遮藏我們則個。王婆道。既要我遮藏你們。我有一條計。你們却要長做夫妻。短做夫妻。西門慶道。乾娘。你且說如何是長做夫妻。短做夫妻。王婆道。若是短做夫妻。你每只就今日便分散。等武大將息好了。起來。與他陪了話。武二歸來。都沒言語。待他再差使出去。却又來相會。這是短做夫妻。你們若要長做夫妻。每日同在一處。不耽驚受怕。我却有這條妙計。只是難教你們。西門慶道。乾娘周旋了我們則個。只要長做夫妻。王婆道。這條計。用着件東西。別人家里都沒。天生天化。大官人家。却有。西門慶道。便是要我的眼睛。也割來與你。却是甚麼東西。婆子道。如今這搗子。病得重。趁他狠狠好下手。大官人家里取些砒霜。却交大娘子。自去贖一貼心疼的藥來。却把這砒霜來。下在裡面。把這矮子。結果了他命。一把火燒得乾乾淨淨。沒了踪跡。便是武二回來。他待怎的。自古道。幼嫁從親。再嫁由身。小叔如何管得。暗地裡來往。半年一載。便好了。等待夫孝滿日。大官人一頂轎子。娶到家去。這個不是長遠做夫婦。諧老同歡。此計如何。西門慶道。乾娘。此計甚妙。自古道。欲求生快活。須下死工夫。罷罷罷。一不做。二不休。王婆道。可知好哩。這是剪草除根。萌芽不發。若是剪草不除根。春來萌芽再發。却如何處置。大官人。往家去快取此物來。我自教娘子下手。事了時。却要重重謝我。西門慶道。這個自然。不消你說。有詩爲証。詩曰

雲情雨意兩綢繆　戀色迷花不肯休
畢竟世間有此事　武大身軀喪粉頭

且說西門慶去不多時。包了一包砒霜。遞與王婆收了。這婆子看着那婦人。大娘子。我教你下藥的法兒。如今武大。不對你說交你救活他。你便乘此機。把些小意兒。貼戀他。他若問你討藥。

吃時。便把這砒霜。調在這心疼藥裡。待他一覺身動。你便把藥灌將下去。却便走了起身。他若毒氣發時。必然腸胃迸斷。大叫一聲。你却把被一蓋。都不要人聽見。緊緊的按住被角。預先燒下一鍋湯。煮着一條抹布。他若毒發之時。七竅內流血。口唇上有牙齒咬的痕跡。他若氣斷了。你便揭起被來。却將煮的抹布。只一揩。都揩没了血跡。便入在材里。扛出去燒了。有麼了事。那婦人道。好却是好。只是奴家臨時手軟了。安排不得屍首。婆子道。這個易得。你那邊只敲壁子。我自就過來幫扶你。西門慶道。你們用心整理。明日五更。我來討話。說罷。自歸家去了。王婆把這砒霜。用手捻爲細末。遞與婦人。將去藏了。那婦人回到樓上。看着武大。一絲没了兩氣。看看待死。那婦人坐在床邊假哭。武大你做甚麼來哭。婦人拭着眼泪道。我的一時間不是。乞那西門慶騙騙了。誰想脚踢中了你心。我問得一處有好藥。我要去贖來醫你。只怕你疑忌。不敢去取。武大道。你救得我活無事了。一筆都勾。並不記懐。武二來家。亦不題起。你快去贖藥來救我則個。那婦人拏了銅錢。逕來王婆家裡坐地。却交王婆贖得藥來。把到樓上。交武大看了。說道這貼心疼藥。太醫交你半夜裡吃。吃了倒頭一睡。把一兩床被。發些汗。明日便起得來。武大道却是好也。生受大嫂。今夜醒睡些。半夜裡調來我吃。那婦人道你放心睡。我自扶持你。看看天色將黑了。婦人在房裡點上燈。下面燒了大鍋湯。拏了一方抹布。煮在鍋裡。聽那更鼓時。却好正打三更。那婦人先把砒霜。傾在盞內。却舀一碗白湯來。把到樓上。却𠮟大哥。藥在那里。武大道在我蓆子底下。枕頭邉你快調來與我吃。那婦人揭起蓆。將那藥抖在盞子里。把那藥帖安了。將白湯冲在盞里。把頭上銀簪兒只一攪。調得匀了。左手扶起武大。右手便把藥來灌。武大呷了一口。說道大嫂這藥好難吃。婦人道只要他醫治病好。管甚麽難吃易吃。武大再呷第二口時。被這婆娘就勢只一灌。一盞藥都灌下喉嚨去了。那婦人便放倒武大慌忙跳下床來。武大哎了一聲。說道大嫂吃下這藥去。肚裏倒疼起來。苦呀苦呀。倒當不得了。這婦人便去脚後扯過兩床被來。沒頭沒臉只顧蓋。武大叫道我也氣悶。那婦人道。太醫分付。教我與你發些汗。便好得快。武大要再說時。這婦人怕他挣扎。便跳上床來。騎在武大身上。把手緊緊地。按住被

角那里肯放些鬆寬。正似

油煎肺腑。火燎肝腸。心窩裡如雪刃相侵。滿腹中似鋼刀亂攪。渾身冰冷。七竅血流。牙關緊咬。三魂赴枉死城中。喉管枯乾。七魄投望鄉臺上。地獄新添食毒鬼。陽間沒了捉奸人。

那武大當時哎了兩聲。喘息了一回。腸胃迸斷。嗚呼哀哉。身體動不得了。那婦人揭起被來。見了武大咬牙切齒。七竅流血。怕將起來。只得跳下床來。敲那壁子。王婆聽得。走過後門頭咳嗽。那婦人便下樓來。開了後門。王婆問道。了也未。那婦人道。了便了了。只是我手脚軟了。安排不得。王婆道。有甚麽難處。我幫你便了。那婆子便把衣袖捲起。舀了一桶湯。把抹布撇在裏面。掇上樓來。捲過了被。先把武大嘴邊唇上都抹了。却把七竅淤血。

痕跡拭淨便把衣裳蓋在身上兩個從樓上一步一擡扛將下來就樓下將扇舊門停了與他梳了頭戴上巾幘穿了衣裳取雙鞋襪與他穿了將片白絹蓋了臉揀床乾淨被蓋在死屍身上卻上樓來收拾得乾淨了王婆自轉將歸去了那婆娘卻號號地假哭起養家人來看官聽說原來但凡世上婦人哭有三樣有淚有聲謂之哭有淚無聲謂之泣無淚有聲謂之號當下那婦人乾嚎了半夜次早五更天色未曉西門慶奔走討信王婆說了備細西門慶取銀子把與王婆教買棺材津送就叫那婦人商議這婆娘過來和西門慶說道我的武大今日已死我只靠着你做主大官人休是網巾圈兒打靠後西門慶道這個何須你說費心婦人道你若負了心怎的說西門慶道我若負了

心。就是你武大一般王婆道。大官人且休閑說。如今只有一件事。要緊地方。天明就要入殮只怕被忤作看出破綻來怎了。團頭何九。他也是個精細的人只怕他不肯殮。西門慶笑道。這個不妨事。何九我自分付他。他不敢違我的言語王婆道。大官人快去分付他不可遲了。西門慶把銀子交付與王婆買棺材他便自去對何九說去了。正是三光有影遺誰繫。萬事無根只自生畢竟西門慶怎的對何九說要知後項如何且聽下回分解。

雪隱鷺鷥飛始見　柳藏鸚鵡語方知

第六回　何九受賄瞞天

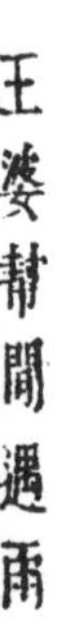

王婆幫閒遇雨

第六回

西門慶買囑何九　王婆打酒遇大雨

可怪狂夫戀野花　因貪淫色受波喳
亡身喪命皆因此　破業傾家總爲他
半晌風流有何益　一般滋味不須誇
有朝禍起蕭墻內　虧殺王婆先做牙

却說西門慶便對胡九說去了。且說王婆拿銀子來買棺材冥器。又買些香燭紙錢之類。歸來與婦人商議。就于武大靈前。點起一盞隨身燈。隣舍街坊。都來看望。那婦人虛掩着粉臉假哭。衆街坊問道。大郎得何病患便死了。那婆娘答道。拙夫因害心疼得慌。不想一日一日越重了。看來不能勾好。不幸昨夜三更鼓死了。好是苦也。又哽哽咽咽。假哭起來。衆隣舍明知道此人死的不明。不敢只顧問他。衆人盡勸道。死是死了。活的自要安穩過。娘子省煩惱。天氣暄熱。那婦人只得假意兒謝了。衆人各自散去。王婆擡了棺材來。又去請仵作團頭何九。但是入殮用的都買了。并家裡一應物件也都買了。就于報恩寺叫了兩個禪和子。晚夕伴靈拜懺。不多時。何九先撥了幾個火家整頓。且說何九到巳牌時分。慢慢的走來。到紫石街巷口。迎見西門慶。叫道老九何往。何九荅道。小人只去前面殮這賣炊餅的武大郎屍首。西門慶道。且借一步說話。何九跟着西門慶來到轉角頭一個小酒店裡坐下。在閣兒內。西門慶道。老九請上坐。何九道。小人是何等之人。敢對大官人一處坐的。西門慶道。老九何故見外。且請坐。二人讓了一回坐下。西門慶分付酒保。取瓶好酒來。酒保一面鋪下菜蔬菓品案酒之類。一面盪上酒來。何九心中疑忌。想道西門慶自來不曾和我吃酒。今日這盃酒。必有蹺蹊。兩個飲勾多時。只見西門慶白袖子裡。摸出一錠雪花銀子。放在面前。說道老九。休嫌輕微。明日另有酬謝。何九叉手道。小人無半點用功効力之處。如何敢受大官人見賜銀兩。若是大官有使令。小人也不敢辭。西門慶道老九休要見外。請收過了。何九道。大官人便說不妨。西門慶道。別無甚事。少刻他家自有些辛錢。只是如今殮武大的屍身。凡百事周全。一床錦被遮蓋則個。余不多言。何九道。我道何事。這些小事。有甚打緊。如何敢受大官人銀兩。西門慶道。老九你若不受時。便是推却。何九自來懼西門慶是個刁徒把持官府的人只得收了銀子又吃了幾盃酒西門慶呼酒保來記了帳目明日來我鋪子内支錢兩個下樓一面出了店門臨行西門慶道老九是必記心不可泄漏改日另有補報分付罷一直去了何九心中疑忌我殮武大身屍他何故與我這十兩銀子此事必蹺蹊一面來到武大門首只見那幾個火家正在門首伺候王婆也等的久哩火家在那裡何九便問火家這武大是甚病死了火家道他家說害心疼病死了何九入門揭起簾子進來王婆接着道久等多時了陰陽也來了半日老九如何這咱纔來何九道便是有些小事絆住了脚來遲了一步只見那婦人穿着一件素淡衣裳白布鬏髻從裏面假哭出來何九道娘子省煩惱大郎已是歸天

去了。那婦人虛掩着淚眼道。說不得的苦。我夫心疼症候。幾個日子。便把命丟了。撇得奴好苦。這何九一面上上下下。看了婆娘的模樣。心裡自忖的道。我從來只聽得人說武大娘子。不曾認得他。原來武大郎。討得這個老婆在屋裡。西門慶這十兩銀子使着了。一面走向靈前。看武大屍首。陰陽宣念經畢。揭起千秋旛。扯開白絹。用五輪八寶。犯着那兩點神水。定睛看時。見武大指甲青。唇口紫。面皮黃。眼皆突出。就知是中惡。傍邊那兩個火家。說道。怎的臉也紫了。口唇上有牙痕。口中出血。何九道。休得胡說。兩日天氣。十分炎熱。如何不走動些。一面七手八腳。葫蘆提殮了。裝入棺材內。兩下用長命釘釘了。王婆一力攛掇。拏出一吊錢來。與何九打發眾火家去了。就問幾時出去。王婆道大娘子說只三日便出殯城外燒化衆火家各分散了那婦人當夜擺着酒請人第二日請四個僧念經第三日早五更衆火家都來扛擡棺材也有幾個隣舍街坊吊孝相送那婦人帶上孝坐了一乘轎子一路上口內假哭養家人來到城外化人場上便教舉火燒化棺材并武大屍首燒得乾乾淨淨把骨殖撒在池子裏原來那日齋堂管待一應都是西門慶出錢整頓那婦人歸到家中樓上去設個靈牌上寫亡夫武大郎之靈靈床子前點一盞琉璃燈裡面貼些金旛錢帋金銀錠之類那日却和西門慶做一處打發王婆家去二人在樓上任意縱橫取樂不比先前在王婆茶坊裡只是偷雞盜狗之歡如今武大已死家中無人兩個恣情肆意停眠整宿初時西門慶恐隣舍瞧破

先到王婆那邊坐一回。今武大死後帶着跟隨小廝逕從婦人家後門而入。自此和婦人情沾肺腑。意密如膠。常時三五夜不曾歸去。把家中大小。丟的七顛八倒。都不喜歡。原來這女色坑陷得幾時。必有敗。有鷓鴣天爲証。

色膽如天不自由　情深意密兩綢繆
貪歡不管生和死　溺愛誰將身體修
只爲恩深情鬱鬱　多因愛濶恨悠悠
要將吳越寃仇解　地老天荒難歇休

光陰迅速。日月如梭。西門慶刮剌那婦人將兩月有餘。一日將近端陽佳節。但見

綠楊裊裊垂絲碧。海榴點點胭脂赤。微微風動幔。颯颯涼侵

扇處處遇端陽。家家共舉觴。

西門慶自岳廟上回來。到王婆茶坊裡坐下。那婆子連忙點一盞茶來。便問大官人。往那裡去來。怎的不過去看看大娘子。西門慶道。今日往廟上走走。大節間記掛着。來看看大姐。婆子道。今日他娘潘媽媽在這裡。怕還未去哩。等我過去看看。回大官人。這婆子一面走過婦人後門看時。婦人正陪潘媽媽。在房裡吃酒。見婆子來。連忙讓坐。婦人撮下笑來道。乾娘來得正好。請陪俺娘。且吃個進門盞兒。到明日養個好娃娃。婆子笑道。老身又沒有老伴兒。那裡得養出來。你年小少壯。正好養哩。婦人道。常言小花不結。老花兒結。婆子便看着潘媽媽。你看你女兒。這等傷我。說我是老花子。到明日還用着我老花子。說罷。潘媽媽道他從小兒。是這等快嘴乾娘。休要和他一般見識。原來這婆子撮合得西門慶和這婦人刮剌上了。早晚替他通事慇懃兒。提壺打酒。靠些油水養口。一面對他娘潘媽媽說。你家這姐姐。端的百伶百俐。不枉了好個婦女。到明日不知什麽有福的人受用他。潘媽媽道。乾娘。既是撮合山。全靠乾娘作成則個。一面安下鍾筯。婦人斟酒在他面前。婆子一連陪了幾盃酒。吃得臉紅紅的。又怕西門慶在那邊等候。連忙丟了個眼色。與婦人告辭歸去。婦人就知西門慶來了。于是一力攛掇他娘起身去了。將房中收拾乾淨。燒些異香。從新把娘的殘饌撤去。另安排一席齊整酒肴。預備陪侍西門慶。從月臺上過來。婦人從梯櫈接着。到房中道個萬福坐下。原來婦人自從武大死後。怎肯帶孝。樓上把武大靈牌。丢在一邊。用一張白帋蒙着羮飯也不揪採。每日只是濃粧艶抹。穿顏色衣服。打扮嬌樣。陪伴西門慶。做一處作歡頑耍。因見西門慶。兩日不來就駡負心的賊。如何撇悶了奴。又往那家另續上心甜的兒了。把奴冷丢。不來揪採西門慶道。便是家中小妾。昨日沒了。殯送忙了兩日。今日往廟上去。替你置了些首飾珠翠衣服之類。那婦人滿心歡喜西門慶一面喚過小廝玳安來。氊包內取出。一件件把與婦人。婦人方纔拜謝收了。小女迎兒。尋常被婦人打怕的。以此不瞞他。令他拏茶與西門慶吃。一面婦人安放卓兒陪西門慶吃茶。西門慶道。你不消費心。我已與了乾娘銀子。買酒肉嗄飯果品去了。大節間。正要和你坐一坐。婦人道。此是待俺娘的。奴存下這卓整菜兒等。

到乾娘買來。且有一回躭閣。咱且吃着。婦人陪西門慶臉兒相貼。腿兒相壓。並肩一處飲酒。且說婆子提着個籃子。拏着一條十八兩秤。走到街上。打酒買肉。那時正值五月初旬天氣。大雨時行。只見紅日當天。忽一塊濕雲處。大雨傾盆相似。但見

烏雲生四野。黑霧鎖長空。刷刺刺漫空障日飛來。一點點擊得芭蕉聲碎。狂風相助。侵天老檜掀翻。霹靂交加。泰華嵩喬震動。洗炎驅暑。潤澤田苗。洗炎驅暑。佳人貪其賞玩。潤澤田苗。行人忘其泥濘。正是江淮河濟添新水。翠竹紅榴洗濯清。

那婆子正打了一瓶酒。買了一籃魚肉鷄鵝菜蔬菓品之類。在街上遇見這大雨。慌忙躲在人家房簷下。用手巾裹着頭。把衣服都淋湿了。等了一歇。那雨脚慢了些。大步雲飛來家。進入門

來把酒肉放在厨房下走進房來看見婦人和西門慶飲酒笑嘻嘻道大官人和大娘子好飲酒你看把婆子身上衣服都淋濕了到明日就教大官人賠我西門慶道你看老婆子就是個賴精婆子道我不是賴精大官人少不得賠我一疋大海青婦人道乾娘你且飲過盪熱酒盞兒那婆子陪着飲了三盃說道老身往厨下烘乾衣裳去一面走到厨下把衣服烘乾那雞鵞嗄飯割切安排停當用盤碟盛了菓品之類都擺在房中盪上酒來西門慶與婦人重斟美酒共設佳肴交盃疊股而飲西門慶飲酒中間看見婦人壁上掛着一面琵琶便道久聞你善彈今日好歹彈個曲兒我下酒婦人咲道奴自幼初學一兩句不十分好官人休要笑耻西門慶一面取下琵琶來摟婦人在懷

看他放在膝兒上。輕舒玉笋。款弄冰絃。慢慢彈着。唱了一個兩頭南調兒。

冠兒不戴懶梳粧。髻挽青絲雲鬢光。金釵斜插在烏雲上。喚梅香。開籠廂。穿一套素縞衣裳。打扮的是西施模樣。出繡房。梅香。你與我捲起簾兒。燒一炷兒夜香。

西門慶聽了。喜歡的沒入腳處。一手摟過婦人粉項來。就親了個嘴。稱誇道。誰知姐姐。你有這段兒聰明。就是小人在构欄三街兩巷。相交唱的。也沒你這手好彈唱。婦人笑道。蒙官人擡舉。奴今日與你。百依百隨。是必過後。休忘了奴家。西門慶一面捧着他香腮。說道。我怎肯忘了姐姐。兩個殢雨尤雲。調笑頑耍。少頃。西門慶又脫下他一隻繡花鞋兒。擎在手內。放一小盃酒在內。吃鞋盃耍子，婦人道，奴家好小脚兒。官人休要笑話。不一時，二人吃得酒濃。掩閉了房門，解衣上床頑耍。王婆把大門頂着，和迎兒在廚房中，動喫用着，二人在房內顛鸞倒鳳，似水如魚，取樂歡娛，那婦人枕邊風月，比娼妓尤甚。百般奉承，西門慶亦施逞鎗法打動。兩個女貌郎才。俱在妙齡之際，有詩單道其態。

詩曰

寂靜蘭房簟枕涼　才子佳人至妙頑
纔去倒澆紅臘燭　忽然又掉夜行船
偷香粉蝶飱花蕚　戲水蜻蜓上下旋
樂極情濃無限趣　靈龜口內吐清泉

當日西門慶在婦人家。盤桓至晚，欲囘家，留了幾兩散碎銀子。

與婦人做盤纏。婦人再三挽留不住。西門慶帶上眼罩。出門去了。婦人下了簾子。關上大門。又和王婆吃了一回酒。各散去了。正是倚門相送劉郎去。烟水桃花去路迷。畢竟未知後來何如。且聽下回分解。

金瓶梅
第七回
薛媒婆說娶孟三兒

楊姑娘氣罵張四舅

第七回

薛嫂兒說娶孟玉樓　楊姑娘氣罵張四舅

我做媒人實可能　全憑兩腿走慇懃
唇鎗慣把鰥男配　舌劍能調烈女心
利市花常頭上帶　喜筵餅錠袖中撑
只有一件不堪處　半是成人半敗人

話說西門慶家中。賞翠花兒的薛嫂兒。提着花廂兒。一地哩尋西門慶不着。因見西門慶。使的小廝玳安兒。問大官人在那裡。玳安道俺爹在鋪子裡。和傅二叔筭帳。原來西門慶家開生藥鋪。主管姓傅名銘。字自新。排行第二。因此呼他做傅二叔這薛嫂一直走到鋪子門首。掀開簾子。見西門慶。正在裡面。與主管筭帳一面點首兒喚他出來這西門慶兒是薛嫂兒連忙撇了主管出來兩人走在僻靜處說話薛嫂道了萬福西門慶問他有甚說話薛嫂道我來有一件親事來對大官人說管情中得你老人家意就頂死了的三娘窩兒方纔我在大娘房裡買我的花翠留我吃茶坐了這一日我就不曾敢題起逕來尋你老人家和你說這位娘子說起來你老人家也知道是咱這南門外販布楊家的正頭娘子手裡有一分好錢南京拔步床也有兩張四季衣服粧花袍兒插不下手去也有四五隻箱子珠子箍兒胡珠環子金寶石頭面金鐲銀釧不消說手裡現銀子他也有上千兩好三梭布也有三二伯筩不幸他男子漢去販布死在外邊他守寡了一年多身邊又沒子女止有一個小叔兒

還小幾十歲。青春年少。守他甚麼。有他家一個嫡親的姑娘要主張。着他嫁人。這娘子今年不上二十五六歲。生的長挑身材。一表人物。打扮起來。就是個燈人兒。風流俊俏。百伶百俐。當家立紀。針指女工。雙陸棋子。不消說。不瞞大官人說。他娘家姓孟。排行三姐。就住在臭水巷。又會彈了一手好月琴。大官人若見了。管情一箭就上垜。誰似你老人家有福。好得這許多帶頭。又得一個娘子。西門慶只聽見婦人會彈月琴。便可在他心上。就問薛嫂兒幾時相會看去。薛嫂道。我和老人家這等計議。相看不打緊。如今他家。一家子只是姑娘大。雖是他娘舅張四。山核桃差着一槅兒哩。這婆子。原嫁與非邉半邉街。徐公公房子裡住的孫歪頭。歪頭死了。這婆子守寡了三四十年。男花女花都無。

只靠姪男姪女養活。今日已過。明日我來會大官人。咱只倒在身上求他。求只求張良。拜只拜韓信。這婆子愛的是錢財。明知道他侄兒媳婦。有東西。隨問什麼人家。他也不管。只指望要幾兩銀子。大官人多許他幾兩銀子。家裡有的是那囂段子。拏上一段。買上一担禮物。親去見他。和他講過。一拳打倒他。隨問傍邊有人說話。這婆子一力張主。誰敢怎的。這薛嫂兒一席話。說的西門慶歡從額角眉尖出。喜向腮邊笑臉生。看官聽說。世上這媒人們原來只一味圖撰錢。不顧人死活。無官的。說做有官。把偏房。說做正房。一味瞞天大謊。全無半點兒真實。正是

媒妁慇懃說始終　孟姬愛嫁富家翁

有緣千里能相會　無緣對面不相逢

西門慶當日與薛嫂相約下。明日是好日期。就買禮往北邊他姑娘家去。薛嫂說畢話。提着花廂兒去了。西門慶進來。和傅夥計算帳。一宿晩景不題。到次日西門慶早起。打選衣帽齊整。拏了一段尺頭。買了四盤羹果。顧了一個擡盒的。薛嫂領着西門慶騎着頭口。小厮跟隨。逕來北邊半邊街徐公公房子裡楊姑娘家門首。薛嫂先入去通報姑娘得知。說近邊一個財主。敬來門外。和大娘子說親。我說一家只姑奶奶是大。先來覿面親見過你老人家。講了話。然後纔敢領去門外相看。今日小媳婦領來見在門首。下馬伺候。婆子聽見。便道阿呀。保山。你如何不先來說聲。一面分付了丫鬟。打掃客位。收拾乾净。頓下好茶。一面道有請。這薛嫂一力攛掇。先把盒担擡進去擺下。打發空盒担

兒出去就請西門慶進來入見這西門慶頭戴纏椶大帽一撒
鈎縧粉底皂靴進門見婆子拜四拜婆子拄着拐慌忙還下禮
去西門慶那裡肯一口一聲只叫姑娘請受禮讓了半日婆子
受了半禮分賓主坐下薛嫂在傍打橫婆子便道大官人貴姓
薛嫂道我纔對你老人家說就忘了便是咱清河縣數一數二
的財主西門慶大官人在縣前開着個大生藥鋪又放官吏債
家中錢過北斗米爛陳倉沒個當家立紀娘子聞得咱家門外
大娘子要嫁特來見姑奶奶講說親事因說你兩親家都在此
漏眼不藏絲有話當面說省得俺媒人們架謊這裡是姑奶奶
大人有話不先來和姑奶奶說再和誰說婆子道官人倘然要
說俺侄兒媳婦自恁來閑講便了何必費煩又買禮來使老身

卻之不恭。受之有愧。西門慶道。姑娘在上。沒的禮物惶恐那婆子一面拜了兩拜謝了。收過禮物去。薛嫂馱盤子出門。一面走來陪坐。拏茶上來吃畢。婆子開口說道。老身當言不言謂之懦我姪兒在時。做人挣了一分錢。不幸死了。如今多落在他手裡少說也有上千兩銀子東西。官人做小做大。我不管你只要與我姪兒念上個好經。老身便是他親姑娘。又不隔從。就與上我一個棺材本。也不曾要了你家的。我破着老臉和張四那老狗做臭毛鼠。替你兩個硬張主。娶過門時生辰貴長官人放他來走走。就認俺這門窮親戚。也不過上你窮。西門慶笑道。你老人家放心。適間所言的話。我小人都知道了。你老人家既開口。休說一個棺材本。就是十個棺材本。小人也來得起。說着。向靴桶裡取出六錠三十兩雪花官銀放在面前說道這個不當甚麼先與你老人家買盞茶吃到明日娶過門時還找七十兩銀子兩疋段子與你老人家為送終之資其四時八節只照頭上門行走看官聽說世上錢財乃是衆生腦髓最能動人這老虔婆黑眼睛珠見了二三十兩白晃晃的官銀滿面堆下笑來說道官人在上不當老身意小自古先說斷後不亂薛嫂在傍插口說你老人家忒多心那裡這等計較我的大老爹不是那等人自恁還要掇着盒兒認親你老人家不知如今知府知縣相公來往好不四海結識人寬廣你老人家能吃他多少一席話說的婆子屁滾尿流陪的坐吃了兩道茶西門慶便要起身婆子挽留不住薛嫂道今日既見了姑奶奶說過話明日好往門外

相看婆子道我家姪兒媳婦不用大官人相保山你就說我說不嫁這樣人家再嫁甚樣人家西門慶作辭起身婆子道官人老身不知官人下降匆忙不曾預備空了官人休怪拄拐送出送了兩步西門慶讓回去了薛嫂打發西門慶上馬便說道還虧我主張有理麼寧可先在婆子身上倒還强如別人說多因說道你老人家先回去罷我還在這裡和他說句話咱巴是會過明日先往門外去了西門慶便拏出一兩銀子來與薛嫂做驢子錢薛嫂接了西門慶便上馬來家他便還在楊姑娘家說話飲酒到日暮時分纔歸家去話休饒舌到次日打選衣帽齊整袖着搢戴騎着大白馬玳安平安兩個小厮跟隨薛嫂兒便騎驢子出的南門外來到猪市街到了楊家門首原來門面屋

四間、到底五層、西門慶勒馬在門首等候。薛嫂先入去半日。西門慶下馬、坐南朝北一間門樓、粉青照壁、進去裡面儀門紫墻竹槍籬影壁、院內擺設榴樹盆景、臺基上靛缸一溜、打布櫈兩條。薛嫂推開朱紅槅扇、三間倒坐客位、正面上供養着一軸水月觀音、善財童子、四面掛名人山水、大理石屏風、安着兩座投箭高壺。上下椅卓光鮮。簾櫳瀟灑。薛嫂請西門慶正面椅子上坐了。一面走入裡邊、片晌出來、向西門慶耳邊說、大娘子梳粧未了。你老人家請先坐一坐。只見一個小廝兒、拿出一盞福仁泡茶來、西門慶吃了、收下盞托去。這薛嫂兒倒還是媒人家、一面指手畫脚、與西門慶說、這家中除了那頭姑娘、只這位娘子是大、雖有他小叔、還小哩、不曉的什麼、當初有過世的他老公、在舖子裡一日不筭銀子搭錢兩大彼羅毛青鞋面布俺毎問他買定要三分一尺見一日常有二三十染的吃飯都是這位娘子二王張整理手下使着兩個丫頭一個小厮長了十五歲吊起頭去名喚蘭香小丫頭纔十二歲名喚小鸞到明日過門時都跟他來我替你老人家說成這親事指望典兩間房兒住強如住在非邊那搭剌子哩往宅裡去不方便你老人家去年買春梅許了我幾疋大布還沒與我到明日不管一捴謝罷了又道剛纔你老人家看見門首那兩座布架子當初楊大叔在時街道上不知使了多少錢這房子也値七八百兩銀子到底五層通後街到明日丟與小叔罷了正說着只見使了個丫頭來叫薛嫂良久只聞環珮叮咚蘭麝馥郁婦人出來上穿翠藍麒

麟補子粧花紗衫、大紅粧花寬欄、頭上珠翠堆盈。鳳釵半卸。西門慶睜眼觀看那婦人、但見

長挑身材、粉粧玉琢、模樣兒不肥不瘦、身段兒不短不長。面上稀稀有幾點微麻。生的天然俏麗。裙下映一對金蓮小脚、果然周正堪憐。二珠金環、耳邊低挂。雙頭鸞釵、鬢後斜插。但行動、胸前搖響玉玲瓏。坐下時、一陣麝蘭香噴鼻。恰似嫦娥離月殿、猶如神女下瑤階

西門慶一見。滿心歡喜。薛嫂忙去掀開簾子。婦人出來。望上不端不正道了個萬福。就在對面椅上坐下。西門慶把眼上下不轉睛看了一回。婦人把頭低了。西門慶開言說。小人妻亡已久、欲娶娘子入門為正、管理家事、未知意下如何。那婦人問道。官

人貴庚沒了娘子多少時了西門慶道小人虛度二十八歲七月二十八日子時建生不幸先妻沒了一年有餘不敢請問娘子青春多少婦人道奴家青春是三十歲西門慶道原來長我二歲薛嫂在傍插口道妻大兩黃金日日長妻大三黃金積如山說着只見小丫鬟拏了三盞蜜餞金橙子泡茶銀鑲雕漆茶鍾銀杏葉茶匙婦人起身先取頭一盞用纖手抹去盞邊水漬遞與西門慶忙用手接了道了萬福慌的薛嫂向前用手掀起婦人裙子來裙邊露出一對剛三寸恰半扠一對尖尖趫趫金蓮脚來穿着大紅遍地金雲頭白綾高底鞋兒與西門慶瞧西門慶滿心歡喜婦人取第二盞茶來遞與薛嫂他自取一盞陪坐吃了茶西門慶便叫玳安用方盒呈上錦帕二方寶釵一對

金戒指六個、放在托盤內、拿下去、薛嫂一面教婦人拜謝了。因問官人行禮日期、奴這裡好做預備、西門慶道。既蒙娘子見允。今月二十四日、有些微禮過門來、六月初二日准娶。婦人道、既然如此。奴明日就使人來對我姑娘那裡說去。薛嫂道。大官人。昨日已是到姑奶奶府上講過話了、婦人道、姑娘說甚來、薛嫂道、姑奶奶聽見大官人說此椿事。好不歡喜、纔使我領大官人來這裡相見、說道不嫁這等人家、再嫁那樣人家、我就做硬主媒保、這們親事、婦人道、既是姑娘恁的說、又好了、薛嫂道、好大娘子、莫不俺做媒、敢這等搗謊、說畢。西門慶作辭起身、薛嫂送出巷口。向西門慶說道、看了這娘子。你老人家心下如何、西門慶道、薛嫂其實累了你。薛嫂道、你老人家、請先行一步、我和大娘子。說句話就來。西門慶騎馬進城去了，薛嫂轉來向婦人說道，娘子。你嫁得這位老公也罷了。因問西門慶房裡有人沒有人，見作何生理。薛嫂道，好奶奶，就有房裡人，那箇是成頭腦的。我說是謊，你過去，就看出來。他老人家名目，誰是不知道的。清河縣數一數二的財主，有名賣生藥，放官吏債西門大官人。知縣知府。都和他往來。近日又與東京楊提督結親，都是四門親家，誰人敢惹他。婦人安排酒飯，與薛嫂兒正吃着。只見他姑娘家。使了小廝安童，盒子裡，跨着鄉裡來的四塊黃米麵棗兒糕，兩塊糖，幾個艾窩窩。就來問曾受了那人家插定不曾。奶奶說來，這人家不嫁，待嫁甚人家。婦人道，多謝你奶奶掛心。今已曾留下插定了。薛嫂道，天麼天麼，早是俺媒人不說謊。姑奶奶家。使了大官人說將來了。婦人收了糕。出了盒子。裝了滿滿一盒子點心臘肉。又與了安僮五六十文錢。到家多拜上奶奶那家日子。定下二十四日行禮。出月初二日准娶。小廝去了。薛嫂道。姑奶奶家。送來什麼。與我些。包了家去。稍與孩子吃。婦人與了他一塊糖。十個艾窩窩。千恩萬謝出門。不在話下。且說他母舅張四。倚着他小外甥楊宗保。要圖留婦人手裡東西。一心舉保與大街坊。尚推官兒子尚舉人為繼室。若小可人家。還可有話說。不想聞得是縣前開生藥舖西門慶定了。他是把持官府的人。遂動不得秤了。尋思已久。千方百計。不如破他為上計。走來對婦人說。娘子。不該接西門慶插定。還依我嫁尚推官兒子尚舉人。他又是斯文詩禮人家。又有庄田地土。頗過得日子。强如嫁西門慶。那廝積年把持官府。刁徒潑皮。他家見有正頭娘子。乃是吳千戶家女兒。過去做大是做小。却不難爲你了。況他房裡。又有三四個老婆。併沒上頭的了頭。到他家人多口多。你惹氣也。婦人道。自古船多不礙路。若他家有大娘子。我情愿讓他做姐姐。奴做妹子。雖然房裡人多。漢子歡喜。那時難道你阻他。漢子若不歡喜。那時難道你去扯他。不怕一百人單擺着。休說他富貴人家。那家沒四五個。着緊街上乞食的。携男抱女。也挈扯着三四個妻小。你老人家忒多慮了。奴過去。自有個道理不妨事。張四道。娘子。我聞得此人。单管挑販人口。慣打婦熬妻。稍不中意。就令媒人賣了。你愿受他的這氣麼。婦人道。四舅。你老人家差矣。男子漢雖利害。不打那勤謹省事之妻。我在他家把得家定。裡言不出。外言不入。他敢怎的。爲女婦人家。好吃懶做。嘴大舌長。招是惹非。不打他。打狗不成。張四道。不是。我打聽他家還有一個十四歲未出嫁的閨女。誠恐去到他家。三窩兩塊。把人多口多。惹氣怎了。婦人道。四舅說那裡話。奴到他家。大是大。小是小。凡事從上流看。待得孩兒們好。不怕男子漢不歡喜。不怕女兒們不孝順。休說一個。便是十個也不妨事。張四道。我見此人。有些行止欠端。在外眠花臥柳。又裡虛外實。少人家債負。只怕坑陷了你。婦人道。四舅。你老人家又差矣。他就外邊胡行亂走。奴婦人家只管得三層門內。管不得那許多三層門外的事。莫不成日跟着他走不成。常言道。世上錢財。倘來物。那是長貧久富家。緊着起來。朝廷爺一時沒錢使。還問太僕寺借馬價銀子支來使休說買賣的人家誰肯把錢放在家裡各人裙帶上衣食老人家到不消這樣費心這張四見說不動這婦人到吃他搶了幾句的話好無顏色吃了兩盞清茶起身去了有詩為証

張四無端喪楚言　姻緣誰想是前緣
佳人心愛西門慶　說破咽喉揔是閑

張四羞慚歸家與婆子商議單等婦人起身指着外甥楊宗保要攔奪婦人箱籠話休饒舌到二十四日西門慶行禮請了他吳大娘來坐轎押担衣服頭面四季袍兒羹果茶餅布絹紬綿約有二十餘担這邊請他姑娘併他姐姐接茶陪待不必細說到二十六日請十二位高僧念經做水陸燒靈都是他姑娘一

力張主這張四臨婦人起身。那當日請了幾位街坊衆鄉隣。來和婦人講話。那日薛嫂。正引看西門慶家。顧了幾個閒漢。併守備府裡討的一二十名軍牢。正進來搬擡婦人床帳。嫁粧箱籠被張四攔住說道。保山。且休擡。有話講。一面邀請了街坊隣舍。進來坐下。張四先開言。說列位高隣聽着。大娘子在這裡。不該我張龍說。你家男子漢楊宗錫。與你這小叔楊宗保。都是我外甥。是我的姐姐養的。今日不幸他死了。掙了一塲錢。有人主張着你這是親戚。難管你家務事。這也罷了。爭柰第二個外甥楊宗保年幼。一個業障都在我身上。他是你男子漢。一母同胞所生。莫不家當沒他的分兒。今日對着列位高隣在這裡。你手裡有東西。沒東西。嫁人去也難管你。只把你箱籠打開。眼同衆人看一看。你還撞去。我不留下你的。只見個明白。娘子你意下如何。婦人聽言。一面哭起來。說道衆位聽着。你老人家差矣。奴不是歹意謀死了男子漢。今日添羞臉又嫁人。他手裡有錢没錢。人所共知。就是積儹了幾兩銀子。都使在這房子上。房兒我没帶去。都留與小叔家活等件。分毫不動。就是外邊有三百四百兩銀子欠帳。文書合同。已都交與你老人家。陸續討來。家中盤纏。再有甚麽銀兩來。張四道。你没銀兩也罷。如今只對着衆位。打開箱籠有没有。看一看。你還拏了去。我又不要你的。婦人道莫不奴的鞋脚。也要瞧不成。正亂着。只見姑娘拄拐。自後而出。衆人便道。姑娘出來。都齊聲唱喏。姑娘還了萬福。陪衆人坐下。姑娘開口。列位高鄰在上。我是他的親姑娘。又不隔從。莫不没我說去死了的也是侄兒活着的也是侄兒十個指頭咬着都疼如今休說他男子漢手裡沒錢他就是有十萬兩銀子你只好看他一眼罷了他身邊又無出少女嫩婦的你攔着不教他嫁人留着他做什麼衆街隣高聲道姑娘見得有理婆子道難道他娘家陪的東西也留下他的不成他背地又不曾私自與我什麼說我護他也要公道不瞞列位說我這姪兒平日有仁義老身捨不得他好溫克性兒不然老身也不管着他那張四在傍把婆子瞅了一眼說道你好失心兒鳳凰無寶處不落此這一句話道着這婆子真病須臾怒起紫漲了面皮扯定張四大罵道張四你休胡言亂語我雖不能不才是楊家正頭香主你這老油嘴是楊家那膫子合的張四道我雖是異姓兩個外

舅。是我姐姐養的。你這老咬蟲。女生外向行。放火又一頭放水姑娘道。賊沒廉耻老狗骨頭。他少女嫩婦的。留着他在屋裡。有何筭計既不是圖色慾便欲起謀心將錢肥巳張四道我不是圖錢爭柰是我姐姐養的有差遲多是我過不得日子不是你。這老殺才。搬着大引着小黄猫兒黒尾姑娘道張四。你這老花根老奴才。老粉嘴你恁騙口張舌的好淡扯。到明日死了時不使了繩子扛子。張四道你這嚼舌頭老淫婦掙將錢來焦尾靶怪不的恁無兒無女。姑娘急了。罵道張四賊老蒼根老猪狗我無兒無女。強似你家媽媽子。穿寺院養和尚。合道士你還在睡裡夢裡。當下兩個差些兒不曾打起來。多虧衆隣舍勸住。說道老舅你讓姑娘一句兒罷。薛嫂兒見他二人。攘打鬧裏領率西門慶家小廝伴當。并發來衆軍牢。赶人鬧裡七手八脚將婦人床帳裝奩箱籠搬的搬。擡的擡。一陣風都搬去了。那張四氣的眼大大的。敢怒而不敢言。衆鄰舍見不是事。安撫了一回各人多散了。到六月初二日。西門慶一頂大轎四對紅紗灯籠他這姐姐孟大姨送親。他小叔楊宗寶。頭上扎着髻兒穿着青紗衣撒。騎在馬上。送他嫂子成親。西門慶答賀了他一疋錦段。一柄玉縧兒。蘭香小鸞。兩個了頭。都跟了來。鋪床疊被。小廝琴童。方年十五歲。亦帶過來伏侍。到三日。楊姑娘家。并婦人兩個嫂子孟大嫂二嫂。都來做生日。西門慶與他楊姑娘七十兩銀子。兩疋尺頭。自此親戚來往不絕。西門慶就把西廂房裡收拾三間與他做房。排行第三號玉樓。令家中大小。都隨着叫三姨。到晚一連在他房中、歇了三夜。正是銷金帳裡。依然兩個新人。紅錦被中。現出兩般舊物。有詩爲証。

怎覩多情風月標　敎人無福也難消
風吹列子歸何處　夜夜嬋娟在柳梢

畢竟未知後來何如。且聽下回分解。

第八回 盼情郎佳人占鬼卦

燒夫靈和尚聽淫聲

第八回

潘金蓮永夜盼西門慶　燒夫靈和尚聽淫聲

靜悄房櫳獨自猜　鴛鴦失伴信音乖
臂上粉香猶未泯　床頭楸面暗塵埋
芳容消瘦虛鸞鏡　雲髩鬅鬆墜玉釵
駿騾不來勞望眼　空餘鴛枕淚盈腮

話說西門慶。自從娶了玉樓在家。燕爾新婚。如膠似漆。又遇着陳宅那邊。使了文嫂兒來通信。六月十二日。就要娶大姐過門。西門慶促忙促急。儹造不出床來。就把孟玉樓陪來的一張南京描金彩漆拔步床。陪了大姐。三朝九日。足亂了約一個月多。不曾往潘金蓮家去。把那婦人。每日門兒倚遍。眼兒望穿。使王婆往他門首去了兩遍。門首小廝。常見王婆。知道是潘金蓮使來的。多不理他。只說大官人不得閑哩。婦人盼他急的緊。只見婆子回了婦人。婦人又打罵小女兒。街上去尋覓那小妮子。怎敢入他那深宅大院裡去。只在門首踅探了一兩遍。不見西門慶。就回來了。來家又被婦人噦罵在臉上。打在臉上。怪他沒用。便要教他跪着。餓到晌午。又不與他飯吃。那時正值三伏天道。十分炎熱。婦人在房中害熱。分付迎兒熱下水。伺候澡盆。要洗澡。又做了一籠夸餡肉角兒。等西門慶來吃。身上只着薄纊短衫。坐在小杌上。盼不見西門慶來到。嘴谷都的罵了幾句負心賊。無情無緒。悶悶不語。用纖手向腳上脫下兩隻紅綉鞋兒來。試打一個相思卦。看西門慶來不來。正是逢人不敢高聲語。暗卜

金錢問遠人。有山坡羊爲証

凌波羅襪。天然生下。紅雲染就相思卦。似藕生芽。如蓮卸花。怎生纏得些些娘大柳條兒比來剛半扠。他不念咱。咱想念他。想着門兒。私下簾兒。悄呀。空教奴被兒裡。叫着他那名兒罵。你怎戀烟花。不來我家。奴眉兒淡淡教誰画。何處綠楊拴繫馬。他辜負咱。咱念戀他。

當下婦人。打了一回相思卦。見西門慶不來了。不覺困倦來就掋在床上。盹睡着了。約一個時辰。醒來心中正没好氣。迎兒問熱了水。娘洗澡也不洗。婦人便問角兒蒸熱了。拏來我看。迎兒連忙拏到房中。婦人用纖手一數。原做下一扇籠三十個角兒翻來覆去。只數了二十九個。少了一個角兒。便問往那裡去了。

迎兒道。我並沒看見。只怕娘錯數了。婦人道。我親數了兩遍。三十個角兒。要等你爹來吃。你如何偷吃了一個。好嬌態淫婦奴才。你害饞癆饞痞。心裡要想這個角兒吃。你大碗小碗𠻗搗不下飯去。我做下的。孝順你來。于是不由分說。把這小妮子跣剝去了身上衣服。拏馬鞭子。下手打了二三十下。打的妮子殺猪也似叫。問着他。你不承認。我定打下百數。打的妮子急了。說道。娘休打。是我害餓的慌。偷吃了一個。婦人道。你偷了。如何賴我錯數了。眼看着就是個牢頭。禍根淫婦。有那亡八在時。輕學重告。今日往那裡去了。還在我跟前弄神弄鬼。我只把你這牢頭淫婦。打下你下截來。打了一回。穿上小衣。放起他來。分付在旁打扇。打了一回扇。口中說道。賊淫婦。你舒過臉來。等我搯你這皮臉兩下子、那迎兒眞個舒着臉、被婦人尖指甲搯了兩道血口子。纔饒了他。良久。走到鏡臺前。從新粧點出來。門簾下站立。也是天假其便。只見西門慶家小厮玳安。夾着氊包。騎着馬。打婦人門首過的。婦人叫住他。問他往何處去來。那小厮平日說話乖覺、常跟西門慶。在婦人家行走。婦人常與他浸潤。他有甚不是。在西門慶面前。替他說方便。以此婦人往來就滑。一面下馬來。說道。俺爹使我送人情。往守備府裡去來。婦人叫進門來問他。你爹家中有甚事。如何一向不來傍個影兒。看我一看。想必另續上了一個心甜的姊妹。把我做個網巾圈兒。打靠後了。玳安道。俺爹再沒續上姊妹。只是這幾日。家中事忙。不得脫身。來看得六姨。婦人道。就是家中有事。那裡丢我恁個半月。音信不送一個兒只是不放在心兒上因問玳安有甚麼事你對我說那小厮嘻嘻只是笑不肯說有椿事兒罷了六姨只顧吹毛求問怎的婦人道好小油嘴兒你不對我說我就惱你一生小厮道我對六姨說六姨休對爹說是我說的婦人道我不對他說便了玳安如此這般把家中娶孟玉樓之事從頭至尾告訴了一遍這婦人不聽便罷聽了由不的那裡眼中淚珠兒順着香腮流將下來玳安慌了便道六姨你原來這等量窄我故便不對你說對你說便就如此婦人倚定門兒長歎了一口氣說道玳安你不知道我與他從前已往那樣恩情今日如何一旦拋閃了止不住紛紛落下淚來玳安道六姨你何苦如此家中俺娘也不管着他婦人便道玳安你聽告訴另有前腔爲證

喬才心邪。不來一月。奴繡鴛衾曠了三十夜他偷心兒別。俺痴心兒呆。不合將人十分熱。常言道容易得來容易捨。興過也緣分也。

說畢。又哭了。玳安道。六姨。你休哭俺爹怕不的也只在這兩日頭。他生日待來也。你寫幾個字兒。等我替你稍去。與俺爹瞧看了。必然就來。婦人道。是必累你。請的他來。到明日我做雙好鞋與你穿。我這裡也要等他來。與他上壽哩。他若不來。都在你小油嘴身上。他若是問起你來這裡做什麼。你怎生回答他。玳安道。爹若問小的。只說在街上飲馬。六姨使王奶奶叫了我去。稍了這個柬帖兒。多上覆爹。好歹請爹過去哩。婦人笑道。你這小油嘴。到是再來的紅娘。倒會成合事兒哩。說畢。令迎兒把卓上蒸下的角兒。裝了一碟兒。打發玳安兒吃茶。一面走入房中。取過一幅花箋。又輕拈玉管。款弄羊毛。須臾寫了一首寄生草。詞曰。

將奴這知心話。付花箋寄與他。想當初結下青絲髮。門兒倚遍簾兒下。受了些沒打弄的耽驚怕。你今果是負了奴心不來還我香羅帕。

寫就。疊成一個方勝兒。封停當。付與玳安兒收了。好歹多上覆他。待他生日。千萬走走。奴這裏來專望。那玳安吃了點心。婦人又與數十文錢。歸出門上馬。婦人道。你到家見你爹。就說六姨。好不罵你。他若不來。你就說六姨到明日。坐轎子親自來哩。玳安道。六姨自吃你賣蟄團的。撞見了敲板兒蠻子。叫寃屈麻飯肐胆的帳。騎着木驢兒。磕瓜子兒。瑣碎昏昏。說畢。騎上馬去了。那婦人每日長等短等。如石沉大海一般。那裡得個西門慶影兒來看看。七月將盡。到了他生辰。這婦人埃一日似三秋。盼一夜如半夏。等了一日。杳無音信。盼了多時。寂無形影。不覺銀牙暗咬。星眼流波。至晚旋叫王婆來。安排酒肉。與他吃了。向頭上拔下一根金頭銀簪子與他。央往西門慶家走走去。請他來。王婆道。咱晚來茶前酒後。他定也不來。待老身明日侵早。往大官人宅上。請他去罷。婦人道。乾娘是必記心。休要忘了。婆子道。老身骨着那一門兒來。肯悞了勾當。當下這婆子。非錢而不行。得了這根簪子。吃得臉紅紅。歸家去了。原來婦人在房中。香薰鴛被。欵剔銀灯。睡不着。短歎長吁。翻來覆去。正是得多少。琵琶夜久殷勤弄。寂寞空房不忍彈。于是獨自彈着琵琶唱一個綿搭絮爲証。

當初奴愛你風流。共你剪髮燃香。雨態雲蹤兩意投。背親夫和你情偷。怕甚麽傍人講論。覆水難收。你若負了奴眞情。正是緣木求魚空自守。

又

誰想你另有了裙釵。氣的奴似醉如痴。斜傍定幃屛。故意兒猜。不明白。怎生丟開。傳書寄柬。你又不來。你若負了奴的恩情。人不爲仇天降災。

又

奴家又不曾愛你錢財。只愛你可意的寃家。知重知輕性兒乖。奴本是朶好花兒園內初開。蝴蝶飡破。再也不來。我和你那樣的恩情。前世裡前緣。今世裡該。

又

心中猶豫。展轉成憂。常言婦女痴心。惟有情人意不周。是我迎頭和你把情偷。鮮花付與。怎肯干休。你如今另有知心。海神廟裡。和你把狀投。

原來婦人。一夜翻來覆去。不曾睡着。到天明。使迎兒過間壁。瞧那王奶奶。請你爹去了不曾。迎兒去了。不多時。說王奶奶。老早就出去了。且說那婆子。早辰梳洗出門來。到西門慶門首。問門上大官人在家。都說不知道。在對門墻脚下。等不勾多時。只見傳夥計來開鋪子。婆子走向前來。道了萬福。動問一聲。大官人在家麽。傳夥計道。你老人家。尋他怎的。這早來問着我。第二個人也不知他。說大官人。昨日壽日在家請客吃酒。吃了一日酒。到晚拉衆朋友。往院裡去了。一夜通沒來家。你往那裡尋他去。

這婆子拜辭出縣前來。到東街口。正往枸欄那條巷去。只見西門慶騎馬。遠遠從東來。兩個小廝跟隨。吃的醉眼摩娑。前合後仰。被婆子高聲叫道。大官人。少吃些兒怎的。向前一把手。把馬嚼環扯住。西門慶醉中問道。你是王乾娘。你來有甚話說。那婆子。向他耳畔低言。道不數句。西門慶道。小廝來家。對我說來。我知道六姐惱我哩。我如今就去。那西門慶一面跟着他兩個一遞一句。整說了一路話。比及時到婦人門首。婆子先入去。報道大娘子。且喜還虧老身去了。沒半個時辰。把大官人請得來了。婦人聽見他來。連忙叫迎兒收拾房中乾净。一面出房來迎接。西門慶搖着扇兒進來。帶酒半酣進入房來。與婦人唱喏。婦人還了萬福。說道大官人。貴人稀見面。怎的把奴來丟了一向。不來傍個影兒。家中新娘子陪伴。如膠似漆。那裡想起奴家來。還說大官人不變心哩。西門慶道。你休聽人胡說。那討甚麽新娘子來。只因少女出嫁。忙了幾日。不曾得閑工夫來看你。就是這般話。婦人道。你還哄我哩。你若不是憐新棄舊。再不外邊另有別人。你指着旺跳身子。說個誓。我方信你。那西門慶道。我若負了你情意。生碗來大疔瘡。害三五年黃病。匾担大蛆螬口袋。婦人道。賊負心的。匾担大蛆螬口袋。管你甚事。一手向他頭上。把帽兒撮下來。望地下只一丟。慌的王婆地下。拾起來。見一頂新纓子瓦楞帽兒。替他放在卓上。說道。大娘子。只怪老身不去請大官人來。就是這般的。還不與他帶上着。試了風。婦人道。那怕負心強人。陰寒死了。奴也不疼他。一面向他頭上。拔下一根簪兒拏在手裡觀看却是一點油金簪兒上面鈒着兩溜子字兒金勒馬嘶芳草地玉樓人醉杏花天却是孟玉樓帶來的婦人猜做那個唱的與他的奪了放在袖子裡不與他說道你還不變心哩奴與你的簪兒那裡去了却帶着那個的這根簪子西門慶道你那根簪子前日因吃酒醉了跌下馬來把帽子落了頭髮散開尋時就不見了婦人道你哄三歲小孩兒也不信哥哥兒你醉的眼花恁樣了簪子落地下就看不見王婆在傍插口道人娘子你休怪大官人他離城四十里見蜜蜂兒㓾屎出門交獺象絆了一交原來覷遠不覷近西門慶道緊自他麻犯人你又自作耍婦人因見手中拏着一根紅骨細洒金金釘鉸川扇兒取過來迎亮處只一照原來婦人久慣知風月中事兒

扇兒。多是牙咬的碎眼兒就是那個妙人與他的扇子。不由分說。兩把折了。西門慶救時。已是扯的爛了。說道這扇子。是我一個朋友卜志道送我的。今日纔拏了三日。被你扯爛了。那婦人奚落了他一回。只見迎兒拿茶來。叫迎兒放下茶托。與西門慶磕頭。王婆道。你兩口子。聒聒了這半日。也勾了。休要悞了勾當。老身厨下收拾去也。婦人一面分付迎兒房中放卓兒。預先安排下。與西門慶上壽的酒肴。無非是燒鷄熟鵝鮮魚肉酢菓品之類。須臾安排停當。拏到房中。擺在卓上。婦人向箱中取出與西門慶做下上壽的物事。用盤托盛着。擺在面前。與西門慶觀看。一雙玄色段子鞋。一雙挑線密約深盟隨君膝下香草邉闌松竹梅花歲寒三友。醬色段子護膝。一條紗綠潞紬永祥雲嵌八寶水光絹裡兒紫線帶兒裡面裝着排草梅桂花兜肚。一根並頭蓮瓣簪兒簪兒上鈒着五言四句詩一首云奴有並頭蓮贈與君關髻。凡事同頭上切勿輕相棄。西門慶一見滿心歡喜把婦人一手摟過親了個嘴。說道知你有如此一段聰慧少有。婦人教迎兒執壺斟一盃與西門慶花枝招颭揷燭也似磕了四個頭。那西門慶連忙拖起來兩個並肩而坐交杯換盞飲酒。那王婆陪着吃了幾杯酒吃的臉紅紅的告辭回家去了。二人自在取樂頑耍。迎兒打發王婆出去關上大門厨下坐的。婦人陪伴西門慶飲酒多時。看看天色晚來但見

密雲迷晚岫暗霧鎖長空群星與皓月爭輝綠水共青天閑碧僧投古寺深林中嚷嚷鴉飛客奔荒村閭巷內汪汪犬吠。

棲上子規啼夜月。園中粉蝶戲花來。

當下西門慶分付小厮回馬家去。就在婦人家歇了。到晩夕二人如顛狂鷂子相似。儘力盤桓。淫慾無度。常言道。樂極悲生。泰極否來。光陰迅速。单表武松。自從領了知縣書禮。離了清河縣。送禮物馱担。到東京朱太尉處。下了書禮。交割了箱馱。街上各處閑閑了幾日。討了回書。領一行人。取路回山東大路而來。去時三四月天氣。回來却淡暑新秋。路上水雨連綿。遲了日限。前後往回也有三個月光景。在路上雨水所阻。只覺得神思不安。身心恍惚。趕回要看哥哥。不免差了一個土兵。預先報與知縣相公。又私自寄了一封家書。與他哥哥武大。說他也不久。只在八月内回還。那土兵先下了知縣相公稟帖。然後逕奔來抓尋武大家。可可天假其便。王婆正在門首。那土兵見武大家閙着。
纔要叫門。婆子便問你是尋誰的。土兵道。我是武都頭差來下
書與他哥哥。婆子道。武大郎不在家。都上墳去了。你有書信交
與我。就是了。等他歸來。我遞與他。也是一般。那土兵向前。唱了
一個喏。便向身邊。取出家書來。交與王婆。忙忙促促。騎上頭口。
飛的一般去了。這王婆拏着那封書。從後門走過婦人家來。迎
兒開了門。婆子入來。原來婦人和西門慶。狂了半夜。約睡至飯
時。還不起來。王婆叫道。大官人娘子。起來。匆匆有句話。和你們
說。如今如此如此。這般這般。武二差土兵。寄了書來。他與哥哥
說。他不久就到。我接下幾句話兒。打發他去了。你們不可遲滯。
早處長便。那西門慶不聽。萬事皆休。聽了此言。正是分門八塊

頂梁骨。傾下半桶氷雪來。一面與婦人多趕來。穿上衣服。請王婆到房内坐了。取出書來。與西門慶看了。武松書中寫着。不過中秋回家。二人都慌了手脚。說道如此怎了。乾娘遮藏我毎則個。恩有重報。不敢有忘。我如今與大姐。情深意海。不能相捨。武二那厮回來。便要分散。如何是好。婆子道。大官人有什麼難處之事。我前日已說過了。初嫁由爹娘。後嫁由自已。古來叔嫂不通門戶。如今已自大郎百日來到。大娘子請上幾位衆僧。來把這靈牌子燒了。趂武二未到家來。大官人一頂轎子。娶了家去。等武二那厮回來我自有話說。他敢怎的。自此你二人自在一生。無些鳥事。西門慶便道。乾娘說的是。正是人無剛骨。安身不牢。當日西門慶和婦人用畢早飯。約定八月初六日。是武大郎百日。請僧念佛燒靈。初八日晚。抬娶婦人家去。三人計議已定。不一時玳安雇馬來。接回家。不在話下。光陰似箭。日月如梭。又早到八月初六日。西門慶拏了數兩散碎銀錢。二斗白米齋襯。來婦人家。教王婆報恩寺。請了六個僧。在家做水陸。超度武大。并天晚夕除靈。道人頭五更。就挑了經担來。鋪陳道場。懸掛佛像。王婆伴廚子在灶上。安排整理齋供。西門慶那日。就在婦人家歇了。不一時。和尚來到。搖响靈杵。打動鼓鈸。宣揚諷誦。呪演法華經。禮拜梁王懺。早辰發牒。請降三寶。證盟功德。請佛献供午刻召亡施食。不必細說。且說潘金蓮怎肯齋戒。陪伴西門慶。睡到日頭半天。還不起來。和尚請齋主拈香僉字。証盟禮佛。婦人方纔起梳洗。喬素打扮。來到佛前条拜。那衆和尚見了武大

這個老婆一個個都昏迷了佛性禪心。一個個多關不住心猿意馬。都七顛八倒。酥成一塊。但見

班首輕狂。念佛號不知顛倒。維摩昏亂。誦經言豈顧高低。燒香行者。推倒花瓶。秉燭頭陀。錯拏香盒。宣盟表白。大宋國稱做大唐。懺罪闍黎。武大郎念爲大父。長老心忙。打鼓錯拏徒弟手。沙彌心蕩。磬搥打破老僧頭。從前苦行一時休。萬個金剛降不住。

那婦人佛前。燒了香。僉了字。拜禮佛畢。回房去了。依舊陪伴西門慶做一處。擺上酒席葷腥來。自去取樂。西門慶分付王婆。有事你自荅應便了。休教他來聒噪六姐。婆子哈哈笑道。大官人。你到放心。由着老娘。和那禿厮纏。你兩口兒是會受用。看官聽

說。世上有德行的高僧。坐懷不亂的少。古人有云。一個字便是僧。二個字便是和尚。三個字是個鬼樂官。四個字是色中餓鬼。蘇東坡又云。不秃不毒。不毒不秃。轉毒轉秃。轉秃轉毒。此一篇議論。專說這爲僧戒行。住着這高堂大廈。佛殿僧房。吃着那十方檀越錢粮。又不耕種。一日三飡。又無甚事縈心。只專在這色慾上留心。譬如在家俗人。或士農工商。富貴長者。小相俱全。每被利名所絆。或人事往來。雖有美妻少妾在旁。忽想起一件事來關心。或探探甕中無米。囤內少柴。早把興來没了。却輸與這和尚每許多。有詩爲証。

色中餓鬼獸中狨　壞教貪淫玷祖風
此物只宜林下看　不堪引入畫堂中

當時這衆和尚、見了武大這個老婆。喬模喬樣、多記在心裡。到午齋往寺中歇晌回來。婦人正和西門慶在房裡飲酒作歡、原來婦人卧房正在佛堂一處、止隔一道板壁、有一個僧人先到。走在婦人窗下、水盆裡洗手。忽然聽見婦人在房裡顫聲柔氣。呻呻吟吟。哼哼唧唧、恰似有人在房裡交姤一般、于是推洗手。立住了脚。聽勾良久。只聽婦人口裡嗽聲呼叫西門慶、達達、你休只顧搧打到幾時、只怕和尚來聽見、饒了奴、快些丟了罷。西門慶道。你且休慌。我還要在蓋子上燒一下兒哩。不想都被這禿厮。聽了個不亦樂乎、落後衆和尚、都到齊了、吹打起法事來。一個傳一個。都知道婦人有漢子在屋裡。不覺都手之舞之足之蹈之。臨佛事完滿。晚夕送靈化財出去。婦人又早除了孝髻。

換了一身艷衣服。在簾裡與西門慶兩個並肩而立。看着和尚化燒靈座。王婆舀將水。點一把火來。登時把靈牌。并佛燒了。那賊禿冷眼。瞧見簾子裡一個漢子。和婆娘影影綽綽。並肩站立。想起白日裡。聽見那些勾當。只個亂打鼓撾鈸不住。被風把長老的僧伽帽。刮在地下。露見青旋旋光頭。不去拾。只顧撾鈸打鼓笑成一塊。王婆便叫道。師父。紙馬也燒過了。還只個撾打怎的。和尚荅道。還有紙爐蓋子上沒燒過。西門慶聽見。一面令王婆快打發襯錢與他。長老道。請齋主娘子謝謝。婦人道。王婆說免了罷。衆和尚道。不如饒了罷。一齊笑的去了。正是遺踪堪入時人眼。不買臙脂畫牡丹。有詩爲証。

淫婦燒靈志不平　和尚竊壁聽淫聲

果然佛道能消罪　天下者聞之亦慚愧

畢竟未知後來何如。且聽下回分解。

第九回

西門慶偷娶潘金蓮

武都頭悞打李皂隸

第九回

西門慶計娶潘金蓮　武都頭悞打李外傳

色膽如天不自由　情深意密兩綢繆
只思當日同歡愛　豈想蕭墻有後憂
只貪快樂恣悠遊　英雄壯士報寃仇
天公自有安排處　勝負輸贏卒未休

話說西門慶。與潘金蓮。燒了武大靈。換了一身艷色衣服。晚夕安排了一席酒。請王婆來作辭。就把迎兒交付與王婆養活。分付等武二回來。只說大娘子。度日不過。他娘教他前去。嫁了外京客人去了。婦人箱籠。早先一日。都打發過西門慶家去。剩下些些破卓壞櫈。舊衣裳。都與了王婆。西門慶又將一兩銀子相謝。

到次日。一頂轎子。四個灯籠。王婆送親。玳安跟轎。把婦人擡到家中來。那條街上。遠近人家。無有一人不知此事。都懼怕西門慶是個刁徒潑皮有錢有勢。誰敢來多管。地街上編了四句口號。說得極好。

堪笑西門不識羞　先奸後娶醜名留
轎内坐着浪淫婦　後邊跟着老牽頭

西門慶娶婦人到家。收拾花園内樓下三間。與他做房。一個獨獨小院角門進去。設放花草盆景。白日間人跡罕到。極是一個幽僻去處。一邊是外房。一邊是卧房。西門慶旋用十六兩銀子。買了一張黑漆歡門描金床。大紅羅圈金帳幔。寶象花揀桩卓。椅錦杌。擺設齊整。大娘子吳月娘。房裡使着兩個丫頭。一名春梅一名玉簫西門慶把春梅叫到金蓮房內令他伏侍金蓮赶着叫娘却用五兩銀子另買一個小丫頭名喚小玉伏侍月娘又替金蓮六兩銀子買了一個上灶丫頭名喚秋菊排行金蓮做第五房先頭陳家娘子陪床的名喚孫雪娥約二十年紀生的五短身材有姿色西門慶與他帶了鬏髻排行第四以此把金蓮做個第五房此事表過不題這婦人一娶過門來西門慶家中大小多不歡喜看官聽說世上婦人眼裡火的極多隨你甚賢慧婦人男子漢娶小說不嗔及到其間見漢子往他房裡同床共枕歡樂去了雖故性兒好殺也有幾分臉酸心歹正是可惜團圞今夜月清光咫尺別人圓西門慶當下就在婦人房中宿歇如魚似水美愛無加到第二日婦人梳粧打扮穿一套

艷色衣服，春梅捧茶，走來後邊大娘子吳月娘房裡，拜見大小，遞見面鞋脚，月娘在坐上仔細定睛觀看，這婦人年紀不上二十五六，生的這樣標致，但見

眉似初春柳葉，常含着雨恨雲愁；臉如三月桃花，暗帶着風情月意。纖腰裊娜，拘束的燕嬾鶯慵；檀口輕盈，勾引得蜂狂蝶亂。玉貌妖嬈花解語，芳容窈窕玉生香。

吳月娘從頭看到脚，風流往下跑；從脚看到頭，風流往上流。論風流，如水晶盤內走明珠；語態度，似紅杏枝頭籠曉日。看了一回，口中不言，心內暗道：小厮每家來，只說武大怎樣一個老婆，不曾看見，今日果然生的標致，怪不的俺那强人愛他。金蓮先與月娘磕了頭，遞了鞋脚，月娘受了他四禮，次後李嬌兒、孟玉

樓孫雪娥多拜見平敘了姊妹之禮立在傍邊月娘教丫頭拏個坐兒教他坐分付丫頭媳婦趕着他叫五娘這婦人坐在傍邊不轉睛把眼兒只看吳月娘約三九年紀因是八月十五日生的故小字叫做月娘生的面若銀盆眼如杏子舉止溫柔持重寡言第二個李嬌兒乃院中唱的生的肥膚豐肥身體沉重在人前多咳嗽一聲上床賴追陪解數名妓者之稱而風月多不及金蓮也第三個就是新娶的孟玉樓約三十年紀生的貌若梨花腰如楊柳長挑身材瓜子臉兒稀稀多幾點微麻自是天然俏麗惟裙下雙灣金蓮無大小之分第四個孫雪娥乃房裡出身五短身材輕盈體態能造五鮮湯水善舞翠盤之妙這婦人一抹兒多看到在心裡過三日之後每日清晨起來就來

房裡與月娘做針指做鞋脚。凡事不拏強拏。不動強動。指着丫頭赶着月娘。一口一聲。只叫大娘。快把小意兒貼戀幾次。把月娘喜歡的沒入脚處。稱呼他做六姐。衣服首飾。揀心愛的與他吃飯吃茶。和他同卓兒一處吃。因此李嬌兒等衆人。見月娘錯敬他。各人都不做喜歡。說俺們是舊人。到不理論。他來了多少時。便這等慣了他。大姐好沒分曉。正是

前車倒了千千輛　後車倒了亦如然
分明指與平川路　錯把忠言當惡言

且說西門慶。娶潘金蓮來家。住着深宅大院。衣服頭面。又相趂二人女貌郎才。正在妙年之際。凡事如膠似漆。百依百隨。淫慾之事。無日無之。按下這裡不題。單表武松。八月初旬。到了清河

縣。且去縣裡交納了回書。知縣看了大喜。已知金寶物交得明白。賞了武松十兩銀子。酒食管待他。不必說。武松回到下處房裡換了衣服。鞋脚。帶上一頂新頭巾。鎖了房門。一逕投紫石街來。兩邊衆隣舍。看見武松回來。都吃一驚。揑兩把汗。說道這番蕭墻禍起了。這個太歲歸來。怎肯干休。必然弄出事來。武松走到哥哥門前。揭起簾子。探身入來。看見迎兒小女。在樓穿廊下攆線。說道我莫不眼花了。叫聲嫂嫂也不應。叫聲哥哥也不應。道我莫不耳聾了。如何不見我哥嫂聲音。向前便問迎兒小女。那迎兒小女。見他叔叔來。諕的不敢言語。武松道你爹娘往那裡去了。迎兒只是哭不做聲。正問着。隔壁王婆。聽得是武二歸來。生怕決撒了。只得走過。幫着迎兒支吾。武二見王婆過來。唱

了個喏問道我哥哥往那裡去了嫂嫂也怎的不見那婆子道
二哥請坐我告訴你哥哥自從你去了到四月間得個拙病死
了武二道我哥哥四月幾時死了得什麼病吃誰的藥來王婆
道你哥哥四月二十頭猛可地害急心疼起來病了八九日求
神問卜什麼藥吃不到醫治不好死了武二道我的哥哥從來
不曾有這病如何心疼便死了王婆道都頭却怎的這般說天
有不測風雲人有旦夕禍福今早脫下鞋和襪未審明朝穿不
穿誰人保得常沒事武二道我哥哥如今埋在那裡王婆道你
哥哥一倒了頭家中一文錢也沒有大娘子又是沒脚蟹那裡
去尋墳地做着虧他左邊一個財主前與大郎有一面之交捨
助一具棺木沒柰何放了三日擡出一把火燒了武二道今嫂

嫂往那裡去了。婆子道他少女嫩婦的又沒的養贍過日子胡
亂守了百日孝。他娘勸道前月他嫁了外京人去了。丢下這個
業障丫頭子教我替他養活專等你回來交付與你也了我一
場事武二聽言沉吟了半晌便撇下了王婆出門去逕投縣前
下處去開了門去門房裡換了一身素淨衣服便教土兵街上
打了一條麻縧買了一雙綿鞋。一頂孝帽帶在頭上又買了些
菓品點心香燭冥紙金銀錠之類歸到哥哥家從新安設武大
郎靈位安排羹飯就在卓子上點起燈燭鋪設酒肴。掛起經旛
紙縛那消兩個時辰安排得端正約一更巳後武二拈了香撲
番身便拜道哥哥陰魂不遠你在世時為人軟弱今日死後不
見分明你看若是負屈啣冤被人害了託夢與我兄弟替你報

冤雪恨把酒一面澆奠了燒化冥紙武二便放聲大哭倒還是一路上來的人哭的那兩家隣舍無不悽惶武二哭罷將這羹飯酒肴和士兵迎兒吃了討兩條蓆子教士兵房中傍邊睡武二把迎兒房中睡他便把條蓆子就武大靈卓子前睡約莫將半夜時分武二翻來覆去那裡睡得着口裡只是長吁氣那士兵齁齁的却是死人一般挺在那裡武二扒將起來看時那靈卓子上琉璃燈半明半滅武二坐在蓆子上自言自語口裡說道我哥哥生時懦弱死後却無分明說由未了只見那靈卓子下捲起一陣冷風來但見

無形無影非霧非烟盤旋似怪風侵骨冷凜冽如殺氣透肌寒昏昏暗暗靈前燈火失光明慘慘幽幽壁上紙錢飛散亂

隱隱遮藏食毒鬼。紛紛飄逐影亡魂。

那陣冷風逼得武二毛髮皆豎起來。定睛看時。見一個人。從靈桌底下。鑽將出來。叫聲兄弟。我死得好苦也。武二看不仔細。却待向前再問時。只見冷氣散了。不見了人。武二一交跌番在蓆子上。坐的尋思道怪哉。是夢非夢。剛纔我哥哥。正要報我知道。又被我的神氣。沖散了他的魂。想來他這一死。必然不明。聽那更鼓。正打三更三點。回頭看那土兵。正睡得好。于是咄咄不樂。等到天明。却再理會。胡亂眺了一回。看看五更雞叫。東方將明。土兵起來燒湯。武二洗漱了。喚起迎兒看家。帶領土兵。出了在街上。訪問街坊隣舍。我哥哥怎的死了。嫂嫂嫁得何人去了。那街坊隣舍。明知此事。都懼怕西門慶。誰肯來管。只說都頭。不消訪問。王婆在紫隔壁住。只問王婆就知了。有那多口的。說賣梨的鄆哥兒。與件作何九二人最知詳細。這武二竟走來街坊前去尋鄆哥不見。那小猴子。手裡拏着個柳籠簸羅兒。正糴米回來。武二便叫鄆哥兄弟唱喏。那小厮見是武二叫他。便道武都頭。你來遲了一步兒。須動不得手。只是一件。我的老爹六十歲沒人養贍。我却難保你們打官司耍子。武二道。好兄弟。跟我來。引他到一個飯店樓上。武二叫過賣。造兩分飯來。武二對鄆哥道兄弟你雖年幼。倒有養家孝順之心。我沒什麼。向身邊摸出五兩碎銀子。遞與鄆哥道。你且拏去。與老爹做盤費。我自有用你處。待事務畢了。我再與你十來兩銀子。做本錢。你可備細說與我。哥哥和甚人合氣。被甚人謀害了。家中嫂嫂。被那一個取去你一一說來休要隱匿這鄆哥一手接過銀子自心裡想道這五兩銀子老爹也勾盤費得三五個月便陪他打官司也不妨一面說道武二哥你聽我說只怕說與你休氣苦于是把賣梨兒尋西門慶後被王婆怎地打不放進去又怎的幇扶武大捉姦西門慶怎的踢中了武大心疼了幾日不知怎的死了從頭至尾訴說了一遍武二聽了便道你這話說是實麼又問道我的嫂子嫁與甚麼人去了鄆哥道你嫂子乞西門慶擡到家待鴇吊底子兒自還問他實也是虛武二道你休說謊鄆哥道我便官府面前也只是這般說武二道兄弟既然如此討飯來吃須臾大盤大碗吃了飯武二還了飯錢兩個下樓來分付鄆哥你回家把盤費交與你老爹明日早來縣前與我證一證

又問何九在那裡居住鄆哥道你這時候尋何九你未曾來時
三日前走的不知往那裡去了這武二放了鄆哥家去到次日
武二早起先在陳先生家寫了狀子走到縣門前只見鄆哥在
此伺候一直帶到廳上跪下聲冤起來知縣看見認的是武松
便問你告什麼因何聲冤武二告道小人哥哥武大被豪惡西
門慶與嫂潘氏通奸踢中心窩王婆主謀陷害性命何九朦朧
入殮燒毀屍傷見今西門慶霸占嫂在家爲妾見有這個小廝
鄆哥是證見望相公做主則個因遞上狀子知縣接着便問何
九怎的不見武二道何九知情在逃不知去向知縣于是摘問
了鄆哥口詞當下退廳與佐貳官吏通同商議原來知縣縣丞
主簿吏典上下多是與西門慶有首尾的因此官吏通同計較

這件事。難以問理、知縣出來便叫武松道、你也是個本院中都頭、不省得法度。自古捉奸見雙捉賊見贓。殺人見傷。你那哥哥屍首又沒了、又不曾捉得他奸、今只憑這小廝口內言語、便問他殺人的公事、莫非公道忒偏向麼。你不可造次。須要自已尋思當行即行。當止即止。武二道告禀相公道。這多是實情。不是小人揑造出來的。知縣道。你且起來。待我從長計較。可行時便與你拏人。武二方纔起來。走出外邊。把鄆哥留在裡面。不放回家。早有人把這件事。報與西門慶得知。說武二回來。帶領鄆哥告狀一節。西門慶慌了。却使心腹家人來保來旺身邊袖着銀兩打點官吏。都買囑了。到次日早辰。武二在廳上。巳告禀知縣催逼拏人、誰想這官人。貪圖賄賂、回下狀子來。說道、武二你休聽外人挑撥和西門慶做對頭這件事欠明白難以問理聖人云經目之事猶恐未眞背後之言豈能全信你不可一時造次當該吏典在旁便道都頭你在衙門裡也曉得法律但凡人命之事須要屍傷病物踪五件事俱完方可推問你那哥哥屍首又沒了怎生問理武二道既然相公不准所告且却有理收了狀子下廳來來到下處放了鄆哥歸家不覺仰天長歎一聲咬牙切齒口中罵淫婦不絕這漢子怎消洋這一口氣一直奔到西門慶生藥店前要尋西門慶廝打正見他開鋪子的傳夥計在木櫃裡面見武二狠狠的走來聲喏問道大官人在宅上麼傳夥計認的是武二便道不在家了都頭有甚話說武二道且請借一步說話傅夥計不敢不出來被武二引到僻靜巷口

說話武二番過臉來用手撮住他衣領睜圓怪眼說道你要死
却是要活傅夥計道都頭在上小人又不曾觸犯了都頭都頭
何故發怒武二道你若要死便不要說若要活時你對我實說
西門慶那厮如今在那裡我個嫂子被他娶了多少日子一一
說來我便罷休那傅夥計是個小胆之人見武二發作慌了手
脚說道都頭息怒小人在他家每月二兩銀子顧着小人只開
鋪子並不知他閑帳大官人本不在家剛纔和一相知徃獅子
街大酒樓上吃酒去了小人並不敢說謊武二聽了此言方纔
放了手大扠步雲飛奔到獅子街來諕的傅夥計半日移脚不
動那武二逕奔到獅子街橋下酒樓前且說西門慶正和縣中
一個皂隷李外傳專一在縣在府綽攬些公事徃來聽氣兒撰

錢使。若有兩家告狀的。他便賣串兒。或是官吏打點。他便兩下裡打背。又因此縣中。起了他個渾名。叫做李外傳。那日見知縣回出武松狀子。討得這個消息。要來回報西門慶。知道武二告狀不行。一面西門慶。讓他在酒樓上飲酒。把五兩銀子送他。正吃酒在熱鬧處。忽然把眼向樓窗下。看武松兇兇人。從橋下直奔酒樓前來。已知此人來意不善。推更衣。從樓後窗只一跳。順着房山跳下人家後院內去了。那武二奔到酒樓前。便問酒保。西門慶在此麼。那酒保道。西門大官。和一相識在樓上吃酒哩。武二撥步撩衣。飛搶上樓去。只見一個人坐在正面。兩個唱的粉頭坐在兩邊。認的是本縣皂隸李外傳。知就來報信的。心中甚怒。向前便問西門慶那裡去了。那李外傳。見是武二。諕得謊了。

半日說不出來被武二一脚把卓子踢倒了碟兒盞兒都打的粉碎兩個唱的也諕得走不動武二匹面向李外傳打一拳來李外傳吽聲没呀時便跳起來立在櫈子上樓後窗尋出路被武二雙提住隔着樓前窗倒撞落在當街心裡來跌得個發昏下邊酒保見武二行惡都驚得呆了誰敢向前街上兩邊人多住了脚睜眼武二又氣不捨奔下樓見那人巳跌得半死直挺挺在地只把眼動于是兜襠又是兩脚嗚呼哀哉斷氣身亡衆人道都頭此人不是西門慶錯打了他武二道我問他如何不說我所以打他原來不經打就死了那地方保甲見人死了又不敢向前捉武二只得慢慢挨近上來收籠他那裡肯放鬆連酒保王鸞并兩個粉頭包氏牛氏都拴了竟投縣衙裡來見知

縣。此時哄動了獅子街。鬧了清河縣。街上看的人。不計其數。多說西門慶不當死。不知走的那裡去了。却拏這個人來頂缸。正是張公吃酒李公醉。桑樹上吃刀柳樹上暴。誰人受用。誰人吃官司。有這等事。有詩爲證。

英雄雪恨被刑纏　天公何事黑漫漫
九泉乾死食毒客　深閨笑殺一金蓮

畢竟未知後來如何。且聽下回分解

金瓶梅　第十回　義士充配孟州道

妻妾翫賞芙蓉亭

第十回

武二充配孟州道　妻妾宴賞芙蓉亭

朝看瑜伽經　暮誦消災呪
種瓜須得瓜　種荳須得荳
經呪本無心　寃結如何解
地獄與天堂　作者還自受

話說被地方保甲。拏去縣裡見知縣去了。且表西門慶。跳下樓窓。順着房山。扒伏在人家院裡藏了。原來是行醫的胡老人家只見他家使的。一個大胖了頭。走來毛廁裡淨手。蹶着大屁股猛可見了一個漢子。扒伏在院墻下。往前走不迭。大叫有賊了。慌的胡老人。急進來看見。認的是西門慶。便道大官人。且喜武二尋你不着。把那人打死了。地方拏去縣中見官去了。多已定死罪。大官人歸家去無事。這西門慶拜謝了胡老人搖擺着來家一五一十對潘金蓮說。二人拍手喜笑。以為除了患害婦人叫西門慶。上下多使些錢。務要結果了他。休要放他出來。西門慶。一面差心腹家人來旺兒。饋送了知縣。一副金銀酒器。五十兩雪花銀。上下吏典。也使了許多錢。只要休輕勘了武二。知縣受了西門慶賄賂。到次日早衙陞廳。地方保甲。押着武二。并酒保唱的干証人。在廳前跪下。縣主一夜把臉番了。便叫武二。你這廝非日虛告。如何不遵法度。今又平白打死了人。有何理說。武二磕頭告道。望相公與小人做主。小人本與西門慶執仇廝打。不料撞遇了此人在酒樓上。問道西門慶那裡去了。他不說。

小人一時怒起悞打死了他知縣道這廝何説你豈不認的他是縣中皂隷想必別有緣故你不實説喝令左右與我加起刑來人是苦蟲不打不成兩邊閃出三四個皂隷役卒抱許多刑具把武松拖翻雨點般篦板子打將下來須臾打了二十板打得武二口口聲聲叫寃説道小人平日也與相公用力効勞之處相公豈不憫念相公休要苦刑小人知縣聽了此言越發惱了你這廝親手打死了人尚還口强抵賴那個喝令與我好生拶起來當下拶了武松一拶敲了五十杖子教取面長枷帶了收在監內一干人寄監在門房裡內中縣丞佐貳官也有和武二好的念他是個義烈漢子有心要周旋他爭奈多受了西門慶賄賂粘住了口做不的張主又見武松只是聲寃延挨了幾日

只得朦朧取了供招，喚當該吏典，并仵作甲隣人等，押到獅子街，檢驗李外傳身屍，填寫屍單格目，委的被武松尋問他，索討分錢不均，酒醉怒起，一時鬬毆，拳打腳踢，撞跌身死，左肋面門心坎腎囊俱有青赤傷痕不等，檢驗明白，回到縣中，一日做了文書申詳，解送東平府來，詳允發落，這東平府府尹，姓陳，雙名文昭，乃河南人氏，極是個清廉的官，聽的報來，隨即陞廳，那官人但見

平生正直，稟性賢明，幼年向雪案攻書，長大在金鑾對策，常懷忠孝之心，每行仁慈之念，戶口增，錢粮辦，黎民稱頌滿街衢，詞訟減，盜賊休，父老讚歌喧市井，攀轅截鐙，名標書史播千年，勒石鐫碑，聲振黃堂傳萬古，正直清廉民父母，賢良方

正號青天。

這府尹陳文昭。已知這事了。便教押過這一干犯人。就當廳先把清河縣申文看了。又把各人供狀招擬看過。端的上面怎生寫着。文曰、

東平府清河縣。爲人命事、呈稱犯人武松。年二十八歲、係陽谷縣人氏。因有膂力。本縣參做都頭。因公差回還。祭奠亡兄。見嫂潘氏。守孝不滿。擅自嫁人。是松在巷口打聽。不合與獅子街王鸞酒樓上。撞遇先不知名。今知名李外傳。因酒醉。索討前借錢三百文。外傳不與。又不合因而鬪毆。互相不伏。揪打踢撞。傷重當時身死。比有娼婦牛氏包氏見證。致被地方保甲捉獲。委官前至屍所。拘集使仵甲隣人等。檢驗明白。取

供具結塡圖解繳前來覆審無異同擬武松合依鬭毆殺人不問手足他物金刃律絞酒保王鸞并牛氏包氏俱供明無罪今合行申到案發落請允施行

政和三年八月　日知縣李達天縣丞樂和安主簿華何祿

典史夏恭基司吏錢勞

府尹看了一遍將武松叫過面前跪下問道你如何打死這李外傳那武松只是朝上磕頭告道青天老爺小的到案下得見天日容小的說小的敢說府尹道你只顧說來武松道小的本為哥哥報仇因尋西門慶悞打死此人把前情訴告了一遍委是小的負屈啣寃西門慶錢大禁他不得但只是個小人哥哥武大含寃地下枉了性命府尹道你不消多言我已盡知了因

把司吏錢勞。吽來痛責二十板說道你那知縣。也不待做官何故這等任情賣法。于是將一干人衆。一一審錄過用筆將武松供招都改了。因向佐貳官說道。此人爲兄報仇。悞打死這李外傳。也是個有義的烈漢。比故殺平人不同。一面打開他長枷。換了一面輕罪枷枷了下在牢裡。一干人等。都發回本縣聽候。一面行文書着落清河縣。添提豪惡西門慶并嫂潘氏。王婆小廝鄆哥件作何九。一同從公根勘明白奏請施行武松在東平府監中。人都知道他是屈官司。因此押牢禁子都不要他一文錢到把酒食與他吃。早有人把這件事。報到清河縣西門慶知道了。慌了手脚。陳文昭是個清廉官。不敢來打點他走去央求浼親家陳宅心腹。并家人來報星夜來往東京。下書與楊提督。提督轉央內閣蔡太師太師又恐怕傷了李知縣名節連忙賚了一封緊要密書帖兒特來東平府下書與陳文昭免提西門慶潘氏這陳文昭原係大理寺寺正陞東平府府尹又係蔡太師門生又見楊提督乃是朝廷面前說得話的官以此人情兩盡了只把武松免死問了個脊杖四十刺配二千里充軍況武大已死屍傷無存事涉疑似勿論其餘一干人犯釋放寧家申詳過省院文書到日即便施行陳文昭從牢中取出武松來當堂讀了朝廷明降開了長枷免不得脊杖四十取一具七斤半鐵葉團頭枷釘了臉上刺了兩行金字迭配孟州牢城其余發落已完當堂府尹押行公文差兩個防送公人領了武松解赴孟州交割當日武松與兩個公人出離東平府來到本縣家中將

家活多辦買了。打發那兩個公人路上盤費。安撫左隣姚二郎。看管迎兒。倘遇朝廷恩典。赦放還家。恩有重報。不敢有忘。那街坊隣舍。上戶人家。見武二是個有義的漢子。不幸遭此刑。平昔與武二好的。都資助他銀兩。也有送酒食錢米的。武二到下處。問士兵要出行李包裹來。即日離了清河縣上路。迤邐往孟州大道而行。正遇着中秋天氣。此這一去。正是若得苟全痴性命。也甘飢餓過平生。有詩為證。

府尹推詳秉至公　武松垂死又疏通
今朝刺配牢城去　病草萋萋遇暖風

這裡武二。往孟州充配去了不題。且說西門慶。打聽他上路去了。一塊石頭方落地。心中如去了痞一般。十分自在。于是家中分付家人來旺來保來興兒收拾打掃後花園芙蓉亭乾淨鋪設圍屏懸起金障安排酒席齊整叫了一起樂人吹彈歌舞請大娘子吳月娘第二李嬌兒第三孟玉樓第四孫雪娥第五潘金蓮合家歡喜飲酒家人媳婦丫鬟使女兩邊侍奉怎見當日好筵席但見

香焚寶鼎花插金瓶器列象州之古玩簾開合浦之明珠水晶盤內高堆火棗交梨碧玉盃中滿泛瓊漿玉液烹龍肝炮鳳腑果然下筯了萬錢黑熊掌紫駝蹄酒後獻來香滿座更有那軟炊紅蓮香稻細膾通印子魚伊魴洛鯉誠然貴似牛羊龍眼荔枝信是東南佳味碾破鳳團白玉甌中分白浪斟來瓊液紫金壺內噴清香畢竟壓賽孟常君只此敢欺石崇

富

當下西門慶與吳月娘居上其餘李嬌兒孟玉樓孫雪娥潘金蓮多兩傍列坐傳盃弄盞花簇錦攢飲酒只見小厮玳安領下一個小厮一個小女兒纔頭髮齊眉兒生的乖覺拏着兩個盒兒說道隔壁花太監家的送花兒來與娘們戴走到西門慶月娘衆人跟前都磕了頭立在傍邊說俺娘使我送這盒兒點心并花兒與西門大娘戴揭開簾子看盒兒一盒是朝廷上用的菓餡椒塩金餅一盒是新摘下來鮮玉簪花兒月娘滿心歡喜說道又吽你娘費心一面看菜兒打發兩個吃了點心月娘與了那小丫頭一方汗巾兒與了小厮一百文錢說道多上覆你娘多謝了因問小丫頭兒你吽什麼名字他回言道我吽綉春

小廝叫做天福兒打發去了月娘便向西門慶道咱這裡間壁住的花家這娘子兒倒且是好常時使過小廝丫頭送東西與我我並不曾回些禮兒與他西門慶道花二哥他娶了這娘子兒今不上二年光景他自說娘子好個性兒不然房裡怎生得這兩個好丫頭月娘道前者六月間他家老公公死了出殯時我在山頭會他一面生的五短身材團面皮細灣灣兩道眉兒且自白淨好個溫克性兒年紀還小哩不上二十四五西門慶道你不知他原是大名府梁中書妾晚嫁花家子虛帶了一分好錢來月娘道他送盒來親近你我又在個緊鄰咱休差了禮數到明日也送些禮物回答他看官聽說原來花子虛渾家娘家姓李因正月十五日所生那日人家送了一對魚瓶兒來就

小字喚做瓶姐。先與大名府梁中書家爲妾。梁中書乃東京蔡太史女婿。夫人性甚嫉妬。婢妾打死者。多埋在後花園中。這李氏只在外邊書房內住。有養娘扶侍。只因政和三年正月上元之夜。梁中書同夫人在翠雲樓上。李逵殺了全家老小。梁中書與夫人各自逃生。這李氏帶了一百顆西洋大珠。二兩重一對鴉青寶石。與養娘媽媽走上東京投親。那時花太監由御前班直陞廣南鎮守。因姪男花子虛沒妻室。就使媒人說親。娶爲正室。太監在廣南去。也帶他到廣南。住了半年有餘。不幸花太監有病。告老在家。因見清河縣人。在本縣住了。如今花太監死了。一分錢多在子虛手裡。每日同朋友在院中行走。與西門慶都是會中朋友。西門慶是個大哥。第二個姓應雙名伯爵。原是開細絹舖的應員外兒子沒了本錢跌落下來專在本司三院幫嫖貼食會一腳好氣毬雙陸棋子件件皆通第三個姓謝名希大字子純亦是幇閑勤兒會一手好琵琶每日無營運專在院中吃些風流茶飯還有個祝日念孫寡嘴吳典恩雲裡手常時節卜志道白來搶共十個朋友卜志道故了花子虛補了每月會在一處叫兩個唱的花攢錦簇頑耍衆人見花子虛乃是內臣家勤兒手裡使錢撒漫都亂撮合他在院中請表子整三五夜不歸家正是

紫陌春光好　紅樓醉管絃
人生能有幾　不樂是徒然

此事表過不題且說當日西門慶率同妻妾合家歡喜在芙蓉

亭上飲酒。至晚方散。歸到潘金蓮房中。巳有半酣。乘着酒興。要和婦人雲雨。婦人連忙薰香打鋪。和他解衣上床。西門慶且不與他雲雨。明知婦人第一好品簫。于是坐在青紗帳内。令婦人馬爬在身邊。雙手輕籠金釧。捧定那話。往口裡吞放。西門慶垂首翫其出入之妙。嗚咂良久。淫興倍增。因呼春梅進來遞茶。婦人恐怕丫頭看見。連忙放下帳子來。西門慶道。怕怎麽的。因說起隔壁花二哥房裡。到有兩個好丫頭。今日送花來的是小丫頭。還有一個。也有春梅年紀。也是花二哥收過用了。但見他娘在門首站立。他跟出來。見是生的好模樣兒。誰知這花二哥年紀小小的。房裡恁般用人。婦人聽了。瞅了他一眼。說道。怪行貨。我不好罵你。你心裡要收這個丫頭。收他便了。如何遠打週折。

指山說磨。拏人家來比奴一節。不是那樣人。他又不是我的丫頭。既然如此。明日我往後邊坐。一面騰個空兒你自在房中叫他來。收他便了。說畢。當下西門慶品簫過了。方纔抱頭交股而寢。正是自有內事迎郎意。慇懃快把紫簫吹。有西江月爲証

紗帳輕飄蘭麝。娥眉慣把簫吹。雪白玉體透房幃。禁不住魂飛鬼蕩。玉腕款籠金釧。兩情如醉如痴。才郎情動囑奴知。慢慢多咂一會。

到次日。果然婦人往後邊孟玉樓房中坐了。西門慶叫春梅到房中。春點杏桃紅綻蕊。風欺楊柳綠翻腰。收用了這妮子。婦人自此一力擡舉他起來。不令他上鍋抹灶。只叫他在房中。鋪床疊被。遞茶水。衣服首飾。揀心愛的與他。纏的兩隻脚小小的。原

來春梅比秋菊不同。性聰慧。喜謔浪。善應對。生的有幾分顏色。

西門慶甚是寵他。秋菊爲人濁蠢。不任事體。婦人打的是他。正是

燕雀池塘語話喧　　皆因仁義說愚賢

雖然異數同飛鳥　　貴賤高低不一般

畢竟未知後來何如。且聽下回分解

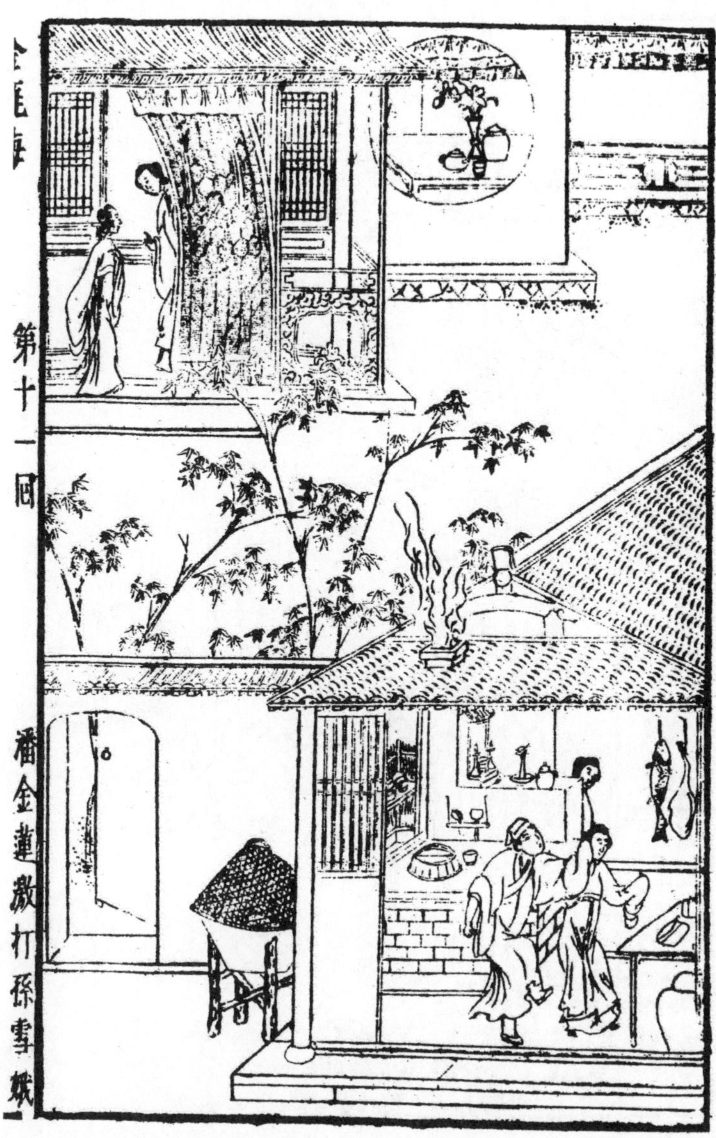
金瓶梅
第十一回
潘金蓮激打孫雪娥

西門慶梳籠李桂姐

新刻金瓶梅詞話卷之二

第十一回

潘金蓮激打孫雪娥　西門慶梳籠李桂姐

婦人嫉妒非常　浪子落魄無賴
一聽巧語花言　不顧新懽舊愛
出逢紅袖相牽　又把風情別賣
果然寒食元宵　誰不幫興幫敗

話說潘金蓮在家。恃寵生驕。顛寒作熱。鎮日夜不得個寧靜。性極多疑。專一聽籬察壁。尋些頭腦廝鬧。那個春梅。又不是十分耐煩的。一日金蓮為些零碎事情。不湊巧罵了春梅幾句。春梅沒處出氣。走往後邊廚房下去。搥檯拍盤。悶狠狠的模樣。那孫雪娥看不過。假意戲他道。恠行貨子。想漢子便別處去想。怎的在這裡硬氣。春梅政在悶時。聽了幾句。不一時暴跳起來。那個歪斯纏我哄漢子。雪娥見他性不順。只做不開口。春梅便使性做幾步。走到前邊來。如此如此。這般這般。一五一十。又添些話頭道。我和娘收了俏一帮兒哄漢子。挑撥與金蓮知道。金蓮滿肚子不快活。只因送吳月娘出去送殯。起身早些。也有些身子倦。睡了一覺。走到亭子上。只見孟玉樓。搖颭的走來。笑嘻嘻道姐姐如何悶悶的不言語。金蓮道。不要說起。今早倦倒了。不得三姐你在那里去來。玉樓道。纔到後面廚房里走了一下。金蓮道。他與你說些什麽來。玉樓道。姐姐沒言語。金蓮雖故口裡說着。終久懷記在心。與雪娥結仇。不在話下。兩個做了一回針指。

只見春梅抱着湯瓶。秋菊拿了兩盞茶來。吃畢茶。兩個放卓兒。擺下棋子盤兒下棋。正下在熱鬧處。忽見看園門小厮琴童走來報道。爹來了。慌的兩個婦人收棋子不迭。西門慶恰進門檻看見二人。家常都帶着銀絲䯼髻露着四鬢耳邊青寶石墜子。白紗衫兒。銀紅比甲。挑線裙子。雙彎尖趫紅鴛瘦小鞋。一個個粉粧玉琢。不覺滿面堆笑戲道。好似一對兒粉頭。也值百十銀子。潘金蓮說道。俺每纔不是粉頭。你家正有粉頭在後邊哩那玉樓抽身就往後走。被西門慶一手扯住說道。你往那里去。我來了你脫身去了。實說我不在家。你兩個在這里做甚麼。金蓮道。俺兩個悶的慌。在這里下了兩盤棋子。時沒做賊。誰知道你就來了。一面替他接了衣服。說道。你今日送殯來家早。西門慶道今日齋堂裡都是內相同官一來天氣暄熱我不耐煩先來家玉樓問道他大娘怎的還不來家西門慶道他的轎子也待進城我使回兩個小廝接去了一面脫了衣服坐下因問你兩個下棋賭些什麼金蓮道俺兩個自恁下一盤耍子平白賭什麼西門慶道等我和你們下一盤那個輸了拿出一兩銀子做東道金蓮道俺每並沒銀子西門慶道你沒銀子拏簪子問我手裡當也是一般于是擺下棋子三人下了一盤潘金蓮輸了西門慶纔數子兒被婦人把棋子撲撒亂了一直走到瑞香花下倚着湖山推掐花兒西門慶尋到那里說道好小油嘴兒你輸了棋子卻躲在這里那婦人見西門慶來昵笑不止說道怪行貨子孟三兒輸了你不敢禁他卻來纏我將手中花撮成瓣

兒洒西門慶一身被西門慶走向前雙關抱住按在湖山畔就口吐丁香舌融甜唾戲謔做一處不防玉樓走到跟前叫道六姐他大娘來家了咱後邊去來這婦人方纔撇了西門慶說道哥兒我回來和你荅話同玉樓到後邊與月娘道了萬福月娘問你每笑甚麼玉樓道六姐今日和他爹下棋輸了一兩銀子到明日整治東道請姐姐耍子月娘笑了金蓮當下只在月娘面前只打了個照面兒就走來前邊倍伴西門慶分付春梅房中薰下香預備澡盆浴湯准備晚間兩個效魚水之懽看官聽說家中雖是吳月娘大娘子在正房居住常有疾病不管家事只是人情看往出門走動出入銀錢都在唱的李嬌兒手裡孫雪娥單管率領家人媳婦在廚房中上灶打發各房飲食譬如西

門慶在那房里宿歇。或吃酒吃飯。造甚湯水。俱經雪娥手中整理。那房裡丫頭。自往廚下拿去。此事不說。當晚西門慶在金蓮房中。吃了酒。洗畢澡。兩人歇了。次日也是合當有事。西門慶許了金蓮。要往廟上替他買珠子。要穿箍兒戴。早起來等着要吃荷花餅。銀絲鮓湯。纔起身。使春梅往廚下說去。那春梅只顧不動身。金蓮道。你休使他。有人說我縱容他。教你收了。俏成一幫兒哄漢子。百般指猪罵狗。欺負俺娘兒們。使你又使他。後邊做甚麼去。西門慶便問是誰說此話。欺負他。你對我說。婦人道。說怎的。盆罐都有耳躲。你只不叫他後邊去。另使秋菊去便了。這西門慶遂叫過秋菊。分付他往廚下。對雪娥說去。約有兩頓飯時。婦人已是把桌兒放了。白不見拿來。急的西門慶只是暴跳。婦人見秋菊不來。使春梅你去後邊瞧瞧。那奴才只顧生根長苗。不見來。春梅有幾分不順。使性子走到厨下。只見秋菊正在那里等着哩。便罵道。賊餳奴。娘要卸你那腿哩。說你怎的就不去了哩。爹緊等着吃了餅。要往庙上去。急的爹在前邊暴跳叫我採了你去哩。這孫雪娥不聽便罷。聽了心中大怒。罵道怪小淫婦兒。馬回子拜節。來到的就是鍋兒是鐵打的也等慢慢兒的來。預備下熬的粥兒又不吃。忽剌八新梁興出來。要烙餅做湯。那個是肚裡蛔虫。春梅不忿他罵。說道。沒的扯毯淡。主子不使了來問你。那個好來問你要。有沒俺們到前邊自說的一聲兒。有那些聲氣的。一隻手擰着秋菊的耳躲。一直徑前邊來。雪娥道。主子奴才。常遠似這等硬氣。有時道着。春梅道。中有時道使時道。沒的把俺娘兒兩個別變了罷。于是氣狠狠走來。婦人見他臉。氣的黄黄。拉着秋菊進門。便問怎的來了。春梅道。你問他我去時還在厨房裡雌着。等他慢條絲禮兒。纔和麵兒。我自不是說了一句。爹在前邊等着。娘說你怎的就不去了。使我來呌你來了。倒被小院兒裡的千奴才萬奴才。罵了我恁一頓。說爹馬囬子拜節。來到的就是。只相那個調唆了爹一般。預備下粥兒不吃。平白新生發起要餅和湯。只顧在厨房裡罵人。不肯做哩。婦人在旁便道。我說別要使他去。人自恁和他合氣。說俺娘兒兩個。攔攔你在這屋裡。只當吃人罵將來。這西門慶聽了。心中大怒。走到後邊厨房裡。不由分說。向雪娥踢了幾脚。罵道賊歪剌骨。我使他來要餅。你如何罵他。你罵他奴才。你如何不溺胞尿，把你自家照照。那雪娥被西門慶踢罵了一頓，敢怒而不敢言。西門慶剛走出厨房門外，雪娥對着大家人來昭妻一丈青說道：你看我今日晦氣，早是你在旁聽，我又沒曾說什麼，他走將來兇神也一般，大喓小喝，把丫頭採的去了，反對主子面前輕事重報，惹的走來，平自把恁一塲兒，我洗着眼兒看着主子奴才長遠恁硬氣着，只休要錯了脚兒。不想被西門慶聽見了，復回來，又打了幾拳，罵道：賊奴才淫婦，你還說不欺負他，親耳躲聽見你還罵他。打的雪娥疼痛難忍。西門慶便往前邊去了。那雪娥氣的在厨房裡，兩淚悲啼，放聲大哭。吳月娘正在上房纔起來梳頭，因問小玉：厨房裡亂的些甚麼？小玉回道：爹要餅吃了，往庙上去，說姑娘罵五娘房裡春梅來，被爹聽見了。在厨房裡踢了姑娘幾脚。哭起來。月娘道。也没見他要餅吃。連忙做了與他去就罷了。平白又罵他房裡丫頭怎的。于是使小玉。走到厨房攛掇雪娥和家人媳婦。連忙攢造湯水。打發西門慶吃了。騎馬小厮跟隨往庙上去不題這雪娥氣憤不過走到月娘房裡。正告訴月娘此事。不防金蓮驀然走來。立于牕下潛聽。見雪娥在屋裡。對月娘李嬌兒說。他怎的攔攔漢子。背地無所不爲。娘你不知淫婦。說起來比養漢老婆還浪。一夜没漢子也成不的。背地幹的那繭兒。人幹不出他幹出來。當初在家把親漢子用毒藥擺死了。跟了來。如今把俺們也吃他活埋了。弄的漢子烏眼鷄一般。見了俺們。便不待見。月娘道。也没見你。他前邊使了丫頭要餅。你好好打發與他去便了。平白又駡他怎的。雪娥道我罵他禿也瞎也來。那頊這丫頭在娘房裡着緊不聽手。俺沒曾在灶上。把刀背打他。娘尚且不言語。可可今日輪他手裡。便驕貴的這等的了。正說着。只見小玉走到說五娘在外邊。少頊金蓮進房望着雪娥說道。比對我當初擺死親夫你就不消叫漢子娶我來家。省的我攔攔着他。撐了你的窩兒論起春梅又不是我房裡丫頭。你氣不憤。還教他伏侍大娘就是了。省的你和他合氣。把我扯在裡頭。那個好意死了漢子嫁人。如今也不難的勾當。等他來家。與我一紙休書。我去就是了。月娘道。我也不曉的你們底事。你每大家省言一句兒便了。孫雪娥道。娘你看他嘴似淮洪也一般。隨問誰他辦不過他。又在漢子根前戳舌兒。轉過眼就不認了。依你說起來。除了娘把俺們都攆了。只留着你罷，那吳月娘坐着。由着他那兩個你。一句我一句。只不言語。後來見罵起來。雪娥道你罵我奴才。你便是真奴才。拉些兒不曾打起來月娘看不上。使小玉把雪娥拉往後邊去這潘金蓮一直歸到前邊。卸了濃粧。洗了脂粉。烏雲散亂。花容不整哭得兩眼如桃，搊在床上。到日西時分。西門慶庙上來。袖着四兩珠子。進入房中。一見便問怎的來婦人放聲號哭起來，問西門慶要休書。如此這般。告訴一遍我當初又不曾圖你錢財。自恁跟了你來。如何今日交人這等欺負千也說我擺殺漢子。萬也說我擺殺漢子。拾了本有吊了本。無沒丫頭便罷了。如何要人房裡了頭伏侍。吃人指罵我。一個還多着影兒哩這西門慶不聽便罷聽了此言三尸神暴跳。五陵氣冲天。一陣風走到後邊。採過雪娥頭髮來。儘力拏短棍打了幾下。多虧吳月娘。向前拉住了手。說道。沒的大家省事些些兒罷了。好交你主子惹氣。西門慶便道。好賊搓刺骨。我親自聽見你。在廚房裡罵。你還攪纏別人。我不把你下截打下來。也不筭。看官聽說。不爭今日打了孫雪娥。管教潘金蓮。從前作過事。沒與一齊來。有詩為証。

金蓮恃寵使夫君　到使孫娥忌怨深
自古感恩并積恨　千年萬載不生塵

當下西門慶打了雪娥。走到前邊。窩盤住了金蓮。袖中取出今日廟上買的四兩珠子。遞與他穿箍兒戴。婦人見漢子與他做主兒出了氣。如何不喜。由是要一奉十。寵愛愈深。一日在園中置了一席。請吳月娘孟玉樓。連西門慶四人。共飲酒。話休饒舌。那西門慶立了一夥結識了十個人做朋友。每月會茶飲酒。頭一個名喚應伯爵。是個潑落戶出身。一分兒家財都闞沒了。專一跟着富家子弟。幇闞貼食在院中頑耍。諢名叫做應花子。第二個姓謝名希大。乃清河衛千戶官兒應襲子孫。自幼兒沒了父母。遊手好閒。善能踢的好氣毬。又且賭博。把前程丢了。如今做幇閑的。第三名喚吳典恩。乃本縣陰陽生。因事革退。專一在縣前與官吏保債。以此與西門慶來往。第四名孫天化。綽號孫寡嘴。年紀五十餘歲。專在院中闖寡門。與小娘傳書寄東勾引子弟。討風流錢過日子。第五是雲參將兄弟名喚雲離守。第六是花太監姪兒花子虛。第七姓祝名喚祝日念。第八姓常。名常時節。第九個姓白。名喚白來創。連西門慶共十個。衆人見西門慶有些錢鈔。讓西門慶做了大哥。每月輪流會茶擺酒。一日輪該花子虛家。擺酒會茶。就在西門慶緊隔壁。內官家擺酒。都是大盤大碗。甚是豐盛。衆人都到齊了。那日西門慶有事。約午後不見到來。都留席面。少頃西門慶來到。衣帽整齊。四個小厮跟隨。衆人都下席迎接。叙禮讓坐。東家安席。西門慶居首席。一個粉頭。兩個妓女。琵琶箏纂。在席前彈唱。端的說不盡梨園嬌艷。色藝雙全。但見。

羅衣疊雪。寶髻堆雲。櫻桃口。杏臉桃腮。楊柳腰。蘭心蕙性。歌喉宛囀。聲如枝上流鶯。舞態蹁躚。影似花間鳳轉。腔依古調。音出天然。舞回明月墜秦樓。歌遏行雲遮楚館。高低緊慢按宮商吐玉。噴珠輕重疾。徐依格調。鏗金戛玉。箏排鴈柱聲聲慢。板排紅牙字字新。

少頃酒過三巡。歌吟兩套。三個唱的。放下樂器。向前花枝搖颭。繡帶飄飄磕頭。西門慶呼答應小使玳安。書袋內取三封賞賜。每人二錢。拜謝了下去。因問東家花子虛。這位姐兒上姓。端的會唱。東家未及荅。在席應伯爵插口道。大官人多忘事。就不認的了。這擲箏的是花二哥令翠。构欄後巷吳銀兒。那撥阮的。是朱毛頭的女兒。朱愛愛。這彈琵琶的是二條巷。李三媽的女兒李桂卿的妹子。小名叫做桂姐。你家中見放着他親姑娘。大官人如何推不認的。西門慶笑道。六年不見。就出落得成了人兒了。落後酒闌上席來遞酒。這桂姐慇懃勸酒。情話盤桓。西門慶因問你三媽你姐姐桂卿在家做甚麼怎的不來我家走走看看你姑娘桂姐道俺媽從去歲不好了一塲至今腿腳半邊通動不的只扶着人走俺姐姐桂卿被淮上一個客人包了半年常是接到店裡住兩三日不放來家家中好不無人只靠着我逐日出來供唱答應這幾個相熟的老爹好不辛苦也要往宅裡看看姑娘白不得個閑爹許久怎的也不在裡邊走走放姑娘家去看看俺媽這西門慶見他一團和氣說話兒乖覺伶變就有幾分留戀之意說道我今日約兩位好朋友送你家去你意下如何桂姐道爹休哄我你肯貴人腳兒踏俺賤地西門慶道我不哄你到是袖中取出汗巾連挑牙與香茶盒兒遞與桂姐收了桂姐道多咱去如今使保兒先家去說一聲作個預備

西門慶道。直待人散。一同起身。少頃遞畢酒。約掌燈人散時分。西門慶約下應伯爵。謝希大。也不到家。騾馬同送桂姐。逕進抅攔。徃李家去。正是錦繡窩中。入手不如撒手美。紅綿套裡。鑽頭容易出頭難。有詞爲証。

陷人坑。土窖般暗開掘。迷魂洞。囚牢般巧砌疊。檢屍場。屠鋪般明排列。衠一味死溫存。活打刼。招牌兒大字書者。買俏金。哥哥休撦。纏頭錦。婆婆自接。賣花錢。姐姐不賒。

西門慶等送桂姐轎子到門首。李桂卿迎門接入堂中。見畢禮數。請老媽出來拜見。不一時虔婆扶拐而出。半邊肐膊。通動但不得。見了西門慶。道了萬福。說道。天麼天麼。姐夫貴人。那陣風兒刮你到于此處。西門慶笑道。一向窮冗。沒曾來得。老媽休怪休怪。虔婆便問。這二位老爹貴姓。西門慶道。是我兩個好友。應二哥。謝子純。今日在花家會茶。遇見桂姐。因此同送回來。快看酒來。俺們樂飲三盃。虔婆讓三位上首坐了。一面點了茶。一面下去打抹春檯。收拾酒菜。少頃保兒上來放卓兒。掌上燈燭。酒餚羅列。桂姐從新房中。打扮出來。旁邊陪坐。眞個是風月窩鶯花寨。免不得姊妹兩個。在旁金樽滿泛。玉阮同調。歌唱遞酒。有詩爲証。

瑠璃鍾。琥珀濃。小槽酒滴珍珠紅。烹龍炮鳳玉脂泣。羅幃繡幙圍香風。吹龍笛。擊鼉鼓。皓齒歌。細腰舞。况是青春莫虛度。銀缸掩映嬌娥語。酒不到劉伶墳上去。

當下桂卿姐兒兩個。唱了一套。席上觥籌交錯飲酒。西門慶向桂卿說道。今日二位在此。久聞桂姐。善能禾唱南曲。何不請歌一詞。以奉勸二位一盃兒酒。意下如何。那應伯爵道。我等不當起動。洗耳願聽佳音。那桂姐坐着。只是笑。半日不動身。原來西門慶有心要梳籠桂姐。故此發言先索落他唱。却被院中婆娘。見精識精看破了八九分。李桂卿在旁就先開口說道。我家桂姐從小兒養得嬌。自來生得腼腆。不肯對人胡亂便唱。于是西門慶便叫玳安小厮。書袋內取出五兩一錠銀子來。放在卓上便說道。這些不當甚麽。權與桂姐爲脂粉之需。改日另送幾套織金衣服。那桂姐連忙起身。相謝了。方纔一面令丫鬟收下了。一面放下一張小卓兒。請桂卿下席來唱。當下桂姐不慌不忙。輕扶羅袖。擺動湘裙。袖口邊搭刺着一方銀紅撮穗的落花流水汗巾兒歌唱一隻駐雲飛。

舉止從容壓盡拘攔古上風行動香風送頻使人欽重嗏玉杵汚泥中豈凡庸一曲清商滿座皆驚動何似襄王一夢中

何似襄王一夢中。

唱畢把個西門慶喜懽的没入腳處分付玳安回馬家去晚夕就在李桂卿房裡歇了一宿緊着西門慶要梳籠這女子又被應伯爵謝希大兩個在根前一力攛掇就上了道兒次日使小厮往家去拏五十兩銀子段舖內討四套衣裳要梳籠桂姐那李嬌兒聽見要梳籠他家中姪女兒如何不喜連忙拏了一錠大元寶付與玳安拏到院中打頭面做衣服定卓席吹彈歌舞花攢錦簇做三日飲喜酒應伯爵謝希大又約會了孫寡嘴祝

日念常時節每人出五分銀子人情作賀都來賷他鋪的盖的俱是西門慶出每日大酒大肉在院中頑耍不在話下

舞裙歌板逐時新　散盡黃金只此身
寄語富兒休暴殄　儉如良藥可醫貧

畢竟未知後來如何且聽下回分解

金瓶梅

第十二回

潘金蓮私僕受辱

劉理星壓勝求財

第十二回

潘金蓮私僕受辱　劉理星魘勝貪財

堪笑西門暴富　有錢便是主顧
一家歪斯胡纏　那討綱常禮數
狎客日日來往　紅粉夜夜陪宿
不是常久夫妻　也算春風一度

話說西門慶在院中貪戀桂姐姿色，約半月不曾來家。吳月娘使小廝，一連拏馬接了數次，李家把西門慶衣帽都藏過，一邊不放他起身。丟的家中這些婦人都閑靜了，別人猶可，惟有潘金蓮這婦人青春未及三十歲，慾火難禁一丈高，每日和孟玉樓兩箇，打扮粉粧玉琢，皓齒朱唇，無一日不走在大門首，倚門而望。等到黃昏時分。到晚來歸入房中。粲枕孤幃。鳳臺無伴。睡不着。走來花園中欵步花苔。月洋水底。猶恐西門慶心性難拏。怪玳瑁猫兒交懽。鬬的我芳心迷亂。當時玉樓帶來一箇小厮。名喚琴童。年約十六歲。纔留起頭髮。生的眉目清秀。乖滑伶俐。西門慶教他拿鑰匙。看管花園打掃。晚夕就在花園門首一間小耳房內歇。潘金蓮和孟玉樓。白日裡常在花園中。亭子上坐在一處。做針指。或下棋。這小厮專一道小慇懃。常觀見西門慶來。就先來告報。以此婦人喜他。常吽他入房。賞酒與他吃。兩箇朝朝暮暮。眉來眼去。都有意了。不想將近七月廿八日。西門慶生日來到。吳月娘見西門慶在院中。留戀烟花。不想回家。一面使小厮玳安。拏馬往院中接西門慶。這潘金蓮暗暗修了一柬帖。交付玳安。教悄悄遞與你爹。說五娘請爹早些家去罷這玳安不敢怠慢騎馬一直到构欄李家。只見應伯爵。謝希太祝日念。孫寡嘴。常時節。衆人正在那裡相伴着西門慶。摟着粉頭。花攢錦簇。懽樂飲酒。西門慶看見玳安來到。便問你來怎麼家中沒事。玳安道。家中沒事。西門慶道。前邊各項銀子。叫傳二叔討討。等我到家筭帳。玳安道。這兩日傳二叔討了許多。等爹到家上帳。西門慶道。你桂姨那一套衣服。稍來不曾。玳安道。已稍在此。便向毡包內。取出一套紅衫藍裙。遞與桂姐。桂姐桂卿道了萬福。收了。連忙分付下邊看待玳安酒飯。那小廝吃了酒飯。復走來上邊伺候。悄悄向西門慶耳邊。附耳低言。說道家中五娘使我。稍了箇帖兒在此。請爹早些家去。西門慶纔待用手去接。早被李桂姐看見。只道是西門慶前邊那表子。寄來的情書。一手撾過來。拆開觀看。卻是一幅廻文邊錦箋。上寫着幾行墨跡。桂姐遞與祝日念。教念與他聽。這祝日念見上面寫詞一首。名落梅風。對衆朗誦了一遍。

黄昏想。白日思。盼殺人多情不至。因他爲他憔悴死。可憐也繡衾獨自　燈將殘。人睡也。空留得半牕的月。　眠心硬。渾似鐵。這淒涼怎捱今夜。

下書愛妾潘六兒拜

那桂姐聽畢。撇了酒席。走入房中。倒在床上。面朝裡邊睡了。且說西門慶見桂姐惱了。把帖子扯的稀爛。衆人前把玳安踢了兩靴脚。請桂姐兩遍不來。慌的西門慶親自進房內。抱出他來。

到酒席上說道。分付帶馬回去。家中那箇淫婦使你來我這一
到家。都打箇臭死。不說玳安含淚回家。西門慶道。桂姐你休惱。
這帖子不是別人的。乃是舍下第五箇小妾頭。寄請我到家有
些事兒計較。再無別故。祝日念在旁又戲道桂姐。你休聽他哄
你哩。這箇潘六兒。乃是那邊院裡。新叙的一箇表子。生的一表
人物。你休放他去。西門慶笑趕着打。說道。你這賊天殺的。单管
弄死了人。緊着他恁麻犯人。你又胡說。李桂卿道。姐夫差了。旣
然家中有人拘管。就不消在前椛籠人家粉頭。自守着家裡的
便了。纔相伴了多少時。那人兒便就要抛離了去。應伯爵插口
道。說的有理。便道大官人你依我。你也不消家去。桂姐也不必
惱。今日說過。那箇再恁惱了。每人罸二兩銀子。買酒肉咱大家

吃到是這四五箇闞客。說的說。笑的笑。在席上猜枚行令。須要飲酒。把桂姐窩盤住了。西門慶把桂姐摟在懷中。倍笑。一遞一口兒飲酒。只見少頃。鮮紅漆丹盤。拿了七鍾茶來。雪綻般茶盞。杏葉茶匙兒。鹽筍芝蔴木樨泡茶。馨香可掬。每人面前一盞。應伯爵道。我有箇朝天子兒。单道這茶好處。

這細茶的嫩芽。生長在春風下。不揪不採葉兒楂。但煮着顏色大。絶品清奇。難描難畫。口兒裡常時呷。醉了時想他。醒來時愛他。原來一簍兒千金價。

謝希大笑道。大官人使錢費物。不圖這一摟兒。却圖些甚的。如今每人有詞的唱詞。不會詞。每人說箇笑話兒。與桂姐下酒。該謝希大先說有一箇泥水匠在院中攙地。老媽兒怠慢着他些些

兒他暗暗把陰溝内堵上箇磚落後天下雨積的滿院子都是
水老媽慌了尋的他來多與他酒飯還秤了一錢銀子央他打
水平那泥水匠吃了酒飯悄悄去陰溝内把那箇磚拿出把水
登時出的罄盡老媽便問作頭此是那裡的病泥水匠回道這
病與你老人家病一樣有錢便流無錢不流原來把桂姐家來
傷了桂姐道我也有箇笑話回奉列位有一孫真人擺着筵席
請人却教座下老虎去請那老虎把客人一箇箇都路上吃了
真人等至天晚不見一客到人都說你那老虎都把客人路上
吃了不一時老虎來真人便問你請的客人都往那裡去了老
虎口吐人言告師父得知我從來不曉得請人只會白嚼人就
是一能當下把衆人都傷了應伯爵道可見的俺每只自白嚼

你家孤老就還不起箇東道。于是向頭上拔下一根鬧銀耳斡
兒來、重一錢、謝希大一對鍍金網巾圈。秤了秤、只九分半。祝日
念袖中掏出一方舊汗巾兒、筭二百文長錢。孫寡嘴腰間解下
一條白布男裙、當兩壺半壇酒、常時節無以爲敬。問西門慶借
了一錢成色銀子。都遞與桂卿。置辦東道。請西門慶和桂姐。那
桂卿將銀錢都付與保兒、買了一錢螃蠏、打了一錢銀子猪肉。
宰了一隻雞、自家又賠出些小菜兒來。厨下安排停當。大盤小
碗。拿上來。衆人坐下、說了一聲動筯吃時、說時遲、那時快。但見
人人動嘴。箇箇低頭。遮天映日。猶如蝗蝻一齊來。擠眼掇肩。
好似餓牢纔打出。這箇搶風膀臂。如經年未見酒和餚。那箇
連二快子。成歲不逢筵與席。一箇汗流滿面、恰似與雞骨朶

有窵佬一箇油抹唇邊把猪毛皮連唾嚥吃片時盃盤狼藉
唉良久筯子縱橫盃盤狼藉如水洗之光滑筯子縱橫似打
磨之乾淨這箇稱爲食王元帥那箇號作淨盤將軍酒壺番
晒又重斟盤饌已無還去探正是珍羞百味片時休果然都
送入五臟廟
當下衆人吃了箇淨光王佛西門慶與桂姐吃不上兩鍾酒揀
了些菜蔬還被這夥人吃的去了那日把席上椅子坐折了兩
張前邊跟馬的那小廝不得上來掉嘴吃把門前供養的土地
翻倒來使位恰㓾了一泡礶谷都的熱屎臨出門來孫寡嘴把
李家明間內供養的鍍金銅佛揌在褲腰裡應伯爵推鬪桂姐
親嘴把頭上金啄針兒戲了謝希大把西門慶川扇兒藏了祝

日念走到桂卿房裡照臉。溜了他一面水銀鏡子。常時節借的西門慶一錢八成銀子。竟是寫在嫖帳上了。原來這起人只伴着西門慶頑耍。好不快活。有詩爲證

构欄妓者媚如猱　只堪乘興暫時留

君要死貪無足厭　家中金鑰教誰收

按下這裡衆人簇擁着西門慶歡樂飲酒。单表玳安小厮。回馬到家。吳月娘和孟玉樓潘金蓮在房坐的。見了玳安。便問你接了爹來了不曾。玳安哭的兩眼紅紅的。如此這般。被爹踢罵了小的來了。說道那箇再使人接。來家都要罵。月娘便道你看不合理。不來便了。如何去罵小厮來。如何狐迷變心這等的孟玉樓道。你踢將小厮便罷了如何連俺們都罵將來。潘金蓮道十

箇九箇院中淫婦。和你有甚情實。常言說的好。船載的金銀塡不滿烟花寨。金蓮只知說出來。不防路上說話。草裡有人。李嬌兒從玳安。自院中來家時分。走來牕下潛聽。見潘金蓮對着月娘。罵他家千淫婦。萬淫婦。暗暗懷恨在心。從此二人結仇。不在話下。正是

甜言美語三冬煖　惡語傷人六月寒
金蓮只曉争先話　那料旁人起禍端

不說李嬌兒與金蓮結仇。单表金蓮這婦人。歸到房中。捱一刻似三秋。盼一時如半夏。知道西門慶不來家。把兩箇丫頭打發睡了。推在花園中遊翫。將琴童叫進房。與他酒吃。把小厮灌醉了。掩閉了房門。褪衣解帶。兩箇就幹做在一處。正是色膽如天

怕甚事。鴛幃雲雨百年情。但見。

一箇不顧綱常貴賤。一箇那分上下高低。一箇色膽歪邪。管甚丈夫利害。一箇淫心蕩漾。從他律犯明條。一箇氣喑眼瞪。好似牛吼柳影。一箇言嬌語澁。渾如鶯囀花間。一箇耳畔許雨意雲情。一箇枕邊說山盟海誓。百花園內。翻為快活排塲。王母房中。變作行樂世界。霎時一滴驢精髓。傾在金蓮玉體中。

自此為始。每夜婦人便呌這小廝進房中。如此。未到天明。就打發出來。背地把金裹頭簪子兩三根。帶在頭上。又把裙邊帶的錦香囊股子葫蘆兒。也與了他。繫在身底下。豈知這小廝不守本分。常常和同行小廝。在街吃酒耍錢。頗露出圭角。常言若要人不知。除非已莫爲。有一日風聲吹到孫雪娥李嬌兒耳朶內。說道。賊淫婦。往常言語假撇清。如何今日也做出來了。偷養小廝。齊來告月娘。月娘再三不信。說道。不爭你們和他合氣。惹的孟三姐不怪。只說你們擠撮他的小廝。說的二人無言而退。落後婦人。夜間和小廝在房中行事。忘記關廚房門。不想被丫頭秋菊。出來淨手。看見了。次日傳與後邊小玉。小玉對雪娥說。雪娥同李嬌兒。又來告訴月娘。正值七月廿七日。西門慶上壽。從院中來家。二人如此這般。他屋裡丫頭。親口說出來。又不是俺們葬送他。大娘不說。俺們對他爹說。若是饒了這箇淫婦。自除非饒了蝎子。娘是的。月娘道。他纔來家。又是他好日子。你每不依我。只顧說去。等住回亂將起來。我不管你。二人不聽月娘之言約的西門慶進入房中齊來告訴說金蓮在家養小厮一節。這西門慶不聽萬事皆休聽了怒從心上起惡向膽邊生走到前邊坐下一片聲叫琴童兒早有人報與潘金蓮金蓮慌了手脚使春梅忙叫小厮到房中囑付千萬不要說出來把頭上簪子都要過來收了着了慌就忘下解了香囊葫蘆下來被西門慶叫到前廳跪下分付三四箇小厮選大板子伺候西門慶道問賊奴才你知罪麽那琴童半日不敢言語西門慶令左右除了帽子拔下他簪子來我瞧見撇着兩根金裹頭銀簪子因問你戴的金裹頭銀簪子往那裡去了琴童道小的並沒甚銀簪子西門慶道奴才還搗鬼與我旋剥了衣服拿板子打當下兩三箇小厮扶侍一箇剥去他衣服扯了褲子見他身底下穿着玉色絹褲兒褲兒帶上露出錦香囊葫蘆兒西門慶一眼就看見便叫拏上來我瞧認的是潘金蓮裙邊帶的物件不覺心中大怒就問他此物從那裡得來你實說是誰與你的謊的小厮半日開口不得說道這是小的某日打掃花園在花園內拾的並不曾有人與我西門慶越怒切齒喝令與我綑起着實打當下把琴童兒綳子綳着兩點般攪杆打將下來須臾打了三十大棍打得皮開肉綻鮮血順腿淋漓又教大家人來保把奴才兩個鬢與我撏了趕將出去再不許進門那琴童磕了頭哭哭啼啼出門去了這小厮只因昨夜與玉皇殿上掌書仙子廝調戲今日罪犯天條貶下方有詩爲証

虎有倀兮鳥有媒　金蓮未必守空閨

不堪今日私奴僕　　自此遭愆更莫追

當下西門慶打畢琴童趕出去了。潘金蓮在房中聽見。如提冷水盆內一般。不一時西門慶進房來。諕的戰戰兢兢。渾身無了脉息。小心在旁扶侍接衣服。被西門慶兜臉了箇耳刮子。把婦人打了一交。分付春梅把前後角門頂了。不放一箇人進來。拿張小椅兒坐在院內花架兒底下。取了一根馬鞭子。拏在手裡。喝令淫婦脫了衣裳跪着。那婦人自知理虧。不敢不跪。到是真箇脫去了上下衣服。跪在面前。低垂粉面。不敢出一聲兒。西門慶便問賊淫婦。你休推睡裡夢裡。奴才我纔已審問明白。他一一都供出來了。你實說。我不在家。你與他偷了幾遭。婦人便哭道。天麽天麽。可不寃屈殺了我罷了。自從你不在家半箇來月。

奴白日裡只和孟三姐做一處做針指。到晚夕早關了房門就睡了。沒勾當不敢出這角門邊兒來你不信只問春梅便了。有甚和盐和醋。他有箇不知道的。因叫春梅來。姐姐你過來親對你爹說。西門慶罵道賊淫婦。有人說你把頭上金裹頭簪子兩三根。都偷與了小厮。你如何不認。婦人道。就屈殺了奴罷了。是那箇不逢好死的。嚼舌根的淫婦。嚼他那旺跳的身子。見你常時進奴這屋裡來歇。並都氣不憤。拏這有天沒日頭的事壓枉奴。就是你與的簪子。都有數兒。一五一十都在。你查不是。我平白想趕甚麼來。與那奴才。好成樣的奴才。也不枉說的行一箇尿不出來的毛奴才。平空把我摹一篇舌頭。西門慶道。簪子有沒罷了。因向袖中取出琴童那香囊來。說道。這箇是你的物件兒如何打小廝身底下揑出來你還口澀甚麽說着紛紛的惱了向他白馥馥香肌上颼的一馬鞭子來打的婦人疼痛難忍眼噙粉淚沒口子叫道好爹爹你饒了奴罷你容奴說奴便說不容奴說你就打死奴也只臭烟了這塊地這箇香囊葫蘆兒你不在家奴那日同孟三姐在花園裡做生活因從木香欄下所過帶繫兒不牢就抓落在地我那裡沒尋誰知這奴才拾了奴並不曾與他只這一句就合着綱纔琴童前廳上供稱在花園內拾的一樣的話又見婦人脫的光赤條條花朶兒般身子嬌啼嫩語跪在地下那怒氣早已鑽入爪哇國去了把心已回動了八九分因叫過春梅摟在懷中問他淫婦果然與小廝有首尾沒有你說饒了淫婦我就饒了罷那春梅撒嬌撒痴坐在

西門慶懷裡。說道。這箇爹你好沒的說。和娘成日唇不離腮。娘肯與那奴才。這箇都是人氣不憤俺娘兒們。作做出這樣事來。爹你也要箇主張。好把醜名兒頂在頭上。傳出外邊去。好聽。幾句把西門慶說的一聲兒不言語。丢了馬鞭子。一面教金蓮起來。穿上衣服。分付秋菊看菜兒。放卓兒吃酒。這婦人當下滿斟了一盃酒。雙手遞上去。花枝招颭。繡帶飄飄。跪在地下。等他鍾兒。西門慶分付道。我今日饒了你。我若但凡不在家。要你洗心改正。早關了門戶。不許你胡思亂想。我若知道。定不饒你。婦人道。你分付奴知道了。到是揷燭也似與西門慶磕了四箇頭。方纔安座兒在傍陪坐飲酒。正是。爲人莫作婦人身。百年苦樂由他人。潘金蓮這婦人。平日被西門慶寵的狂了。今日討得這場羞辱在身上。有詩為證。

金蓮容貌更溫柔　恃寵爭妍惹寇讎
不是春梅當日勸　父孃皮肉怎禁抽

西門慶正在金蓮房中飲酒。忽聽小廝打門。說前邊有吳大舅吳二舅。傅夥計女兒女婿。衆親戚送禮來祝壽。方纔撇了金蓮。整衣出來前邊陪待賓客。那時應伯爵謝希大等衆人。都有人情院中李桂姐家。亦使保兒送禮來。西門慶前邊亂着收人家禮物。發柬請人。不在話下。且說孟玉樓打聽金蓮受辱。約的西門慶不在家裡。瞞着李嬌兒孫雪娥走來看望金蓮。見金蓮睡在床上。因問道六姐。你端的怎麽緣故。告我說則箇。那金蓮滿眼流淚哭道。三姐。你看小淫婦。今日在背地裡白唆調漢子。打了我恁一頓。我到明日和這兩箇淫婦。冤讐結的有海深。玉樓道。你便與他有瑕玷。如何做作着把我的小廝弄出去了。六姐你休煩惱。莫不漢子就不聽俺每說句話兒。若明日他不進我房裡來。便罷。但到我房裡來。等我慢慢勸他。金蓮道。多謝姐姐費心。一面叫春梅看茶來吃。坐着說了回話。玉樓告辭回房去了。至晚。西門慶因上房吳大娘子來了。走到玉樓房中宿歇。玉樓因說道。你休枉了六姐心。六姐並無此事。都是日前和李嬌兒孫雪娥兩箇有言語。平白把我的小廝扎罰了。你不問了青紅皂白。就把他屈了。你休怪六姐。却不難為六姐了。我就替他賭了大誓。若果有此事。大姐姐有箇不先說的。西門慶道。我問春梅。他也是般說。玉樓道。他今在房中不好哩。你不去看他看去。

西門慶道我知道明日到他房中去當晚無話到第二日西門慶正生日有周守備夏提刑張練練吳大舅許多官客飲酒拏轎子接了李桂姐并兩箇唱的唱了一日李嬌兒見他姪女兒來引着拜見月娘衆人在上房裡坐吃茶請潘金蓮見連使了頭請了兩遍金蓮不出來只說心中不好到晚夕桂姐臨家去拜辭月娘月娘與他一件雲絹比甲兒汗巾花翠之類同李嬌兒送出到門首桂姐又親自到他花園角門首好歹見見五娘那金蓮聽見他來使春梅把角門關閉煉鐵桶相似就是樊噲也叫不開說道我不開這花娘遂羞訕滿面而回正是廣行方便爲人何處不相逢多結寃讐路逢狹處難回避不題李桂姐回家去了單表西門慶至晚進入金蓮房内來那金蓮把雲鬟

不整。花容倦淡。迎接進房。替他脫衣解帶。伺候茶湯腳水。百般慇懃扶侍。把小意定貼戀。到夜裡枕蓆魚水權娛。屈身忍辱。無所不至。說道、我的哥哥、這一家都誰是疼你的。都是露水夫妻。再醮貨兒、惟有奴知道你的心、你知道奴的意。旁人見你這般疼奴。在奴身邊去的多。都氣不憤。背地裡架舌頭。在你根前唆調。我的傻冤家。你想起甚麼來。中了人的拖刀之計。把你心愛的人見。這等下無情折對。常言道。家鷄打的團團轉。野鷄打的貼天飛。你就把奴打死了。也只在這屋裡。敢在那裡去。就是前日你在院裡。踢罵了小廝來。早時有上房大姐姐。孟三姐在根前。我是不是說了一聲也是好的。恐怕他家裡粉頭淘淥壞了你身子。院中唱的。只是一味愛錢。你有甚情節。誰人疼你。誰知彼有心的人聽見兩箇背地伯成一帮兒筭計我自古人害人不死天害人纔害死了往後久而自明只要你與奴做箇主兒便了于是幾句把西門慶說的窩盤住了是夜與他淫慾無度到次日西門慶備馬玳安平安兩箇小厮跟隨往院中來却說李桂姐正打扮着陪人坐的聽見他來連忙走進房去洗了濃粧除了簪環倒在床上褁衾而臥西門慶走到坐了半日還没一箇出來陪侍只見老媽出來道了萬福讓西門慶坐下虔婆便問怎的姐夫連日不進來走走西門慶道正是因賤日窮冗家中無人虔婆道姐兒那日打擾西門慶道怎的那日姐姐桂卿不來走走虔婆道桂卿不在家被客人接去店裡這幾日還不放了來說了半日話小頁人拿茶來陪着吃了西門慶便問

怎的不見桂姐虔婆道姐夫還不知哩小孩兒家不知怎的那日着了惱來家就不好起來睡倒了房門兒也不出直到如今姐夫好狠心也不來看看姐兒西門慶道真箇我通不知因問在那邊房裡我看看去虔婆道在他後邊臥房裡睡慌忙令丫鬟掀簾子西門慶走到他房中只見粉頭烏雲散亂粉面慵粧裹被便坐在那床上面朝裡見了西門慶不動一動兒便問道你那日來家怎的不好也不答應又問你着了誰人惱你告我說問了半日那桂姐方開言說說道左右是你家五娘子你家中既有恁好的迎懽買俏又來稀罕俺們這樣淫婦做甚麼俺們雖是門戶中出身䟦趄𨞅兒比外邊良人家不成的貨兒高好些我前日又不是供唱我也送人情去大娘倒見我甚是親

熟。又那兩箇與我許多花翠衣服。待要不請你見。又說俺院中沒禮法。只聞知人說你家有的了五娘子。當能請你拜見。又不出來。家來同俺姊娘。又辭你去。你使丫頭把房門關了。端的好不識人敬重。西門慶道。你倒休怪他。他那日本等心中不自在。他若好時。有箇不出來見你的。這箇淫婦。我幾次因他再三咬群兒口嘴傷人。也要打他哩。這桂姐叉手向西門慶臉上一掃說道。沒羞的哥兒。你就打他。西門慶道。你還不知我手段。除了俺家房下。家中這幾箇老婆丫頭。但打起來也不善。着緊二三十馬鞭子。還打不下來。好不好還把頭髮都剪了。桂姐道。我見砍頭的。沒見砍嘴的。你打三箇官兒。唱兩箇喏。誰見來。你若有本事到家裡。只剪下一料子頭髮。拏來我瞧。我方信你是本司三院有名的好子弟西門慶道你敢與我排手那桂姐道我和你排一百箇手當日西門慶在院中歇了一夜到次日黄昏時分辭了桂姐上馬囘家桂姐道我在這裡眼望旌節旗耳聽好消息哥兒你這一去没有這物件就休要見我這西門慶吃他激怒了幾句話歸家已是酒酣不往别房裡去逕到前邊潘金蓮房來婦人見他有酒了加意用心伏侍問他酒飯都不吃分付春梅把床上拭抹凉蓆乾淨帶上門出去他便坐在床令婦人脱靴那婦人不敢不脱須臾脱了靴打發他上床西門慶且不睡坐在一隻枕頭上令婦人褪了衣服地下跪着那婦人諕的捏兩把汗又不知因爲甚麽于是跪在地下柔聲大哭道我的爹爹你透與奴箇伶俐説話奴死也甘心饒奴終夕恁提心

吊膽。陪着一千箇小心。還投不着你的機會。只拏鈍刀子鋸處
我。教奴怎生吃受。西門慶罵道。賊淫婦你真箇不脫衣裳。我就
沒好意了。叫春梅門背後有馬鞭子。與我取了來。那春梅只
顧不進房來。叫了半日。纔慢條斯禮推開房門進來。看見婦人
跪在床地平上。向燈前倒着卓兒下了油。西門慶使他。只不動
身。婦人叫道。春梅我的姐姐。你救我救兒。他如今要打我。西門
慶道。小油嘴兒。你不要管他。你只遞馬鞭子與我打這淫婦。春
梅道。爹你怎的恁沒羞。娘幹壞了你的甚麼事兒。你信淫婦言
語。平地裡起風波。要便搜尋娘。還教人和你一心一計哩。你
教人有刺眼兒看得上你。倒是也不依他。拽上房門走在前邊
去了。那西門慶無法可處。反呵呵笑了。向金蓮道。我且不打你

你上來。我問你要椿物兒。你與我不與我。婦人道。好親親。奴一身都骨朶肉兒都屬了你。隨要甚麼。奴無有不依隨的。不知你心裡要甚麼兒。西門慶道。我心要你頂上一柳兒好頭髮。婦人道。好心肝。淫婦的身上。隨你怎的揀着燒遍了也依。這箇剪頭髮却成不的。可不諕死了我罷了。奴出娘胞兒。活了二十六歲。從沒幹這營生。打緊我頂上這頭髮。近來又脫了奴好些。只當可憐見我罷。西門慶道。你只嗔我惱。我說的你就不依我。婦人道。我不依你再依誰。因問你實對奴說。要奴這頭髮做甚麼去。西門慶道。我要做網巾。婦人道。你要做網巾。我就與你做。休要拏與淫婦。教他好壓鎮我。西門慶道。我不與人便了。要你髮兒做頂線兒。婦人道。你既要做頂線。待奴剪與你。當下婦人分開頭髮。西門慶拏剪刀。按婦人當頂上。齊臻臻剪下一大綹來。用紙包放在順袋內。婦人便倒在西門慶懷中。嬌聲哭道。奴凡事依你。只願你休忘了心腸。隨你前邊和人好。只休抛閃了奴家。是夜與他懽會異常。到次日西門慶起身。婦人打發他吃了飯。出門騎馬。逕到院裡。桂姐便問。你剪的他頭髮在那裡。西門慶道。有在此。便向茄袋內取出。遞與桂姐。打開觀看。果然黑油也一般好頭髮。就收在袖中。西門慶道。你看了還與我。他昨日爲剪這頭髮。好不費難。吃我變了臉。惱了。他纔容我剪下這一綹子來。我哄他只說要做網巾頂線兒。逕拏進來與你瞧。可見我不失信。桂姐道。甚麼稀罕貨。慌的你恁箇腔兒。等你家去。我還與你。比是你恁怕他。就不消剪他的來了。西門慶笑道。那裡是怕他的。我語言不的了。桂姐一面教桂卿陪着他吃酒。走到背地裡把婦人頭髮早絮在鞋底下。每日躧踏。不在話下。到是把西門慶纏住。連過了數日。不放來家。金蓮自從頭髮剪下之後。覺意心中不快。每日房門不出。茶飯慵飡。吳月娘使小厮請了家中常走看的。那劉婆子看視。說娘子着了些暗氣。惱在心中。不能回轉。頭疼噁心。飲食不進。一面打開藥包來。留了兩服黑丸子藥兒。晚上用薑湯吃。又說我明日叫俺老公來。替你老人家看看今歲流年有灾沒有。金蓮道。原來你家老公。也會筭命。劉婆道。他雖是箇瞽目人。到會兩三椿本事。第一善陰陽講命。與人家禳保。第二會針灸收瘡。第三椿兒不可說。单管與人家回背。婦人問道。怎麼是回背。劉婆子道。如何。有父子不和。兄弟不睦，夫妻小妻爭鬭，教了俺這老公去說了，替他用鎮物安鎮，鎮書符水，與他吃了，不消三日，教他父子親熱，兄弟和睦，妻妾不爭。若人家買賣不順溜，田宅不興旺者，常與人開財門，發利市，治病，洒掃，禳星，告斗，都會。因此人都叫他做劉理星。也是一家子新娶箇媳婦兒，是小人家女兒，有些手腳兒不穩，常偷盜婆婆家東西，往娘家去。丈夫知道，常被責打。俺老公與他回背，書了二道符，燒灰放在水缸下埋着，渾家大小吃了缸內水，眼看着媳婦偷盜，只相沒看見一般。又放一件鎮物在枕頭，男子漢睡了，那枕頭也好似手封住了的，再不打他了。那潘金蓮聽見，遂留心，便叫了頭，打發茶湯點心與劉婆吃了。臨去包了三錢藥錢，另外又秤了五錢，教買紙劄信物。明日早飯時，叫劉瞎來燒神紙。那劉婆子作辭回家。到次日果然大清早辰。領賊瞎逕進大門。往裡走。那日西門慶還在院中。未來。看門小厮便問瞎子往那裡走。劉婆道。今日與裡邊五娘燒紙。小厮道。既是與五娘燒紙。老劉你領進去。仔細看狗。這婆子領定。逕到潘金蓮臥房明間內。等到半日。婦人纔出來。瞎子見了禮。坐下。婦人說與他八字。賊瞎子用手掐了掐。說道。娘子庚辰年。庚寅月。乙亥日。巳丑時。初八日立春。巳交正月筭命。依子平正論。娘子這八字中。雖故清奇。一生不得夫星濟。子上有些妨礙。亥中一木生到正月間。不疢（作）身旺論。不尅當自焚。又兩重庚金羊刃。大重。夫星難爲尅過。兩箇纔好。婦人道。巳尅過了。賊瞎子道。娘子這命中。休怪小人說。子平雖取煞印格。只吃了亥中有癸水。庚中又有癸水。水太多了。冲動了。只一重巳土。關煞混雜。論來男人煞重掌威權。女子煞重必刑夫。所以主爲人聰明機變。得人之寵辱。只有一件。今歲流年甲辰歲運。併臨災殃必命中又犯小耗勾絞。兩位星辰打攪。雖不能傷。只是主有比肩不和。小人嘴舌。常沾些啾唧不寧之狀。婦人聽了。說道。累先生仔細用心。與我回背回背。我這裡一兩銀子。相謝先生。買一盞茶吃。奴不求別的。只願得小人離退。夫主愛敬便了。一面轉入房中。拔了兩件首飾。遞與賊瞎賊瞎接了。放入袖中。說道。旣要小人回背。用柳木一塊。刻兩箇男女人形像。書着娘子與夫主生時八字。用七七四十九根紅線。扎在一處。上用紅紗一片。蒙在男子眼中。用艾塞其心。用針釘其手。下用膠粘其足。暗暗埋在睡的枕頭內。

又朱砂書符一道燒火灰。暗暗攪在艶茶内。若得夫主吃了茶。到晚夕睡了枕頭。不過三日。自然有驗。婦人道。請問先生這四椿兒。是怎的說。賊瞎道。好教娘子得知。用紗蒙眼。使夫主見你一似西施一般嬌艶。用艾塞心。使他心愛到你。用針釘手。隨你怎的不是。使他再不敢動手打你。着緊還跪着你。用膠粘足者。使他再不往那裡胡行。婦人聽言。有這等事。滿心權喜。當下備了香燭紙馬。替婦人燒了紙。到次日使劉婆送了符水鎮物與婦人。如法常頓停當。將符燒灰。頓下好茶。待的西門慶家來。婦人叫春梅遞茶與他吃。到晚夕與他共枕同床。過了一日。兩日三。似水如魚。歡會如常。看官聽說。但凡大小人家。師尼僧道。乳母牙婆。切記休招惹他。背地甚麼事不幹出來。古人有四句格言。說得好。

堂前切莫走三婆　後門常鎖莫通和
院內有井防小口　便是禍少福星多

畢竟未知後來。如何。且聽下回分解。

第十三回

李瓶姐隔墻密約

迎春兒隙底私窺

第十三回

李瓶兒隔墻密約　迎春女窺隙偷光

人生雖未有千全　處世規模要放寬
好是但看君子語　是非休聽小人言
徒將世俗能懽戲　也畏人心似隔山
寄語知音女娘道　莫將苦處語爲甜

話說一日。六月十四日。西門慶從前邊來。走到月娘房中。月娘告說。今日你不在家。花家使小廝拏帖子來請你吃酒。若是他來家就去。西門慶觀看原帖子。寫着即午院中吳銀家敘希過我往萬萬。于是打選衣帽齊整。叫了兩箇跟隨。預備下駿馬。先逕到花家。不想花子虛不在家了。他渾家李瓶兒。夏月間。戴着銀絲鬏髻。金鑲紫瑛墜子。藕絲對衿衫。白紗挑線鑲邊裙。裙邊露一對紅鴛鳳嘴。尖尖趫趫。立在二門裡台基上。手中正拏一隻紗綠潞紬鞋扇。那西門慶三不知正進門。兩箇撞了箇滿懷。這西門慶留心已久。雖故庄上見了一面。不曾細翫其詳。于是對面見了。一面人生的甚是白淨。五短身材。瓜子面皮。生的細彎彎兩道眉兒。不覺魂飛天外。魄散九霄。忙向前深深的作揖。婦人還了萬福。轉身入後邊去了。使出一箇頭髮齊眉的丫鬟來。名喚秀春。請西門慶客位內坐。他便立在角門首。半露嬌容。說大官人少坐一時。他適纔有些小事出去了。便來也。少頃使丫鬟拏出一盞茶來。西門慶吃了。婦人隔門說道。今日他請大官人。往那邊吃酒去。好歹看奴之面。勸他早些來家。兩箇小廝

又都跟的去了止是這兩箇丫鬟和奴家中無人西門慶便道
嫂子見得有理哥家事要緊嫂子既然分付在下在下已定伴
哥同去同來怎肯失了哥的事正說着只見花子虛來家婦人
便回房中去了花子虛見西門慶敘禮說道蒙兄下降小弟適
有些不得已小事出去望望失迎恕罪于是分賓主坐便叫小
厮看茶須臾茶罷分付小厮對你娘說看菜兒來我和你西門
爹吃三盃起身今日院內吳銀姐生日請兄同往一樂西門慶
道仁兄何不早說即令玳安快家去討五錢銀子封了來花子
虛道兄何故又費心小弟到不是了西門慶見左右放卓兒說
道兄不消留坐了咱往裡邊吃去罷花子虛道不敢久留兄坐
一回就是大盤大碗雞蹄鮮肉餚饌拏將上來銀高脚葵花鍾

毋人一鍾。又是四箇捲餅。吃畢。收下來與馬上人吃。少頃問玳安取了分資來。一同起身上馬。西門慶是大平平安兒。花子虛是天福天喜兒。四箇小廝跟隨。逕往构欄後巷。吳四媽家。與吳銀兒做生日。到那裡花攢錦簇。歌舞吹彈。飲酒至一更時分方散。西門慶留心。把子虛灌的酩酊大醉。又因李瓶兒央浼之言。頓得相伴他一同來家。小廝叫開大門。扶到他客位坐下。李瓶兒同丫鬟掌着燈燭出來。把子虛攙扶進去。西門慶交付明白。就要告回。婦人旋走出來。拜謝西門慶說道。拙夫不才貪酒。多累看奴薄面。姑待來家。官人休要笑話。那西門慶忙屈着還喏。說道不敢。嫂子這裡分付。早辰一面出門。將的軍去。將的軍來。在下敢不銘心刻骨。同哥一答裡來家。非嫂子耽心。顯的在下幹事不的了。你看哥在他家。被那些人纏住了。我濕着你催哥起身。走到樂星堂兒門首。粉頭鄭愛香兒家。小名叫做鄭觀音。生的一表人物。哥就往他家去。被我再三攔住了。說道哥家去罷。改日再來。家中嫂子放心不下。方纔一直來家。不然若到鄭家。一夜不來。嫂子在上。不該我說。哥也糊突。嫂子又青年。偌大家室。如何便丟了去。成夜不在家。是何道理。婦人道。正是如此。奴為他這等在外胡行。不聽人說。奴也氣了一身病痛在這裡。往後大官人。但遇他在院中。好歹看奴薄面。勸他早早回家。奴恩有重報。不敢有忘。這西門慶是頭上打一下。腳底板響的人。積年風月中走。甚麼事兒不知道。可可今日婦人到明明開了一條大路。教他入港。于是滿面堆笑道。嫂子說那裡話。比來比來。相交朋友做甚麼。我已定苦心諫哥。嫂子放心。婦人又道了萬福。又叫小丫鬟拿了一盞果仁泡茶來。銀匙雕漆茶鍾。西門慶吃畢茶。說道。我回去罷。嫂子仔細門戶。于是告辭歸家。自此這西門慶。就安心設計圖謀這婦人。屢屢安下應伯爵。謝希大這夥人。把子虛掛住在院裡。飲酒過夜。他便脫身來家。一往在門首站立着。看見婦人領着兩箇丫鬟。正在門首。看見西門慶在門前咳嗽。一回走過東來。又往西去。或在對門站立。把眼不住望門裡䀹着。婦人影身在門裡。見他來便閃進裡。面他過去了又探頭去瞧。兩箇眼意心期。已在不言之表。一日西門慶門首正站立間。婦人使過小丫鬟秀春來請。西門慶故意問道。姐姐你請我做甚麼。你爹在家裡不在。秀春道。俺爹不在家。娘請西門簽問句話兒。這西門慶得不的此一聲，連忙走過來，讓到客位內坐下。良久，婦人出來，道了萬福，便道：前日多承官人厚意，奴銘刻于心，知感不盡。拙夫從昨日出去，一連兩日不來家了，不知官人曾會見他來不曾？西門慶道：他昨日同三四箇在鄭家吃酒，我偶然有些小事就來了。今日我不曾得進去，不知他還在那裡沒在。若是我在那裡，有箇不催促哥哥早來家的。恐怕嫂子憂心。婦人道：正是這般說。只是奴吃他恁不聽人說，常時在前邊眠花臥柳，不顧家事的虧。西門慶道：論起哥來，仁義上也好，只是有這一件兒。說着，小丫鬟拿茶來吃了。那西門慶恐子虛來家，不敢久戀，就要告歸。婦人千叮萬囑，央西門慶明日到那裡，好歹勸他早來家，奴恩有報，已定重謝官人。西門慶道嫂子没的說。我與哥是那樣相交。說畢。西門慶家去了。到次日。花子虛自院中回家。婦人再三埋怨說道。你便外邊貪酒戀色。多虧隔壁西門大官人。兩次三番顧睦你來家。你買分禮兒知謝知謝他。方不失了人情。那花子虛連忙買了四盒禮物。一罈酒。使小廝天福兒送到西門慶家。西門慶收下。厚賞來人不題。有吳月娘便說。花家如何送你這分禮。西門慶道。此是花二哥。前日請我們在院中。與吳銀兒做生日醉了。被我攙扶了他來家。又見我常時院中勸他休過夜。早早來家。他娘子兒因此感不過我的情。想對花二哥說。買了此禮來謝我。那吳月娘聽了。與他打了箇問訊說道。我的哥哥。你自顧了你罷。又泥佛勸土佛。你也成日不着箇家。在于養女調婦。又勸人家漢子。又道你莫不自受他這分禮。因問他帖兒上寫着誰的名字。若是他娘子的名字。今日寫我的帖兒。請他娘子過來坐坐。他已只恁要來咱家走走哩。若是他男子漢名字。隨你請不請。我不管你。西門慶道。是花二哥名字。我明日請他便了。次日西門慶果然治盃請過這花子虛來。吃了一日酒歸家。李瓶兒說。你不要差了禮數。咱送了他一分禮。他左右還請你過去吃了一席酒。你改日另治一席酒請他。只當回席也是好處。光陰迅速。又早九月重陽令節。這花子虛假着節下。叫了兩箇妓者。具東請西門慶過來賞菊。又邀應伯爵謝希大。祝日念孫寡嘴。四人相陪。傳花擊鼓。懽樂飲酒。有詩為証。

烏兔循環似箭忙　人間佳節又重陽

千枝紅樹粧秋色　三徑黃花吐異香
不見登高烏帽客　還思捧酒綺羅娘
秀簾瑣闥私相覷　從此恩情兩不忘

當日衆人飲酒。到掌燈之後。西門慶忽下席來。外邊更衣解手。不防李瓶兒正在遮槅子外邊站立偷覷。兩箇撞了箇滿懷。西門慶廻避不及。婦人走于西角門首。暗暗使丫鬟秀春黑影裡走到西門慶根前。低聲說道。俺娘使我對西門爹說。少吃酒。早早回家。如今便打發我爹往院裡歇去。晚夕娘如此這般。要和西門爹說話哩。這西門慶聽了。懽喜不盡。小解回來。到席上連偷酒在懷。唱的左右彈唱遞酒。只是粧醉再不吃看看到一更時分。那李瓶兒不住走來簾外窺覷。見西門慶坐在上面。只推做打脫。那應伯爵謝希大。如同箇子釘在椅子上。正吃的箇定油兒。白不起身。熬的祝日念孫寡嘴也去了。他兩箇還不動。把箇李瓶兒急的要不的。西門慶已是走出來。被花子虛再不放說道。今日小弟沒敬心。哥怎的白不肯坐。西門慶道。我本醉了吃不去。于是故意東倒西歪。教兩箇小廝扶歸家去了。應伯爵道。他今日不知怎的白不肯吃酒。吃了沒多酒就醉了。既是東家費心。難爲兩箇姐兒在此。拏大鍾來。咱每再週四五十輪散了罷。李瓶兒在簾外聽見。罵涎臉的囚根子不絕。暗暗使小廝天喜兒請下花子虛來。分付說。你旣要與這夥人吃。趁早與我院裡吃去。休要在家裡聒噪我。半夜三更。熬油費火。我那裡耐煩。花子虛道。這咱晚我就和他們院裡去。也是來家不成。你休再麻犯我是的。婦人道。你去我不麻犯便了。這花子虛得不的這一聲。走來對衆人說。如此這般我們往院裡去。應伯爵道。真箇嫂子有此話。休哄我。你再去問聲嫂子來。咱好起身。子虛道。房下剛纔已是說了。教我明日來家。謝希大道。可是來。自吃應花子這等韶刀。哥剛纔已是討了老腳來。咱去的也放心。于是連兩箇唱的。都一齊起身進院。天福兒天喜兒跟花子虛等三人。到後巷吳銀兒家。已是二更天氣。叫開門。吳銀兒已是睡下。旋起來堂中秉燭。迎接入裡面坐下。應伯爵道。你家孤老今日請俺們賞菊飲酒。吃的不割不截的。又邀了俺每進來。你這裡有酒拏出俺每吃。且不說花子虛在院裡吃酒。单表西門慶推醉到家。走到潘金蓮房裡。剛脫了衣裳。就往前邊花園裡去坐单等李瓶兒那邊請他。良久。只聽的那邊趕狗關門。少頃只見丫鬟迎春。黑影影裡扒着墻。推叫猫。看見西門慶。坐在亭子上。遞了話。這西門慶掇過一張卓櫈來踏着。暗暗扒過墻來。這邊已安下梯子。李瓶兒打發子虛去了。已是摘了冠兒。亂挽烏雲素體濃粧。立于穿廊下。看見西門慶過來。歡喜無盡。迎接進房中。掌着燈燭。早已安排一卓齊齊整整酒餚果菜。小壺内滿貯香醪。婦人雙手高擎玉斝。迎春執壺遞酒。向西門慶深深道了萬福。說道一向感謝官人。官人又費心相謝。使奴家心下不安。今日奴自治了這盃淡酒。請官人過來。聊盡奴一點薄情。又撞着兩箇天殺的涎臉。只顧坐住了。急的奴要不的。剛纔吃我都打發他往院裡去了。西門慶道。只怕二哥還來家麽。婦人道。奴已分付過夜不來了。兩箇小厮都跟去了。家裡再無一人。只是這兩箇丫頭。一箇馮媽媽看門首是奴從小兒養娘。心腹人。前後門都已關閉了。西門慶聽了。心中甚喜。兩箇于是並肩疊股。交盃換盞。飲酒做一處。迎春旁邊斟酒。秀春往來拿菜兒。吃得酒濃時。錦帳中香薰鴛被。設放珊枕。兩個丫鬟擡開酒卓。拽上門去了。兩人上牀交歡。原來大人家有兩層窓寮。外面為窓。裡面為寮。婦人打發丫鬟出去。關上裡邊兩扇窓寮。房中掌着燈燭。外邊通看不見。這迎春丫鬟。今年已十七歲。頗知事體。見他兩個今夜偷期。悄悄向窓下。用頭上簪子。挺簽破窓寮上紙。往裡窺覷。端的二人怎樣交接。但見燈光影裡。鮫綃帳內。一來一往。一撞一冲。這一個玉臂忙搖。那一個金蓮高舉。這一個鶯聲嚦嚦那一個燕語喃喃好似君瑞遇鶯娘尤若宋玉偷神女山盟海誓依稀耳中蝶戀蜂恣未肯即罷戰良久被番紅浪靈犀一點透酥胸鬭多時帳构銀鉤眉黛兩彎垂玉臉那正是三次親唇情越厚一酥麻體與人偷這房中二人雲雨不料迎春在窓外聽看了個不亦樂乎聽見他二人說話西門慶問婦人多少青春李瓶兒道奴屬羊的今年二十三歲因問他大娘貴庚西門慶道房下屬龍的二十六歲了婦人道原來長奴三歲到明日買分禮物過去看看大娘只相不敢親近西門慶道房下自來好性兒不然我房裡怎生容得這許多人兒婦人又問你頭裡過這邊來他大娘知道不知倘或問你時你怎生回答西門慶道俺房下都在後邊第四層房子裡惟有我第五個小妾

潘氏在這前邊花園內獨自一所樓房居住他不敢管我婦人道他五娘貴庚多少西門慶道他與大房下都同年婦人道又好了若不嫌奴有玷奴就拜他五娘做個姐姐罷到明日討他大娘和五娘的脚樣兒來奴親自做兩雙鞋兒過去以表奴情婦人便向頭上關頂的金簪兒拔下兩根來遞與西門慶分付若在院裡休要叫花子虛看見西門慶道這理會得當下二人如膠似漆盤桓到五更時分窓外鷄鳴東方漸白西門慶恐怕子虛來家整衣而起婦人道你照前越墻而過兩個約定暗號見但子虛不在家這邊使丫鬟立墻頭上暗暗以咳嗽爲號或先丟塊瓦兒見這邊無人方纔上墻叫他西門慶便用梯凳扒過墻來這邊早安下脚手接他兩個隔墻酧和竊玉偷香又不

由大門裡行走。街坊隣舍。怎得曉的。暗地裡事有詩為証。

吃食少添鹽醋　不是去處休去
要人知重勤學　怕人知事莫做

却說西門慶天明。依舊扒過墻來。走到潘金蓮房裡。金蓮還睡未起。因問你昨日三不知又往那去了。一夜不來家。也不對奴說一聲兒西門慶道花二哥又使了小廝。邀我往院裡去。吃了半夜酒。脫身纔走來家。金蓮雖故信了。還有幾分疑影在心中。一日同孟玉樓。飯後的時分。在花園裡亭子上。坐着做針指。只見掠過一塊瓦兒來。打在面前。那孟玉樓低着納鞋沒看見這潘金蓮单单把眼四下觀盼影影綽綽。只見一個白臉在墻頭上探了探。就下去了。金蓮忙推玉樓。指與他瞧。說道三姐姐你看這個是隔壁花家那大丫頭。不知上墻。瞧花兒。看見俺們在這裡。他就下去了。說畢也不就罷了。到晚夕西門慶自外赴席來家。進金蓮房中。金蓮與他接了衣裳。問他飯不吃。茶也不吃。趔趄着脚兒。只往前邊花園裡走的。這潘金蓮賊留心。暗暗看着他坐了好一回。只見先頭那丫頭。在墻頭上打了個照面。這西門慶就蹺着梯櫈。過墻去了。那邊李瓶兒入房中。兩個廝會。不必細說。這潘金蓮歸到房中。番來覆去。通一夜不曾睡。到天明。只見西門慶過來。推開房門。婦人一逕睡在牀上不理他。那西門慶先帶幾分愧色。挨近他牀邊坐下。婦人見他來。跳起來坐着。一手撮着他耳朶。駡道。好負心的賊。你昨日端的那去來。把老娘氣了一夜。又說沒曾揸住你。你原來幹的那繭兒。我已是曉的不耐煩了。趂藺實說。從前已往隔壁花家那淫婦得手偷了幾遭一一說出來。我便罷休。但瞞着一字兒。到明日你前脚兒但過那邊去了。後脚我這邊就吆喝起來。教你負心的囚根子死無葬身之地。你安下人標住他漢子在院裡過夜。是裡要他老婆。我教你吃不了包着走。嗔道昨日大白日裡。我和孟三姐在花園裡做生活。只見他家那大丫頭在墻那邊探頭舒腦的。原來是那淫婦使的勾使鬼來勾你來了。你還哄我老娘。前日他家那忘八半夜叫了你往院裡去。原來他家就是院裡。這西門慶不聽便罷。聽了此言。慌的妝矮子。只跌脚跪在地下。笑嘻嘻央及說道。怪小油嘴兒。禁聲些。實不瞞你。他如此這般。問了你兩個的年紀。到明日討了鞋樣去。每人替你做雙鞋

兒要拜認你兩個做姐他情愿做妹子。金蓮道我是不要那淫
婦認甚哥哥姐姐的他要了人家漢子又來獻小慇懃兒哄
人家老公。我老娘眼裡放不下砂子的人肯叫你在我根前弄
了鬼兒去了。說着一隻手把他褲子扯開只見他那話軟仃儅
銀托子還帶上面問道你實說晚夕與那淫婦弄了幾遭西門
慶道弄到有數兒的只一遭婦人道你指着你這旺跳的身子。
賭個誓一遭就弄的他恁軟如鼻涕濃如醬恰似風癱了的一
般有些硬朗氣兒也是人心說着把托子一揪掛下來罵道沒
羞的黃貓黑尾的強盜嗔道教我那裡沒尋原來把這行貨子
悄地帶出。和那淫婦合搗去了。那西門慶便滿臉兒陪笑兒說
道怪小淫婦兒麻犯人死了他再三教我稍了上覆來。他到明

日過來與你磕頭。還要替你做鞋。昨日使丫頭替了吳家的樣
子去了。今日教我稍了這一對壽字簪兒送你。于是除了帽子。
向頭上拔將下來。遞與金蓮。金蓮接在手內觀看。却是兩根番
紋低板石青填地金玲瓏壽字簪兒。乃御前所製造。宮裏出來
的。甚是奇巧。金蓮滿心歡喜說道。既是如此。我不言語便了。等
你過那邊去。我這裏與你兩個觀風。教你兩個自在𠷈搗。你心
下如何。那西門慶喜歡的雙手摟抱着說道。我的乖乖的兒。正
是如此。不枉的養兒不在阿金溺銀。只要見景生情。我到明日
梯已買一套粧花衣服謝你。婦人道。我不信那蜜口糖舌。既要
老娘替你二人週全。要依我三件事。西門慶道。不拘幾件。我都
依。婦人道。頭一件不許你往走院裏去。第二件要依我說話。第

三件你過去和他睡了來家。就要告我說。一字不許你瞞我。西門慶道。這個不打緊處。都依你便了。自此爲始西門慶過去睡了來。就告婦人說。李瓶兒怎的生得白淨。身軟如綿花。瓜子一般好風月。又善飲俺兩個帳子裡放着菓盒。看牌飲酒。常頑耍半夜不睡。又向袖中取出一個物件的兒來。遞與金蓮瞧道。此是他老公公內府畫出來的。俺兩個點着燈看着上面行事。金蓮接在手中。展開觀看。有詞爲証。

內府衢花綾表。牙籤錦帶粧成。大青大綠細描金。鑲嵌斗方乾淨。女賽巫山神女。男如宋玉郎君。雙雙帳內慣交鋒。解名二十四。春意動關情。

金蓮從前至尾看了一遍。不肯放手。就交與春梅。好生收我箱子內。早晚看着耍子。西門慶道。你看兩日。還交與我。此是人的愛物兒。我借了他來家瞧瞧。還與他。金蓮道。他的東西。如何到我家。我又不曾從他手裡要將來。就是也打不出去。西門慶道。你沒問他要。我却借將來了。恠小奴才兒休作耍。因赶着奪那手卷。金蓮道。你若奪一奪兒。賭個手段。我就把他扯得稀爛。大家看不成。西門慶笑道。我也沒法了。隨你看畢了。與他罷麽。你還了他這個去。他還有個稀奇物件兒哩。到明日我要了來與你。金蓮道。我兒誰養的你恁乖。你拿了來。我方與你這手卷去。兩個嘲聒了一回。晚夕金蓮在房中香薰鴛被。款設銀燈。艷粧澡牝。與西門慶展開手卷。在錦帳之中。效于飛之樂。看官聽說。巫蠱魘昧之事。自古有之。觀其金蓮。自從教劉瞎子回背之後不上幾時。就生出許多枝節。使西門慶變嗔怒而為寵愛、化幽辱而為歡娛、再不敢制他。出三不信我正是饒你奸似鬼也吃洗脚水。有詩為証。

記得書齋乍會時。雲踪雨跡少人知。曉來鸞鳳栖雙枕。剔盡銀釭半吐輝。思往事。夢魂迷。今宵喜得効于飛。顛鸞倒鳳無窮樂。從此雙雙永不離。

畢竟未知後來何如。且聽下回分解。

第十四回

花子虛因氣喪身

李瓶兒迎奸赴會

第十四回

花子虛因氣喪身　李瓶兒迎奸赴會

眼意心期未即休　不堪拈弄玉搔頭
春回笑臉花含媚　淺蹙蛾眉柳帶愁
粉暈桃腮思伉儷　寒生蘭室盼綢繆
何如得遂相如志　不讓文君詠白頭

話說一日吳月娘心中不快。吳大娘子來看。月娘留他住兩日。正陪着在房中坐的。忽見小廝玳安抱進毡包來。說爹來家了。吳大妗子便往李嬌兒房裡去了。少頃西門慶進來。脫了衣服坐下。小玉拿茶來也不吃。月娘見他面帶幾分憂色。便問你今日會茶來家忒早。西門慶道今該常時節會。他家沒地方。請了俺們在門外。五里原永福寺去耍子。有花大哥邀了應二哥。俺們四五個。往院裡鄭愛香兒家吃酒。正吃在熱鬧處。忽見幾個做公的進來。不由分說。把花二哥拿的去了。把衆人諕的吃了一驚。我便走到李桂姐家。躲了半日。不放心使人打聽。原來是花二哥内臣家。房族中花大花三花四。告家財。在東京開封府。遞了狀子。批下來着落本縣拿人。俺每纔放心。各人散歸家來。月娘聞言便道正該鎮日跟着這夥人喬神道想着個家。只在外邊胡撞今日只當丟出事來。纔是個了手。你如今還不心死。到明日不吃人爭鋒廝打。群到那裡。打個爛羊頭。你肯斷絕了這條路兒。正經家裡老婆。好言語說着你肯聽。只是院裡淫婦在你跟前。說句話兒。你到着人個耳朶聽他。正是人家說着

耳邊風外人說着金字經西門慶笑道誰人敢七個頭八個膽
打我月娘道你這行貨子只好家裡嘴頭子罷了若上場兒誰
的看出那嘴舌來了正說着只見玳安走來說隔壁花二娘家
使了天福兒來請爹過那邊去說話這西門慶得不的一聲兒
翅趄脚兒就往外走月娘道明日沒的教人扯你把西門慶道
切隣間不妨事我去到那裡看他有甚麼話說當下走過花子
虛家來李瓶兒使小廝請到後邊說話只見婦人羅衫不整粉
面慵粧從房裡出來臉諕的蠟查也似黃跪着西門慶再三哀
告道大官人沒耐何不看僧面看佛面常言道家有患難隣保
相助因奴拙夫不聽人言把着正經家事兒不理只在外信着
人成日不着家今日只當吃人暗筭弄出這等事來着緊這時

節方對小廝說。將來教我尋人情救他。我一個女婦人。沒腳蟹。那裡尋那人情去。發狠起將來想着他。恁不依他說。拿到東京打的他爛爛的不虧。只是難爲過世老公公的名子。奴沒奈何請將大官人來。央及大官人。把他不要題起罷千萬只看奴之薄面。有人情好歹尋一個兒。只休教他吃凌逼便了。西門慶見婦人下禮。連忙道。嫂子請起來不妨。今日我還不知。因爲了甚勾當。俺每都在鄭家吃酒。只見幾個做公的人。把哥拿的到東京去了。婦人道。正是一言難盡此是俺過世老公公。連房大姪兒花大花三花四。與俺家都是叔伯兄弟。大哥喚做花子由。三哥喚花子光。第四個的叫花子華。俺這個名花子虛。却是老公公嫡親姪兒。雖然老公公掙下這一分家財。見俺這個兒不成器。從廣東回來、把東西只交付與我手裡收着。着緊還打俏棍兒。那別的越發打的不敢上前。去年老公公死了。這花大花三花四。也扵分了些牀帳家去了。只見一分銀子兒沒曾得。我便說多少與他些也罷了。俺這個成日只在外邊胡幹。把正經事兒通不理一理兒。今日手暗不透風。却教人弄下來了。說畢。放聲大哭。西門慶道嫂子放心、我只道是甚麼事來、原來是房分中告家財事。這個不打緊處。既是嫂子分付哥的事兒就是我的事。我的事就如哥的事一般。隨問怎的我在下謹領。婦人問道官人若肯下顧時。又好了。請問尋分上。用多少禮兒。奴好預備。西門慶道。也用不多。聞得東京開封府楊府尹。乃蔡太師門生蔡太師與我這四門親家楊提督。都是當朝天子面前說得話的人拿兩個分上齎對楊府尹說有個不依的不拘多大事情也了了如今倒是蔡太師用些禮物那提督楊爺與我舍下有親他肯受禮婦人便往房裡開箱子搬出六十定大元寶共計三千兩教西門慶收去尋人情上下使用西門慶道只消一半足矣何消用得許多婦人道多的大官人收去奴牀後邊有四口描金箱櫃蟒衣玉帶帽頂縧環提繫條脫值錢珍寶玩好之物亦發大官人替我收去放在大官人那裡奴用時取去趁子奴不思個防身之計信着他往後過不出好日子來眼見得三拳迭不得四手到明日沒的把這些東西兒吃人暗筭奪了去坑閃得奴三不歸西門慶道只怕花二哥來家尋問怎了婦人道這個都是老公公在時梯巳交與奴收着的之物他一

字不知。只官人只顧收去。西門慶說道。既是嫂子恁說。我到家叫人來取。于是一直來家。與月娘商議。月娘說。銀子便用食盒叫小廝擡來。那箱籠東西。若從大門裏來。教兩邊街房看着不惹眼。必須如此如此。夜晚打墻上過來方隱密些。西門慶聽言大喜。即令來旺兒玳安兒來興平安四個小廝。兩架食盒。把三千兩金銀。先擡來家。然後到晚夕月上的時分。李瓶兒那邊同兩個丫鬟迎春綉春。放卓櫈把箱櫃挨到墻上。西門慶這邊止是月娘金蓮春梅。用梯子接着。墻頭上鋪苫氈條。一個個打發過來。都送到月娘房中去。你說有這等事。要得富。險上做。有詩爲証。

富貴自是福來投　利名還有利名憂

命裡有時終須有　命裡無時莫強求

西門慶收下他許多軟細金銀寶物隣舍街坊俱不得知道連夜打點馱裝停當求了他親家陳宅一封書青差家人上東京一路朝登紫陌暮踐紅塵有日到了東京城內交割楊提督書禮轉求內閣蔡太師柬帖下與開封府楊府尹這府尹名喚楊時別號龜山乃陝西弘農縣人氏由癸未進士陞太理寺卿今推開封府尹極是個清廉的官況蔡太師是他舊府座主楊戩又是當道時臣如何不做分上這裡西門慶又順星夜稍書花子虛知道說人情都到了等當官問你家則下落只說都花費無存正是房產庄田見在恰說一日楊府尹陞廳六房官吏俱都祇候但見

爲官清正。作事廉明。每懷惻隱之心。常有仁慈之念。爭田奪地。辨曲直而後施行。鬬毆相爭。審輕重方使決斷。閑則撫琴會客。也應分理民情。雖然京兆宰臣官。果是一邦民父母。

當日楊府尹陞廳。監中提出花子虛來。等一干人上廳跪下。審問他家財下落。那花子虛口口只說。自從老公公死了。發送念經。都花費了。止有宅舍兩所。庄田一處。見在。其餘林帳家火物件。俱被族人分扯一空。楊府尹道。你每內官家財。無可稽考。得之易。失之易。既是花費無存。批仰清河縣委官。將花太監住宅二所。庄田一處。估價變賣。分給花子由等三人回繳。子由等還要當廳跪稟。還要監追子虛。要別項銀兩下落。被楊府尹大怒都喝下來了。說道。你這廝少打。當初你那內相一死之時。你每不告。做甚麼來如今事情徃。又來騷擾。費告我紙筆。于是把花子虛一下兒也沒打。批了一道公文押發清河縣前來估計庄宅不在話下。早有西門慶家人來保。打聽這消息星夜回來報知西門慶。門慶聽的楊府尹見了分上。放出花子虛來家滿心歡喜。這裡李瓶兒請過西門慶去計議要教西門慶拿幾兩銀子。買了所住的宅子罷。到明日奴不久也是你的人了。西門慶歸家。與吳月娘商議月娘道隨他當官估價賣多少。你不可承攬要他這房子。恐怕他漢子一時生起疑心來怎了。這西門慶聽記在心。那消幾日。花子虛來家。清河縣委下樂縣丞丈估計太監大宅一所。坐落大街安慶坊。值銀七百兩。賣與王皇親爲業。南門外庄田一處。值銀六百五十五兩。賣與守備周秀爲業。

止有住居小宅。值銀五百四十兩。西在西門慶緊隔壁。沒人敢買。花子虛再三使人來說西門慶。只推沒銀子。延挨不肯上帳。縣中緊等要回文書。李瓶兒急了。暗暗使過馮媽媽來。對西門慶說。教拿他寄放的銀子。兌五百四十兩買了罷。這西門慶方纔依允。當官交兌了銀兩。花大哥都畫了字。連夜做文書。回了上司。共該銀二千八百九十五兩。三人均分訖。花子虛打了一場官司出來。沒分的絲毫。把銀兩房舍庄田又沒了。兩箱內三千兩大元寶。又不見蹤影。心中甚是焦燥。因問李瓶兒查筭西門慶那邊使用銀兩下落。今剩下多少。還要湊着添買房子。反吃婦人整罵了四五日。罵道。呸。魍魎混沌。你成日放着正事兒不理。在外邊眠花臥柳。不着家。只當被人所筭。弄成圈套。拿在牢裡使將人來對我說。教我尋人情。奴是個女婦人家。大門邊兒也沒走。能走不能飛的甚麼。認的何人。那裡尋人情。渾身是鐵。打得多少釘兒。替你到處求爹爹。告奶奶。甫能尋得人情。平惜不種下急流之中。誰人來管你。多虧了他隔壁西門慶。看日前相交之情。大冷天。刮的那黃風黑風。使了家下人往東京去。替你把事兒幹的停停當當的。你今日了畢官司出來。兩腳踏住平川地。得命思財。瘡好忘痛。來家還問老婆找起後帳兒來了。還說有也沒你過陰。有你寫來的帖子兒在。沒你的手字兒。我擅自拿出你的銀子尋人情。抵盜與人。便難了。花子虛道。可知是我的帖子來說。實指望還剩下些。咱湊着買房子過日子。往後知數拳兒了。婦人道。呸。濁𡒄料。我不叫罵你的。你早存仔細好來囷囷頭兒上下筭計。圈底兒下却筭計。千也說使多了。萬也說使多了。你那三千兩銀子。能到的那裡。蔡太師楊提督。好小食腸兒。不是恁大人情。囑的話。平白拿了你一塲。當官蒿條兒也沒曾打在你。這王八身上。好好放出來。教你在家裡恁說嘴。人家不屬你管轄不倒。你甚麼着疼的親。故平白怎替你南上北下。走蹬使錢救你。你來家該擺席酒兒。請過人來知謝人一知謝兒。還一掃帚掃的人光光的。問人找起後帳兒來了。幾句連搽帶罵罵的子虛閉口無言。到次日。西門慶使了玳安送了一分禮來。與子虛壓驚。子虛這裡安排了一席。叫了兩個妓者。請西門慶來知謝。就找着問他銀兩下落。依着西門慶。這還還找過幾百兩銀子與他湊買房子。李瓶兒不肯。暗地使過馮媽媽子過來對西門慶說休要來吃酒開送了一篇花帳與他只說銀子上下打點都使沒了花子虛不識時還使小廝再三邀請西門慶一逕躲的往院裡去了只回不在家花子虛氣的發昏只是跌脚看官聽說大抵只是婦人更變不與男子漢一心隨你咬折釘子般剛毅之夫也難防測其暗地之事自古男治外而女治內往往男子之名都被婦人壞了者為何皆由御之不得其道故也要之在乎夫唱婦隨容德相感緣分相投男慕乎女女慕乎男庶可以保其無咎稍有微嫌輒顯厭惡若似花子虛終日落魄飄風謾無紀律而欲其內人不生他意豈可得乎正是自意得其墊無風可動搖有詩為証

功業如將智力求　當年盜跖却封侯

行藏有義真堪美　好色無仁豈不羞
浪蕩貪淫西門子　背夫水性女嬌流
子虛氣塞柔腸斷　他日冥司必報仇

話休饒舌。後來子虛只攢湊了二百五十兩銀子，買了獅子街一所房屋居住。得了這口重氣，剛搬到那裡，不幸害了一場傷寒。從十一月初旬，睡倒在床上，就不曾起來的。對李瓶兒還請的大街坊胡太醫來看，後來怕使錢，只挨著一日兩，兩日三，挨到三十頭，嗚呼哀哉，斷氣身忘，忘年二十四歲。那手下的大小廝天喜兒，從子虛病倒之時，拐了五兩銀子走了，無踪跡。子虛一倒了頭，李瓶兒就使了馮媽媽請了西門慶過去，與他嘀議買棺入殮，念經發送，子虛到墳上埋葬。那花大、花三、花四，一般兒男婦也都來吊孝送殯回來各都散了西門慶那日也教吳月娘办了一張卓席與他山頭祭奠當日婦人轎子歸家也回了一個靈位供養在房中雖是守靈一心只想着西門慶從子虛在時就把兩個丫頭教西門慶要了子虛死後越發通家往還一日正月初九日李瓶兒打聽是潘金蓮生日未曾過子虛五七就買禮坐轎子穿白綾襖兒藍織金裙白苧布鬏髻珠子箍兒來與金蓮做生日馮媽媽抱氈包天福兒跟轎進門就先與月娘揷燭也磕了四個頭說道前日由頭多勞動大娘受餓又多謝重禮拜了月娘又請李嬌兒孟玉樓拜見了然後潘金蓮來到說道這個就是五娘又磕下頭一口一聲稱呼姐姐請受奴一禮兒金蓮那裡肯受相讓了半日兩個還平磕了頭金蓮

又謝了他壽禮。又有吳大妗子。潘姥姥。都一同見了。李瓶兒便請西門慶拜見。月娘道。他今日往門外玉皇廟打醮去了。一面讓坐下。換茶來吃了。良久。只見孫雪蛾走過來。李瓶兒見他粧飾少次與眾人。便去起身來問道。此位是何人。奴不知。不曾請見的。月娘道。此是他姑娘哩。這李瓶兒就要慌忙行禮。月娘道。不勞起動二娘。只拜平拜見罷。于是二人彼此拜畢。月娘就讓到房中。換了衣裳。分付丫鬟明間內放卓兒擺茶。須臾圍爐添炭。酒泛羊羔。安排上酒來。當下吳大妗子。潘姥姥。李瓶兒上坐。月娘和李嬌兒主席。孟玉樓和潘金蓮打橫。孫雪蛾回廚下照管。不敢久坐。月娘見李瓶兒鍾鍾酒都不辭。于是親自巡了一遍酒。又令李嬌兒眾人各巡酒一遍。頗嘲問他話兒。便說道。花

二娘搬的遠了俺姊妹們離多會少好不思想二娘狠心就不
說來看俺們看兒孟玉樓便道二娘今日不是因與六姐做生
日還不來哩李瓶兒道好大娘三娘蒙衆娘擡舉奴心裡也要
來一來熱孝在身二者拙夫死了家下沒人昨日纔過了他五
七不是怕五娘怪還不敢來因問大娘貴降在幾時月娘道賤
日早哩潘金蓮接過來道大娘生日八月十五二娘好歹來走
走李瓶兒道不消說一定都來孟玉樓道二娘今日與俺姊妹
相伴一夜兒呵不往家去罷了李瓶兒道奴可知也要和衆位
娘敘些話兒不瞞衆位娘說小家兒人家初搬到那裡自從拙
夫沒了家下沒人奴那房子後墻緊靠着喬皇親花園好不空
晚夕常有狐狸打磚掠瓦奴又害怕原是兩個小廝那個大小

廝又走了。正是這個天福兒小廝看守前門。後半截通空。落落的。倒虧了這個老馮是奴舊時人。常來與奴漿洗些衣裳。與丫頭做鞋脚。累他。月娘因問老馮多大年紀。且是好個恩實媽媽兒。高言兒也沒句兒。李瓶兒道。他今年五十六歲。屬狗兒。男兒花女沒有。只靠說媒度日。我這裡常管他些衣裳兒。昨日拙夫死了。叫過他來與奴做件兒。晚夕同丫頭一炕睡。潘金蓮嘴快說道。你又來。既有老馮在家裡看家。二娘在這過一夜兒也罷了。左右那花爹沒了。有誰管着你。玉樓道。二娘只依我。教老馮回了轎子。不去罷。那李瓶兒只是笑。不做聲。說話中間。酒過數巡。潘姥姥先起身往前邊去了。潘金蓮隨跟着他娘。往房裡去了。李瓶兒再三辭奴的酒勾了。李嬌兒道。花二娘怎的在他大娘三娘手裡吃過酒。偏我遞酒。二娘不肯吃。顯的有厚薄。于是拿大杯。只顧斟上。李瓶兒道。好二娘。奴委的吃不去了。豈敢做假。月娘道。二娘。你吃過此杯。畧歇歇兒罷。那李瓶兒方纔接了。放在面前。只顧與衆人說話。孟玉樓見春梅立在傍邊。便問春梅。你娘在前邊做甚麼哩。你去連你娘潘姥姥快請來。你說大娘請來陪你花二娘吃酒哩。春梅去不多時。回來道。俺姥姥害身上疼。睡哩。俺娘在房裡勻臉就來。月娘道。我倒也沒見你倒是個主人家。把客人丟下。三不知往房裡去了。俺姐兒一日臉不知勻多少遭數。要便走的勻臉去了。諸般都好。只是有這些孩子氣。正說着。只見潘金蓮上穿了。沉香色潞紬雁啣蘆花樣。對衿襖兒。白綾竪領。粧花眉子。溜金蜂趕菊鈕扣兒。下着一尺寬海馬潮雲。羊皮金沿邊挑線裙子。大紅段子白綾高底鞋粧花膝褲青寶石墜子珠子箍與孟玉樓一樣打扮。惟月娘是大紅段子襖青素綾披襖沙綠紬裙頭上帶着䯼髻貂鼠臥兔兒。玉樓在席上看見金蓮艷抹濃粧。鬂嘴邊撇着一根金壽字簪兒從外搖擺將來。戲道五丫頭你好人兒今日是你個驢馬畜把客人丟在這裡。你躲房裡去了你可成人養的。那金蓮笑嘻嘻向他身上打了一下。玉樓道好大胆的五丫頭你還來遞一鍾兒李瓶兒道奴在三娘手裡吃了好少酒兒。已却勾了。金蓮道他的手裡是他手裡帳我也敢奉二娘一鍾兒。于是揎起袖子。滿斟一大杯。遞與李瓶兒。只顧放着不肯吃。月娘陪吳大妗子。從房裡出來。看見金蓮陪着李瓶兒坐的。問道他潘姥姥怎的不來陪花二娘坐。金蓮道。俺媽害身上疼。在房裡揸着哩。吽他不肯來。月娘因看見金蓮鬓上。撇着那壽字簪兒。便問二娘你與六姐這對壽字簪兒。是那裡打造的。倒且是好樣兒。倒明日俺每人。照樣也配恁一對兒戴。李瓶兒道。大娘既要。奴還有幾兒。到明日每位娘。都補奉上一對兒。此是過世老公公。宮裡御前作帶出來的。外邊那裡有這樣範。月娘道。奴取笑鬪二娘要子。俺姊妹們人多。那裡有這些相送。眾女眷飲酒歡笑。看看日西時分。馮媽媽在後邊雪蛾房裡。管待酒吃的臉紅紅的出來。催逼李瓶兒起身。不起身好打發轎子回去。月娘道。二娘不去罷。吽老馮回了轎子家去罷。李瓶兒只說家裡無人。改日再奉看列位娘有日子住哩。孟玉樓道。二娘好執古。俺眾人就沒些二分上兒如今不打發轎子等住回他爹來少不的也要留二娘自這說話逼迫的李瓶兒就把房門鑰匙遞與馮媽媽說道既是他衆位娘再三留我顯的奴不識敬重分付轎子回去教他明日來接罷你和小廝家仔細門戶又叫過馮媽媽附耳低言教大丫頭迎春拿鑰匙開我牀房裡頭一個箱子小描金頭面匣兒裡拿四對金壽字簪兒你明日早送來我要送四位娘那馮媽媽得了話拜辭了月娘月娘道吃酒去馮媽媽道我剛纔在後邊姑娘房裡酒飯都吃了明日老身早來罷一面千恩萬謝出門不在話下少頃李瓶兒不肯吃酒月娘請到上房同大妗子一處吃茶坐的忽見玳安小廝抱進氊包西門慶來家掀開簾子進來說道花二娘在這裡慌的李瓶兒蹉起身來兩個見了

禮坐下。月娘叫玉簫。與西門慶接了衣裳。西門慶便對吳大妗子李瓶兒說道。今日會門外玉皇廟聖誕打醮。該我年例做會首。要不是過了午齋。我就來了。因與衆人在吳道官房裡筭帳七担八擲。纏到這咱晚。因問二娘今日不家去罷了。玉樓道。二娘這裡再三不肯。要去。被俺衆姊妹強着留下。李瓶兒道。家裡沒人。奴不放心。西門慶道。沒的扯淡。這兩日好不巡夜的甚緊。怕怎的。但有些風吹草動。拿我個帖送與周大人。點倒奉行。又道。二娘怎的冷清清坐着。用了些酒兒不曾。孟玉樓道。俺衆人再三奉勸二娘。二娘只是推不肯吃。西門慶道。你們不濟。等我奉勸二娘。二娘好小量兒。李瓶兒口裡雖說。奴吃不去了。只不動身。一面分付丫鬟從新房中放卓兒。都是留下伺候西門慶的。

整下飯菜蔬細巧菓仁擺了一張卓子吳大妗子知局趣推不用酒因往李嬌兒那邊房裡去了當下李瓶兒上坐西門慶拿椅子關席吳月娘在炕上跐着炉壺兒孟玉樓潘金蓮兩邊打横五人坐定把酒來斟也不用小鍾兒要大銀衢花鍾子你一杯我一盞常言風流茶說合酒是色媒人吃來吃去吃的婦人眉黛低横秋波斜視正是兩朶桃花上臉來眉眼施開真色婦月娘見他二人吃的餳成一塊言頗涉邪有下上來往那邊房裡吳大妗坐去了由着他三個陪着吃到三更時分李瓶兒星眼乜斜身立不住拉金蓮往後邊淨手西門慶走到月娘這邊房裡亦東倒西歪問月娘打發他那裡歇月娘道他來與那個做生日就在那個兒房裡歇西門慶我在那裡歇宿月娘道

隨你那裡歇宿再不你也跟了他一處去歇罷西門慶笑道豈有此禮因叫小玉來脫衣我在這房裡睡了月娘道就別要汙那休要惹我那沒好口的罵的出來你在這裡他大妗子那裡歇西門慶道罷罷我往孟三兒房裡歇去罷于是往玉樓房中歇了潘金蓮引着李瓶兒淨了手同往他前邊來晚夕和姥姥一處歇卧到次日起來臨鏡梳頭春梅與他討洗臉水打發他梳粧因見春梅伶变知是西門慶用過的了鬟與了他一付金三事兒那春梅連忙就對金蓮說了金蓮謝了又謝說道又勞二娘賞賜他李瓶兒道不枉了五娘有福好個姐姐早辰金蓮領着他同潘姥姥叫春梅開了花園門各處遊看了一遍李瓶兒看見他那邊墻頭開了個便門通着他那壁便問西門爹幾

時起盖這房子。金蓮道。前者央陰陽看來。也只到這二月間興工動土。收起要盖。把二娘那房子打開通做一處。前面盖山子捲棚。展一個大花園。後面還盖三間翫花樓。與奴這三間樓相連做一條邊。這李瓶兒聽見在心。兩人正說話。只見月娘使了小玉來。請後邊吃茶。三人同來到上房。吳月娘。李嬌兒。孟玉樓陪着吳大妗子。擺下茶等着哩。衆人正吃點心茶湯。只見馮媽媽驀地走來。衆人讓他坐吃茶。馮媽媽向袖中。取出一方舊汗巾。包着四對金壽字簪兒。遞與李瓶兒。接過來。先奉了一對與月娘。然後李嬌兒孟玉樓孫雪娥。每人都是一對。月娘道。多有破費二娘這個。却使不得。李瓶兒笑道。好大娘。甚麼罕希之物。胡亂與娘們賞人便了。月娘衆人拜謝了。方纔各人插在頭上。月娘道。只說二娘家。門首。就是燈市好不熱鬧。到明日俺們看燈去就到往二娘府上望望。休要推不在家。李瓶兒道。奴到那日奉請衆位娘。金蓮道。姐姐還不知。奴打聽來。這十五日是二娘生日。月娘道。今日說道。若道二娘貴降的日子。俺姊妹一個也不少。老與二娘祝壽去。李瓶兒笑道。蝸居小舍。娘們肯下降。奴巳定奉請。不一時吃罷早飯。擺上酒來飲酒。看看留連到日西時分。轎子來接。李瓶兒告辭歸家。衆姊妹欵留不住。臨出門請西門慶拜見。月娘道。他今日早起身出門。與縣丞送行去了。婦人千恩萬謝。方纔上轎來家。正是。合歡核桃真堪笑。裡許原來別有人。畢竟後來何如。且聽下回分解。

第十五回　佳人笑賞翫燈樓

狎客幫嫖麗春院

第十五回

佳人笑賞翫月樓　狎客幫嫖麗春院

日墜西山月出東　百年光景似飄蓬
點頭纔羨朱顏子　轉眼翻為白髮翁
易老韶華休浪度　掀天富貴等雲空
不如且討紅裙趣　依翠偎紅院宇中

話說光陰迅速、又早到正月十五日。西門慶這裡先一日差小厮玳安。送了四盤羹菜、兩盤壽桃。一罈酒。一盤壽麵。一套織金重絹衣服。寫吳月娘名字。西門吳氏斂衽拜。送與李瓶兒做生日。李瓶兒纔起來梳粧。叫了玳安兒到臥房裡。說道前日打擾你大娘那裡。今日又教你大娘費心送禮來。玳安道。娘多上覆。

我爹上覆二娘不多些微禮與二娘賞人李瓶兒一面分付迎
春外邊明間內放小卓兒擺了四盒茶食管待玳安臨出門與
二錢銀子八寶兒一方閃色手帕到家多上覆你列位娘我這
裡使老馮拿帖兒請去好歹明日都光降走走玳安磕頭出門
兩個擡盒子的與一百文錢李瓶兒這裡隨即使老馮兒用請
書盒兒拿着五個柬帖兒十五日請月娘與李嬌兒孟玉樓潘
金蓮孫雪娥又稍了一個帖兒暗暗請西門慶那日晚夕赴席月
娘到次日留下孫雪娥看家同李嬌兒孟玉樓潘金蓮四頂轎
子出門都穿着粧花錦繡衣服來興來安玳安畫童四個小厮
跟隨着到獅子街燈市李瓶兒新買的房子門面四間到底三
層臨街是樓儀門去兩邊廂房三間客座一間稍間過道穿進

去第三層三間臥房。一間廚房。後邊落地。緊靠着喬皇親花園。李瓶兒知月娘衆人來看燈。臨街樓上設放圍屏桌席。懸掛許多花燈。先迎接到客位內。見畢禮數。次讓人後邊明間內待茶。房裡換衣裳。擺茶俱不必細說。到午間。李瓶兒客位內設四張桌席。叫了兩個唱的董嬌兒韓金釧兒。彈唱飲酒。凡酒過五巡。食割三道。前邊樓上酒席。又請月娘衆人登樓看燈頑耍。樓簷前掛着湘簾。懸着彩燈。吳月娘穿着大紅粧花通袖袄兒。嬌綠段裙。貂鼠皮袄。李嬌兒孟玉樓潘金蓮都是白綾袄兒藍段裙。李嬌兒是沉香色遍地金比甲。孟玉樓是綠遍地金比甲。頭上珠翠堆盈。鳳釵半卸。鬢後挑着許多各色燈籠兒。搭伏定樓窓下觀看。見那燈市中。人烟湊集。十分熱鬧。當街搭數十座燈架。

四下圍列些諸門買賣。玩燈男女。花紅柳綠。車馬轟雷。鰲山聳漢。怎見好燈市。但見

山石穿雙龍戲水。雲霞映獨鶴朝天。金蓮燈。玉樓燈。見一片珠璣。荷花燈。芙蓉燈。散千圍錦繡。綉毬燈。皎皎潔潔。雪花燈。拂拂紛紛。秀才燈。揖讓進止。存孔孟之遺風。媳婦燈。容德溫柔。效孟姜之節操。和尚燈。月明與柳翠相連。通判燈。鍾馗共小妹並坐。師婆燈。揮羽扇假降邪神。劉海燈。倒背金蟾。戲吞至寶。駱駝燈。青獅燈。馱無價之奇珍。咆咆哮哮。猿猴燈。白象燈。進連城之秘寶。頑頑耍耍。七手八脚。螃蟹燈。倒戲清波。巨口大髯。鮎魚燈。平吞綠藻。銀蛾鬪彩。雪柳爭輝。雙雙隨繡帶香毬。縷縷拂華旛翠幰。魚龍沙戲。七真五老獻丹書。吊掛流

蘇。九夷八蠻來進寶。村裡社鼓。隊共喧闐。百戲貨郎。俱庄庄齊鬬巧。轉燈兒一來一往。吊燈兒或仰或垂。琉璃瓶光單美女奇花。雲母障並瀛州閬苑。往東看。雕漆牀。螺鈿牀。金碧交輝。向西瞧羊皮燈。掠彩燈。錦綉奪眼。北一帶都是古董玩器南壁廂盡皆書畫瓶爐。王孫爭看。小欄下蹴踘齊雲。仕女相携。高樓上妖嬈衒色。卦肆雲集。相幙星羅。講新春造化如何。定一世榮枯有准。又有那站高坡打談的。詞曲楊恭。到看這搧响鈸遊脚僧。演說三藏。賣元宵的高堆菓餡粘梅花的齊插枯枝。剪春娥。鬢邊斜插鬧東風。禱凉釵頭上飛金光耀日。圍屏畫石崇之錦帳。珠簾彩梅月之雙清。雖然覽不盡鰲山景。也應豐登快活年。

吳月娘看了一回。見樓下人亂。和李嬌兒各歸席上吃酒去了哩。惟有潘金蓮。孟玉樓同兩個唱的。只顧搭伏着樓窻子。望下人觀看。那潘金蓮一徑把白綾襖袖子摟着。顯他遍地金掏袖兒。露出那十指春葱來。帶着六個金馬鐙戒指兒。探着半截身子。口中磕瓜子兒。把磕了的瓜子皮兒。都吐下來。落在人身上。和玉樓兩個嘻笑不止。一回指道。大姐姐。你來看那家房簷底下。掛了兩盞玉綉毬燈。一來一往。滚上滚下。且是到好看。一回又道。二姐姐。你來看這對門架子上。挑着一盞大魚燈。下面又有許多小魚鱉蝦蟹兒。跟着他。倒好耍子。一回又叫孟玉樓。三姐姐。你看這首裡。這個婆兒燈。那老兒燈。正看着。忽然被一陣風來。把個婆子兒燈下半截割了一個大窟窿。婦人看見。笑不了。引惹的那樓下看燈的人。挨肩擦背。仰望上瞧。通擠匝不開。都壓羅羅兒。須臾哄圍了一圈人。內中有幾箇浮浪子弟。直指着談論。一個說道。巳定是那公侯府位裡。出來的宅眷。一個又猜是貴戚皇孫家艷妾。來此看燈。不然。如何內家粧束。那一個說道。莫不是院中小娘兒。是那大人家。叫來這裡看燈彈唱。又一個走過來。便道。自我認的。你每都猜不着。你把他當唱的。把後面那四個。放到那裡。我告說。這兩個婦人。也不是小可人家的。他是閆羅大王妻。五道軍將的妾。是咱縣門前。開生藥鋪。放官吏債。西門大官人的婦女。你惹他怎的。想必跟他大娘子來這裡看燈。這個穿綠遍地金背比甲的。我不認的。那穿大紅遍地金比甲兒。上帶着個翠面花兒的。倒好似賣炊餅武大郎的娘子。大郎因爲在王婆茶房內捉姦。被大官踢中了死了。把他要在家裡做了妾。後次他小叔武松東京回來告狀。悮打死了皂隸李外傳。被大官人墊發充軍去了。如今一二年不見出來。落的這等標致了。正說着只見一個多口過來。說道你們沒要緊。揹說他怎的。咱每散開罷。樓上吳月娘。見樓下人圍的多了。咩了金蓮玉樓歸席坐下。聽着兩個粉頭彈唱燈詞飲酒。坐了一回。月娘要起身。說道酒勾了。我和他二娘先行一步。留下他姊妹兩個。再坐一回兒。以盡二娘之情。今日他爹不在家。家裡無人。光丢着些丫頭們。我不放心。這李瓶兒那裡肯放。說道好大娘。奴沒敬心也是的。今日大娘來。兒沒好生揀一筋兒。大節間。燈兒也沒點飯兒也沒上。就要家去。就是西門爹不在家中。

還有他姑娘們哩。怕怎的待月色上來的特候。奴送三位娘去月娘道。二娘。不是這等說。我又不大十分用酒。留下他姊妹兩個。就同我這裡一般。李瓶兒道。大娘不用。二娘也不吃一鍾。也沒這個道理。想奴前日在大娘府上。那等鍾鍾不辭。衆位娘竟不肯饒我。今日來到奴這湫顧之處。雖無甚物供獻。也盡奴一點勞心。于是拿大銀鍾。遞與李嬌兒。說道。二娘好歹吃一杯兒。大娘奴曉的吃不的了。不敢奉大杯。只奉小杯兒哩。于是滿斟遞與月娘。月娘因說李嬌兒。二娘。你用過此杯罷。兩個唱的月娘每人與了他二錢銀子。待的李嬌兒吃過酒。月娘起身。囑付玉樓金蓮。我兩個先起身。我去便使小廝拿燈籠來接你們。也就來罷。家裡沒人。玉樓應諾。李瓶兒送月娘李嬌兒到門首上轎去

了。歸到樓上。陪玉樓金蓮飲酒。看看天晚。玉兔東生。樓上點起
燈來。兩個唱的彈唱飲酒。不在話下。却說西門慶。那日同應伯
爵謝希大兩個家中吃了飯。同往燈市裡遊玩。到了獅子街東
口。西門慶因為月娘眾人。今日都在李瓶兒家樓上吃酒。恐怕
他兩個看見。就不往西街去看大燈。只到賣紗燈的根前就回
了。不想轉過灣來。撞遇孫寡嘴。祝日念唱喏。說道。連日不會哥。
心中渴想。見了應伯爵謝希大。罵道。你兩個天殺的好人兒。你
來和哥遊玩。就不說叫俺一聲兒。西門慶道。祝兄弟。你錯怪了
他兩個。剛纔也是路上相遇。祝日念道。如今看了燈往那裡去。
西門慶道。同眾位兄弟到大酒樓上吃三杯兒。不是請眾兄弟。
房下們。今日都往人家吃酒去了。祝日念道。比是哥請俺每到

酒樓上。咱何不往裡邊。望望李桂姐去。只當大節間。往他拜拜年去。混他混。前日俺兩個在他家。望着俺每好不哭哩。說他從臘裡不好到如今。大官人通影邊兒不進裡面看他看兒。俺每便回說。只怕哥事忙。替哥擁過了。哥今日倒閒。俺每情愿相伴哥進去走走。西門慶因計掛着晚夕李瓶兒。還推辭道。今日我還有小事不得去。明日罷。怎禁這夥人死拖活拽。于是同進去院中。正是

柳底花陰壓路塵　一回遊賞一回新
不知買盡長安笑　活得蒼生幾戶貧

西門慶同衆人到了李家。桂卿正打扮着在門首站立。一面迎接入中堂。相見了。都道了萬福。祝日念高叫道。快請二媽出來。

還虧俺衆人今日請的大官人來了。少頃老虔婆扶拐而出。向西門慶見畢禮數。說道老身又不曾怠慢了姐夫。如何一向不進來看看姐姐兒。想必別處另敘了新表子來。祝日念走來插口道。你老人家會猜算。俺大官近日相絕色的表子。每日只在那裡閑走。不想你家桂姐兒。剛纔不是俺二人。在燈市裡撞見拉他來。他還不來哩。媽不信。問孫天化就是了。因指着應伯爵謝希大說道。這兩個天殺的。和他都是一路神祇。老虔婆聽了。呷呷笑道。好應二哥。俺家沒惱着你。如何不在姐夫面前美言一句兒。雖故姐夫裡邊頭緒兒多。常言道。好子弟不擱一個粉頭。粉頭不接一個孤老。天下錢眼兒都一樣。不是老身誇口說。我家桂姐也不醜。姐夫自有眼。今也不消人說。孫寡嘴道。我是老實說，哥如今新叙的這個表子，不是裡面的，是外面的表子。還把裡邊人合八。教那西門慶聽了。趕着孫寡嘴只顧打，說道。老媽。你休聽這天灾人禍，老油嘴，弄殺人你。孫寡嘴和衆人笑成一塊。西門慶向袖中掏出三兩銀子來，遞與桂姐。大節間我請衆朋友。桂卿哄道。我不肯接，遞與老媽，老媽說道。怎麼兒姐夫就笑話我家。大節下，拿不出酒菜兒管待列位老爹。又教姐夫壞鈔，拿出銀子，顯的俺們院裡人家只是愛錢了。應伯爵走過來說道。老媽你依我收了。只當正月裡頭二三王子快倉。快安排酒來俺每吃。那虔婆說道。這個理上却使不得，一壁推辭一壁把銀子接的袖了，深深道了個萬福，說道。謝姐夫的布施。應伯爵道。媽你且住。我說個笑話兒。你聽了，一個子弟在院裡闞小娘兒那一日作耍裝做貧子進去。老媽見他衣服藍縷，不理他。坐了半日，茶也不拿出來。子弟說：媽，我肚飢，有飯尋些些來我吃。老媽道：米囤也曬，那討飯來。子弟又道：既沒飯，有水拿些些來我洗洗臉罷。老媽道：少挑水錢，連日沒送水來。這子弟向袖中取出十兩一定銀子，放在卓子上，教買米顧水去。慌的老媽沒口子道：姐夫吃了臉洗，飯洗了飯吃。臉把眾人都笑了。虔婆道：你還是這等快取笑，可可兒的來。自古有恁說，沒這事。應伯爵道：你拿耳朵，我對你說。大官人新近請了花二哥表子，後巷兒吳銀兒了。不要你家桂姐了。今日不是我們纏了他來，他還往你家來哩。虔婆笑道：我不信。俺桂姐今日不是強口，比吳銀兒好多着哩。我家與姐夫是快刀兒割不斷的親戚。姐夫是何等人兒他眼裡見的多着紫處金子也估出個成色來說畢。客位內放四把校椅應伯爵謝希大祝日念孫天化四人上坐西門慶對席。老媽下去收拾酒菜去了半日李桂姐出來家常挽着一窩絲杭州攢金纍絲釵翠梅花鈿兒珠子箍兒金籠墜子上穿白綾對衿襖兒粧花眉子綠遍地金掏袖下着紅羅裙子。打扮的粉粧玉琢。望下不當不正道了萬福。與桂卿一邊一個。打橫坐下。少頃頂老彩漆方盤拿七盞來雪綻盤盞兒銀杏葉茶匙梅桂潑滷。瓜仁泡茶。甚是馨香美味。桂卿桂姐每人遞了一盞陪着吃畢茶。接下茶托去。保兒上來。打抹春臺纔待收拾擺放案酒。忽見簾子外探頭舒腦。有幾個穿藍縷衣者謂之架兒。進來跪下。手裡拿三四升瓜子兒大節間孝順大老爹。西門慶只認頭一個叫于春見問你每那幾位在這裡于春道還有段綿紗。青衲鉞。在外邊伺候。段綿紗進來。看見應伯爵在裡。說道。應爹也在這裡。連忙磕了頭。西門慶起來。分付收了他瓜子兒。打開銀子包兒。捏一兩一塊銀子。掠在地下。于春兒接了。和衆人扒在地下。磕了個頭。說道。謝爹賞賜。往外飛跑。有朝天子。单道這架兒行藏爲証。

這家子打和。那家子撮合。他的本分少虛頭大。一些兒不巧人騰挪。遶院裡都趕過。席面上幇閑。把牙兒閑磕攘一回纔散火轉錢又不多。歪斯纏怎麽。他在虎口裡求津唾。

西門慶打發架兒出門。安排酒上來吃酒。桂姐滿泛金杯。雙垂紅袖。餚烹異品。菓獻時新。倚翠偎紅。花濃酒艷。酒過兩巡。桂卿外與桂姐。一個彈箏。一個琵琶。一個箏。兩個彈着。唱了一套霽景融和。正唱在熱鬧處。見三個穿青衣黃扳鞭者。謂之圓社手裡捧着一個盒兒盛着一隻燒鵝。提着兩瓶老酒。大節間來孝順大官人貴人。向前打了半跪。西門慶平昔認的。一個喚白禿子。一個是小張閑。那一個是羅回子。因說道。你每且外邊候候兒。待俺每吃過酒。踢三跑。于是向卓上拾了四盤下飯。一大壺酒。一碟點心。打發衆員社吃了。整理氣毬。齊備。西門慶出來。外面院子裡先踢了一跑。次教桂姐上來。與兩個圓社踢。一個揸頭。一個對障。拘踢拐打之間。無不假喝彩奉承。就有些不到處。都快取過去了。反來向西門慶面前討賞錢。說桂姐的行頭。比舊時越發踢熟了。攛來的丟拐。教小人每湊手腳不迭。再過一二年。這邏院中。似桂姊妹這行頭。就數一數二的。盖了群絕倫了。強如二條巷董官女兒數十倍。當下桂姐踢了兩跑下來。使的塵生眉畔。汗濕腮邊。氣喘吁吁。腰肢困乏。袖中取出春扇兒搖涼。與西門慶携手並覩。看桂卿與謝希大。張小閒。踢行頭。白禿子。羅回子。在傍虛撮脚兒等漏往來拾毛亦有朝天子一詞。单道這踢圓的始末爲証。

在家中也閒。到處刮涎。生理全不幹。氣毬兒不離在身邊。每日街頭站。窮的又不趁。富貴他偏羨。從早辰只到晚。不得甚飽飡。轉不的大錢。他老婆常被人包占。

西門慶〻正看着衆人在院內。打雙陸。踢氣毬飲酒。只見玳安騎馬來接。悄悄附耳低言。說道。大娘二娘家去了。花二娘教小的請爹。早些過去哩。這西門慶聽了。睄睄吽玳安。把馬吊在後邊門首等着。于是酒也不吃。拉桂姐房中。只坐了沒去。一回兒就出來推淨手。于後門上馬。一溜烟走了。應伯爵使保兒去拉扯。西門慶只說。我家裡有事。那裡肯回來。教玳安拿了一兩五錢銀子。打發三個圓社。李家恐怕他又往後巷吳銀兒家。使了鬟直跟至院門首方回。應伯爵等衆人。還吃二一更鼓纔散。正是嗰罵由他嗰罵。歡娛我且歡娛。畢竟未知後來何如。且聽下回分觧。

金瓶梅

第十六回

西門慶擇吉佳期

應伯爵追歡喜慶

第十六回

西門慶謀財娶婦　應伯爵喜慶追歡

傾城傾國莫相疑　巫水巫雲夢亦癡
紅粉情多銷駿骨　金蘭誼薄惜蛾眉
溫柔鄉裡精神健　窈窕風前意態奇
村子不知春寂寂　千金此夕故踟躕

話說當日西門慶出離院門。玳安跟隨打馬。逕到獅子街李瓶兒家。門首下馬。見大門關的緊緊的。就知堂客轎子家去了。一面叫玳安問馮媽媽開門。西門慶進來。李瓶兒堂中秉燭。花冠齊整。素服輕盈。正倚簾櫳口中磕瓜子兒。見西門慶來。忙輕移蓮步。欵蹙湘裙。下堦迎接。笑道你早來些兒。他三娘五娘還在這裡只剛纔轎子起身。往家裡去了。今日他大娘去的早。說你不在家。那裡去了。西門慶道。今日我和應二哥謝子純。早辰看燈。打你門首過去來。不想又撞見兩個朋友。都拉去院裡家走撞到這咱晚。我又恐怕你這裡等候。小廝去時。教我推淨手打後門跑了。不然必吃他們掛住了。休想來的成。李瓶兒道。適間多謝官人重禮。他娘每又不肯坐。只說家裡沒人。教奴到沒意思的。于是重篩美酒。再設佳餚。堂中把花燈都點上。放下暖簾來。金爐添獸炭。寶篆爇龍涎。春臺上高堆異品。看杯中香醪滿泛。婦人遞與西門慶酒。磕下頭去。說道。拙夫已故。舉眼無親。今日此杯酒。只靠官人與奴作個主兒。休要嫌奴醜陋。奴情愿。與官人鋪牀疊被。與衆位娘子。作個姊妹。奴死也甘心。不知官人心下如何。說着滿眼落淚。西門慶一壁接酒。一壁笑道。你請起來。旣蒙你厚愛。我西門慶銘刻于心。待你孝服滿時。我自有處。不勞你費心。今日是你的好日子。咱每且吃酒。西門慶于是吃畢。亦滿斟了一杯。囘奉婦人。安他上席坐下。馮媽媽单管厨下看菜兒。須臾拿麵上來吃。西門慶因問李瓶兒。今日是董嬌兒。韓金釧兒兩個在這裡。臨晚送他三娘五娘家中。討花兒去了。西門慶坐席左。兩個在席上交杯換盞飲酒。迎春秀春兩個丫鬟在傍斟酒下菜伏侍。只見玳安上來。扒在地下。與李瓶兒磕頭拜壽。李瓶兒連忙起身。還了萬福。分付迎春。教老馮厨下看壽麵點心下飯。拿一壺酒與玳安吃。西門慶分付吃了早些囘馬家去罷。李瓶兒道。到家裡。你娘問。只休說你爹在這裡。玳安道。小的知道。只說爹在裡邊過夜。明日早來接爹就是了。西門慶便點了點頭兒。當下把李瓶兒喜歡的要不的。說道好個乖孩子。眼裡說話。即令迎春拿二錢銀子節間叫買瓜子兒磕。明日你拿個樣兒來。我替你做雙好鞋兒穿。那玳安連忙磕頭說小的怎麽敢。走到下邊比了酒飯。帶馬出門。馮媽媽把大門上了拴。李瓶兒同西門慶猜枚吃了一回。又拿一副三十二扇象牙牌兒。卓上鋪茜紅苫條。兩個燈下抹牌飲酒。吃一回。分付迎春房裡秉燭。原來花子虛死了。迎春秀春。都已被西門慶要了。以此凡事不避他。教他收拾牀鋪。拿菓盒杯酒。又在牀上紫錦帳中。婦人露着粉般身子。西門慶香肩相並。玉體厮挨。兩個看牌。拿大鍾飲酒。因問西門慶。你那邊房子幾時收拾。西門慶道。

且待二月間興工動土。連你這邊一所。通身打開。與那邊花園取齊。前邊起蓋山子捲棚。花園耍子去處。還蓋三間玩花樓。婦人因指道。奴這床後茶葉箱內。還藏着四十斤沉香。二百斤白蠟。兩罐子水銀。八十斤胡椒。你明日都般出來。替我賣了銀子。湊着你盖房子使。你若不嫌奴醜陋。到家好歹對大娘說。奴情愿只要與娘們。做個姊妹。隨問把我做第幾個的也罷。親親奴捨不的你。說着眼淚紛紛的落將下來。西門慶慌把汗巾兒替他抹拭說道。你的情意。我知道也。待你這邊孝服滿。我那邊房子盖了纔好。不然要你過去。沒有住房。婦人道。既有實心取奴家去。到明好歹把奴的房盖的與他五娘在一處。奴捨不的他。好個人兒。與後邊孟家三娘見了奴且親熱。兩個天生的打扮也不相兩個姊妹。只相一個娘兒生的一般。惟有他大娘性兒不是好的。快眉眼裡掃人。西門慶道。俺吳家的這個拙荊。他到好性兒哩。不然手下怎生容得這些人。明日這邊與那邊。一樣蓋三間樓。與你居住。安兩個角門兒出入。你心下何如。婦人道。我的哥哥。這等纔可奴之意。于是兩個顛鸞倒鳳。淫慾無度。狂到四更時分。方纔就寢。枕上並肩交股。直睡到次日飯時不起來。婦人且不梳頭。迎春拿進粥來。只陪着西門慶吃了上半盞粥兒。又拿酒來。二人又吃。原來李瓶兒好馬爬着。教西門慶坐在枕上。他倒插花。往來自動。兩箇正在美處。只見玳安兒外邊打門。騎馬來接。西門慶喚他在窗下問他話。玳安說。家中有三個川廣客人。在家中坐着。有許多細貨。要科兌與傳二叔。只要一百兩銀子押合同。其餘八月中旬。找完銀子。大娘使小的來請爹家去。理會此事。西門慶道。你沒說我在這裡玳安道。小的只說爹在裡邊桂姨家。沒說在這裡。西門慶道。你看不曉事。教把傅二叔打發他便了。又來請我怎的。玳安道。傅二叔講來。客人不肯。直等我爹去。方纔批合同。李瓶兒道。既是家中使了孩子來請。買賣要緊。你不去惹的他大娘不怪麽。西門慶道。你不知賊蠻奴才行市。連貨物沒處發脫。纔來上門脫與人。遲半年三個月找銀子。若快時。他就張致了。滿清河縣。除了我家鋪子大。發貨多。隨問多少時。不怕他不來尋我。婦人道。買賣不與道路爲讐。只依奴到家。打發了再來也。往後日子。多如櫛葉兒。西門慶于是依聽李瓶兒之言。慢慢起來。梳頭淨面。戴網巾。

穿衣服、李瓶兒收拾飯與他吃、西門慶一直帶着個眼紗。騎馬來家、鋪子裡有四五個客人、等候秤貨兌銀。批了合同。打發去了、走到潘金蓮房中。便問你昨日往那裡去來。實說便罷。不然我就嚷的塵鄧鄧的。西門慶道。你們都在花家吃酒。我和他每燈市裡走了回來、同往裡邊吃酒過一夜。今日小廝接去。我纔來家。金蓮道。我知小廝去接。那院裡有你那魂兒、罷麼賊負心你還哄我哩。那淫婦昨日打發俺每來了。弄神弄鬼的。晚夕叫了你去、合搗了一夜。合搗的了。纔放來了。玳安這賊囚根子。久慣兒牢成、對着他大娘。又一樣話兒。對着我。又是一樣話兒。先是他回馬來家。他大娘又是問他、你爹怎的不來家。在誰家吃酒哩。他回話和應二叔眾人。看了燈回來。都在院裡李桂姨家吃酒教我明早接去哩落後我叫了問他他笑不言詞問的急了纔說爹在獅子街花二娘那裡哩賊囚根他怎的就知我何你一心一計想必你叫他話來西門慶哄道我那裡教他于是隱瞞不住方纔把李瓶兒晚夕請我去到那裡與我遞酒說定過你每來了又哭哭啼啼告訴我說他沒人手後于截空晚夕害怕一心要教我取他問巴時收拾這房子他還有些香蠟細貨也直幾百兩銀子教我會經紀替他打發銀子教我收湊着蓋房子上緊修蓋他要和你一處住與你做了姊妹恐怕你不肯婦人道我也不多着個影兒在這裡巴不的來總好我這裡也空落落的得他來與老娘做伴兒自古船多不礙港車多不礙路我不肯招他當初那個怎麼招我來攙奴甚麼分兒也怎

的倒只怕人心不似奴心你還問聲大姐姐去西門慶道雖故是恁說他孝服還未滿哩說畢婦人與西門慶畫脫白綾襖袖子裡滑浪一聲吊出個物件兒來拿在手內沉甸甸的紹彈子大認了半日竟不知甚麼東西但見

原是番兵出產逢人荐轉在京身軀瘦小內玲瓏得人輕借力展轉作蟬鳴解使佳人心胆慣能助腎威風號稱金面勇先鋒戰降功第一揚名勉子鈴

婦人認了半日問道是甚麼東西兒怎的把人半邊胳膊都麻了西門慶笑道這物件你就不知道了名喚做勉鈴南方勉甸國出產的好的也值四五兩銀子婦人道此物使到那裡西門慶道先把他放入爐內然後行事妙不可言婦人道你與李瓶

兒也斡來西門慶于是把晚間之事從頭告訴一遍說得金蓮淫心頓起兩個白日裡掩上房門解衣上牀交歡正是不知子晉緣何事纔學吹簫便作仙話休饒舌一日西門慶會了經紀把李瓶兒牀後茶葉箱內堆放的香蠟等物都秤了斤兩共賣了三百八十兩銀子李瓶兒只留下一百八十兩盤纏其餘都付與西門慶收了湊着盖房便教陰陽擇用二月初八日興工動土五百兩銀子委付大家人來招并主管賁四卸磚瓦木石管工計帳這賁四名喚賁地傳年少生的白浪囂虗百能百巧原是內相勤兒出身因不守本分打出吊入滑流水被赶來初時跟着人做兄弟兒來次後投入大人家做家人把人家奶子拐出來做了渾家却在故衣做經紀琵琶簫管都會西門慶見

他這般本事常照顧他在生藥鋪中秤貨討中人錢使以此凡大小事情少他不得當日賁地傳與來招督管各作匠人興工先拆毀花家那邊舊房打開墻垣築起地脚盖起捲棚山子各亭臺耍子去處非止一日不必盡說光陰迅速日月如梭西門慶在家看管起盖花園約有一個月有餘却在三月上旬乃花子虛百日李瓶兒預先請過西門慶去和他計議要把花子虛靈燒了房子賣的賣不的你着人來看守你早把奴取過去罷省的奴在這裡晚夕空落落的我害怕常有狐狸鬼混的慌你到家對大娘說只當可憐見奴的性命罷隨你把奴做第幾個奴情愿伏侍你鋪牀叠被也無抱怨說着淚如雨下西門慶道你休煩惱前月我把你這話到家對房下和潘五姐也說過了

直待與你把房盖得完那時你孝服將滿取你過門不遲李瓶兒道好好你既有真心取奴先早把奴房攛掇盖了取過奴去到你家住一日死也甘心省的奴在這裡度日如年西門慶道你的話我知道了李瓶兒道再不的房子盖完我燒了靈搬在五姐那邊樓上住兩日等你盖了新房子搬移不遲你好歹到家和五姐說我還等你的話這三月初十日是他百日我好念經燒靈西門慶應諾與婦人歇了一夜到次日一五一十對潘金蓮說了金蓮道可知好哩奴巴不的騰兩間房與他住只怕別人你還問聲大姐姐去我落得河水不碍船看大姐姐怎麽說這西門慶一直走到月娘房裡來月娘正梳頭西門慶把李瓶兒要嫁一節從頭至尾聽說一遍月娘道你不好取他的休

他頭一件孝服不滿第二件你當初和他男子漢相交第三件你又和他老婆有連手買了他房子收着他寄放的許多東西常言機兒不快梭兒快我聞得人說他家房族中花大是個刁徒潑皮的人倘或一時有些聲口倒沒的惹虱子頭上撓奴說的是好話趙錢孫李你依不依隨你幾句說的西門慶閉口無言走出前廳來自巳坐在椅子上沉吟又不好回李瓶兒話又不好不去的尋思了半日還進入金蓮房裡來金蓮問道你到大姐姐房裡大姐姐怎麼說西門慶把月娘的說話告訴了一遍金蓮道大姐不肯論他也說的是你又買了他房子又取他老婆當初又與他漢子相交了一世方纔好我又是一說既做朋友沒絲也有寸交宮兒也看喬了西門慶道這個也罷了倒只

怕花大那廝。沒圈子跳。知道挾制他孝服不滿。在中間鬼混怎生計較。我如今又不好回他的。金蓮道。吥。有甚難處事。我問你今日回他去。明日回他去。西門慶道。他教我今日回他聲去。金蓮道。你今日到那裡。恁對他說。你說我到家對五姐說來。他的樓上。堆着許多藥料。你這家火去。到那裡沒處堆放。亦發再寬待些時。你這邊房子七八也待盖了。攛掇匠人。早些裝修油漆停當。你這邊孝服也將滿。那時取你過去。却不齊備些。強似搬在五姐樓上。葷不葷。素不素。擠在一處甚麼樣子。管情他也罷了。西門慶聽言大喜。那裡等的時分。走到李瓶兒家。婦人便問。你到家所言之事如何。西門慶道。五姐說來。一發等收拾油漆你新房子。你搬去不遲。如今他那邊樓上。堆的破零三亂。你這。

些東西過去那裡堆放只有一件打攪只怕你家大伯子說你孝服不滿如之柰何婦人道他不敢管我的事休說各衣另飯當官寫立分单巳倒斷開了的勾當只我先嫁由爹娘後嫁由自巳自古嫂兒不通問大伯管不的我暗地裡事我如今見過不的日子他顧不的我他若但放出個屁來我教那賊花子坐着死不敢瞧着死大官人你放心他不敢惹我因問你這房子也得幾時方收拾完備西門慶道我如今分付匠人先替你盖出這三間樓來及到油漆了也到五月頭上婦人道我的哥哥你上緊些奴情愿等着到那時候也罷說畢丫鬟擺上酒兩個歡娛飲酒過夜西門慶自此沒三五日不來俱不必細說光陰迅速西門慶家中巳盖了兩月房屋三間玩花樓裝修將完只

少捲棚還未安磉。一日五月蕤賓佳節。家家門插艾葉。處處戶掛靈符。李瓶兒治了一席酒。請過西門慶來。一者解粽。二者商議過門之日。擇五月十五日。先請僧人念經燒靈。然後西門慶這邊擇取婦人過門。西門慶因問李瓶兒道。你燒靈那日。花大花三花四。請他不請。婦人道。我每人把個帖子。隨他來不來。當下計議已定。単等五月十五日。婦人請了報恩寺十二衆僧人。在家念經除靈。西門慶那日封了三錢銀子人情。與應伯爵做生日。早辰拿了五兩銀子。與玳安教他買辦鷄鵝鴨置酒。晚夕李瓶兒除服。却教平安畫童兩個跟馬。約午後時分。往應伯爵家來。那日在席前者。謝希大。祝日念。孫天化。吳典恩。雲離守。常時節。白來創。連新上會賁地傳。十個朋友。一個不少。又叫了兩個小優兒彈唱遞畢酒。上坐之時。西門慶叫過兩優兒。認的頭一個是吳銀兒兄弟。名喚吳惠。那一個不認的。跪下說道。小的是鄭愛香兒的哥。叫鄭奉。西門慶坐首席。每人賞二一錢銀子。吃到日西時分。只見玳安拿馬來接。正上席來。向西門慶耳邊悄悄說道。娘請爹早些二去罷。西門慶與了他個眼色。就往下走。被應伯爵叫住。問道。賊狗骨頭兒。你過來實說。若不實說。我把你小耳朶擰過一邊來。你應爹一年有幾個生日。恁日頭半天裡。就拿馬來接了。你爹往那裡去。端的誰使了你來。或者是你家中那娘使了你來。或是裡邊十八子那裡。你若不說過。一百年也不對你爹說。替你這小狗禿兒娶老婆。那玳安只是說道。委的沒人使小的。小的恐怕夜緊。爹要起身。早拿馬來伺候。那應侑爵奈何了他一回見不說便道你不說我明日打聽出來和你這小油嘴兒算帳于是又斟了一鍾酒拿了半碟點心與玳安下邊吃去良久西門慶下來東淨裡更衣叫玳安道到僻靜處問他話今日花家那有誰來玳安道花三徃鄉裡去了花四家裡瞎眼都沒人來只有花大家兩口子來吃了一日齋飯他漢子先家去了只有他老婆臨去二娘叫到房裡去了與了他十兩銀子兩套衣服還與二娘磕了頭西門慶道他沒說甚麼玳安道他一字通沒敢題甚麼只說到明日二娘過來他三日要來爹家走走西門慶道他真個說此話來玳安道小的怎敢說謊這西門慶聽了滿心歡喜又問齋供了畢不曾玳安道和尚老早就去了靈位也燒了二娘說請爹早些過去西門慶道

我知道了。你外邊看馬去。這玳安正往外走。不想應伯爵在過道內聽。猛可叫了一聲。把玳安諕了一跳。伯爵罵道。賊小狗骨頭兒。你不告我說。我就的也聽見了。原來你爹兒們幹的好繭兒。西門慶道。怪狗才。休要唱揚一地裡知道。伯爵道。你央及我央兒。我不說便了。于是走到席上。如此這般對衆人說了一回。把西門慶拉着說道。哥你可成個人。有這等事。就掛口不對兄弟們說聲兒。就是花大有些甚話說。哥只分付俺每一聲。等俺每和他說。不怕他不依。他若敢道個不是。俺每就與他結一個大肐膊。端的不知哥這親事成了不曾。哥一一告訴俺們。比來相交朋友做甚麼。哥若有使令俺們處。兒弟情願火裡火去。水裡水去。願不求同日生。只求各日死。弟兄每這等待你。哥你不說個道理。還只顧瞞着不說。謝希大接過說道。哥。如若不說俺每明日唱揚的。裡邊李桂姐。吳銀兒。那裡知道了。大家都不好意思的。西門慶笑道。我教衆位得知罷。親事已都定當了。應伯爵問道。取行禮過門。還未定日子。謝希大道。哥到明日取嫂子過門。俺每賀哥去。哥好歹叫上四個唱的。請俺每吃喜酒。西門慶道。這個不瞞說。一定奉請列位兄弟。祝日念道。比時明日與哥慶喜。不如咱如今替哥把一杯兒酒。先慶了喜罷。于是叫伯爵把酒。謝希大執壺。祝日念捧菜。其餘都陪跪。把兩個小優兒也叫來跪着彈唱。一套十三腔喜遇吉日。一連把西門慶灌了三四鍾酒。祝日念道。哥那日請俺每吃酒也不少了鄭奉吳惠。他兩個。因定下。你二人好歹去。鄭奉捧日道。小的們已定早去宅裡伺候。須臾遞畢酒。各歸席坐下。又吃了一回。看看天晚。那西門慶那裡坐的住。赶眼錯起身走了。應伯爵還要攔門不放。謝希大道。應二哥。你放哥去罷。休要悞了他的事。教嫂子見怪。那西門慶得手上馬。一直走了。到了獅子街。李瓶兒摘去孝鬏髻。換了一身艷服。堂中燈燭熒煌。預備下一卓齊整酒餚。上面獨獨安一張交椅。讓西門慶上坐。方打開一壜酒篩來。丫鬟執壺。李瓶兒滿斟一杯。遞上去。揷燭也似磕了四個頭。說道。今日拙夫靈已燒了。蒙大官人不棄。奴家得奉巾櫛之歡。以遂于飛之願。行畢禮起來。西門慶下席來。亦回遞婦人一杯。方纔坐下。因問今日花大兩口子。沒說甚麼。李瓶兒道。奴午齋後。叫進他到房中。就說大官人這邊做親之事。他滿口說好。一句閑話也無只說明日三日哩。教他娘子兒來咱家走走。奴與他十兩銀子。兩套衣服。兩口子喜懽的要不的。臨出門謝了又謝。西門慶道。他既恁說。我容他上門走走也不差甚麼。但有一句閑話。我不饒他。李瓶兒道。他就放辣騷。奴也不放過他。于是湯水嗄飯。老媽厨下一齊拏上。李瓶兒親自洗手剔甲。做了些葱花羊肉一寸的匾食兒。銀鑲鍾兒盛着南酒。秀春斟了兩盃。李瓶兒陪西門慶吃。西門慶止吃了上半甌。就把下半甌送與李瓶兒吃。一往一來。迭連吃上幾甌。真個是年隨情少。酒因境多。李瓶兒因過門日子近了。比常時益發喜懽得了不的。臉上堆下笑來。對西門慶道。方纔你在應家吃酒。奴已候得久了。又恐怕你醉了。叫玳安來請你早些歸來。不知那邊可有人覺道麼。西門慶道又被應花子猜着逼勒小廝說了幾句閙混了一場諸弟兄要與我賀喜。喚唱的做東道。又齊攢的帮襯。灌上我幾盃。我趕眼錯。就走出來還要攔阻。又說好說歹。放了我來。李瓶兒就道他每放了你。也還解趣哩西門慶看他醉態顛狂。情眸眷戀。一霎的不禁胡亂兩個口吐丁香。臉偎仙杏。李瓶兒把西門慶抱在懷裡叫道。我的親哥你既真心要娶我。可趁早些。你又往來不便。休丟我在這裡日夜懸望說畢。翻來倒去。攪做一團真個是傾國傾城漢武帝。爲雲爲雨楚襄王。有詩爲証。

情濃胸緊湊　款洽臂輕籠
贈把銀缸照　猶疑是夢中

畢竟未知後來如何。且聽下回分解。

第十七回　宇給事劾倒楊提督

李瓶兒許嫁蔣竹山

第十七回

宇給事劾倒楊提督　李瓶兒招贅蔣竹山

記得書齊乍會時　雲踪雨跡少人知
晚來鸞鳳棲雙枕　剔盡銀燈半吐輝
思往事　夢魂迷　今宵幸得效于飛

話說五月二十日。帥府周守備生日。西門慶那日封。五星分資兩方手帕。打選衣帽齊整。騎着大白馬、四個小廝跟隨。往他家拜壽。席間也有夏提刑。張團練。荆千戶賀千戶。一般武官兒飲酒。鼓樂迎接。搬演戲文。只是四個唱的遞酒。玳安接了衣裳回馬來家。到日西時分。又騎馬接去。走到西街口上。撞見馮媽媽問道。馮媽媽那裡去。馮媽媽道。你二娘使我來請你爹來。顧銀匠整理頭面完備。今日拿盒送來。請你爹那裡瞧去。你二娘還和你爹說話哩。玳安道。俺爹今日都在守備府周老爹吃酒。我如今接去。你老人家回罷。等我到那裡對爹說。就是了。馮媽媽道。累你。好歹說聲。你二娘等着哩。這玳安打馬逕到守備府。衆官員正飲酒在熱鬧處。玳安走到西門慶席前。說道小的回馬家來時。在街口撞遇馮媽媽。二娘使了來說顧銀匠送了頭面來了。請爹瞧去。還要和爹說話哩。西門慶聽了。拿了些些點心湯飯與玳安吃了。就要起身。那周守備那裡肯放。攔門拿巨杯相勸。西門慶道。蒙大人見賜。寧可飲一杯。還有些些小事。不能盡情。恕罪恕罪。于是一飲而盡。作辭周守備上馬。逕到李瓶兒家。婦人接着茶湯畢。西門慶分付玳安回馬家去。明日來接。玳安夫了。李瓶兒叫迎春盒兒取出頭面來。與西門慶過目黃烘烘火焰般。一付好頭面收過去。單等二十四日行禮出月初四日准娶婦人滿心歡喜。連忙安排酒來。和西門慶暢飲開懷。吃了一回。使丫鬟房中搽抹涼蓆乾淨。兩個在紗帳之中。香焚蘭麝。衾展鮫綃。脫去衣裳。並肩疊股。飲酒調笑良久。春色橫眉。淫心蕩漾。西門慶先和婦人雲雨一回。然後乘着酒興坐于牀上。令婦人橫躺於衽席之上。與他品簫。但見

紗帳香飄蘭麝　蛾眉輕把簫吹
雪白玉體透簾幃　禁不住魂飛魄颺
一點櫻桃小口　兩隻手賽柔荑
才郎情動囑奴知　不覺靈犀味美

西門慶于是醉中戲問婦人當初有你花子虛在時也和他幹此事不幹婦人道他逐日睡生夢死奴那裡耐煩和他幹這營生他每日只在外邊胡撞就來家奴等閒也不和他沾身況且老公公在時和他另在一間房睡着我還把他罵的狗血噴了頭好不好對老公公說了要打白棍兒也不筭人甚麼材料兒奴與他這般頑耍可不砢磣殺奴罷了誰似冤家這般可奴之意就是醫奴的藥一般白日黑夜教奴只是想你兩個耍一回又幹了一回傍邊迎春伺候下一個小方盒都是各樣細巧果仁肉心鷄鵝腰掌梅桂菊花餅兒小金壺內滿泛瓊漿從黃昏掌上燈燭且幹且飲直要到一更時分只聽外邊一片聲打的大門响使馮媽媽開門瞧去原來是玳安來了西門慶道我分

付明日來接我這咱晚又來做甚麼因叫進房來問他那小廝
慌慌張張走到房門首西門慶與婦人睡着又不敢進來只在
簾外說話說道姐姐姐夫都搬來了許多箱籠在家中大娘使
我來請爹快去計較話哩這西門慶聽了只顧猶豫這咱晚端
的有甚緣故須得到家瞧瞧連忙起來婦人打發穿上衣服做
了一盞暖酒與他吃打馬一直來家只見後堂中秉着燈燭女
兒女婿都來了堆着許多箱籠牀帳家活先吃了一驚因問怎
的這咱來家女婿陳經濟磕了頭哭說近日朝中俺楊老爺被
科道官叅論倒了　聖旨下來拿送南牢問罪門下親族用事
人等都問擬枷號充軍昨日府中楊幹辦連夜奔走透報與父
親知道父親慌了教兒子同大姐和些家活箱籠就且暫在爹

家中寄放躲避些時他便起身往東京我姑娘那裡打聽消息
去了待的事寧之日恩有重報不敢有忘西門慶問你爹有書
沒有陳經濟道有書在此向袖中取出遞與西門慶拆開觀看
上面寫道

春生陳洪頓首書奉

大德西門親家見字餘情不叙茲因北虜犯邊搶過雄州地
界兵部王尚書不發人馬失悞軍機連累朝中楊老爺俱被
科道官參劾太重
聖旨惱怒拿下南牢監禁會同三法司審問其門下親族用
事人等俱照例發邊衛充軍生一聞消息舉家驚惶無處可
投先打發小兒令愛隨身箱籠家活暫借親家府上寄寓生
即上京投在家姐夫張世廉處打聽示下待事務寧帖之日

同家恩有重報不敢有忘誠恐縣中有甚聲色生令小兒另外具銀五百兩相煩親家費心處料容當叩報沒齒不忘燈下草草不宣

仲夏二十日洪再拜

西門慶看了慌了手脚教吳月娘安排酒飯管待女兒女婿就令家下人等打掃廳前東廂房三間與他兩口兒居住把箱籠細軟都收拾月娘上房來陳經濟取出他那五百兩銀子交與西門慶打點使用西門慶叫了吳主管來與了他五兩銀子教他連夜往縣中孔目房裡抄錄一張東京行下來的文書邸報上面端的寫的是甚言語

兵科給事中宇文虛中等一本懇乞宸斷亟誅誤國權奸以振本兵以消虜患事臣聞夷狄之禍自古有之周之玁狁漢

之匈奴唐之突厥迨及五代而契丹浸強又我 皇宋建國大遼縱橫中國者已非一日然未聞內無夷狄而外萌夷狄之患者諺云霜降而堂鐘鳴雨下而柱礎潤以類感類必然之理譬猶病夫至此腹心之疾已久元氣內消風邪外入四肢百骸無非受病雖盧扁莫之能救焉能久乎今天下之勢正猶病夫尫羸之極矣君猶元首也輔臣猶腹心也百官猶四肢也 陛下端拱於九重之上百官庶政各盡職于下元氣內充榮衛外扞則虜患何由而至哉今招夷虜之患者莫如崇政殿大學士蔡京者本以憸邪奸險之資濟以寡廉鮮恥之行讒諂面諛上不能輔君當道贊元理化下不能宣德布政保愛元元徒以利祿自資希寵固位樹黨懷奸蒙蔽欺

君中傷善類忠士爲之解體四海爲之寒心聯翩朱紫萃聚一門邇者河湟失議主議伐遼內割三郡郭藥師之叛失陷卒致金虜背盟憑陵中夏此皆誤國之大者皆由京之不職也王黼貪庸無賴行比俳優蒙京汲引薦居政府未幾謬掌本兵惟事慕位苟安終無一籌可展邇者張達殘於太原爲之張皇失散今虜之犯內地則又挈妻子南下爲自全之計其誤國之罪可勝誅戮楊戩本以紈袴膏梁叨承祖蔭憑籍寵靈典司兵柄濫膺閫外大姦似忠怯懦無比此三臣者皆朋黨固結內外萌蔽爲　陛下腹心之蠹者也數年以來招災致異喪本傷元役重賦煩生民離散盜賊猖獗夷虜犯順天下之膏腴已盡國家之紀綱廢弛雖擢髮不足以數京等

之罪也臣等待罪該科備員諫職徒以目擊奸臣誤國而不
爲　皇上陳之則。上辜君父之恩下負平生所學伏乞
宸斷。將京等一干黨惡人犯或下廷尉以示薄罰或寘極典。
以彰顯戮或照例枷號或投之荒裔。以禦魑魅庶天意可回
人心暢快國法已正虜患自消天下幸甚臣民幸甚奉
聖旨蔡京姑留輔政王黼楊戩便拿送三法司。會問明白來說
欽此欽遵續該三法司會問過犯黨惡人犯王黼楊戩本兵
不職縱虜深入荼毒生民損兵折將失陷內地律應處斬手
下壞事家人書辦官掾親黨董升盧虎楊盛龐宣韓宗仁陳
洪黃玉賈廉劉盛趙弘道等查出有名人犯俱問擬枷號一
個月滿日發邊衛充軍。

西門慶不看萬事皆休看了耳邊廂只聽颼的一聲魂魄不知往那裡去了就是驚損六葉連肝肺諕壞三毛七孔心即忙打點金銀寶玩馱裝停當把家人來保來旺叫到臥房中悄悄分付如此如此這般這般顧頭口星夜上東京打聽消息不消到爾陳親家家爹下處但有不好聲色取巧打點停當速來回報已與了他二人二十兩盤纏絕早五更顧御夫起程上東京去了不在話下西門慶通一夜不曾睡着到次日早分付來昭賁四把花園工程止住各項匠人都且回去不做了每日將大門緊閉家下人無事亦不敢往外去隨分人叫着不許開西門慶只在房裡動旦走出來又走進去憂上加憂悶上添悶如熱地蚰蜒一般把娶李瓶兒的勾當丟在九霄雲外去了吳月娘見

他每日在房中。愁眉不展。面帶憂容。便說道他陳親家那邊爲事。各人寃有頭。債有主。你平白焦愁些甚麽。西門慶道你婦人知道些甚麽。陳親家是我的親家。女兒女婿。兩個業障搬來。咱家住着。這是一件事。平昔街坊鄰舍。惱咱的極多。常言機兒不快梭兒快。打着羊駒驢戰。倘有小人指撥。拔樹尋根。你我身家不保。正是關着門兒家裡坐。禍從天上來。這裡西門慶在家。納悶不題。且說李瓶兒等了一日兩日。不見動靜。一連使馮媽媽來了兩遍。大門關得鐵桶相似。就是樊噲也撞不開。等了半月。沒一個人牙兒出來。竟不知怎的。看看到廿四日。李瓶兒又使馮媽媽送頭面來。就請西門慶過去說話。叫門不開。去在對過房簷下。少頃。只見玳安出來飲馬。看見便問。馮媽媽你來做甚麽。馮媽媽說你二娘使我送頭面來，怎的不見動靜，請你爹過去說話哩。玳安道，俺爹連日有些小事兒不得閒，你老人家還拿回頭面去，等我飲馬回來，對俺爹說就是了。馮媽媽道，好哥哥我在這裡等着，你拿進頭面去，和你爹說去，你二娘那裡好不惱我哩。這玳安一面把馬拴下，走到裡邊半日出來道，對俺爹說了，頭面爹收下了。教你上覆二娘，再待幾日兒我爹出來往二娘那裡說話。這馮媽媽一直走來回了婦人話。婦人又等了幾日，看看五月將盡，六月初旬時分，朝思暮盼，音信全無，夢攘魂勞，佳期間阻，正是

懶把蛾眉掃　羞將粉臉勻

滿懷幽恨積　憔悴玉精神

婦人盼不見西門慶來每日茶飯頓減精神恍惚到晚夕孤眠枕上展轉躊躇忽聽外邊打門彷彿見西門慶來到婦人迎門笑接携手進房問其爽約之情各訴衷腸之話綢繆繾綣徹夜歡娛鷄鳴天曉頓抽身回去。婦人恍然驚覺大叫一聲精魂已失慌了馮媽媽進房來看視婦人說道西門慶他剛纔出去你關上門不曾馮媽媽道娘子想得心迷了那裡得大官人來影兒也沒有婦人自此夢境隨邪夜夜有狐狸假名抵姓來攝其精髓漸漸形容黃瘦飲食不進卧牀不起馮媽媽向婦人說請了大街口蔣竹山來看其人年小不上三十生的五短身才人物飄逸極是個輕浮狂詐的人請入卧室婦人則霧鬢雲鬟擁衾而卧。似不勝憂愁之狀勉強茶湯已罷丫鬟安放褥甸竹山就牀胗視脉息畢因見婦人生有姿色便開言說道小人適胗病源娘子肝脉絃出寸口而洪大厥陰脉出寸口久上魚際主六慾七情所致陰陽交爭乍寒乍熱似有鬱結于中而不遂之意也似瘧非瘧似寒非寒白日則倦怠嗜卧精神短少夜晚神不守舍夢與鬼交若不早治久而變爲骨蒸之疾必有屬纊之憂矣可惜可惜婦人道有累先生俯賜良劑奴好了重加酧謝竹山道小人無不用心娘子若服了我的藥必然貴体全安說畢起身這裡使藥金五星使馮媽媽討將藥來婦人晚間吃了他的藥下去夜裡得睡便不驚恐漸漸飲食加添起來梳頭走動那消數日精神復舊一日安排了一席酒餚備下三兩銀子使馮媽媽請過竹山來相謝這蔣竹山從與婦人看病之時懷

覬覦之心已非一日。于是一聞其請，即具服而往。延之中堂，婦人盛粧出見，道了萬福，茶湯兩換，請入房中。酒饌已陳，麝蘭香藹，小丫鬟綉春在傍，描金盤內托出三兩白金。婦人高擎玉盞，向前施禮，說道：「前日奴家心中不好，蒙賜良劑，服之見效。今粗治了一杯水酒，請過先生來知謝知謝。」竹山道：「此是小人分內之事，理當措置，何必計較。」因見三兩謝禮，說道：「這個學生怎麼敢領。」婦人道：「些須微意，不成禮數，萬望先生笑納。」辭讓了半日，竹山方纔收了。婦人遞酒，安了坐次，飲過三巡。竹山席間偷眼睃視婦人，粉粧玉琢，嬌艷驚人，先用言以挑之，因說道：「小人不敢動問，娘子青春幾何？」婦人道：「奴虛度二十四歲。」竹山道：「又一件，似娘子這等妙年，生長深閨，處于富足，何事不遂，而前日有此欝結不足之病。婦人聽了。微笑道。不瞞先生。奴因拙夫去世。家事蕭條。獨自一身。憂愁思慮。何得無病。竹山道。原來娘子夫主歿了多少時了。婦人道。拙夫從去歲十一月。得傷寒病死了。今已八個月來。竹山道。曾吃誰的藥來。婦人道。大街上胡先生。竹山道。是那東街上劉太監房子住的胡鬼嘴兒。他又不是我太醫院出身。知道甚麼脉。娘子怎的請他。婦人道。也是因街坊上人薦舉。請他來看。還是拙夫沒命。不干他事。竹山又道。娘子。也還有子女沒有。婦人道。兒女俱無。竹山道。可惜娘子這般青春妙齡之際。獨自孀居。又無所出。何不尋其別進之路。甘爲幽鬱。豈不生病。婦人道。奴近日也講着親事。早晚過門。竹山便道。動問娘子。與何人作親。婦人道。是縣前開生藥舖。西門大官人。

竹山聽了道。苦哉苦哉。娘子因何嫁他。小人常在他家看病。最知詳細。此人專在縣中。抱攬說事。舉放私債。家中挽販人口。家中不筭丫頭大小。五六個老婆。着緊打倘棍兒。稍不中意。就令媒人領出賣了。就是打老婆的班頭。坑婦女的領袖。娘子早時對我說。不然進入他家。如飛蛾投火一般。坑你上不上下不下。那時悔之晚矣。况近日他親家那邊為事。干連在家。躲避不出。房子盖的。半落不合的。多丟下了。東京門下文書。坐落府縣拿人到。明日他盖這房子。多是入官抄沒的數兒。娘子沒來由嫁他則甚。一篇話。把婦人說的閉口無言。况且許多東西。丟在他家。尋思半晌。暗中跌脚。怪嗔道。一替兩替。請着他不來。原來他家中為事哩。又見竹山語言活動。一團謙恭。奴明日若嫁得。恁樣個人也罷了不知他有妻室沒有因問道既蒙先生指教奴家感戴不淺倘有甚相知人家親事舉保來說奴無有個不依之理竹山乘機請問不知要何等樣人家小人打聽的實好來這裡說婦人道人家倒也不論乎大小只像先生這般人物的這蔣竹山不聽便罷聽了此言喜歡的勢不知有無于是走下席來雙膝跪在地下告道不瞞娘子說小人內為失助中饋乏人鰥居已久子息全無倘蒙娘子垂憐見愛肯結秦晉之緣足稱平生之願小人雖銜環結草不敢有忘婦人笑以手攜之說道且請起未審先生鰥居幾時貴庚多少既要做親須得要個保山來說方成禮數竹山又跪下哀告道小人行年二十九歲正月二十七日卯時建生不幸去年荆妻已故家緣貧乏實出

寒微。今既蒙金諾之言。何用氷人之講。婦人聽言笑道。你既無
錢。我這裡有個媽媽。姓馮。拉他做個媒証。也不消你行聘。擇個
吉日良辰。招你進來入門爲贅。你意下若何。這蔣竹山連忙倒
身下拜。娘子就如同小人重生父母。再長爹娘。宿世有緣。三生
大幸矣。一面兩個在房中。各遞了一杯交歡盞。巳成其親事。竹
山飲至天晚回家。婦人這裡與馮媽媽嘀議。說西門慶家。如此
這般爲事。吉凶難保。况且奴家這邊沒人。不好了一塲險。不喪
了性命。爲今之計。不如把這位先生。招他進來。過其日月。有何
不可。到次日就使馮媽媽通信過去。擇六月十八日。大好日期。
把蔣竹山。倒踏門招進來。成其夫婦。過了三日。婦人奏了三百
兩銀子。與竹山打開門面。兩間開店。煥然一新的。初時往人家

看病只是走。後來買了一疋驢兒騎着。在街上往來搖擺。不在話下。正是一窪死水全無浪。也有春風擺動時。畢竟未知後來何如。且聽下回分解

第十八回

賂相府西門脫禍

見嬌娘敬濟魂消

第十八回

來保上東京幹事　陳經濟花園管工

堪嘆人生毒似蛇　誰知天眼轉如車
去年妄取東隣物　今日還歸北舍家
無義錢財湯潑雪　倘來田地水推沙
若將奸狡為活計　恰似朝雲與暮霞

話分兩頭。不說蔣竹山在李瓶兒家招贅。单表來保來旺二人上東京打點。朝登紫陌。暮踐紅塵。饑餐渴飲。帶月披星。有日到東京進了萬壽城門。投旅店安歇。到次日街前打聽。只聽見過路人風裡言。風裡語。多交頭接耳。街談巷議。都說兵部王尚書。昨日會問明白。聖旨下來。秋後處決。止有楊提督名下親屬人等未曾拿完，尚未定奪，且待今日便有次弟。這來保等二人把禮物打在身邊，急來到蔡府門首，舊時幹事來了兩遍，道路久熟，立在龍德街牌樓底下，探聽府中消息。少頃，只見一個青衣人慌慌打太師府中出來，往東去了。來保認的是楊提督府裡親隨楊幹辦，待要叫住問他一聲事情何如，說家主不曾分付，招惹他，以此不言語，放過了他去了。遲了半日，兩個走到府門前望着，守門官深深唱了個喏，動問一聲：太師老爺在家不在？那守門官道：老爺不在家了，朝中議事未回，你問怎的？來保又問道：管家翟爺請出來，小人見見，有事稟白。那官吏道：管家翟叔也不在了，跟出老爺去了。來保道且住，他不實說，與我已定問我要些東西。於是袖中取出一兩銀子，遞與他。那官吏接了。便問你要見老爺。要見學士大爺。老爺便是大管家翟謙稟大爺的事。便是小管家高安稟。各有所掌。況老爺朝中未回止有學士大爺在家。你有甚事。我替你請出高管家來。有甚事引你稟見大爺也是一般。這來保就借情道。我是提督楊爺府中。有事稟見官吏聽了不敢怠慢進入府中良久只見高安出來。來保慌忙施禮遞上十兩銀子說道小人是楊爺的親同楊幹辦一路來。見老爺討信。因後邊吃飯來遲了一步。不想他先來見了。所以不曾赶上高安接了禮物。說道楊幹辦只剛纔去了。老爺還未散朝。你且待待。我引你再見見大爺罷一面把來保領到第二層大廳傍邊另一座儀門進去坐北朝南三間敞廳綠油欄杆。朱紅牌額石青填地金字大書天子御筆欽賜學士

琴堂四字。原來蔡京兒子蔡攸也是寵臣見爲祥和殿學士。兼
禮部尚書提點太一宮使來保在門外伺候高安先入說了出
來然後喚來保入見當廳跪下廳上垂着朱簾蔡攸深衣軟巾。
坐於堂上問道是那裡來的。來保稟道小人是楊爺的親家陳
洪的家人同府中楊幹辦來稟見老爺討信不想楊幹辦先來
見了。小人趕來後見。因向懷中取出揭帖遞上蔡攸見上面寫
看白米五百石。叫來保近前說道。蔡老爺亦因言官論列連日
廻避閣中之事。并昨日三法司會問。都是右相李爺秉筆。稱楊
老爺的事昨日內裡消息出來。 聖上寬恩另有處分了其手
下用事有名人犯。待查明問罪你還往到李爺那裡說去來保
只顧磕頭道。小的不認的李爺府中望爺憐憫俯就。看家楊老

爺分上蔡攸道你去到天漢橋邊北高坡大門樓處問聲當朝右相資政殿大學士兼禮部尚書名諱邦彥的你李爺誰是不知道也罷我這裡還差個人同你去即令祗候官呈過一緘使了圖書就差管家高安同去見李老爺如此這般替他說那高安承應下了同來保出了府門叫了來旺帶着禮物轉過龍德街逕到天漢橋李邦彥門首正值邦彥朝散纔來家穿大紅縐紗袍腰繫玉帶送出一位公卿上轎而去回到廳上門吏稟報說學士蔡大爺差管家來見先叫高安進去說了回話然後喚來保來旺進見跪在廳臺下高安就在傍邊遞了蔡攸封緘并禮物揭帖來保下邊就把禮物呈上邦彥看了說道你蔡大爺分上又是你楊老爺親我怎麼好受此禮物況你楊爺昨日聖

心回動已沒事但只是手下之人科道叅語甚重已定問發幾個。即令堂候官取過昨日科中送的那幾個名字與他瞧。上寫着王黼名下。書辦官董昇家人王廉斑頭黃玉楊戩名下。壞事書辦官盧虎。幹辦楊盛府椽韓宗仁趙弘道。班頭劉成親黨陳洪西門慶胡四等。皆鷹犬之徒狐假虎威之輩揆置本官。倚勢害人。貪殘無比。積弊如山小民蹙額市肆爲之騷然乞勅下法司將一干人犯或投之荒裔。以禦魑魅或寘之典刑。以正國法。不可一日使之留于世也。來保等見了慌的只顧磕頭告道小人就是西門慶家人。望老爺開天地之心超生性命則個。高安又替他跪禀一次邦彥見五百兩金銀。只買一個名字。如何不做分上。即令左右。擡書案過來。取筆將文卷上。西門慶名字。改作賈慶。一面收上禮物去。邦彥打發來保等出來就拿回帖回蔡學士賞了高安來保來旺。一封五十兩銀子。來保路上作辭高管家回到客店。收拾行李。還了店錢星夜回到清河縣來。早到家見西門慶把東京所幹的事從頭說了一遍。西門慶聽了。如提在冷水盆內對月娘說。早時使人去打點。不然怎了。正是這回西門慶性命有如落日已沉西嶺外。却被扶桑喚出來。於是一塊石頭方纔落地。過了兩日門也不關了。花園照舊還蓋漸漸出來街上走動。一日玳安騎馬打獅子街所過看見李瓶兒門首開個大生藥鋪裡邊堆着許多生熟藥材。朱紅小櫃。油漆牌面吊看幌子。甚是熱鬧歸來告與西門慶說還不知招贅竹山一節。只說二娘搭了個新夥計開了個生藥鋪。西門慶聽了半信不信。一日七月中旬時分。金風淅淅。玉露冷冷。西門慶正騎馬街上走着。撞見應伯爵謝希大兩人叫住。下馬唱喏。問道。哥一向怎的不見兄弟到府上。幾遍見大門關着。又不敢叫。整悶了這幾日。端的哥在家做甚事。嫂子取過來不曾。也不請兄弟們吃酒。西門慶道。不好告訴的。因舍親家陳宅那邊爲些閒事。替他亂了幾日。親事另改了日期了。伯爵道。兄弟每不知哥吃驚。今日既撞遇哥兄弟二人。肯空放了。如今請哥同到裡邊。吳銀姐那裡吃三杯。權當解悶。不由分說。把西門慶拉進院中來。玳安平安牽馬。後邊跟着走。正是

歸去只愁紅日短　思鄉猶恨馬行遲
世財紅粉歌樓酒　誰爲三般事不迷

當日西門慶被他二人拉到吳銀兒家吃了一日酒到日暮時分已帶半酣纔放出來打馬正望家走到於東街口上撞見馮媽媽從南來走得甚慌西門慶勒住馬問道你往那去馮媽媽道二娘使我往門外寺裡魚籃會替過世二爹燒箱庫去來趕進門來西門慶醉中道你二娘在家好麽我明日和他說話去馮媽媽道尢得大人還問甚麽好也來把個見見成成做熟了飯的親事兒吃人掇了鍋兒去了西門慶聽了失驚問道莫不他嫁人去了馮媽媽道二娘那等使老身送過頭面往你家去了幾遍不見你大門閑着對大官兒說進去教你早動身你不理令教別人成了你還說甚的西門慶問是誰馮媽媽悉把半夜三更婦人被狐狸纏着染病着看看至死怎的請了大街上

任的蔣竹山來看吃了他的藥怎的好了其日怎的倒踏門招進來成其夫婦見今二娘拿出三百兩銀子與他開了生藥舖從頭至尾說了一遍這西門慶不聽便罷聽了氣的在馬上只是跌脚吽道苦哉你嫁別人我也不惱如何嫁那矮王八他有甚麽起解于是一直打馬來家剛下馬進儀門只見吳月娘孟玉樓潘金蓮并西門大姐四個在前廳天井內月下跳馬索兒耍子見西門慶來家月娘玉樓大姐三個都往後走了只有金蓮不去且扶着庭柱兜鞋被西門慶帶酒罵道淫婦們閑的聲喚平白跳甚麽百索兒赶上金蓮踢了兩脚走到後邊也不往月娘房中去脫衣裳走在西廂稍間一間書房要了鋪盖那裡宿歇打丫頭罵小厮只是沒好氣衆婦人站在一處都甚是着

恐不知是那緣故。吳月娘甚是埋怨金蓮。你見他進門有酒了。兩三步扠開一邊便了。還只顧在跟前笑成一塊。且提鞋兒。却教他蝗虫螞蚱。一例都罵着。玉樓道。罵我每也罷。如何連大姐也罵起淫婦來了。沒槽道的行貨子。金蓮接過來道。這一家子。只我是好欺負的。一般三個人在這裡。只踢我一個兒。那個偏受用着甚麼也怎的。月娘就惱了。說道。你頭裡何不教他連我也踢不是。你沒偏受用。誰偏受用。恁的賊不識高低貨。我到不言語。你只顧嘴頭子嗶哩礴喇的。那金蓮見月娘惱了。便轉把話兒來摭說道。姐姐不是這等說。他不知那裡因着甚麼由頭兒。只拿我煞氣。要便睜着眼。望着我吽。千也要打個臭死。萬也要打個臭死。月娘道。誰教你只要嘲他來。他不打你。却打狗不成。玉樓道、大姐姐且叫了小廝來問他聲。今日在誰家吃酒來。早辰好好出去。如何來家恁個腔兒不一時把玳安叫到根前。問他端的。月娘罵道賊囚根子。你不實說教大小廝來吊拷你。和平安兒每人都是十板子。玳安道娘休打待小的實說了罷。爹今日和應二叔每。都在院裡吳家吃酒散的早了。來在東街口上撞遇馮媽媽說花二娘等爹不去嫁了大街住的蔣太醫了。爹一路上惱的要不的。月娘道信那沒廉耻的歪淫婦浪着嫁了漢子。來家拿人煞氣玳安道二娘沒嫁蔣太醫把他倒踏門招進去了。如今二娘與了他本錢開了好不興的大藥舖我來家告爹說。爹還不信孟玉樓道。論起來男子漢死了多少時兒服也還未滿。就嫁人使不得的。月娘道如今年程論的甚麼使的使不的。漢子孝服未滿。浪着嫁人的。纔一個兒淫婦成月和漢子。酒裡眠。酒裡臥底人。他原守的甚麼貞節。看官聽說。月娘這一句話。一棒打着兩個人。孟玉樓與潘金蓮都是再醮嫁人。孝服都不曾滿。聽了此言。未免各人懷着慚愧歸房。不在話下。正是不如意處常八九。可與人言無二三。却說西門慶。當晚在前邊。廂房睡了一夜。到次日把女婿陳經濟。安他在花園中。同賁四管工記帳。換下來昭來。教他看守大門。西門大姐。白日裡便在後邊。和月娘衆人一處吃酒。晚夕歸前邊廂房中歇。陳經濟每日只在花園中管。非呼喚不敢進入中堂。飲食都是小廝內裡拿出來吃。所以西門慶手下這幾房婦女。都不曾見面。一日西門慶不在家。與提刑所賀千戶送行去了。月娘因陳經濟搬來居住一同管工辛苦不曾安排一頓飯兒酧勞他酧勞向孟玉樓李嬌兒說道待要管又說我多攬事我待欲不管又看不上人家的孩兒在你家每日起早睡晚辛辛苦苦替你家打勤勞兒那個與心知慰他一知慰兒也怎的玉樓道姐姐你是個當家的人你不上心誰上心月娘於是分付厨下安排了一桌酒餚點心午間請經濟進來吃一頓飯這陳經濟撇了工程教責四看管逕到後邊叅見月娘作畢揖旁邊坐下小玉拿茶來吃了安放桌兒拿蔬菜案酒上來月娘道姐夫每日管工辛苦要請姐夫進來坐坐白不得個閒今日你爹不在家無事治了一杯水酒權與姐夫酧勞經濟道兒子蒙爹娘擡舉有甚勞苦這等費心月娘遞了酒經濟傍邊坐下須臾饌餚齊上月

娘陪着他吃了一回酒。月娘使小玉請大姑娘來這裡坐。小玉道。大姑娘使看手便來。少頃只聽房中抹的牌响。經濟便問誰人抹牌。月娘道。是大姐與玉簫丫頭弄牌。經濟道。你看沒分曉。娘這裡呼喚不來。且在房中抹牌。不一時大姐掀簾子出來。與他女婿對面坐下。一同飲酒。月娘便問大姐。陳姐夫也會看牌也不會。大姐道。他也知道些香臭兒。當時月娘自知經濟是個志誠的女婿。却不道是小夥子兒詩詞歌賦。雙陸象棋。折牌道字。無所不通。無所不曉。有西江月為証。

自幼乖滑伶俐。風流博浪牢成。愛穿鴨綠出爐銀。雙陸象棋幫襯。琵琶笙箏簫管。彈丸走馬員情。只有一件不堪聞。見了佳人是命。

月娘便道。既是姐夫會看牌。何不進去咱同看一看。經濟道。娘和大姐看罷。兒子却不當。月娘道。姐夫至親。間怕怎的。一面進入房中。只見孟玉樓正在牀上鋪茜紅毡看牌。見經濟進來。抽身就要走。月娘道。姐夫又不是別人。見個禮兒罷。向經濟道。這是你三娘哩。那經濟慌忙躬身作揖。玉樓還了萬福。當下玉樓大姐三人同抹。經濟在傍邊觀看。抹了一回。大姐輸了下來。經濟上來又抹。玉樓出了個天地分。經濟出了恨點不到頭。吳月娘出了個四紅沉。八不就。雙三不搭兩幺兒。和兒不出。左來右去配不着色頭。只見潘金蓮掀開簾子走進來。銀絲䯼髻上戴着一頭鮮花兒。仙掌體可玉貌。笑嘻嘻道。我說是誰。原來是陳姐夫在這裡。慌的陳經濟扭頸回頭。猛然一見。不覺心蕩目搖。

精魂已失。正是五百年冤家。今朝相遇。三十年恩愛。一旦遭逢。月娘道此是五娘姐夫也只見個長禮兒罷。經濟忙向前深深作揖。金蓮一面還了萬福。月娘便道五姐你來看小雛兒倒把老鴉子來贏了。這金蓮近前一手扶着𣗳護炕兒。一隻手拈着白紗團扇兒在傍替月娘指點說道大姐姐這牌不是這等出了。把雙三搭過來。却不是天不同和牌還贏了陳姐夫和三姐姐。衆人正抹牌在熱鬧處只見玳安抱進毡包來說爹來家了。月娘連忙攛掇小玉送陳姐夫打角門出入。西門慶下馬進門。先到前邊工上觀看了一遍。然後踅到潘金蓮房中來。金蓮慌忙接着。與他脫了衣裳說道你今日送行去來的早。西門慶道提刑所賀千戶新陞新平寨知寨。合衛所相知都郊外送他來

拿帖兒來會我不好不去的金蓮道你沒酒教丫鬟看酒來你
吃不一時放了卓兒飲酒菜蔬都擺在面前飲酒中間因說起
後日花園捲棚上梁約有許多親朋都要來遞菓盒酒掛紅少
不得叫廚子置酒管待說了一回天色已晚春梅掌燈歸房二
人上牀宿歇西門慶因起早送行着了辛苦吃了幾杯酒就醉
了倒下頭鼾睡如雷齁齁不醒那時正值七月二十頭天氣夜
予有些餘熱這潘金蓮怎生睡得着忽聽碧紗帳內一派蚊雷
不免赤着身子起身來執着燭滿帳照蚊照一個燒一個回首
見西門仰臥枕上睡得正濃搖之不醒其腰間那話帶着托子
纍垂偉長不覺淫心輙起放下燭臺用纖手捫弄弄了一回蹲
下身去用口吮之吮來吮去西門慶醒了罵道怪小淫婦兒你

達達驪驪就捆緄死了。一面起來坐在枕上，亦發叫他在下儘着吮咂，又垂首翫之，以暢其美。正是：惟底佳人風性重，夜深偷弄紫鸞簫。有蚊子雙關。踏莎行詞為証：

我愛他身體輕盈，楚腰膩細，行行一派笙歌沸。黃昏人未掩朱扉，潛身撞入紗廚內。欵傍香肌，輕憐玉體，嘴到處臙脂記。耳邊廂造就百般聲，夜深不肯教人睡。

婦人于是頑了有一頓飯時，西門慶忽然想起一件事來，叫春梅篩酒過來，在牀前執壺而立，將燭移在牀背板上，教婦人馬爬在他面前，那話隔山取火，托入牝中，令其自動，在上飲酒取其快樂。婦人罵道：好個刁鑽的強盜！從幾時新興出來的例兒，怪剌剌教丫頭看答着甚麼張致。西門慶道：我對你說了罷，當初你攛掇和我常如此幹吁他家迎春在傍執壺斟酒到好耍子婦人道我不好罵出來的甚麼瓶姨鳥姨題那淫婦則甚奴好心不得好報那淫婦等不的浪着嫁漢子去了你前日吃了酒你來家一般的三個人在院子裡跳百索兒只拿我煞氣只踢我一個兒倒惹的人和我辨了回子嘴想起來奴是好欺負的西門慶問道你與誰辨嘴來婦人道那日你便進來了上房的好不和我合氣說我在他根前頂嘴來罵我不識高低的貨我想起來為甚麼眷蝦蟇得水蠱兒病如今到教人惱我西門慶道不是我也不惱那日應二哥他們拉我到吳銀兒家吃了酒出來路上撞見馮媽媽子如此這般告訴我把我氣了個立睜若嫁了別人我到罷了那蔣太醫賊矮王八那花大怎不吹

下他下截來他有甚麽起解招他進去與他本錢教他在我眼面前開舖子大剌剌做買賣婦人道戲你有臉兒還說哩奴當初怎麽說來先下米的先吃飯你不聽只顧求他問姐姐常信人調丟了瓢你做差了你抱怨那個西門慶被婦人這幾句話沖得心頭一點火無雲山半壁通紅便道你由他教那不賢良的淫婦說去到明日休想我這裡理他看官聽說自古讒言罔行雖君臣父子夫婦昆弟之間猶不能免况朋友乎饒吳月娘恁般賢淑的婦人居于正室西門慶聽金蓮衽席睥睨之間言卒致于反目其他可不慎哉自是以後西門慶與月娘尚氣彼此覿面都不說話月娘隨他往那房裡去也不管他來遲去早也不問他或是他進房中取東取西只教丫頭上前答應也不

理他兩個都把心來淡淡了。正是

前車倒了千千輛　後車到了亦如然
分明指與平川路　錯把忠言當惡言

且說潘金蓮自西門慶與月娘尚氣之後見漢子偏聽。巳于是以為得志。每日抖搜着精神粧飾打扮希寵市愛因為那日後邊會遇。陳經濟一遍。見小夥兒生的乖滑伶俐。有心也要拘搭他但只畏懼西門慶不敢下手只等的西門慶往那裡去不在家便使了丫鬟叫。進房中。與他茶水吃。常時兩個下棋做一處一日西門慶新盖捲棚上梁親友掛紅慶賀遞菓盒的也有許多各作人匠都有犒勞賞賜大廳上管待官客吃到晌午時分人纔散了。西門慶看着收拾了家火歸後邊廳去了。陳經濟走來金蓮房中討茶吃金蓮正在牀上彈弄琵琶道前邊上梁吃了恁半日酒你就不曾吃了些甚麼還來我屋裡要茶吃經濟道兒子不瞞你老人家說從半夜起來亂了這一五更誰吃甚麼來婦人問道你爹在那裡經濟道爹後邊睡去了婦人道你既沒吃甚麼叫春梅揀粧裡拿我吃的那蒸酥菓餡餅兒來與你姐夫吃這小廝兒就在他炕卓兒擺着四楪小菜吃着點心因見婦人彈琵琶戲問道五娘你彈的甚曲兒怎不唱個兒我聽婦人笑道好陳姐夫奴又不是你影射的如何唱曲兒你聽我等你爹起來看我對你爹說不說那經濟笑嘻嘻慌忙跪下央及道望乞五娘可憐見兒子再不敢了那婦人笑起來了自此這小廝兒和這婦人日近日親或吃茶吃飯穿房入屋打牙

犯嘴。挨肩擦膀。通不忌憚。月娘托以兒輩。放這樣不老實的女婿在家。自家的事却看不見。正是只統採花成釀蜜。不知辛苦爲誰甜。

堪嘆西門慮未通　惹將桃李笑春風
滿牀錦被藏賊睡　三頓珍羞養大虫
愛物只圖夫婦好　貪財常把丈人坑
還有一件堪誇事　穿房入屋弄乾坤

畢竟未知後來何如且聽下回分解

全本金瓶梅詞話

貳

第十九回至三十六回

金瓶梅

第十九回　草裡蛇邏打蔣竹山

李瓶兒情感西門慶

第十九回

草裡蛇邏打蔣竹山　李瓶兒情感西門慶

花開不擇貧家地　月照山河處處明
世間只有人心歹　百事還教天養人
痴聾瘖啞家豪富　伶俐聰明却受貧
年月日時該載定　算來由命不由人

話說西門慶。家中起盖花園捲棚。約有半年光景。裝修油漆完備。前後煥然一新。慶房整吃了數日酒。俱不在話下。一日八月初旬天氣。與夏提刑做生日。在新買庄上擺酒。叫了四個唱的。一起樂工。雜耍步戲。西門慶從巳牌時分。打選衣帽齊整。四個小厮跟隨。騎馬去了。吳月娘在家。整置了酒餚細果。約同李嬌

兒。孟玉樓。孫雪娥。大姐。潘金蓮。衆人開了新花園門。閒中遊賞。翫看裡面花木庭臺。一望無際。端的好座花園。但見

正面丈五高。心紅漆綽屑。周圍二十板。砧炭乳口泥墻。當先一座門樓。四下幾多臺榭。假山真水。翠竹蒼松。高而不尖謂之臺。巍而不峻謂之榭。論四時賞翫。各有去處。春賞燕遊堂。檜栢爭鮮。夏賞臨溪館。荷蓮鬪彩。秋賞叠翠樓。黃菊迎霜。冬賞藏春閣。白梅積雪。剛見那嬌花籠淺徑。嫩柳拂雕欄。弄風楊柳縱蛾眉。帶雨海棠陪嫩臉。燕遊堂前。金燈花似開不開。藏春閣後。白銀杏半放不放。平野橋東。幾朶粉梅開卸。卧雲亭上。數株紫荊未吐。湖山側。纔綻金錢。寶檻邊。初生石笋。翩翩紫燕穿簾幙。嚦嚦黃鶯度翠陰。也有那月窻雪洞。也有那

水閣風亭木香棚與荼蘼架相連千葉桃與三春柳作對也有那紫丁香玉馬櫻金雀藤黃刺薇香茉莉瑞仙花捲棚前後松墻竹徑曲水方池映堦蕉棕白日葵榴遊魚藻內驚人粉蝶花間對舞正是芍藥展開菩薩面荔枝擎出鬼王頭

當下吳月娘領着衆婦人或携手遊芳徑之中或鬪草坐香茵之上一個臨欄對景戲將紅豆擲金鱗一個伏檻觀花笑把羅紈驚粉蝶月娘于是走在一個最高亭子上名喚臥雲亭和孟玉樓李嬌兒下棊潘金蓮和西門大姐孫雪娥都在翫花樓望下觀看見樓前牡丹花畔芍藥圃海棠軒薔薇架木香棚又有那耐寒君子竹欺雪大夫松端的四時有不卸之花八節有長春之景觀之不足看之有餘不一時擺上酒來吳月娘居上李

嬌兒對席兩邊孟玉樓孫雪蛾潘金蓮西門大姐各依序而坐月娘道我忘了請陳姐夫來坐坐一面使小玉前邊快請姑夫來不一時經濟來到頭上天青羅帽身穿紫綾深衣脚下粉頭皂靴向前作揖就在大姐根前坐下傳杯換盞吃了一回酒吳月娘還與李嬌兒西門大姐下棊孫雪蛾與孟玉樓却上樓觀看惟有金蓮且在山子前花池邊用白紗團扇撲蝴蝶爲戲不妨經濟悄悄在他身背後觀戲說道五娘你不會撲蝴蝶兒等我替你撲這蝴蝶兒忽上忽下心不定有此〻走滚那金蓮扭回粉頸斜瞅了他一眼罵道賊短命人聽着你待死也我曉得你也不要命了那陳經濟笑嘻嘻撲近他身來摟他親嘴被婦人順手只一推把小夥兒推了一交却不想玉樓在翫花樓遠遠

瞧見吁道五姐你走這裡來我和你說話金蓮方纔撇了經濟上樓去了原來兩個蝴蝶也沒曾捉的住到訂了燕約鶯期則做了蜂鬚花嘴正是狂蜂浪蝶有時見飛入梨花沒處尋經濟見婦人去了默默歸房心中怏然不樂口占折桂令一詞以遣其悶

我見他斜戴花枝朱唇上不抹胭脂似抹胭脂前日相逢今日相逢似有情實未見情實欲見許何曾見許似推辭本是不推辭約在何時會在何時不相逢他又相思既相逢我又相思

且不說吳月娘等在花園中飲酒單表西門慶從門外夏提刑庄子上吃了酒回來打南苑子裡頭過平昔在三苑兩巷行走

要子。搗子每都認的。那時宋時謂之搗子。今時俗呼爲光棍。是也。內中有兩個。一名草裡蛇魯華。一名過街鼠張勝。常被西門慶資助。乃鷄竊狗盜之徒。西門慶見他兩個在那裡耍錢。勒住馬近前說話。二人連忙走至根前。打個半跪道。大官人這咱晚往那去來。西門慶道。今日是提刑所夏老爹生日。門外庄上請我每吃了酒來。我有一庄事。央煩你每。依我不依。二人道。大官人沒的說。小人平昔受恩甚多。如今使令小人之處。雖赴湯蹈火。萬死何辭。西門慶道。旣是你二人恁說。明日來我家。我有話分付你。二人道。那裡等的到明日。你老人家說與小人。罷端的有甚麼事。這西門慶附耳低言。便把蔣竹山要了李瓶兒之事。說了一遍。只要你弟兄二人。替我出這口氣。便了。因在馬上摟起衣底順袋中。還有四五兩碎銀子。都倒與二人。便道你兩個拿去打酒吃。只要替我幹得停當。還謝你二人。魯華那肯接。說道小人受你老人家恩還少哩。我只道叫俺兩個往東洋大海裡拔蒼龍頭上角。西華岳山中取猛虎口中牙。便去不得。這些小小之事。有何難哉。這個銀兩。小人斷不敢領受。西門慶道。你不收我也不央及你了。教玳安接了銀子。打馬就走。又被張勝攔住說。魯華你不知他老人家性兒。你不收恰似咱毋推托的一般。一面接了銀子。扒倒地下磕了個頭。說道你老人家只顧家去坐着。不消兩日。管情穩拍拍教你笑一聲。張勝道。只望官府到明日把小人送與提刑所夏老爹那裡答應。就勾了小人了。西門慶道。這個不打緊。何消你說。看官聽說。後來西門慶果然把張勝。送在夏提刑守備府。做了個親隨。此係後事。表過不題。那兩個搗子。得了銀子。依舊要錢去了。西門慶騎馬進門來家。已是日西時分。月娘等衆人聽見他進門。都往後邊去了。只有金蓮在捲簾內看收家火。西門慶不往後邊去。逕到花園裡來。見婦人在亭子上收家火。便問我不在。你在這裡做甚麼來。金蓮笑道。俺每今日和大姐。開門看了看。誰知你來的恁早。西門慶道。今日夏大人費心。庄子上叫了四個唱的。四個搗倒小廝。只請了五位客到。我恐怕路遠。來的早。婦人與他脫了衣裳。因說道。你沒酒。教丫頭看酒來你吃。西門慶分付春梅。把别的菜蔬都收下去。只留下幾碟細菓子兒。篩一壺葡萄酒來。我吃。坐在上面椅子上。因看見婦人。上穿沉香色水緯羅。對衿衫兒。五色綢紗眉子下着白碾光絹挑線裙子裙邊大紅光素段子白綾高底羊皮金雲頭鞋兒頭上銀絲鬏髻金廂玉蟾宮折桂分心翠梅鈿兒雲鬢簪着許多花翠越顯出紅馥馥朱唇白膩膩粉臉不覺淫心輙起攙着他兩隻手兒摟抱在一處親嘴不一時春梅篩上酒來兩個一遞一口兒飲酒咂舌咂的舌頭一片聲响婦人一面摟起裙子坐在身上噙酒哺在他口裡然後在卓上纖手拈了一個鮮蓮蓬子與他吃西門慶道澁剌剌的吃他做甚麼婦人道我的兒你就吊了造化了娘手裡拿的東西兒你不吃于是口中噙了一粒鮮核桃仁兒送與他纔罷了西門慶又要翫弄婦人的胸乳婦人一面摘下摞領子的金三事兒來用口咬着攤開羅衫露見美玉無瑕香馥馥的酥胸緊就

兢的香乳揣揣摸摸良久用口犢之彼此調笑曲盡于飛西門慶乘着喜歡向婦人道我有一件事告訴你到明日教你笑一聲你道蔣太醫開了生藥舖到明日管情教他臉上開菓子舖出來婦人便問怎麼緣故西門慶悉把今日門外撞遇魯華張勝二人之事告訴了一遍婦人笑道你這個墮業的衆生到明日不知作多少罪業又問這蔣太醫不是常來咱家看病的那蔣太醫我見他且是謙恭禮體兒的見了人把頭兒低着可憐見兒的你這等作做他西門慶道你看不出他你說他低着頭兒他專一看你的脚哩婦人道汗邪的油嘴他可可看人家老婆的脚西門慶道你還不知他哩也是左近一個人家請他看病正是街上買了一尾魚手提着見那人請他說我送了魚到

家就來。那人說家中有緊病。請師父就去罷。這蔣竹山一直跟
到他家。病人在樓上請他上樓。不想是個女人不好素體容粧。
走在房來。舒手教他把脉。這廝手把着脉想起他魚來。掛在簾
鈎兒上就忘記看脉。只顧且問嫂子你下邊有猫兒也沒有。不
想他男子漢。在屋裡聽見了。走來揪着毛。打了個臭死藥錢也
沒有與他。把衣服扯的稀爛。得手纔跑了。婦人道。可可兒的來。
我不信一個文墨人兒他幹這個營生。西門慶道你看他迸面
兒就悮了勾當。單愛外裝老成。內藏奸詐。兩個說笑了一回。不
吃酒了。收拾了家火歸房宿歇不在話下。按下一頭。却說李瓶
兒招贅了蔣竹山。約兩月光景。初時蔣竹山。圖婦人喜歡修合
了些戲藥。部門前買了些甚麼景東人事美女相思套之類實

指望打動婦人心。不想婦人曾在西門慶手裡，狂風驟雨，都經過的，往往幹事不稱其意。漸漸頗生憎惡，反被婦人把淫器之物，都用石砸的稀爛，都丟吊了。又說你本蝦鱔，腰裡無力，平白買將這行貨子來戲弄老娘家，把你當塊肉兒，原來是個中看不中吃，鑞鎗頭，死王八，罵的竹山狗血噴了臉。被婦人半夜三更赶到前邊鋪子裡睡。于是一心只想西門慶，不許他進房中來。每日瞎聒着筭帳，查筭本錢。這竹山正受了一肚氣，走在鋪子小櫃裡坐的，只見兩個人進來，吃的浪浪蹌蹌，楞楞睜睜，走在櫈子上坐下。先是一個問道：你這鋪中有狗黃沒有？竹山笑道：休要作戲，只有牛黃，那討狗黃？又問：沒有狗黃，你有冰灰也罷，拿來我瞧瞧，我要買你幾兩。竹山道：生藥行只有冰片，是南海波斯國地道出的那討冰灰來那一個說道你休問他量他纔開了幾日鋪子他那裡有這兩庄藥材咱往西門大官人鋪中買去了來那個說道過來咱與他說正經話罷蔣二哥你休推睡裡夢裡你三年前死了娘子兒問這位魯大哥借的那三十兩銀子本利也該許多今日問你要來了俺到纔進門就先問你要你在人家招贅了初開了這個鋪子恐怕喪了你行止顯的俺每陰騭了故此先把幾句風話來教你認範你不認範他這銀子你少不得還他竹山聽了諕了個立睁說道我並沒借他甚麼銀子那人道你沒借銀却問你討自古蒼蠅不鑽那沒縫的彈快休說此話蔣竹山道我不知閣下姓甚名誰素不相識如何來問我要銀子那人道蔣二哥你就差了自古於官不

貪。賴債。不富想着你當初不得。地時串鈴兒賣膏藥。也虧了這位魯大哥扶持你。今日就到了這步田地來。這個人道我便姓魯。叫做魯華。你某年借了我三十兩銀子。發送妻小本利該我四十八兩銀子。少不的還我。竹山慌道我那裡借你銀子來。就借了你銀子。也有文書保人。張勝道我就是保人。因向袖中取出文書。與他照了照。把竹山氣的臉臘查也似黃了。罵道好殺材狗男女。你是那裡搗子。走來誆詐我。魯華聽了。心中大怒。隔着小櫃。颼的一拳去。早飛到竹山面門上。就把鼻子打歪在半邊。一面把架上藥材撒了一街。竹山大罵。好賊搗子。你如何來搶奪我貨物。只叫天福兒來幫助。被魯華一脚踢過一邊。那裡再敢上前。張勝把竹山拖出小櫃來。攔住魯華手勸道魯大哥。

你多日子也就待了。再寬他兩日兒，教他湊過與你便了。蔣二哥，你怎麼說？竹山道：我幾時借他銀子來？就是問你借的，也等慢慢好講，如何這等撒野？張勝道：蔣二哥，你這回吃了橄欖灰見回過味來了。打了你一面口袋，倒過蘸來了。你若好好早這般，我教魯大哥饒讓你些利錢兒，你便兩三限湊了還他纔是話。你如何把硬話兒不認？莫不人家就不問你要罷。那竹山聽了道：氣殺我，我和他見官去，誰見他甚麼錢來。張勝道：你又吃了早酒了。不隄防魯華又是一拳，仰八叉跌了一交，險不倒栽入洋溝裡，將髮散開，巾幘都汚濁了。竹山大叫青天白日起來。被保甲上來，都一條繩子拴了。李瓶兒在房中聽見外邊人攘，走來簾下聽覷，見地方拴的竹山去了，氣了個立睜，使出馮媽媽來把牌面幌子都收了街上藥材被人搶了許多一面関閉了門户家中坐的早有人把這件事報與西門慶知道即差人分付地方明日早解提刑院這裡又拿帖子對夏大人說了次日早帶上人來夏提刑陞廳看了地方呈狀叫上竹山去問道你是蔣文蕙如何借了魯華銀子不還反行毀罵他其情可惡竹山道小的通不認得此人並沒借他銀子小人以理分說他反不容亂行踢打把小人貨物都搶了夏提刑便叫魯華你怎麼說魯華道他原借小的銀兩發送妻喪至今三年光景延挨不還小的小的今日打聽他在人家招贅了做了大買賣問他理討他倒百般辱罵小的說小的搶奪他貨物見有他借銀子的文書在此這張勝便是保人望爺查情一面懷中取出文契

遞上去夏提刑展開觀看上面寫着

立借契人蔣文蕙係本縣醫生為因妻喪無錢發送憑保人張勝借到魯名下白銀三十兩月利三分入手用度約至次年本利交還如有欠少時家值錢物件折準恐後無憑立此借契為照者

夏提刑看了拍案大怒說道可又來見有保人文契還這等抵賴看這厮咬文嚼字模樣就相個賴債的喝令左右選大板拿下去着實打當下三四個人不由分說拖番竹山在地痛責三十大板打的皮開肉綻鮮血淋漓一面差兩個公人拿着白牌押蔣竹山到家處三十兩銀子交還魯華不然帶回衙門收監那蔣竹山打的那兩隻腿剌八着走到家哭哭啼啼哀告李瓶

見問他要銀子。還與魯華。又被婦人噦在臉上罵道。沒羞的王八。你逛甚麼銀子在我手裡。問我要銀子。我早知你這王八砍了頭是個債樁。就瞎了眼也不嫁你。這中看不中吃的王八。那四個人聽見婦人屋裡嚷罵。不住催逼叫道。蔣文蕙既沒銀子。不消只管挨遲了。趁早到衙門回話去罷。竹山一面出來安撫了公人。又去裡邊哀告婦人。直撅兒跪在地下。哭哭啼啼。說道。你只當積陰騭。西山五舍齊僧布施這三十兩銀子了。不與這一回去。我這爛屁股上怎禁的拷打。就是死罷了。婦人不得已。那三十兩雪花銀子。與他當官交與魯華。扯碎了文書。方纔了事。這魯華張勝得了三十兩銀子。逕到西門慶家回話了。西門慶留在捲棚內管待二人酒飯。把前事告訴一遍。西門慶滿心大喜說二位出了我口氣足可以勾了魯華把三十兩銀子交與西門慶門慶那裡肯收你二人收去買壺酒吃就是我酧謝你了後頭還有事相煩二人臨起身謝了又謝拿着銀子自行耍錢去了正是常將壓善欺良意權作尤雲殢雨心却說蔣竹山提刑院交了銀子出來歸到家中婦人那裡容他住說道你還是那人家哩只當奴害了汗病把這三十兩銀子問你討了藥吃了你趂早與我搬出去罷再遲些時連我這兩間房子尚且不勾你還人這蔣竹山自知存身不住哭哭啼啼忍着兩腿疼自去另尋房兒但是婦人本錢置買的貨物都留下把他原舊的藥材藥碾藥篩箱籠之物即時催他搬去兩個就開交了臨出門婦人還使馮媽媽舀了一錫盆水赶着潑去說道喜得

寃家離眼前當日打發了竹山出門這婦人一心只想着西門慶又打聽得他家中沒事心中甚是後悔每日茶飯慵飡蛾眉懶畫把門倚遍眼兒望穿白盼不見一個人兒來正是

枕上言猶在　于今恩愛淪
房中人不見　無語自消魂

不說婦人思想西門慶单表一日玳安騎馬打門首經過看見婦人大門關着藥舖不開靜落落的歸告訴與西門慶門慶道想必那矮王八打重了在屋裡睡哩會勝也得半個月出不來做買賣遂把這事情丢下了一日八月十五日吳月娘生日家中有許多堂客來在大廳上坐西門慶因與月娘不說話一逕都來院中李桂姐家坐的分付玳安早回馬去罷晚上來接我

旋邀了。應伯爵謝希大兩個來打雙陸。那日桂卿也在家。姐兒兩個在傍陪侍勸酒良久。都出來院子內投壺頑耍。玳安約至日西時分。勒馬來接。西門慶正在後邊東淨裡出恭。見了玳安。問道家中沒事。玳安道。家中沒事。大廳上坐堂客都散了。家火都收了。止有大妗子。與姑奶奶衆人。大娘邀的後邊坐去了。今日獅子街花二娘那裡使了老馮與大娘送生日禮來。四盤羹菓。兩盤壽桃麵。一疋尺頭。又與大娘做了一雙鞋。大娘與了老馮一錢銀子。說爹不在家了。也沒曾請去。西門慶因見玳安臉紅紅的。便問你那裡吃酒來。玳安道。剛纔二娘使馮媽媽叫了小的去。與小的酒吃。我說不吃酒。強說着教小的吃了兩鍾。就臉紅起來。如今二娘到悔過來。對着小的好不哭哩。前日我告

爹說。爹還不信。從那日提刑所出來。就把蔣文蕙打發去了。二
娘甚是後悔。一心還要嫁爹。比舊瘦了好些兒。央及小的好歹
請爹過去。討爹示下。爹若吐了口兒。還教小的回他聲去。西門
慶道。賊賤淫婦。既嫁漢子去罷了。又來纏我怎的。既是如此。我
也不得閑去。你對他說。甚麼下茶下禮。揀個好日子。擡了那淫
婦來罷。玳安道。小的知道了。他那裡還等着小的去回他話哩。
教平安畫童兒。這裡伺候爹就是了。西門慶道。你去。我知道了。
這玳安出了院門。一面走到李瓶兒那裡。回了婦人話。婦人滿
心歡喜。說道。好哥哥。今日多有累你。對爹說成就了。二娘此事。
于是親自洗手剔甲。厨下整理菜蔬。管待玳安酒飯。說道。你二
娘這裡沒人。明日好歹你來。幫扶天福兒看着人搬家火過去。

顧了五六付扛。整檯運四五日。西門慶也不對吳月娘說。都堆在新盖的翫花樓上。擇了八月二十日。一頂大轎。一疋段子紅。四對燈籠。泒定玳安平安畫童來興四個跟轎約後晌時分。方娶婦人過門。婦人打發了兩個丫鬟。教馮媽媽領着先來了。等的回去。方纔上轎。把房子交與馮媽媽天福兒看守。西門慶那日不往那去。在家新捲棚內。深衣福巾坐的。单等婦人進門。婦人轎子。落在大門首半日。沒個人出去迎接。孟玉樓走來上房對月娘說。姐姐你是家主。如今他已是在門首。你不去迎接接兒。惹的他爹不怪。他爺在捲棚內坐着。轎子在門首這一日了。沒個人出去。怎麽好進來的。這吳月娘欲待出去接他。心中惱。又不下氣。欲待不出去。又怕西門慶性子。不是好的。沉吟了一回。于是輕移蓮步。款蹙湘裙。出來迎接。婦人抱着寶瓶。逕往他那邊新房裡去了。迎春繡春。兩個丫鬟。又早在房中鋪陳停當单等西門慶。晚夕進房。不想西門慶正因舊惱在心。不進他房去。到次日教他出來。後邊月娘房裡見面。分其大小。排行他是六娘。一般三日擺大酒席。請堂客會親吃酒。只是不往他房裡去。頭一日晚夕。先在潘金蓮房中睡。金蓮道。他是個新人兒纔來了頭一日。你就空了他房。西門慶道。你不知淫婦有些眼裡火。等我奈何他兩日。慢慢進去。到了三日。打發堂客散了。西門慶又不進入他房中。往後邊孟玉樓房裡歇去了。這婦人見漢子。一連三夜不進他房來。到半夜打發兩個丫鬟睡了。飽哭了一場。可憐走在牀上。用脚帶吊頸懸梁自縊。正是連理未諧鴛帳底冤魂先到九重泉兩個丫鬟睡了一覺醒來見燈光昏暗起來剔燈猛見牀上婦人吊着諕慌了手脚走出隔壁叫春梅說俺娘上吊哩慌的金蓮起來這邊看視見婦人穿着一身大紅衣服直捉捉吊在牀上連忙和春梅把脚帶割斷解救下來撅了半日吐了一口精涎方纔甦醒即叫春梅後邊快請你爹來西門慶正在玉樓房中吃酒還未睡哩先是玉樓勸西門慶說道你要將他來一連三日不往他房裡去惹他心中不歹麼恰似俺每把這庄事放在頭裡一般頭上末下就讓不得這一夜兒西門慶道待過三日兒我去你不知道淫婦有些吃着碗裡看着鍋裡想起來你惱不過我來曾你漢子死了相交到如今甚麼話兒沒告訴我臨了招進蔣太醫去了我不如那厮

今日却怎的又尋將我來。玉樓道。你惱的是。他也吃人念了。正說話間。忽聽一片聲打儀門。玉樓使蘭香問。說是春梅來請爹。六娘在房裡上吊哩。慌的玉樓攛掇西門慶不迭。便道我說教你進他房中走走。你不依只當弄出事來。于是打着燈籠。走來前邊看覷。落後吳月娘李嬌兒聽見。都起來。到他房中。見金蓮摟着他坐的。說道五姐。你灌了他些薑湯兒沒有。金蓮道。我救下來時。就灌了些來了。那婦人只顧喉中哽咽了一回。方哭出聲。月娘眾人。一塊石頭纔落地。好好安撫他睡下。各歸房歇息。次日晌午前後。李瓶兒纔吃些粥湯兒。正是身如五鼓啣山月。命似三更油盡灯。西門慶向李嬌兒眾人說道。你每休信那淫婦。裝死兒諕人。我手裡放不過他。到晚夕等我進房裡去。親看着他上個吊兒我瞧方信不然吃我一頓好馬鞭子賊淫婦不知把我當誰哩衆人見他這般說都替李瓶兒捏兩把汗到晚夕見西門慶袖着馬鞭子進他房中去了玉樓金蓮分付春梅把門關了不許一個人來都立在角門兒外悄悄聽覷看裡面怎的動靜且說西門慶見婦人在牀上倒胸着身子哭泣見他進去不起身心中就有幾分不悅先把兩個丫頭都趕去空房裡住了西門慶走來椅子上坐下指着婦人罵道淫婦你既然虧心何消來我家上吊你跟着那矮王八過去便了誰請你來我又不曾把人坑了你甚麼緣故流那毴尿怎的我自來不曾見人上吊我今日看着你上個吊兒我瞧于是拿一繩子丢在他面前叫婦人上吊那婦人想起蔣竹山說的話來說西門慶

打老婆的班頭。降婦女的領袖。思量我那世世裡晦氣。今日大睜眼。又撞入火坑裡來了。越發煩惱痛哭起來。這西門慶心中大怒。教他下牀來。脫了衣裳跪着。婦人只顧延挨不脫。被西門慶拖番在牀地平上。袖中取出鞭子來。抽了幾鞭子。婦人方纔脫去上下衣裳。戰競競跪在地平上。西門慶坐着。從頭至尾問婦人。我那等對你說過。教你略等等兒。我家中有些事兒。如何不依我。慌忙就嫁了蔣太醫那廝。你嫁了別人。我倒也不惱。那矮王八。有甚麼起解。你把他倒踏進門。去拿本錢與他開舖子。在我眼皮子根前開舖子。要撑我的買賣。婦人道。奴不說的悔也是遲了。只因你一去了不見來。把奴想的心斜了。後邊喬皇親花園裡。常有狐狸。要便半夜三更假名托姓。變做你來。攝奴精髓、到天明鷄叫時分就去了你不信只問老馮、和兩個了頭、便知端的。後來把奴囑的看看至死。不久身亡、纔請這蔣太醫來看恰吊在麵糊盆内一般乞那厮局騙了說你家中有事、上東京去了。奴不得已、纔幹下這條路、誰知這厮砍了頭是個債樁。被人打上門來、經官動府、奴忍氣吞聲。丢了幾兩銀子、吃奴即時攆出去了。西門慶道說你教他寫狀子告我、收着你許多東西你如何今日也到我家來了。婦人道、你麽可是沒的說、奴那裡有這個話、就把身子爛化了。西門慶道就筭有如此、我也不怕你。道說你有錢快轉換漢子、我手裡容你不得。我實對你說罷了。前者打太醫那兩個人。是如此如此。這般這般、使的手段。只畧施行計。教那厮疾走無門、若稍用機關、也要連你掛了到官。弄到一個田地。婦人道。奴知道是你使的計兒。還是你可憐見奴。若弄到那無人烟之處。就是死罷了。看看說的西門慶怒氣消下些些來了。又問道。淫婦。你過來我問你。我比蔣太醫那廝誰強。婦人道。他拿甚麼來比你。你是個天。他是塊磚。你在三十三天之上。他在九十九地之下。休說你仗義疎財。敲金擊玉。伶牙俐齒。穿羅着錦。行三坐五。這等爲人上之人。自你每日吃用稀奇之物。他在世幾百年。還沒曾看見哩。他拿甚麼來比你。你是醫奴的藥一般。一經你手。教奴沒日沒夜只是想你。自這一句話。把西門慶歡喜無盡。即丢了鞭子。用手把婦人拉將起來。穿上衣裳。摟在懷裡。說道。我的兒。你說的是。果然這廝他見甚麼碟兒天來大。即叫春梅快放卓兒。後邊快取酒菜兒來。正是東邊日頭西邊雨。道是無情却有情。畢竟未知後來何如。且聽下回分解。

金瓶梅
第二十回
傻幫閑趨奉鬧華筵

癡子弟爭鋒毀花院

第二十回

孟玉樓義勸吳月娘　西門慶大鬧麗春院

在世為人保七旬　何勞日夜弄精神
世事到頭終有悔　浮華過眼恐非真
貧窮富貴天之命　得失榮華隙里塵
不如且放開懷樂　莫使蒼然兩鬢侵

話說西門慶在房中。被李瓶兒幾句柔情軟話。感觸的回嗔作喜。拉他起來穿上衣裳。兩個相摟相抱。極盡綢繆。一面令春梅進房放卓兒。往後邊取酒去。且說金蓮和孟玉樓從西門慶進他房中去。站在角門首。打聽消息。他這邊門又閉着。止是春梅一人在院子裡伺候。金蓮拉玉樓兩個。打門縫兒望裡張覷。只見房中掌着燈燭、裡邊說話。都聽不見。金蓮道。俺不如春梅賊小肉兒、他倒聽得伶俐。那春梅、便在窗下。潛聽一回。春梅走過來。金蓮悄問他。房中怎的動靜。這春梅聽了。便隔門告訴與二人。說俺爹怎的教他脫衣裳跪着。他不脫。爹惱了。抽了他幾馬鞭子。金蓮問道。打了他。他脫了不曾。春梅道。他見爹惱了。纔慌了就脫了衣裳。跪在地平上。爹如今問他話哩。玉樓恐怕西門慶聽見、便道五姐咱過那邊去罷。拉金蓮來西角門首站立。那時八月二十頭。月色纔上來。站在黑頭裡。金蓮吃瓜子兒、兩個一處說話等着。春梅出來問他話。潘金蓮便向玉樓道。我的姐姐。說好食菓子。一心只要來這裡頭兒沒動。下馬威討了這幾下在身上。俺這個好不順臉的貨兒。你着他順順兒。他倒罷了。

屬扭孤兒糖的。你扭扭兒也是錢。不扭也是錢。想着先前乞小婦奴才。壓枉造舌我那一行院。我陪下十二分小心。還乞他奈何的我。那等哭哩姐姐你來了幾時。還不知他性格哩。二人正說話之間。少頃只聽開的角門响。春梅出來。一直逕往後邊走。不防他娘站在黑影處吽他問道。小肉兒那去。那春梅笑着只顧走。那金蓮道。怪小肉兒你過來。我問你話。慌走怎的。那春梅方纔立住了脚。方說如此這般他哭着對俺爹說了許多話說哩。爹喜歡抱起他來。令他穿上衣裳。教我放了卓兒。如今往後邊取酒去。金蓮聽了。便向玉樓說道賊沒廉耻的貨頭裡那等雷聲大雨點小。打哩亂哩。及到其間也不怎麼的。我猜也沒的想管情取了酒來。教他遞賊小肉兒沒他房裡了頭。你替他取酒去。到後邊又叫雪娥那小婦奴才。毬聲浪顙。我又聽不上春梅道爹使我。管我事。于是笑嘻嘻去了。金蓮道。俺的小肉兒正經使着他。死了一般懶待動彈。且不知怎的。聽見幹猫兒頭差事。鑚頭覓縫。幹辦了要去去的那快。見他房裡兩個丫頭你替他走。管你腿事。賣蘿蔔的跟着鹽担子走。好個閒嘈心的小肉兒。玉樓道。可不怎的。俺大丫頭蘭香我正使他做活兒。他想伏賓只不他爹使他行鬼頭兒聽人的話兒。你看他的走的那快。正說着。只見玉簫自後邊驀地走來。便道三娘還在這裡。我來接你來了。玉樓道。怪狗肉。諕我一跳。因問你娘知道你來不曾。玉簫道。我打發娘睡下這一日了。我來前邊瞧瞧。剛纔看見春梅後邊要酒果去了。因問俺爹到他屋裡怎樣個動靜兒。金蓮接過來道進他屋裡去尖頭醜婦磞到毛司墻上齊頭故事玉簫又問玉樓玉樓便一一告他說玉簫道三娘真個教他脫了衣裳跪着打了他五馬鞭子來玉樓道你爹因他不跪纔打他玉簫道帶着衣服打來去了衣裳打來虧他那瑩白的皮肉兒上怎麼挨得玉樓笑道怪小狗肉兒你倒替古人耽憂正說着只見春梅和小玉取了酒菜來春梅拿着酒小玉拿着方盒逕往李瓶兒那邊去金蓮道賊小肉兒不知怎的聽見幹恁個勾當兒雲端裡老鼠天生的耗分付快送了來教他家丫頭伺候去你不要管他我要使你哩那春梅笑嘻嘻同小玉進去了一面把酒菜擺在卓上這春梅和小玉就出來了只是迎春綉春在房答應玉樓金蓮問了他話玉簫道三娘咱後邊去罷二人一

路去了。金蓮教春梅關上角門。歸進房來。獨自宿歇。不在話下。
正是可惜團圓今夜月。清光咫尺別人圓。不說金蓮獨宿。单表
西門慶。與李瓶兒兩個。相憐相愛。飲酒說話到半夜。方纔被伸
翡翠。枕設鴛鴦。上牀就寢。燈光掩映。不啻鏡中之鸞鳳和鳴。香
氣薰籠。好似花間之蝴蝶對舞。正是今宵勝把銀缸照。祗恐相
逢是夢中。有詞為証。

淡畫眉兒斜揷梳。不忺拈弄倩工夫。雲窻霧閣深深許。蕙性
蘭心款款呼。相憐愛。倩人扶。神仙標格世間無。從今罷却
相思調。美滿恩情錦不如。

兩個睡到次日飯時。李瓶兒恰待起來臨鏡梳頭。只見迎春後
邊拿將來四小碟甜醬瓜茄。細巧菜蔬。一甌頓爛鴿子鶵兒。一

甌黃韭乳餅。并醋燒白菜。一碟火燻肉。一碟紅糟鰣魚。兩銀廂甌兒。白生生軟香稻粳米飯兒。兩雙牙筯。婦人先漱了口。陪西門慶吃了上半盞兒。就教迎春。昨日剩的銀壺裡金華酒篩來。拿甌子陪着西門慶。每人吃了兩甌子。方纔洗臉梳粧。一面開箱子打點細軟首飾衣服。與西門慶過目。拿出一百顆西洋珠子。與西門慶看。原是昔日梁中書家帶來之物。又拿出一件金廂鴉青帽頂子。說是過世老公公的。起下來上等子秤四錢八分重。李瓶兒教西門慶拿與銀匠替他做一對墜子。又拿出一頂金絲鬏髻重九兩。因問西門慶上房他大娘眾人有這鬏髻沒有。西門慶道。他每銀絲鬏髻倒有兩三頂。只沒編這鬏髻。婦人道。我不好帶出來的。你替我拿到銀匠家毀了。打一件金九鳳墜根兒每個鳳嘴啣一掛珠兒剩下的再替我打一件照依他大娘正面戴金廂玉觀音滿池嬌分心西門慶收了一面梳頭洗臉穿了衣服出門李瓶兒分付那邊房子裡沒人你好歹過去看看委付個人兒看守替了小廝天福兒來家使喚那老馮老行貨子啻啻磕磕的獨自在那裡我又不放心西門慶道你分付我知道了袖着鬏髻和帽頂子出門一直往外走不防金蓮蓬着頭還未梳洗站在東角門首叫道哥你往那去這咱纔出來看雀兒撞見眼那西門慶道我有勾當去婦人道怪行貨子你還來慌走怎的我和你說話那西門慶見他叫的緊只得回來被婦人引到房中婦人便坐在椅子上把他兩隻手拉說道我不好罵出來的怪火燎腿三寸貨那個拿長鍋鑊吃了

你慌往外搶的是些甚的你過來我且問你西門慶道罷麼小淫婦兒只顧問甚麼我有勾當哩等我回來說說着往外走婦人摸見他袖子裡重重的道是甚麼拿出來我瞧瞧西門慶道是我的銀子包婦人不信伸手進去袖子裡就掏掏出一頂金絲鬏髻來說道這是他的鬏髻你拿那去西門慶道他問我你每沒有這鬏髻到銀匠家替他毀了打兩件頭面戴金蓮問道這鬏髻多少重他要打甚麼西門慶道這鬏髻重九兩他要打一件九鳳甸兒一件照依上房戴的正面那一件玉觀音滿池嬌分心金蓮道一件九鳳甸兒滿破使了三兩五六錢金子勾了大姐姐那件分心我秤只重一兩六錢把剩下的好歹你替我照依他也打一件九鳳甸兒西門慶道滿池嬌他要揭實枝

梗的金蓮道就是揭實稜梗使了三兩金子滿篡挪着鬼還落
他二三兩金子勾打個甸兒了西門慶笑罵道你這小淫婦兒
单管愛小便益兒隨處也掐個尖兒金蓮道我兒娘說的話你
好歹記着你不替我打將來我和你答話那西門慶袖了鬏髻
笑着出門金蓮戲道哥兒你幹上了西門慶道我怎的幹上了
金蓮道你既不幹昨日那等雷聲大雨點小要打着教他上吊
今日拿出一頂鬏髻來使的你狗油嘴鬼推磨不怕你不走西
門慶笑道這小淫婦兒单只管胡說說着往外去了却說吳月
娘和孟玉樓李嬌兒在房中坐的忽聽見外邊小厮一片聲尋
來旺兒尋不着只見平安來掀簾子月娘便問尋他做甚麼平
安道爹緊等着哩月娘半日纔說我使了他有勾當去了原來

月娘早辰分付下他往王姑子庵裡送香油白米去了平安道小的回爹只說娘使了他有勾當去了月娘罵道怪奴才隨你怎麼回去平安諕的不敢言語一聲兒往外走了月娘便向玉樓衆人說道我開口又說我多管不言語我又憋的慌一個人也拉剌將來了那房子賣吊了就是了平白扯淡搖鈴打鼓的看守甚麼左右有他家馮媽媽子在那裡再派一個沒老婆的小厮晚夕同在那裡上宿睡就是了怕走了那房子也怎的作養娘抱巴巴叫來旺兩口子去自他媳婦子七病八病一時病倒了在那裡上牀誰扶持他玉樓便道姐姐在上不該我說你是個一家之主不爭你與他爹兩個不說話就是俺每不好張主的下邊孩子們也沒投奔他爹這兩日隔二騙三的也甚是

沒意思。看姐姐恁的。休俺每一句話兒與他爹笑開了罷。月娘道孟三姐。你休要起這個意。我又不曾和他兩個嚷鬧。他平白的使性兒那怕他使的那臉疼。休想我正眼看他。一眼兒他背地對人。罵我不賢良的淫婦。我怎的不賢良的來。如今聳六七個在屋裡。纔知道我不賢良。自古道順情說好話。幹直惹人嫌我當初大說攔你。也只爲好來。你既收了他許多東西又買了房子。今日又圖謀他老婆。就着官兒也看喬了。何況他孝服不滿。你不好要他的。誰知道人在背地裡。把圈套做的成成的。每日行茶過水。只瞞我一個兒把我合在缸底下。今日也推在院裡歇。明日也推在院裡歇。誰想他只當把個人兒歇了。家裡來端的好在院裡歇。他自吃人在他根前那等花麗狐哨。喬龍畫虎的兩面刀哄他就是千好萬好了似俺每這等依老實苦口良言着他理你理兒你倒如今反被爲仇正是前車倒了千千輛後車倒了亦如然分明指與平川路錯把忠言當惡言你不理我我想求你一日不少我三頓飯我只當沒漢子守寡在這屋裡隨我去你每不要管他幾句話說的玉樓衆人訕訕的良久只見李瓶兒梳粧打扮上穿大紅遍地金對衿羅衫兒翠藍拖泥粧花羅裙迎春抱着銀湯瓶繡春拿着茶盒走來上房與月娘衆人遞茶月娘叫小玉安放座兒與他坐落後孫雪娥也來到都遞了茶一處坐的潘金蓮嘴快便叫道李大姐你過來與大姐下個禮兒實和你說了罷大姐姐和他爹那些時兩個不說話因爲你來俺們剛纔替你勸了恁一日你改日安排一

席酒兒。央及央及大姐姐。教他兩個老公婆笑開了罷。李瓶兒道姐姐分付奴知道。于是向月娘面前。花枝招展。綉帶飄飄揷燭也似磕了四個頭。月娘道。李大姐他哄你哩。又道五姐你每不要來攛掇。我已是賭下誓。就是一百年。也不和他在一答兒哩。以此衆人再不敢復言。金蓮在傍把拿抿子。與李瓶兒抿頭。見他頭上戴着一付。金玲瓏草虫兒面。并金累絲松竹梅歲寒三友梳背兒。因說道。李大姐。你不該打這碎草虫頭面。只是有些抓住了頭髮。不如大姐姐頭上戴的這金觀音滿池嬌。是揭實枝梗的好。這李瓶兒。老實就說道。奴也照樣兒要教銀匠打恁一件哩。落後小玉。玉簫來根前遞茶。都亂戲他。先是玉簫問道六娘。你家老公公。當初在皇城內那衙門來。李瓶兒道。先在情薪司掌廠。御前班。直後陞廣南鎮守。玉簫笑道。嗔道你老人家昨日捵的好柴。小玉又道。去年城外落鄉許多里長老人。好不尋你。教你徃東京去。婦人不知道甚麼。說道他尋我怎的。小玉笑道。他說你老人家會告的好水災。玉簫又道。你老人家鄉里媽媽拜千佛。昨日磕頭磕勾了。小玉又說道。朝廷昨日差了四個夜不收。請你老人家徃口外和番。端的有這話麼。李瓶兒道。我不知道。小玉笑道。說你老人家會叫的好達達。把玉樓金蓮笑的不了。月娘便道。怪臭肉每。幹你那營生去。只顧奚落他怎的。于是把個李瓶兒羞的臉上一塊紅一塊白。站又站不得。坐又坐不住。半日回房去了。良久西門慶進房來。回他饋銀匠家打造生活。就與他計較。明日發東。二十五日請官客吃會親酒。少不的拿帖兒請請花大哥。李瓶兒道。他娘子三日來。再三說了。也罷。你請他請罷。李瓶兒又說。那邊房子左右有老馮看守。你這裡再呌一個。和天福兒輪着。晚夕上宿。就是不消教旺官去罷。上房姐姐說。他媳婦兒有病去不的。西門慶道。我不知道。即呌平安近前分付。你和天福兒兩個輪。一遞一日。獅子街房子裡上宿。不在言表。話休饒舌。不覺到二十五日。西門慶家中吃會親酒。插花筵席。四個唱的。一起雜耍歩戲。頭一席花大舅。吳大舅。第二席是吳二舅。沈姨夫。第三席應伯爵。謝希大。第四席祝日念。孫天化。第五席常時節。吳典恩。第六席雲離守。白來創。西門慶主位。其餘傅自新。賁地傳。女婿陳經濟。兩邊列位先是李桂姐。吳銀兒。董玉仙。韓金釧兒。從晌午時分。坐轎子就

來了在月娘上房裡坐的官客在新盖捲棚内坐的吃茶然後
到齊了大廳上坐席上都有卓面某人居上某人居下先吃小
割海青捲兒八寶攢湯頭一道割燒鵞大下飯樂人撮撮弄雜
耍回數就是笑樂院本下去李銘吳惠兩個小優上來彈唱間
省清吹下去四個唱的出來筵外遞酒應伯爵在席上先開言
說道今日哥的喜酒是兄弟不當斗胆請新嫂子出來拜見拜
見足見親厚之情俺每不打緊花太尊親并二位老舅沈姨丈
在上今日爲何來西門慶道小妾醜陋不堪拜見免了罷謝希
大道哥你這話難說當初已言在先不爲嫂子俺每怎麽見來
何况這個嫂子見有我尊親花大哥在上先做友後做親又不
同别人請出來見見怕怎的那西門慶笑不動身應伯爵道哥

你不要笑俺每都拿着拜見錢在這裡不白教他出來見西門慶道你這狗材単管胡說乞他再三逼迫不過吽過玳安來教他後邊說去半日玳安出來回說六娘道免了罷應伯爵道就是你這小狗骨禿兒的鬼你幾時往後邊去就來哄我賭幾個誓真個我就後邊去了玳安道小的莫不哄應二爹二爹進去問不是伯爵道你量我不敢進去左右花園中熟景好不好我走進去連你那幾位娘都拉了出來玳安道俺家那大㺐廝狗好不利害倒沒的把應二爹下半截撕下來伯爵故意下席赶着玳安踢兩脚笑道好小狗骨禿兒你傷的我好趣早與我後邊請去請不將來可二十欄杆把衆人四個唱的都笑了那玳安到下邊又走來立着把眼看着他爹不動身西門慶無法可

處只得叫過玳安近前分付對你六娘說收拾了出來見見罷那玳安去了半日出來復請了西門慶進去然後纔把脚下人赶出去關上儀門四個唱的都往後邊彈樂器簇擁婦人上拜孟玉樓潘金蓮百方攛掇替他抿頭戴花翠打發他出來廳上又早鋪下錦毡綉毯麝蘭靉靆絲竹和鳴四個唱的導引前行婦人身穿大紅五彩通袖羅袍兒下着金枝線葉沙綠百花裙腰裡束着碧玉女帶腕上籠着金壓袖胸前項牌纓落裙邊環珮玎璫頭上珠翠堆盈鬢畔寶釵半卸紫瑛金環耳邊低掛珠子挑鳳髻上雙插粉面宜貼翠花鈿湘裙越顯紅鴛小恍似嫦娥離月殿猶如神女到筵前四個唱的琵琶箏絃簇擁婦人花枝招颭綉帶飄飄望上朝拜慌的衆人都下席來還禮不迭却

說孟玉樓潘金蓮李嬌兒簇擁着月娘都在大廳軟壁後聽覷
聽見唱喜得功名完遂唱到天之配合一對兒如鸞似鳳夫共
妻直到笑吟吟慶喜高擎着鳳凰杯象板銀箏間玉笛列杯盤
水陸排佳會直至永團圓世世夫妻根前金蓮向月娘說道大
姐姐你聽唱的小老婆今日不該唱這一套他做了一對魚水
團圓世世夫妻把姐姐放到那裡那月娘雖故好性兒聽了這
兩句未免有幾分動意惱在心中又見應伯爵謝希大這夥人
見李瓶兒出來上拜恨不的生出幾個口來誇獎奉承說道我
這嫂子端的寰中少有蓋世無雙休說德性溫良舉止沉重自
這一表人物普天之下也尋不出來那裡有哥這樣大福俺每
今日得見嫂子一面明日死也得好處因喚玳安兒快請你娘

回房裡。只怕勞動着倒值了多的吳月娘衆人聽了。罵扯淡輕嘴的囚根子不絕良久李瓶兒下來。四個唱的見他手裡有錢都亂趨捧着他娘長娘短替他拾花翠疊衣服無所不至。月娘歸房甚是悒怏不樂。只見玳安平安接了許多拜錢也有尺頭衣服并人情禮盤子盛着拿到月娘房裡月娘正眼也不看。罵道。賊囚根子拿送到前頭就是了。平白拿進我屋裡來做甚麽。玳安道。爹分付拿到娘房裡來。月娘教玉簫接了。掠在牀上去。不一時吳大舅吃了第二道湯飯走進後邊來見月娘。月娘見他哥進房來連忙花枝招颭與他哥哥行禮畢坐下吳大舅道。昨日你嫂子在這裡打攪又多謝姐夫送了卓面去。到家對我說你姐夫兩個不說話我執着要來勸你。不想姐夫今日請姐姐你若這等把你從前一塲好都沒了自古痴人畏婦賢女畏夫三從四德乃婦道之常今後姐姐他行的事你休要攔他料姐夫他也不肯差了落得你不做好好先生纔顯出你賢德來月娘道早賢德好來不教人這般憎嫌他有了他富貴的姐姐把俺這窮官兒家丫頭只當亡故了的筭帳你也不要管他左右是我隨他把我怎麼的罷賊強人從幾時這等變心來說着月娘就哭了吳大舅道姐姐你這個就差了你我不是那等人家快休如此你兩口兒好好的俺每走來也有光輝些勸月娘一回小玉拿了茶來吃畢茶分付放卓兒留吳大舅房裡吃酒吳大舅道姐姐沒的說我適纔席上酒飯都吃的飽飽的來看看姐姐坐了一回只見前邊使小廝來請吳大舅便作辭月娘

出來。當下衆人吃至掌燈以後。就起身散了。那日四個唱的李瓶兒每人都是一方綃金汗巾兒。五錢銀子。歡喜回家。自此西門慶。一連在瓶兒房裡歇了數夜。別人都罷了。只是潘金蓮惱的要不的。替他唆調吳月娘與李瓶兒合氣。對着李瓶兒。又說月娘許多不是。說月娘容不的人。李瓶兒尚不知墮他計中。每以姐姐呼之。與他親厚尤密。正是逢人且說三分話。未可全拋一片心。西門慶自從娶李瓶兒過門。又兼得了兩三場橫財。家道營盛。外庄內宅煥然一新。米麥陳倉。騾馬成群。奴僕成行。把李瓶兒帶來小廝天福兒。改名琴童。又買了兩個小廝。一名來安兒。一名棋童兒。把金蓮房中春梅。上房玉簫。李瓶兒房中迎春。玉樓房中蘭香。一般兒四個丫鬟。衣服首飾粧束出來。在前

廳西廂房教李嬌兒兄弟樂工李銘來家教演習學彈唱春梅
琵琶玉簫學箏迎春學絃子蘭香學胡琴每日三茶六飯管待
李銘一月與他五兩銀子又打開門面二間兌出二千兩銀子
來委付夥計賁地傳開解當鋪女婿經濟只要掌鑰匙出入尋
討不拘藥材賁地傳只是寫帳目秤發貨物傳夥計便督理生藥
解當兩個鋪子看銀色做買賣潘金蓮這樓上堆放生藥李瓶
兒那邊樓上廂成架子閣解當庫衣服首飾古董書畫玩好之
物一日也嘗當許多銀子出門陳經濟每日起早睡遲帶着鑰
匙同夥計查點出入銀錢收放寫算皆精西門慶見了喜歡的
要不的一日在前廳與他同卓兒吃飯說道姐夫你在我家這
等會做買賣就是你父親在東京知道他也心安我也得托了

常言道有兒靠兒無兒靠婿姐夫是何人我家姐姐是何人我若久後沒出這分兒家當都是你兩口兒的那陳經濟說道兒子不幸家遭官事父母遠離投在爹娘這裡蒙爹娘擡舉莫大之恩生死難報只是兒子年幼不知好歹望爹娘耽待便了豈敢非望這西門慶聽見他會說話兒聰明乖覺越發滿心歡喜但凡家中大小事務出入書柬禮帖都教他寫但凡人客到必請他席側相陪吃茶吃飯一時也少不的他誰知這小夥兒綿裡之針肉裡之刺常向繡簾窺賈玉每從綺閣竊韓香有詩爲証

東牀嬌婿實堪憐　況遇青春美少年

待客每令席側坐　尋常只在便門穿

家前院後明嘲戲　呆裡撒乖暗做奸

空在人前稱半子　從來骨肉不牵連

光陰似箭日月如梭又見中秋賞月忽然菊綻東籬空中寒雁向南飛不覺雪花滿地一日十一月下旬天氣西門慶在友人常時節家會荅飲酒散的早未等掌燈時分就起身同應伯爵謝希大祝日念三個並馬而行剛出了常時節門只見天上彤雲密布又早紛紛揚揚飄下一天大雪花兒來應伯爵便說道哥咱這時候就家去家裡也不收我每知你許久不曾進裡邊看看桂姐今日趂着天氣落雪只當孟浩然踏雪尋梅咱望他望去祝日念道應二哥說的是你每風月雨不阻出二十銀子包錢包着他你不去落得他自在西門慶于是吃三人你一言我句說的把馬逕往東街抅欄那條路來了來到了李桂姐家

已是天氣將晚。只見客位裡掌起燈燭。丫頭正掃地。不迭。老媽并李桂卿出來見畢。上面列四張校椅。四人坐下。老虔婆便道。前者桂姐在宅裡來晚了。多有打攪。又多謝六娘賞汗巾花翠西門慶道。那日空過他。我恐怕晚了他每。客人散了。就打發他來了。說着虔婆一面看茶吃了。丫鬟就安放卓兒。設放案酒。西門慶道。怎麼桂姐不見。虔婆道。桂姐連日在家伺候姐夫。不見姐夫來到。不想今日他五姨媽生日。拿轎子接了。與他五姨媽做生日去了。看官聽說。原來世上。惟有和尚道士。并唱的人家這三行人。不見錢眼不開。嫌貧取富。不說謊調誑也成不的。原來李桂姐。也不曾往五姨家做生日去。近日見西門慶不來。又接了杭州販紬絹的。丁相公兒子丁二官人。號丁雙橋。販了千兩銀子紬絹。在客店裡安下。瞞着他父親來院中敲嫖頭上拿十兩銀子。兩套杭州重絹衣服。請李桂姐。一連歇了兩夜。適纔正和桂姐在房中吃酒。不想西門慶到。老虔婆教桂姐。連忙陪他後邊。第三層一間僻淨小房。那裡坐去了。當下西門慶聽信虔婆之言。便道既是桂姐不在。老媽快看酒來。俺每慢慢等他這老虔婆。在下邊一力攛掇。酒餚菜蔬齊上。須臾堆滿卓席。李桂卿。不免箏排雁柱。歌按新腔。眾人席上猜枚行令。正飲酒在熱鬧處。不防西門慶往後邊更衣去。也是合當有事。忽聽東耳房有人笑聲。西門慶更畢衣。走至窻下偷瞧觀覷。正見李桂兒在房內。陪着一個戴方巾的蠻子飲酒。由不的心頭火起。走到前邊。一手把吃酒卓子掀倒。碟兒盞兒打的粉碎。喝令跟馬的平安玳安。畫童琴童。四個小廝上來。不由分說。把李家門窓户壁。牀帳都打碎了。應伯爵謝希大。祝日念向前拉勸不住。西門慶口口聲聲。只要採出蠻囚來。和粉頭一條繩子墩鎖在門房内。那丁二官兒。又是個小胆之人。外邊嚷鬧起來。諕的藏在裡間牀底下。只叫桂姐救命。桂姐道。哑好不好就有媽哩不妨事。隨他發作怎的叫嚷。你休要出來。且說老虔婆見西門慶打的不相模樣。不慌不忙。拄拐而出。說了幾句閑話。西門慶心中越怒起來。指着罵道。有滿庭芳爲證。

虔婆你不良。迎新送舊。靠色爲娼。巧言詞將咱誑說短論長。我在你家使勾有黄金千兩。怎禁賣狗懸羊。我罵你句真伎倆。娼人狐黨衝一片假心腸。

虔婆亦答道　官人聽知。你若不來我接下別的。一家兒指望他為活計。吃飯穿衣。全憑他供柴糴米。沒來由暴叫如雷。你怪俺全無意。不思量自已。不是你憑媒娶的妻。

西門慶聽了。心中越怒。險些不曾把李老媽媽打起來。多虧了應伯爵謝希大祝日念。三個死勸。活喇喇拉開了手。西門慶大鬧了一塲。賭誓再不踏他門來。大雪裡上馬回家。正是

宿盡閑花萬萬千　不如歸去伴妻眠
雖然枕上無情趣　睡到天明不要錢

又曰　女不織兮男不耕　全憑賣俏做營生
任君斗疊并車載　難滿虔婆無底坑

又曰　假意虛脾恰似真　花言巧語弄精神

幾多伶俐遭他陷　死後應知拔舌根

畢竟未知後來何如且聽下回分觧

金瓶梅

第二十一回　吳月娘掃雪烹茶

應伯爵簪花邀酒

新刻金瓶梅詞話卷之三

第二十一回

吳月娘掃雪烹茶　應伯爵替花勾使

脉脉傷心只自言　好姻緣化惡姻緣
回頭恨罵章臺柳　赧面羞看玉井蓮
只爲春光輕易泄　遂教鸞鳳等閒遷
誰人爲挽天河水　一洗前非共徃愆

話說西門慶從院中歸家已一更天氣到家門首小厮叫開門下馬踏着那亂瓊碎玉到於後邊儀門首只見儀門半掩半開院内悄無人聲西門慶口中不言心内暗道此必有蹺蹊于是潛身立於儀門内粉壁前悄悄試聽覷只見小玉出來穿廊下

放卓兒。原來吳月娘。自從西門慶與他反目。不說話以來。每月吃齋三次。逢七拜斗焚香。夜夜祝禱穹蒼。保佑夫主早早回心。齊理家事。早生一子。以為終身之計。西門慶還不知。只見丫鬟小玉。放畢香卓兒。少頃月娘整衣出房。向天井內滿爐炷了香。望空深深禮拜。祝道。妾身吳氏。作配西門。奈因夫主流恋烟花。中年無子。妾等妻妾六人。俱無所出。缺少墳前拜掃之人。妾夙夜憂心。恐無所托。是以瞞着兒夫。發心每逢夜于星月之下。祝贊三光。要祈保佑兒夫早早回心。弃却繁華。齊心家事。不拘妾等六人之中。早見嗣息。以為終身之計。乃妾之素愿也。正是

私出房櫳夜氣清　滿庭香霧月微明
拜天盡訴衷腸事　那怕傍人隔院聽

這西門慶不聽便罷。聽了月娘這一篇言語。口中不言。心內暗道。原來一向我錯惱了他。原來他一篇都爲我的心。倒還是正經夫妻。一面從粉壁前扠步走來。抱住月娘。月娘恰燒畢了香。不防是他大雪裡走來。倒諕一跳。就往屋裡走。被西門慶雙關抱住。說道我的姐姐。我西門慶死不曉的。你一片都是爲我的。一向錯見了。丟冷了你的心。到今悔之晚矣。月娘道。大雪裡你錯走了門兒了。敢不是這屋裡。你也就差了。我是那不賢良的淫婦。和你有甚情節。那討爲你的來。你平白又來理我怎的。咱兩個永世千年休要見面。那西門慶把月娘。一手掩進房來。燈前看見他家常穿着。大紅潞紬對衿襖兒。軟黃裙子。頭上戴着貂鼠卧兎兒。金滿池嬌分心。越顯出他粉粧玉琢銀盆臉。蟬髻鴉鬟楚岫雲。那西門慶如何不愛。連忙與月娘根前。深深作了個揖。說道我西門慶一時昏昧。不聽你之良言。辜負你的好意。正是有眼不識荊山玉。拿着頑石一樣看。過後知君子。方纔識好人。千萬作饒恕我則個。月娘道。我又不是你那心上的人兒。凡事投不着你的機會。有甚良言勸你。隨我在這屋裡自生由活。你休要理他。我這屋裡也難擡放你。趂早與我出去。我不着丫頭攆你。西門慶道。我今日平白惹一肚子氣。大雪來家。逕來告訴你。月娘道。作氣不作氣。休對我說。我不管你。望着管的你人去說。那西門慶見月娘臉兒不瞧。一面折跌腿裝矮子跪在地下。殺鷄扯脖。口裡姐姐長姐姐短。月娘看不上。說道你真個恁涎臉涎皮的。我叫丫頭進來。一面叫小玉。那西門慶見玉簫進來。連忙立起來。無計支他出去。說道外邊下雪了。一香卓兒還不收進來罷。小玉道香卓兒頭裡已收進來了。月娘恐不住笑道沒羞的貨。丫頭根前也調個謊兒。小玉出去。那西門慶又跪下央及。月娘道。不看世界面上。一百年不理纔好。說畢。方纔和他坐的一處。教玉簫來捧茶與他吃了。那西門慶因把今日常家會茶散後。同邀伯爵同到李家。如此這般嚷鬧。告訴一遍。我叫小廝打了李家一場。被衆人拉勸開了。賭了誓再不蹅院門了。月娘道。你蹅不蹅不在於我。我是不管你傻才料。你拿响金白銀包着他。你不去可知他另接了別的漢子。養漢老婆的營生。你拴住他身。拴不住他心。你長拿封皮封着他也怎的。西門慶道。你說的是。於是脫衣。打發丫鬟出去。要與月娘上床宿

歇求歡月娘道教你上炕就撈定兒吃今日只容你在我牀上
就勾了要思想别的事却不能勾那西門慶把那話露將出來
向月娘戲道都是你氣的他中風不語了月娘道怎的中風不
語西門慶道他既不中風不語如何大睜着眼說不出話來月
娘罵道好個汗邪的貨教我有半個眼兒看的上你西門慶不
由分說把月娘兩隻白生生腿扛在肩膊上那話插入牝中一
任其鶯恣蝶採殢雨尤雲未肯即休正是得多少海棠枝上鶯
梭急蘙翠梁間燕語頻不覺到靈犀一點美愛無加之處麝蘭
半吐脂香滿唇西門慶情極低聲求月娘叫達達月娘亦低聲
幃矖枕態有余妍口呼親親不絕是夜兩人雨意雲情並頭交
頸於帳內正是意恰尚忘垂綉帶興狂不管墜金釵有詩為証

鬓亂釵横興已饒　情濃尤復厭通宵
晚來獨向粧臺立　淡淡春山不用描

當晚夫妻幽歡不題。却表次日太清早辰。孟玉樓走到潘金蓮房中。未曾進門。先叫道六丫頭。起來了不曾。春梅道。俺娘纔起來梳頭哩。三娘進屋裡坐。玉樓進來。只見金蓮。正在粧臺前整掠香雲。因說道我有庄事兒來告訴你。你知道不知。金蓮道。我在這背哈喇子誰曉的。因問端的甚麼事。玉樓道。他爹昨日二更來家。走到上房裡和吳家的好了。在他房裡歇了一夜。金蓮道。俺每那等勸着他。說一百年。二百年。又和怎的。平白浪擗着自家又好了。又沒人勸他。玉樓道。今早我纔知道。俺大丫頭蘭香。在厨房內聽見。小廝每說。昨日他爹和應二。在院裡李桂兒家吃酒。看出淫婦家甚麼破綻。把淫婦每門窗户壁都打了。大雪裡着惱來家。進儀門。看見上房燒夜香。想必聽見些甚麼話兒。兩個纔到一答裡。丫頭學說兩個說了一夜話。說他爹怎的跪着上房的叫媽媽。上房的又怎的聲喚擺話的。硶死了。相他這等。就沒的話說。若是別人。又不知怎的說浪。金蓮接過來說道。早時與人家做大老婆。還不知怎樣久慣兒牢。成一個燒夜香。只該默默禱祝。誰家一徑倡揚。使漢子知道了。有這個道理。來。又沒人勸。自家暗裡又和漢子好了。硬到底纔好。乾淨假撇清。玉樓道。他不是假撇清。他有心也要和。只是不好說出來的。他說他是風老婆。不下氣。倒教俺每做分上。怕俺每久後玷言玷語說他。敢說你兩口子話差也。虧俺每說和那個因院裡着了氣來家。這個正燒夜香。湊了這個巧兒。正是我親不用媒和証暗把同心帶結成如今你我這等較論。休教他買了乖兒去了。你快梳了頭自過去。和李瓶兒說去。咱兩個人。每人出五錢銀子。教李瓶兒拿出一兩來。原爲他麼事起來。今日安排一席酒。一者與他兩個把一杯。二者當家兒只當賞雪。耍戲一日。有何不可。金蓮道。你說的是。不知他爹。今日有個勾當沒有。玉樓道。大雪裡有甚勾當。我來時兩口子還不見動靜。上房門兒纔開。小玉拿水進去了。這金蓮慌忙梳頭畢。和玉樓同過李瓶兒這邊來。李瓶兒還睡在牀上。迎春說三娘五娘來了。玉樓金蓮進來。說道李大姐好自在。這咱時還睡。懶龍纔伸腰兒。金蓮就舒進手去被窩裡摸見薰被的銀香球。說道李大姐生了彈這裡撒開被見他一身白肉。那李瓶兒連忙穿衣不迭。玉樓道五姐休鬼混他。李大姐你快起來。俺每有庄事來對你說。如此這般。他爹昨日和大姐姐好了。咱每人五錢銀子。你便多出些兒。當初因爲你起來。今日大雪裡。只當賞雪。咱安排一席酒兒請他爹和大姐姐坐坐兒好不好。李瓶兒道。隨姐姐教我出多少。奴出便了。金蓮道。你將就只出一兩兒罷。你秤出來。俺好往後邊問李嬌兒孫雪娥要去。這李瓶兒一面穿衣纏腳。叫迎春開廂子。拿出銀子。拿了一塊。金蓮上等子秤。重一兩二錢五分。玉樓教金蓮。伴着李瓶兒梳頭。等我往後邊問李嬌兒和孫雪娥要銀子去。金蓮看着李瓶兒梳頭洗面。約一個時辰。見玉樓從後邊來說道。我早夘也不幹這個營生。大家的事。相白要他的

小淫婦。說我是沒時運的人。漢子再不進我屋裡來。我那討銀
子。要着一個錢兒不拿出來。求了半日。只拿出這根銀簪子來。
你秤秤重多少。金蓮取過等子來秤。只重三錢七分。因問李嬌
兒怎的。玉樓道。李嬌兒。初時只說沒有。雖是日逐錢打我手裡
使都是扣數的。使多少。交多少。那裡有富餘錢。教我說了半日。
你當家還說沒錢。俺每那個是有的。六月日頭沒打你門前過
也怎的。大家的事。你不出罷。教我使性子走出來了。他慌了使
丫頭叫我回去。纔拿出這銀子與我。沒來由。教我恁惹氣刺刺
的。金蓮拿過李嬌兒銀子來。秤了秤。只四錢八分。因罵道好個
奸倭的淫婦。隨問怎的綁着鬼。也不與人家足數。好歹短幾分。
玉樓道。只許他家拿黃稈等子秤人的。人問他要。只相打骨禿

出來一般。不知教人罵多少。一面連玉樓金蓮共湊了三兩一錢。一面使綉春叫了玳安來。金蓮先問他。你昨日跟了你爹去在李家爲甚麼着了惱來。玳安悉把在常時節家會茶。起散的早。邀應二爹。和謝爹。同到李家。他鴇子回說不在家。往五姨媽家做生日去了。不想落後。爹淨手到後邊。看見粉頭和一個蠻子吃酒不出來。爹就惱了。不由分說。叫俺衆人。把淫婦家門窓户壁儘力打了一頓。只要把蠻子粉頭墩鎖在門上。多虧應二爹衆人。再三勸住。爹使性步馬回家。路上發狠到明日還要擺布淫婦哩。金蓮道。賊淫婦我只道蜜礶兒長遠拿的牢牢的。如何今日也打了。又問玳安。你爹真個恁說來。玳安道。莫不小的敢哄娘。金蓮道。賊囚根子。他不揪不採。也是你爹的表子。許你罵他想着迎頭兒俺每使着你只推不得閑爹使我往桂姨家送銀子去哩叫的桂姨那甜如今他敗落下來你主子惱了連你也叫起他淫婦來了看我到明日對你爹說不對你爹說玳安道耶嚛五娘這回日頭打西出來從新又護起他家來了莫不爹不在路上罵他淫婦小的敢罵他金蓮道許你爹罵他便了原來也許你罵他玳安道早知五娘麻犯小的小的也不對娘說玉樓便道小囚兒你別要說嘴這裡三兩一錢銀子你快和來興兒替我買東西去如此這般今日俺每請你爹和你大娘賞雪飲酒你將就少落我們些兒罷我教你五娘不告你爹說罷玳安道娘使小的小的敢落錢于是拿了銀子同來興兒買東西去了且說西門慶起來正在上房梳洗只見大雪裡來

興買了鷄鵞下飯，逕往厨房裡去了。玳安便提了一罈金華酒進來。便問玉簫小廝的東西是那裡的。玉簫回道。今日衆娘置酒請爹娘賞雪。西門慶道。金華酒是那裡的。玳安道。是三娘與小的銀子買的。西門慶道。阿呀。家裡見放着酒。又去買。分付玳安。拿鑰匙前邊廂房。有雙料茉莉酒。提兩罈攙着些這酒吃。于是在後廳明間內設石崇錦帳圍屏。放下紬紙梅花暖簾來。炉安獸炭。擺列酒筵。不一時厨下整理停當。李嬌兒孟玉樓潘金蓮李瓶兒來到。請西門慶月娘出來。當下李嬌兒把盞。孟玉樓執壺。潘金蓮捧菜。李瓶兒陪跪頭一鍾。先遞了與西門慶。西門慶接酒在手笑道。我兒多有起動。孝順我老人家長禮兒罷。那潘金蓮嘴快。插口道。好老氣的孩兒。誰這裡替你磕頭哩。俺每磕着你。你站着。楊角葱靠南墻。越發老辣。已定還不跪下哩也折你的萬年草料。若不是大姐姐帶携你。俺每今日與你磕頭于是遞了西門慶。賴了鍾兒。從新又滿滿斟了盞。請月娘轉上遞與月娘。月娘道。你每也不和我說。誰知你每平白又費這個心。玉樓笑道。沒甚麼。俺每胡亂置了杯水酒兒。大雪與你老公婆兩個散悶而已。姐姐請坐。受俺每一禮兒。月娘不肯。亦平還下禮去。玉樓道。姐姐不坐。我每也不起來。相讓了半日。月娘纔受了半禮。金蓮戲道。對姐姐說過。今日姐姐有俺每面上。寬恕了他。下次再無禮。冲撞了姐姐。俺每不管他來。望西門慶說道。你裝憨打勢。還在上坐着。還不快下來。與姐姐遞個鍾兒。陪不是哩。那西門慶只是笑。不動身。良久遞畢。月娘轉下來。令玉簫執壺亦斟酒與衆姊妹回酒。惟孫雪蛾跪着接酒。其余都平叙姊妹之情。于是西門慶與月娘居上坐。其余李嬌兒孟玉樓潘金蓮李瓶兒。孫雪蛾并西門大姐。都兩邊打橫。金蓮便道。李大姐。你也該梯巳與大姐姐遞杯酒兒。當初因爲你的事起來。你做了老林。怎麼還恁木木的。那李瓶兒眞個就走下席來。要遞酒。被西門慶攔住說道。你休聽那小淫婦兒。他哄你。巳是遞過一遍酒罷了。遞幾遍兒。那李瓶兒方不動了。當下春梅迎春玉宵蘭香。一般兒四四個家樂琵琶箏絃子月琴。一面彈唱起來。唱了一套南石榴花佳期重會。云云 西門慶聽了。便問誰教他唱道。一套詞來。玉筲道是五娘分付唱來。西門慶就看着潘金蓮說道。你這小淫婦。單管胡枝扯葉的。金蓮道。誰教他唱他來。沒的又來纏我。月娘便道。怎的不請陳姐夫來坐坐。一面使小廝前邊請去。不一時經濟來到。向席上都作了揖。就在大姐下邊坐了。月娘令小玉安放了鍾筯。合家金爐添獸炭。美酒泛羊羔正飲酒來。西門慶把眼觀看簾前。那雪如撏綿扯絮。亂舞梨花下的大了。端的好雪。但見

初如柳絮。漸似鵞毛。刷刷似數蟹行沙上。紛紛如亂瓊堆砌間。但行動衣沾六出。頃刻拂滿蜂鬚。似飛還止。龍公試手於起舞之間。新陽力玉女尚喜於團風之際。襯瑤臺。似玉龍鱗甲遶空飛。飄粉額。如白鶴羽毛接地落。正是凍合玉樓寒起粟。光搖銀海爛生花

吳月娘見雪下在粉壁前。太湖石上甚厚。下席來教小玉拿着

茶罐親自掃雪烹江南鳳團雀舌牙茶與衆人吃正是白玉壺中翻碧浪紫金壺內噴清香正吃茶中間只見玳安進來報道李銘來了在前邊伺候西門慶道教他進來不一時李銘朝上向衆人磕下頭去又打了個軟腿兒走在傍邊把兩隻脚兒並立西門慶便道你來得正好往那裡去來李銘道小的沒往那去北邊酒醋門劉公公那裡教了些孩子小的瞧了瞧討掛着爹宅內姐兒每還有幾段唱未合拍來伺候西門慶就將手內吃的那一盞木穉金燈茶遞與他吃說道你吃了休去且唱一套我聽李銘道小的知道一面下邊吃了茶上來把箏絃調定頓開喉音並足朝上唱了一套冬景絳都春寒風布野 云云 唱畢西門慶令李銘近前賞酒與他吃教小玉拿團靶勾頭鷄脎

壺滿斟窩兒酒。傾在銀法郎桃兒鍾內。那李銘跪在地下。滿飲三杯。西門慶又在卓上拿了一碟鼓蓬蓬白麵蒸餅。一碗韭菜酸笋蛤蜊湯。一盤子肥肥的大片水晶鵝。一碟香噴噴晒乾的巴子肉。一碟子柳蒸的勒鯗魚。一碟奶罐子酪酥伴的鴿子雛兒。用盤子托着與李銘。那李銘走到下邊。三扒兩咽。吞到肚內。舔的盤兒乾乾淨淨。用絹兒把嘴兒抹了。走到上邊。把身子直竪竪的靠着槅子站立。西門慶因把昨日桂姐家之事。告訴一遍。李銘道。小的並不知道一字。一向也不過那邊去。論起來不干桂姐事。都是俺三媽幹的營生。爹也別要惱他。等小的見他說他便了。當日飲酒到一更時分。妻妾俱合歡樂。先是陳經濟大姐徑往前邊去了。落後酒闌。西門慶又賞李銘酒。打發出門分付你到那邊。休說今日在我這裡。李銘道。爹分付小的知道。西門慶令左右送他出門。關上大門。于是妻妾各散。西門慶還在月娘上房歇了。有詩為証

赤繩緣分莫疑猜　扊扅夫妻共此懷
魚水相逢從此始　兩情願保百年諧

却說次日雪晴。應伯爵謝希大受了李家燒鵝瓶酒。恐怕西門慶動意擺布他家。敬來邀請西門慶。進裡邊陪禮。月娘早辰梳粧畢。正和西門慶在房中吃餅。只見小廝玳安來說。應二爹和謝爹來了。在前廳上坐着哩。西門慶放下餅。就要往前走。月娘道。兩個勾使鬼。又不知來做甚麼。你亦發吃了出去。教他外頭挨着去。慌的恁沒命的一般。往外走。怎的。大雪裡又不知勾了

那去。西門慶道。你教小廝把餅拿了前邊。我和他兩個吃罷。說着。起身往外來。月娘分付。你和他吃了。別要信着。又勾引的往那去了。大雪裡家裡坐着罷。今日孟三姐晚夕上壽哩。西門慶道。我知道。于是與應謝二人相見聲諾。說道。哥昨日着惱家來了。俺每甚是怪他家。從前已往。哥在你家使錢費物。雖故一時不來。休要改了腔兒纔好。許你家粉頭背地偷接蠻子。冤家路兒窄。又被他親眼看見。他怎的不惱。休說哥惱。俺每心裡也看不過。儘力說了他娘兒幾句。他也甚是都沒意思。今日早請了俺兩個、到他家。娘兒每哭哭啼啼跪着。恐怕你動意。置了一杯水酒兒。好歹請你進去、陪個不是。西門慶道。我也不動意。我再也不進去了。伯爵道、哥惱有理。但說起來。也不干桂姐事。這個丁二官兒原先是他姐姐桂卿的孤老。也沒說要請桂姐。只因他父親貨船。搭在他鄉里陳監生船上。纔到了不多兩日。這陳監生號兩淮。乃是秘山省陳參政的兒子。丁二官兒拿了十兩銀子。在他家擺酒。請陳監生。纔送這銀子來。不想你我到了他家。就慌了。躲不及。把個蠻子藏在後邊。被你看見了。實告且不曾和桂姐沾身。今日他娘兒每賭身發咒。磕頭禮拜。央俺二人。好歹請哥到那裡。把這委曲情由。也對哥表出。也把惱解了一半。西門慶道。我已是對房下賭誓。再也不去。又惱甚麼。你上覆他家。到不消費心。我家中今日有些小事。委的不得去。慌的二人一齊跪下。說道。哥甚麼話。不爭你不去。既他央了俺兩個一場。顯的我每請哥不的。哥去到那裡。略坐坐兒就來也罷。當下二人死告活央說的西門慶肯了不一時放卓兒留二人吃餅須史吃畢令玳安取衣服去月娘正和孟玉樓坐着便問玳安你爹要往那去玳安道小的不知爹只教小的取衣服月娘罵道賊囚根子你還瞞着我不說你爹但來晚了都在你身上等我和你答話今日你三娘上壽哩不教他早些來你要那等到那黑天暗地的我自打你這賊囚根子玳安道娘打小的管小的甚事月娘道不知怎的聽見他這老子每來恰似奔命的一般行吃着飯丟下飯碗往外不迭又不知勾引遊魂撞屍撞到多咱纔來那時十一月廿六日就是孟玉樓壽日家中置酒等候不題且說西門慶被兩個邀請到院裡李家又早堂中置了一席齊整酒餚叫了兩個妓女彈唱李桂姐與桂卿兩個打扮迎

接老虔婆出來跪着陪禮。姐兒兩個遞酒。應伯爵謝希大在傍打諢耍笑。說砂磴語兒向桂姐道。還虧我把嘴頭上皮也磨了半邊去。請了你家漢子來。就不用着人兒。連酒兒也不替我遞一杯兒。自認你家漢子。剛纔若他撅了不來。休說你哭瞎了你眼。唱門詞兒到明日諸人不要你。只我好說話兒將就罷了。桂姐罵道。怪應花子汗邪了你。我不好罵出來的。可可兒的我唱門詞兒來。應伯爵道。你看賊小淫婦兒。念了經打和尚。往後不省人了。他不來。慌的那腔兒。這回就趨膀毛兒乾了。你過來且與我個嘴。溫溫寒着。于是不由分說。摟過脖子來。就親了個嘴。桂姐笑道。怪攮刀子的。看推撒了酒。在爹身上。伯爵道。小淫婦兒。會喬張致的。這回就疼漢子。看撒了爹身上酒。叫的爹那甜我是後娘養的怎的不叫我一聲兒桂姐道我叫你是我的孩子兒伯爵道你過來我說個笑話兒你聽一個螃蠏與田鷄結爲弟兄賭跳過水溝兒去便是大哥田鷄幾跳跳過去了螃蠏方欲跳撞遇兩個女子來汲水用草繩兒把他拴住打了水帶回家去臨行忘記了不將去田鷄見他不來過來看他說道你怎的就不過去了螃蠏云我過的去倒不吃兩個小淫婦捩的恁樣了于是兩過一齊赶着打把西門慶笑的要不的不說這裡花攢錦簇調笑頑耍不題且說家中吳月娘一者置酒回席二者又是玉樓上壽吳大妗楊姑娘并兩個姑子都在上房裡坐的看看等到日落時分不見西門慶來家急的月娘要不的只見金蓮拉着李瓶兒笑嘻嘻向月娘說道大姐姐他這咱不來

俺每往門首瞧他瞧去。月娘道。耐煩瞧他怎的。金蓮又拉玉樓說。咱三個打毀兒走走去。玉樓道。我這裡聽大師父說笑話兒哩。等聽這個說了笑話兒咱去。那金蓮方住了脚。圍着兩個姑子聽說笑話兒哩。說俺每只好葷笑話兒。素的休要打發出來。月娘道。你每由他說。別要搜求他。金蓮道。大姐姐。你不知大師父。會好說笑話兒。前者那一遭。來俺每在後邊。奈何着他。說了好些笑話兒。因說道。大師父你有快些說。那王姑子。不慌不忙。坐在炕上。說一個人走至中途。撞見一個老虎。要吃他。此人云。望你饒我一命。家中止有八十歲老母。無人養活。不然向我家去。有一猪與你吃罷。那老虎果饒他。隨他到家。與母說。母止磨豆腐。捨不的那猪。對兒子把幾塊豆腐與他吃罷。兒子云。娘娘。

你不知他平日不吃素的。金蓮道。這個不好。俺每耳朶内不好聽素。只好聽葷的。王姑子又道。一家三個媳婦兒與公公上壽。先該大媳婦遞酒。說公公好相一員官。公公云。我如何相官。媳婦云。坐在上面。家中大小都怕你。如何不相官。次該二媳婦上來遞酒。說公公相虎威皂隷。公公曰。我如何相虎威皂隷。媳婦云。你喝一聲家中大小都吃一驚。怎不相皂隷。公公道。你說的我好。該第三媳婦遞酒。上來說。公公也不相官。也不相皂隷。公公道。却相甚麽。媳婦道。公公相個外郎。公公道。我如何相外郎。媳婦云。不相外郎。如何六房裡都串到。把衆人都笑了。金蓮道。好禿子。把俺每都說在裡頭。那個外郎。敢恁大胆。許他在各房裡串。俺每就打斷他那狗禿的下截來。說罷。金蓮玉樓李瓶兒同來到前邊大門首。瞧西門慶不見到。玉樓問道。今日他爹大雪裡不在家。那裡去了。金蓮道。我猜他巳定往院中。李桂兒那淫婦家去了。玉樓道。他打了一塲。和他惱了。賭了誓。再不去了。如何又去。咱每賭甚麼。管情不在他家。金蓮道。李大姐做証見你敢和我拍手麼。我說今日往他家去了。前日打了淫婦家。昨日李銘那王八先來打攛子兒。今日應二和姓謝的。大清早辰。勾使鬼走來勾了他去了。我猜老虔婆和淫婦鋪謀定計。叫了去。不知怎的撮弄陪着不是。還要回爐復帳。不知涎纏到多咱時候。有個來的成來不成。大姐姐還只顧等着他。玉樓道。就不來。小廝他該來家回一聲兒。正說着。只見賣瓜子的過來。兩個且在門首買瓜子兒磕。忽見西門慶從東來了。三個往後跑不送西門慶在馬上。教玳安先頭裡走。你瞧是誰在大門首。玳安走了兩步。說道是三娘五娘六娘。在門首買瓜子哩。良久西門慶到家下馬。進入後邊儀門首。玉樓李瓶兒先去上房。報月娘去了。獨有金蓮藏在粉壁背後。黑影裡。西門慶撞見諕了一跳。說道。怪小淫婦兒。猛可諕我一跳。你每在門首做甚麼來。金蓮道。你還敢說哩。你在那裡。這時纔來。教娘每只顧在門首等着你。良久。西門慶在房中。月娘安酒餚。端端整整。擺在卓上。教玉簫執壺。大姐遞酒。先遞了西門慶酒。然後眾姊妹都遞酒完了。安席坐下。春梅迎春。下邊彈唱。吃了一回。都收下去。從新擺上玉樓上壽的菓并四十樣細巧。各樣的菓碟兒上來。壺斟美醞盞泛流霞。讓吳大妗子上坐。吃到起更時分。大妗子吃不多酒。

歸後邊去了。止是吳月娘同衆姊妹陪西門慶擲骰猜枚行令。輪到月娘根前。月娘道。旣要我行令。照依牌譜上飲酒。一個牌兒名。兩個骨牌。合西廂一句。月娘先說個擲個六娘子。醉楊妃落了八珠環。游絲兒抓住荼蘼架。不犯。該西門慶擲。我虞美人見楚漢爭鋒。傷了正馬軍。只聽見耳邊金鼓連天震。果然是個正馬軍。吃了一杯。該李嬌兒說。水仙子。因二士入桃源。驚散了花開蝶滿枝。只做了落紅滿地胭脂冷。不遇。次該金蓮擲。說道鮑老兒。臨老入花叢。壞了三綱五常。問他個非奸做賊拿。果然是個三綱五常。吃了一杯酒。輪該李瓶兒擲。說端正好。搭梯望月。等到春分晝夜停。那時節隔墻兒險化做望夫山。不遇。該孫雪娥說。麻郎兒。見群鴉打鳳。絆住了折脚鴈。好教我兩下裡做人難。不遇。落後該玉樓完令。說道。念奴嬌醉扶定四紅沉。拖着錦裙襴。得多少春風夜月銷金帳。正擲了四紅沉。月娘滿令小玉斟酒。與你三娘吃。說道。你吃三大杯纔好。今晚你該伴新郎宿歇。因對李嬌兒金蓮。衆人說。吃畢酒。咱送他兩個歸房去。金蓮道。姐姐嚴令。豈敢不依。把玉樓羞的要不的。少頃酒闌。月娘等相送西門慶到玉樓房門首方回。玉樓讓衆人坐。都不坐。金蓮便戲玉樓道。我兒兩口兒好好睡罷。你娘明日來看你。休要淘氣。因向月娘道。親家孩兒小哩。看我面上。凡事躭待些兒罷。玉樓道。六丫頭你老米醋挨着做。我明日和你答話。金蓮道。我媒人婆。上樓子。老娘好耐驚耐怕兒。玉樓道。我的兒你再坐回兒不是。金蓮道。俺每是外四家兒的門兒的外頭的人家。於是和李瓶兒西門大姐。一路去了。剛走到儀門首。不想李瓶兒被地滑了一交。這金蓮遂怪喬吽起來。說道。這個李大姐。只相個瞎子。行動一磨趄子就倒了。我搊你去。倒把我一隻脚踩在雪裡。把人的鞋也蹀泥了。月娘聽見說道。就是儀門首。那堆子雪。我分付了小厮兩遍。賊奴才。白不肯掃。只當還滑倒了。因吽小玉。你打個燈籠。送送五娘六娘去。西門慶在房裡向玉樓道。你看賊小淫婦兒。蹤在泥裡。把人絆了一交。他還說人踹泥了他的鞋。恰是那一個兒就沒些嘴抹兒。恁一個小淫婦。昨日教了頭每平白唱佳期重會。我就猜是他幹的營生。玉樓道。佳期重會。是怎的說。西門慶道。他說吳家的不是正經相會。是私下相會。恰似燒夜香有意等着我一般。玉樓道。六姐他諸般曲兒倒都知道俺毎却不曉的。西門慶道你不知道淫婦。单管咬群兒不說西門慶在玉樓房中宿歇不題单表潘金蓮李瓶兒兩個走着說話。行叫李大姐。花大姐。一路兒走到儀門。大姐便歸前邊廂房中去了。小玉打着燈籠。送二人到花園內。金蓮已帶半酣。接着李瓶兒二娘。我今日有酒了。你好歹送到我房裡李瓶兒道姐姐你不醉。須臾送到金蓮房內打發小玉回後邊留李瓶兒坐吃茶金蓮又道你說你那咱不得來。虧了誰。誰想今日咱姊妹在一個跐板兒上走不知替你頂了多少瞎缸教人背地好不說我奴只行好心自有天知道罷了。李瓶兒道奴知道姐姐費心。恩當重報。不敢有忘。金蓮道得你知道。纔說話了。不一時春梅拿茶來吃了。李瓶兒告辭歸房。金蓮獨自歇宿不在話下。正是若得始終無悔吝。纔生枝節便多端。畢竟未知後來何如且聽下回分解。

第二十二回　蕙蓮兒偷期蒙愛

春梅姐正色閑邪

第二十二回

西門慶私淫來旺婦　春梅正色罵李銘

巧厭多勞拙厭閒　善嫌懦弱惡嫌頑
富遭嫉妬貧遭辱　勤怕貪圖儉怕慳
觸事不分皆笑拙　見機而作又疑奸
思量那件合人意　爲人難做做人難

話說次日有吳大妗子。楊姑娘潘姥姥。衆堂客。都來與孟玉樓做生日。月娘在後廳與衆客飲酒。倒也罷了。其中惹出一件事來。那來旺兒因他媳婦自家痨病死了。月娘新近與他要了一房媳婦。娘家姓宋。乃是賣棺材宋仁的女兒。當先賣在蔡通判家房裡使喚。後因壞了事出來。嫁與廚役蔣聰爲妻小。這蔣聰常在西門慶家做活答應。來旺兒早晚到蔣聰家叫蔣聰去。看見這個老婆。兩個吃酒刮言。就把這個老婆刮上了。一日不想這蔣聰。因和一般廚役分財不均。酒醉廝打。動起刀杖來。把蔣聰戳死在地。那人便越墻逃走了。老婆央來旺兒。對西門慶說了。替他拿帖兒縣裡和縣丞說。差人捉住正犯。問成死罪。抵了蔣聰命。後來。來旺兒哄月娘。只說是小人家媳婦兒。會做針指。月娘使了五兩銀子。兩套衣服。四疋青紅布。并簪環之類。娶與他為妻。月娘因他叫金蓮不好稱呼。遂改名蕙蓮。這個老婆屬馬的。小金蓮兩歲。今年二十四歲了。生的黃白淨面。身子兒不肥不瘦。模樣兒不短不長。比金蓮腳還小些兒。性明敏。善機變。會粧飾。龍江虎浪。就是嘲漢子的班頭。壞家的領袖。若說他底本事他也曾。

斜倚門兒立　人來倒目隨　托腮并咬指　無故整衣裳
坐立隨搖腿　無人曲唱低　開窓推户牖　停針不語時
未言先欲笑　必定與人私

初來時同衆家人媳婦上竈。還沒甚麽粧飾。猶不作在意裡。後過了一個月有餘。看了玉樓金蓮衆人打扮。他把鬏髻墊的高高的。梳的虛籠籠的頭髮。把水鬢描的長長的。在上邊遞茶遞水。被西門慶睃在眼裡。一日設了條計策。教來旺見押了五百兩銀子。往杭州替蔡太師製造慶賀生辰錦綉蟒衣。并家中穿的四季衣服。往回也有半年期程。約從十一月半頭。搭在旱路車上。起身去了。西門慶安心。早晚要調戲他這老婆。不期到此正值孟玉樓生日。月娘和衆堂客在後廳吃酒。西門慶那日在家沒往那去。月娘分付玉簫房中另放卓兒。打發酒菜湯飯點心你爹吃。西門慶因打簾內看見惠蓮身上穿着紅紬對衿襖。紫絹裙子。在席上斟酒。故意問玉簫。那個穿紅襖的是誰。玉簫回道。是新娶的來旺兒的媳婦子惠蓮。西門慶道。這媳婦子怎的紅襖。配着紫裙子。怪模怪樣。到明日對你娘說。另與他一條別的顏色裙子配着穿。玉簫道。這紫裙子。還是問我借的裙子。說了就罷了。須臾過了玉樓生日。一日月娘往對門喬大戶家吃生日酒去了。約後晌時分。西門慶從外來家。已有酒了。走到儀門首。這惠蓮正往外走。兩個撞了滿懷。西門慶便一手摟過脖子來。就親了個嘴。口中喃喃吶吶說道。我的兒。你若依了我。

頭面衣服隨你揀着用。那老婆一聲兒沒言語。推開西門慶手。一直往前走了。西門慶歸到上房。吽玉簫送了一疋藍段子。到他屋裏如此這般對他說。爹昨日見你酒席上𣪍酒。穿着紅袄配着紫裙子。怪模怪樣的不好看。說這紫裙子還是問我借的。爹纔開厨櫃拿了這疋段子。使我送與你。教你做裙子穿。這惠蓮開看却是一疋翠藍四季團花兼喜相逢段子。說道我做出來。娘若見了問怎了。玉簫道。爹到明日還對娘說你放心。爹說來你若依了這件事。隨你要甚麼。爹與你買。今日赶娘不在家要和你會會兒。你心下何如。那老婆聽了微笑而不言。因問爹咱時分來。我好在屋裏伺侯。玉簫道。爹說小廝每看着不好進你這屋裏來的。教你悄悄往山子底下洞兒裡。那裡無人。堪可一會兒老婆道。只怕五娘六娘知道了不好意思的。玉簫道。三娘和五娘都在六娘屋裡下棋。你去不妨事。當下約會已定。玉簫走來回西門慶說話。兩個都往山子底下成事。玉簫在門首與他觀風。却不想金蓮玉樓都在李瓶兒房裡下棋。只見小鸞來請玉樓說爹來家了。三人就散了。玉樓回後邊去了。金蓮走到房中勻了臉。亦往後邊來。走入儀門。只見小玉立上房門首。金蓮問你爹在屋裡。小玉搖手兒往前指。這金蓮就知其意。走到前邊山子角門首。只見玉簫攔着門。金蓮只猜玉簫和西門慶在此私狎。便順進去。玉簫慌了。說道五娘休進去。爹在裡面有勾當哩。金蓮罵道怪狗肉。我又怕你爹了不由分說進入花園裡來。各處尋了一遍。走到藏春塢山子洞兒裡。只見他兩個人在裡面纔了事。老婆聽見有人來。連忙繫上裙子往外走。看見金蓮把臉通紅了。金蓮問道。賊臭肉。你在這裡做甚麽。老婆道。我來叫畫童兒來看着。一溜烟走了。金蓮進來看見西門慶在裡邊繫褲子。罵道賊沒廉耻的貨。你和奴淫婦大白日裡在這裡端的幹的勾當兒。剛纔我打與那淫婦兩個耳子纔好。不想他往外走了。原來你就是畫童兒。他來尋你。你與我實說和這淫婦偷了幾遭。若不實說。等住回大姐姐來家。看我說不說。我若不把奴才淫婦臉打的脹猪也不筭。俺每閒的聲喚在這裡。來你來也挿上一把子。老娘眼裡却放不過。西門慶笑道。怪小淫婦兒。悄悄兒罷。休要嚷的人知道。我實對你說。如此這般。這今日纔一遭。金蓮道。一遭二遭。我不信你。既要這奴才淫婦兩個瞞神諕鬼弄刺子兒我打聽出來休怪了我却和你每答話那西門慶笑的出去了金蓮到後邊聽見衆丫頭每說爹來家使玉簫手巾褁着一疋藍段子往前邊去不知與誰金蓮就知是與來旺兒媳婦子的對玉樓亦不題起此事這老婆每日在那邊或替他造湯飯或替他做針指鞋脚或跟着李瓶兒下棋常賊乖趨附金蓮被西門慶撞在一處無人教他兩個苟合啚漢子喜歡惠蓮自從和西門慶私通之後背地不筭與他衣服汗巾首餙香茶之類只銀子成兩家帶在身邊在門首買花翠胭粉漸漸顯露打扮的比往日不同西門慶又對月娘說他做的好湯水不教他上大竈只教他和玉簫兩個在月娘房裡後邊小竈上專頓茶水整理菜蔬打發月娘房裡吃飯與月

娘做針指。不必細說。看官聽說。凡家主切不可與奴僕。并家人之婦。苟且私狎。久後必紊亂上下。竊弄奸欺。敗壞風俗。殆不可制。有詩為證。

西門貪色失尊卑　群妾爭妍竟莫疑
何事月娘欺不在　暗通僕婦亂倫彝

一日臘月初八日。西門慶早起。約下應伯爵。與大街坊尚推官家送殯。教小廝馬也備下兩疋。等伯爵白不見到。一面李銘來了教唱。春梅等四人彈唱。西門慶正在大廳上。圍爐坐的。教春梅玉簫蘭香迎春。一般兒四個。都打扮出來。看着李銘指撥教演他彈唱。女婿陳經濟。在傍陪着說話。正唱三弄梅花。還未了。只見伯爵來。應寶跟着。夾着毡包進門。那春梅等四個。就要往後走。被西門慶喝住。說道左右是你應二爹。都來見見罷。躲怎的。與伯爵兩個。相見作揖。纔待坐下。西門慶令四個過來。與應二爹磕頭。那春梅等朝上。磕頭下去。慌的伯爵還喏不迭。誇道誰似哥好有福。出落的恁四個好姐姐。水葱兒的一般。一個賽一個。却怎生好。你應二爹。今日素手。促忙促急。沒曾帶的甚麼在身邊。改日送胭粉錢來罷。少頃春梅等四人。見了禮進去了。陳經濟向前作揖。一同坐下。西門慶道。你如何今日這咱纔來。應伯爵道。不好告訴你的、大小女病了一向。近日纔教好些。房下記掛着。今日接了他家來。散心住兩日亂着。旋教應保。叫了轎子。買了些東西在家。我纔來了。遲了一步見。西門慶道。教我只顧等着。你咱吃了粥好去了。隨即一面分付小廝後邊看粥。

來吃。只是李銘見伯爵。打了半跪。伯爵道。李自新。一向不見你。李銘道。小的有。連日小的在北邊徐公公那裡答應。兩日。來爹宅裡伺候。說着。兩個小厮。放卓兒。拿粥來吃。就是四個鹹食。十樣小菜兒。四碗頓爛。一碗蹄子。一碗鴿子雛兒。一碗春不老蒸乳餅。一碗餛飩鷄兒。銀廂甌兒粳米投着。各樣榛松栗子。果仁梅桂。白糖粥兒。西門慶陪應伯爵。陳經濟吃了。就拿小銀鍾篩金華酒。每人吃了三杯。壺裡還剩下上半壺酒。分付小厮畫童兒連卓兒擡下去。廂房內與李銘吃。就穿衣服起身。同應伯爵並馬相行。與尚推官送殯去了。只落下李銘在西廂房吃畢酒飯。那月娘房裡玉簫。和蘭香衆人。打發西門慶出了門。在廂房內亂厮。有成一塊。一回都往對過東廂房。西門大姐房裡捆混去了。止落下春梅一個。和李銘在這邊。教演琵琶。李銘也有酒了。春梅袖口子寬。把手兆住了。李銘把他手拿起。畧按重了些。被春梅怪叫起來。駡道好賊王八。你怎的撚我的手調戲我。賊少死的王八。你還不知道。我是誰哩。一日好酒好肉。越發養活的那王八靈聖兒出來了。平白撚我手的來了。賊王八。你錯下這個鍬撅了。你問聲兒去我手裡你來弄鬼。等來家等我說了。把你這賊王八。一條棍攆的離門離戶。沒你這王八。學不成唱了。愁本司三院。尋不出王八來。撅臭了你這王八了。被他千八萬王八駡的李銘。拿着衣服徃外。金命水命。走投無命。正是兩手劈開生死路。翻身跳出是非門。李銘說的徃外走了。春梅氣狠狠。直駡進後邊來。金蓮正和孟玉樓。李瓶兒并宋惠蓮在房裡下棋。只聽見春梅從外罵將來。金蓮便問道。賊小肉兒你罵誰哩。誰惹你來。氣的春梅道。情知是誰。吋耐李銘那王八。爹臨去。好意分付小厮。留下一卓菜。并粳米粥兒與他吃。也有玉簫他每。你推我。我打你。頑成一塊。對着王八。雌牙露嘴的。狂的有些㨪兒。也怎的頑了一回。都往大姐那邉廂房裡去了。王八見無人。儘力向我手上捻了一下。吃的醉醉的。看着我嗤嗤待笑。我饒了他。那王八見我嘍喝罵起來。他就郎夾着衣裳。往外走了。剛纔打與賊王八兩個耳刮子纔好。賊王八。你也看個人兒行事。我不是那不三不四的邪皮行貨。教你這王八。在我手裡弄鬼。我把王八臉。打綠了。金蓮道。怪小肉兒。學不學。沒要緊。把臉兒氣的黃黃的。等爹來家說了。把賊王八攆了去。就是了。那裡緊等着供唱撰錢哩。也怎的教王八調戲我這丫頭。我知道賊王八。業罐子滿了。春梅道。他就倒運着。量二娘的兄弟。那怕他二娘。莫不挾仇打我五棍兒。也怎的。宋惠蓮道。論起來。你是樂工。在人家教唱。也不該調戲良人家女子。照顧你一個錢。也是養身父母。休說一日三茶六飯兒扶持着。金蓮道。扶侍着。臨了還要錢兒去了。按月兒一個月。與他五兩銀子。賊王八。也錯上了墳。你問聲家裡。這些小廝每。那個敢望着他呲牙笑一笑兒。吊個嘴兒。遇喜歡。罵兩句。若不喜歡。拉倒他王子根前。就是打着。緊把他的扛的眼直直的看不出他來。賊王八。造化低。你惹他生姜。你還沒曾經着他辣手。因向春梅道。沒見你。你爹去了。你進來。便罷了。平白只顧和他那廂房裡做甚麼。却教那王八調戲你。春梅道。都是玉簫和他每。只顧頑。笑成一塊。不肯進來。玉樓道。他三個如今還在那屋裡。春梅道。都往對過大姐房裡去了。玉樓道。等我瞧瞧去。那玉樓起身去了。良久。李瓶兒亦回房。使綉春叫迎春去。至晚西門慶來家。金蓮一五一十。告訴西門慶。門慶分付來興兒。今後休放進李銘來走動。自此遂斷了路兒。不敢上門。這李銘正是從前作過事。沒興一齊來。有詩為証。

習教歌妓逞家豪。　　每日閑庭弄錦檣。

不意李銘遭譴斥。　　春梅聲價競天高。

畢竟未知後來何如。且聽下回分解。

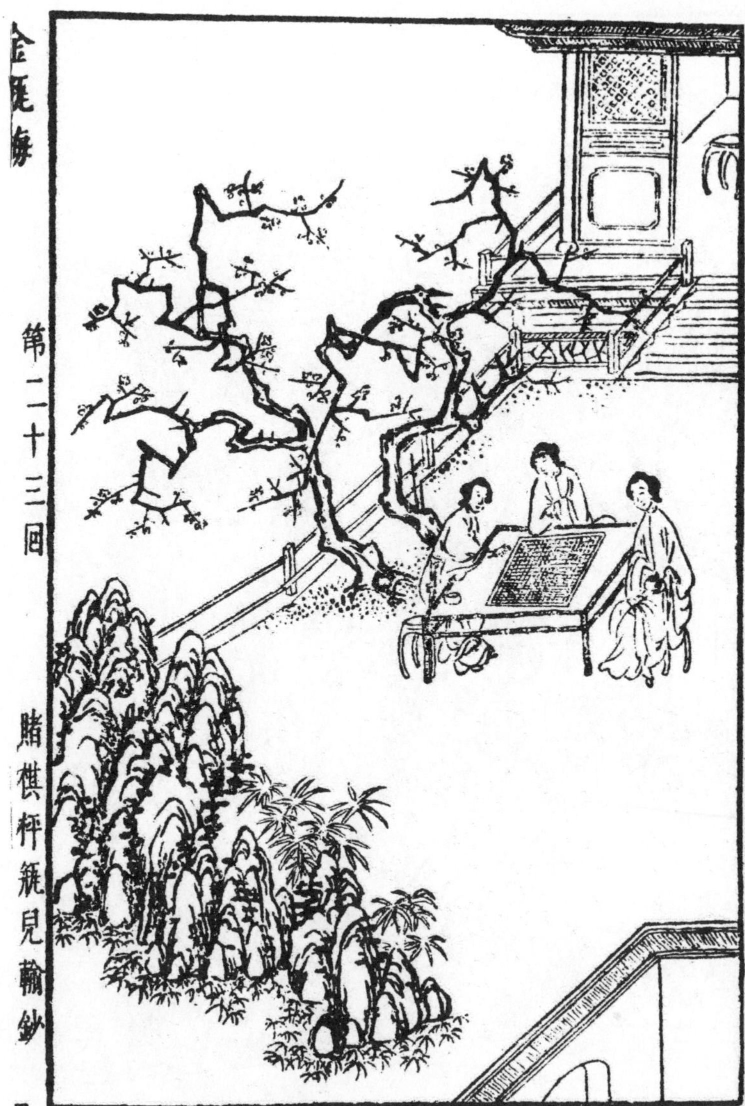

第二十三回　賭棋枰瓶兒輸鈔

覷藏春潘氏潛踪

第二十三回

玉簫觀風賽月房　金蓮竊聽藏春塢

行動不思天理　施爲怎却成覶
狗情縱意任奸欺　仗勢慢人尊巳
出則錦衣駿馬　歸時越女吳姬
休將金玉作根基　但恐莫逃興廢

話說一日臘盡陽回。新正佳節。西門慶賀節不在家。吳月娘往吳大妗子家去了。午間孟玉樓潘金蓮都在李瓶兒房裡下棋。玉樓道咱每今日賭甚麽好。潘金蓮道咱每人三盤賭五錢銀子東道。三錢買金華酒兒。那二錢買個猪頭來。教來旺媳婦子燒猪頭咱每吃。只說他會燒的好猪頭。只用一根柴禾兒烧的稀爛。玉樓道。大姐姐他不在家。却怎的計較。金蓮道。存下一分兒。送在他屋裡。也是一般。說畢。三人擺下棋子。下了三盤。李瓶兒輸了五錢銀子。金蓮使綉春兒。叫將來興兒來。把銀子遞與教他買一罈金華酒。一個猪首。連四隻蹄子。分付送到後邊厨房裡。教來旺兒媳婦惠蓮。快燒了。拿到你三娘屋裡等着。我每就去。那玉樓道。六姐。教他燒了。拿盒子。拿到這裡來吃罷。在後邊李嬌兒孫雪娥兩個看答着。是請他不請他。是金蓮遂依聽玉樓之言。不一時。來興兒買了酒和猪首。送到厨下。惠蓮正在後邊和玉簫在石臺基上坐着撾瓜子兒哩。來興兒便叫他惠蓮嫂子。五娘三娘都上覆你。使我買了酒猪首連蹄子。都在厨房裡。教你替他燒熟了。送到前邊六娘房裡去。惠蓮道。我不得閑與娘納鞋哩。隨問教那個燒燒兒罷。巴巴坐名兒教我燒來。與兒道你燒不燒隨你。交與你我有勾當去。說着揚長出去了。玉簫道你且丢下替他燒燒罷。你曉的五娘嘴頭子。又惹的聲聲氣氣的。惠蓮笑道五娘怎麽就知我會燒猪頭。巴巴的栽派與我替他燒。于是起身走到大厨竈裡舀了一鍋水。把那猪首蹄子剃刷乾淨。只用的一根長柴。安在竈內。用一大碗油醬并回香大料拌着停當。上下錫古子扣定。那消一個時辰。把個猪頭燒的皮脫肉化。香噴噴五味俱全。將大冰盤盛了。連姜蒜碟兒教小厮兒用方盒拿到前邊李瓶兒房裡。旋打開金華酒篩來。玉樓揀上分兒齊整的。留下一大盤子。并一壺金華酒。與月娘吃。使丫鬟送到上房裡。其余三個婦人圍定。把酒來斟。正吃中間只見惠蓮笑嘻嘻走到根前說道娘每試嚐這猪頭今日小的燒的好不好金蓮道三娘繇纔誇你倒好手段兒燒的這猪頭倒且是稀爛李瓶兒問道眞個你用一根柴禾兒惠蓮道不瞞娘每說還消不得一根柴禾兒哩若是一根柴禾兒就燒的脫了骨玉樓叫綉春你拿個大盞兒篩一盞兒與你嫂子吃李瓶兒連忙叫綉春斟酒他便取揀碟兒揀了一碟猪頭肉兒遞與惠蓮說道你自造的你試嚐嚐惠蓮道小的自知娘每吃不的鹹沒曾好生加醬胡亂也罷了下次再燒時小的知道了于是插燭也似磕了三個頭方纔在卓頭傍邊立着做一處吃酒到晚夕月娘來家衆婦人見了月娘小玉悉將送來猪頭拿與月娘看玉樓笑道今日俺每因在李大姐處下棋贏的李大

姐猪頭。留與姐姐吃。月娘道。這般有些不均了。各人賭勝。虧了
一個就不是了。咱每這等計較。只當大節下。咱姊妹這幾人。每
人輪流治一席酒兒。叫將郁大姐來。晚間耍耍。有何妨碍。強如
那等賭勝負。難爲一個人。我主張的好不好。衆人都說姐姐主
張的是。月娘道。明日就是初五日。先起罷。使小厮叫郁大姐來。
于是李嬌兒占了初六。玉樓占了初七。金蓮占了初八日。金蓮
道。只我便益。那日又是我的壽酒。又該我擺酒。一舉而兩得。問
着孫雪娥。孫雪娥半日不言語。月娘道。他罷。你每不要纏他了。
教李大姐挨着擺。玉樓道。初九日又是六姐生日。只怕有潘姥
姥和他妗子來。月娘道。初九日不得閑。教李大姐挪在初十日
也罷了。衆人計議已定。話休饒舌。先是初五日。西門慶不在家

往隣家赴席去了。月娘在上房擺酒。郁大姐彈唱。請衆姊妹歡飲了一日。方散。到第二日。却該李嬌兒。就挨着玉樓金蓮。都不必細說。須叓過了金蓮生日。潘姥姥吳大妗子。都在這裡過節須要看看到初十日。該李瓶兒擺酒。使綉春往後邊請雪娥去。一連請了兩替。答應着來。只顧不來。玉樓道。我就說他不來。李大姐。只顧強去請他。可是他對着人說的。你每有錢的。都吃十輪酒。沒的那俺每去赤脚絆驢蹄。似他這等說。俺每罷了。把大姐姐都當驢蹄了看成。月娘道。他是恁不是才料處窩行貨子。都不消理他了。又請他怎的。于是擺上酒來。衆人都來前邊李瓶兒房裡吃酒。郁大姐在傍彈唱。當下也有吳大妗子。和西門大姐。共八個人飲酒。那日西門慶不在家。往人家去了。月娘分付玉簫。等你爹來家要吃酒。你在房裡打發他吃就是了。玉簫應諾。不想後晌時分。西門慶來家。玉簫向前替他脫了衣裳。西門慶便問月娘。往那去了。玉簫回道。都在前邊六娘房裡。和大妗子潘姥姥吃酒哩。西門慶問道。吃的是甚麼酒。玉簫道。是金華酒。西門慶道。還有年下你應二爹送的那一罎茉梨花酒。打開吃。一面教玉簫旋把茉梨花酒打開。西門慶嚐了嚐。說道。自好你娘每吃。教玉簫小玉兩個。提着送到前邊李瓶兒房中。惠蓮正在月娘傍邊侍立斟酒。見玉簫送酒來。惠蓮倒便連忙走下來接他的酒。玉簫便遞了個眼色與他。向他手上捏了一下。這老婆就知其意。月娘問玉簫誰使你送酒來。玉簫道。爹使我來。月娘道。你爹來家都大回了。玉簫道。爹剛纔來家。因問娘每吃的甚麼酒。說是金華酒。教我把應二爹送的這一罎茉梨花酒。拿來與娘每吃。月娘問你爹若吃酒。房中放卓兒。有見成菜兒。打發他吃。玉簫應諾。徃後邊去了。這惠蓮在席上站立了一回。推說道。我後邊看茶來。與娘每吃。月娘分付對你姐說。上房揀糖裡有六安茶。頓一壺來。俺每吃。這老婆一個獵古調。走到後邊。玉簫跟在堂屋門首。取茶來了。撇了個嘴兒與他。老婆掀開簾子。進月娘房來。只見西門慶坐在椅上正吃酒。走向前一屁股坐在他懷裡。兩個就親嘴咂舌頭做一處。老婆一面用手搭着他那話。一面在上噙酒哺與他吃。老婆便道。爹你有香茶再與我些。前日你與的那香茶都沒了。又道。我少薛嫂兒幾錢花兒錢。你有銀子與我些兒。我還他。西門慶道。我茄袋內還有一二兩。你拿去。說着。西門慶要解老婆褲子。老婆道。不好。只怕人來看見。西門慶道。你今日不出去。在後邊晚夕咱好生耍耍。老婆搖頭說道。後邊惜薪司擋住路兒柴衆。咱不如還在五娘那裡。色絲子女。于是玉簫在堂屋門首觀風。由他二人在屋裡做一處頑耍。常言路上說話。草裡有人。不防孫雪蛾正從後來。聽見房裡有人笑。只猜玉簫在房裡和西門慶說笑。不想玉簫又在穿廊下坐的。就立住了脚。玉簫恐怕他進屋裡去。便一徑支他說。前邊六娘請姑娘。怎的不往那裡吃酒。那雪蛾鼻子裡冷笑道。俺每是沒時運的人兒。漫地裡栽桑。人不上他行騎着快馬。也不上趕他。拿甚麼伴着他吃十輪兒酒。自下窮的伴當兒伴的沒褲兒。正說着。被西門慶房中咳嗽了一聲。雪蛾就往厨房裡去了。這玉簫把簾子掀開。老婆見無人。急伶俐兩三步。
就扠出來。往後邊看茶去了。須臾小玉從外邊走來。叫惠蓮嫂
子。娘說你怎的取茶就不去了哩。老婆道。茶有了着姐拿菓仁
兒來。不一時。小玉拿着盞托他提着茶。一直來到前邊。月娘問
道。怎的茶這咱纔來。惠蓮道。爹在房裡吃酒。小的不敢進去。等
着姐屋裡取茶葉。剝菓仁兒來。于是打發衆人吃了茶。小玉便
拿回盞托去了。這惠蓮在席上斜靠卓兒站立。看着月娘衆人
擲骰兒。故作揚聲說道。娘把長么搭在純六。却不是天地分。還
贏了五娘。又道。你這六娘骰子。是個錦屏風對兒。我看三娘這
么三配純五。只是十四點兒輸了。被玉樓惱了說道。你這媳婦
子。俺每在這裡擲骰兒。插嘴插舌。有你甚麼說處。幾句把老婆

羞的站又站不住。立又立不住。飛紅了面皮。往下去了。正是誰人汲得西江水。難洗今朝一面羞。這裡衆婦人飲酒。至掌燈時分。只見西門慶掀開簾子。進來笑道。你每好吃。吳大妗子跐起來。說道。姐夫來了。連忙讓坐兒與他坐。月娘道。你在後邊吃酒去罷了。女婦男子漢。又走來做甚麼。西門慶道。既是恁說。我去罷。于是走過金蓮這邊來。金蓮隨卽跟了來。見西門慶吃的半醉。拉着金蓮說道。小油嘴。我有句話兒和你說。我要留蕙蓮在後邊一夜兒罷。後邊沒地方兒。看你怎的容他在你這邊歇一夜兒罷。好不好。金蓮道。我不好罵的。沒的那汗邪的胡說。隨你和他那裡合搗去。好嬌態教他在我這裡。我是沒處照放他。我就算依了。你春梅賊小肉兒。他也不容他這裡。你不信。叫了春梅小肉兒問了他來他若肯了我就容你容他在這屋裡西門慶道既是你娘兒每不肯罷我和他往那山子洞兒那裡過一夜你分付丫頭拿牀鋪蓋生些火兒那裡去不然這一冷怎麼當金蓮忍不住笑了我不好罵出你來的賊奴才淫婦他是養你的娘你是王祥寒冬臘月行孝順在那石頭牀上臥氷哩西門慶笑道惟小油嘴兒休傒落我罷麼好歹叫丫頭生個火兒金蓮道你去我知道當晚衆堂客席散金蓮分付秋菊果然抱鋪盖籠火在山子底下藏春塢雪洞兒預備惠蓮送月娘李嬌兒玉樓進到後邊儀門首故意說道娘小的不送往前邊去罷月娘道也罷你前邊睡去罷這老婆打發月娘進入還在儀門首站立了一回見無人一溜烟往山子底下去了正是莫教襄

王勞望眼。巫山自送雨雲來。這宋惠蓮走到花園門。只說西門慶還未進來、就不曾扣角門子。只虛掩着來。到藏春塢洞兒內。只見西門慶又早在那裡頭秉燭而坐。老婆進到裡面。但覺冷氣侵人。塵囂滿榻。于是袖中取出兩個棒兒香。燈上點着。插在地下。雖故地下籠着一盆炭火兒。還冷的打競。老婆在床上先伸下鋪。上面還盖着一件貂鼠禪衣。掩上雙扉。兩個上床就寢。西門慶脫去衣裳。白綾道袍。坐在床上。把老婆褪了褲。抱在懷裡。兩隻脚蹺在兩邉、那話突入牝中。兩個摟抱。正做得好。却不妨潘金蓮、打聽他二人入港。已是定了。在房中摘去冠兒。輕移蓮步、悄悄走來花園內。聽他兩個私下說甚話。到角門首。推了推門着。遂潛身徐步而入。也不怕蒼苔氷透了凌波。花刺抓傷了褪褶跙足隱身。在藏春塢月窗下站聽。良久。只見裡面燈燭尚明。老婆笑聲說。西門慶冷鋪中捨冰。把你賊受罪不渴的老花子。就沒本事尋個地方兒。走在這寒冰地獄裡來了。口裡啣着條繩子。凍死了往外拉。又道。冷合合的。睡了罷。怎的只顧端詳我的脚。怎的你看過那小脚兒的來。相我沒雙鞋面兒。那個買與我雙鞋面兒。也怎看着人家做鞋。不能勾做。西門慶道。我兒不打緊處。到明日替你買幾錢的各色鞋面。誰知你比你五娘脚兒還小。老婆道。拿甚麼比他。昨日我拿他的鞋畧試了試。還套着我的鞋穿。倒也不在乎大小。只是鞋樣子周正纔好。金蓮在外聽了。這個奴才淫婦。等我再聽一回。他還說甚麼。于是又聽勾多時。只聽老婆問西門慶說。你家第五的秋胡戲。你要他來家。多少時了，是女招的是後婚兒來，西門慶道也是回頭人兒，老婆道，嗔道恁恁久慣老成，原來也是個意中人兒，露水夫妻，這金蓮不聽便罷。聽了。氣的在外兩隻肐膊都軟了，半日移腳不動說道，若教這奴才淫婦在裡面，把俺每都吃他撐下去了，待要那時就聲張罵起來，又恐怕西門慶性子不好，逞了淫婦的臉，待要含忍了他，恐怕他明日不認罷罷，留下個記兒。使他知道，到明日我和他答話，于是走到角門首，拔下頭上一根銀簪兒，把門倒銷了，懊恨歸房，宿歇一宿，曉景題過，到次日清早辰，老婆先來穿上衣裳，鬅著頭，走出來見角門沒插，吃了一驚，又搖門，搖了半日，搖不開，走去見西門慶，門慶隔壁叫迎春替他開了，因看見簪銷門兒，就知是金蓮的簪子，就知曉夕他聽了去了。這老婆懷着鬼胎。走到前邊正開房門只見平安從東淨裡出來。看見他。只是笑。惠蓮道。怪囚根子。誰和你雌着那牙笑哩。平安兒道。嫂嫂俺每笑笑兒也嗔。惠蓮道。大清早晨平白笑的是甚麼。平安道。我笑嫂子三日沒吃飯。眼前花。我猜你昨日一夜不來家。這老婆聽了此言。便把臉紅了。罵道。賊提口拔舌見鬼的囚根子。我那一夜不在屋裡睡。怎的不來家。你丟塊瓦兒也要下落。平安道。我剛纔遶看嫂子鎖着門。怎的賴得過。惠蓮道。我早起身。就往五娘屋裡。只剛纔出來。你這囚在那裡來。平安道。我聽見五娘教你醃螃蟹。說你會劈的好腿兒。嗔道五娘使你門首看着旋菠箕的。說你會咂的好舌頭。把老婆說的急了。拿起條門拴來。赶着平安兒。遶院子罵道。賊汗邪囚根子。看我到明日對他說。不說不與你個功德也不怕。狂的有甚些搊兒也怎的。那平安道。耶嚛嫂子。將就着些兒罷。對誰說、我曉的你往高枝兒上去了。那惠蓮急訕起來。只赶着他打。不料玳安正在印子舖簾子下走出來。一把首將拴奪住了。說道嫂子爲甚麼打他。惠蓮道。你問那雌牙鬼囚根子。口裡六說白道的把我的肐膊都氣軟了。那平安得手外往趍了。玳安推着他說。嫂子你少生氣着惱。且往屋裡梳頭去罷。婦人便向腰間葫芦兒順代裡取出三四分銀子來。遞與玳安道。累你替我拿大碗盪兩個合汁來我吃。把湯盛在銚子裡罷。玳安道不打緊。等我去。一手接了。連忙洗了臉。替他盪了合汁來。婦人讓玳安吃了一碗。他也吃了一碗。方纔梳了頭。鎖上門。先到後邊月娘房裡打了卯兒。然後來金蓮房裡。金蓮正臨鏡梳粧。惠蓮小意兒在傍拿抿鏡。掇洗手水。殷勤侍奉。金蓮正眼也不瞧他。也不理他。惠蓮道。娘的睡鞋裹脚。我捲了收了罷。金蓮道。由他。你放着。教丫頭進來收。便叫秋菊賊奴才。往那去了。惠蓮道。秋菊掃地哩。春梅姐在那裡梳頭哩。金蓮道。你別要管他。丢着罷。亦發等他每來拾掇。歪蹄潑脚的。沒的展污了嫂子的手。你去扶持你爹。爹也得你恁個人兒扶持他。纔可他的心。俺每都是露水夫妻。再醮貨兒。只嫂子是正名正頂轎子娶將來的。是他的正頭老婆。秋胡戲。這老婆聽了。正道着昨日晚夕他的真病。于是向前雙膝跪下。說道。娘是小的一個主兒。娘不高擡貴手。小的一時兒存站不的。當初不因娘寬恩。小的也不肯依隨爹。就是後邊大娘。無過只是個大綱兒。小的還是娘擡舉多。莫不敢在娘面前欺心。隨娘查訪。小的但有一字欺心。到明日不逢好死。一個毛孔兒裡。生下一個疔瘡。金蓮道。不是這等說。我眼子裡放不下砂子的人。漢子既要了你。俺每莫不與你爭。不許你在漢子根前弄鬼。輕言輕語的。你說把俺每躧下去了。你要在中間踢跳。我的姐姐。對你說。把這等想心兒且吐了些兒罷。惠蓮道。娘再訪小的。並不敢欺心。到只怕昨日晚夕。娘錯聽了。金蓮道。傻嫂子。我閑的慌。聽你怎的。我對你說了罷。十個老婆。買不住一個男子漢的心。你爹雖故家裡有這幾個老婆。或是外邊請人家的粉頭來家。通不瞞我一些兒。一五一十。就告我說。你聲你六娘當時和他一個鼻子眼兒裡出氣。甚麼事兒來家不告訴我你比他差些些兒說得老婆閉口無言在房中立了一回。走出來了。走到儀門夾道內。撞見西門慶說道。你好人兒原來你是個大滑答子貨昨日人對你說的話兒你就告訴與人今日教人下落了我恁一頓。我和你說的話兒只放在你心裡放爛了纔好。想起甚麼來。對人說。乾淨你這嘴頭子就是個走水的槽。有話到明日不告你說了。西門慶道。甚麼話我並不知道。那老婆瞧了一眼。往前邊去了。平昔這婦人嘴兒乖。常在門前站立買東買西。趕着傳夥計叫傳大郎。陳經濟叫姐夫賁四叫老四。昨日和西門慶勾搭上了。越發在人前花哨起來。常和眾人打牙配嘴。全無忌憚。或一時教傳大郎。我拜你拜替我門首看着買粉的。那傳夥計老成。便驚心兒替他門首看過來。叫住。

請他出來買玳安故意戲他說道嫂子賣粉的早辰過去了你早出來拿秤称他的好來老婆罵道賊猴兒裡邊五娘六娘使我要買搽的粉你如何說拿秤称三斤胭脂二斤粉教那淫婦搽了又搽看我進裡邊對他說不說玳安道那嘅嫂子行動只拿五娘誆我幾時來一回又叫賁老四你對我門首看着賣梅花菊花的我要買兩對兒戴那賁四俱了買賣好歹專心替他看着賣梅花的過來叫住請出他來買婦人立在二層門裡打開廂兒揀要了他兩對鬂花大翠又是兩方紫綾閃色銷金汗巾兒共該他七錢五分銀子婦人向腰裡摸出半側銀子兒來央及賁四替他鑿称七錢五分與他那賁四正寫着帳丟下走來蹲着身子替他鍑只見玳安走來說道等我與嫂子鑿一面

接過銀子在手。且不鑿。只顧瞧那銀子。婦人道。賊猴兒不鑿。只情端詳的是些甚麼。你半夜沒聽見狗咬。是偷來的銀子。玳安道。偷倒不偷。這銀子有些眼熟。倒像爹銀子包兒裡的。前日爹在燈市裡鑿與買方金蠻子的銀子。還剩了一半。就是這銀子。我記得千真萬真。婦人道。賊囚。一個天下人還有一樣兒的。爹的銀子。怎的到得我手裡。玳安笑道。我知道甚麼帳兒。婦人便赶着打。小廝把銀子鑿下七錢五分。交與買花翠的。把剩的銀子。拿在手裡。不與他去了。婦人道。賊囚根子。你敢拿了去。我筭你好漢。玳安道。我不拿你的。你把剩下的與我些兒買甚麼吃。那婦人道。賊猴兒。你遞過來。我與你哄的。玳安遞到他手裡。只掠了四五分一塊與他。別的還攆在腰裡。一直進去了。自此以後。常在門首成兩價。拿銀錢買剪截花翠汗巾之類。甚至瓜子兒四五升量進去。教與各房丫鬟。并衆人吃。頭上治的珠子箍兒。金燈籠墜子。黃烘烘的。衣服底下穿着紅潞紬褲兒。線捺護膝。又大袖子袖着香茶木穉。香桶子三四個。帶在身邊。見一日也花消二三錢銀子。都是西門慶背地與他的。此事不必細說。這老婆自從被金蓮識破他機關。每日只在金蓮房裡。把小意兒貼恋。與他頓茶頓水。做鞋脚針指。不拿強拿。不動強動。正經月娘後邊。每日只打個到面兒。就來前邊金蓮這邊來。每日和金蓮瓶兒兩個下棋。抹牌行成夥兒。或一時撞見西門慶來。金蓮故意令他傍邊斟酒。教他一處坐。每日大酒大肉頑耍。只圖漢子喜歡。這婦人見抱金蓮腿兒。正是顛狂柳絮隨風舞。輕薄桃花順水流。有詩爲証。

金蓮好寵弄心機　宋氏姑容犯主闈

晨牝不啚今蓄禍　他月遭愆竟莫追

畢竟未知後來何如。且聽下回分解。

第二十四回　敬濟元夜戲嬌妾

惠祥怒詈來旺婦

第二十四回

經濟元夜戲嬌姿　惠祥怒詈來旺婦

銀燭高燒酒乍醺　當筵且喜笑聲頻
蠻腰細舞章臺柳　檀口輕歌上苑春
香氣拂衣來有意　翠微落地拾無聲
不因一點風流趣　安得韓生醉後醒

話說一日天上元宵。人間燈夕。西門慶在家廳上。張掛花燈。鋪陳綺席。正月十六合家歡樂飲酒正面圍着石崇錦帳圍屏。掛着三盞珠子吊燈。兩邊擺列着許多妙戲卓燈。西門慶與吳月娘居上坐。其餘李嬌兒孟玉樓。潘金蓮李瓶兒孫雪蛾西門大姐。都在兩邊列坐。都穿着錦綉衣裳。白綾襖兒藍裙子。惟有吳月娘穿着大紅遍地通袖袍兒。貂鼠皮襖。下着百花裙。頭上珠翠堆盈。鳳釵半卸。春梅玉簫。迎春蘭香。一般兒四個家樂在傍搊箏歌板。彈唱燈詞。獨於東首設一席。與女婿陳經濟坐。一般三湯五割。食烹異品。菓獻時新。小玉元宵。小鸞繡春。都在上面下來斟酒。那來旺兒媳婦宋惠蓮不得上來坐。在穿廊下一張椅兒上。口裡磕爪子兒。等的上邊呼喚要酒。他便揚聲叫來安兒。畫童兒。娘上邊要熱酒。快儹酒上來。賊囚根子。一個也沒在這裡伺候。多不知往那裡去了。只見畫童盪酒上去。西門慶就罵道。賊奴才。一個也不在這裡伺候。往那裡去來。賊少打的奴才。小廝走來說道。嫂子誰往那去來。就對着爹說。喚喝。教爹罵我。惠蓮道。上頭要酒。誰教你不伺候。關我甚事。不罵你罵誰。畫童兒道。這地上乾乾淨淨的嫂子磕下恁一地瓜子皮。爹看見又罵了。惠蓮道。賊囚根子。六月債兒熟。還得快。就是甚麼打緊。教你彫佛眼兒。便當你不埽。丟着另教個小厮埽。等他問我只說得一聲。畫童兒道。那嗾嫂子。將就些兒罷了。如何和我合氣。于是取了笤帚來替他掃瓜子皮兒。這宋惠蓮外邊磕瓜子兒不題。卻說西門慶席上見女婿陳經濟沒酒。分付潘金蓮連忙下來滿斟一杯酒。笑嘻嘻遞與經濟。說道姐夫。你爹分付好歹飲奴這杯酒兒。經濟一壁接酒。一面把眼兒不住斜瞟婦人。說五娘請尊便。等兒子慢慢吃。婦人一徑身子把燈影着。左手執酒。剛待的經濟用手來接。右手向他手背只一捏。這經濟一面把眼瞧着衆人。一面在下戲把金蓮小脚兒上踢了一下。婦人微笑低聲道。怪油嘴。你丈人瞧着。待怎的。看官聽說。兩個自知暗地裡調情頑耍。却不知宋蕙蓮。這老婆又是一個兒在槅子外窗眼裡。被他瞧了個不亦樂乎。正是當局者迷。傍觀者清。雖故席上衆人。到不曾看出來。却被他向窗隙燈影下。覩得仔細。口中不言。心下自思。尋常時在俺每根前。到且提精細撇清。誰想暗地。却和這小夥子兒勾搭。今日被我看出破綻。到明日再搜求我。是有話說。正是

誰家院內白薔薇　暗暗偷攀三兩枝
羅袖隱藏人不見　馨香惟有蝶先知

飲酒多時。西門慶忽被應伯爵差人請去賞燈吃酒去了。分付月娘。你們自在頑耍。我往應二哥家吃酒去來。祇安平安。兩個

小廝跟隨去了。月娘與衆姊妹吃了一回。但見銀河清淺。珠斗爛斑。一輪團圓皎月。從東而出。照得院宇猶如白晝。婦人或有房中換衣者。或月下整粧者。或有燈前戴花者。惟有玉樓金蓮李瓶兒。三個并惠蓮。在廳前看經濟放花兒。李嬌兒孫雪娥西門大姐。都隨月娘後邊去也。金蓮便向二人說道。他爹今日不在家。咱對大姐姐說。往街上走走去。惠蓮在傍說道。娘們去。也攜帶我走走。金蓮道。你既要去。你就往後邊問聲你大娘去。和你二娘看他去不去。俺們在這裡等着你。那惠蓮連忙往後邊去了。玉樓道。他不濟事。等我親自問他聲出去。李瓶兒道。我也往屋裡穿件衣裳去。這回來冷。只怕夜深了。金蓮道。李大姐。你有披襖子。帶出件來我穿着。省得我往屋裡去走一遭。那李瓶見應諾去了。獨剩着金蓮一個。看着經濟放花兒。見無人走向經濟身上捏了一把。笑道。姐夫原來只穿恁单薄衣裳。不害冷麼。不是大家兒子小鐵棍兒笑嘻嘻在根前舞旋旋的。且拉着經濟。問姑夫要炮燈放。這經濟恐怕打攪了事。巴不得與了他兩個元宵炮燈。支的他外邊耍去了。于是和金蓮打牙犯嘴。嘲戲說道。你老人家見我身上单薄。肯賞我一件衣裳兒穿也恁的。金蓮道。賊短命。得其慣便了。頭裡躧了我的脚兒。我不言語。如今大胆又來問我要衣服穿。我又不是你影射。何故把與你衣服穿。經濟道。你老人家不與他罷。如何扎筏子來諕我。婦人道。賊短命。你是城樓子上雀兒。好耐驚耐怕的虫蟻兒。正說着。見玉樓和惠蓮出來。向金蓮說道。大娘因身上不方便。大姐不自在。故不去了。教娘們走走、早些來家。李嬌兒害腿疼、也不走、雪娥見大姐姐不走、恐怕他爹來家嗔他。也不出門。金蓮道。都不去罷。只咱和李大姐三個去罷。等他爹來家、隨他罵去、再不把春梅小肉兒和房裡玉簫。你房裡蘭香。李大姐房裡迎春、都帶了去。等他爹來家問。就教他答話。小玉走來道。俺奶奶也是不去。我也跟娘們走走。玉樓道。對你奶奶說了去。我前頭等着你。良久、小玉問了月娘。笑嘻嘻出來。當下三個婦人、帶領着一簇男女。來安畫童。兩個小廝。打着一對紗吊灯跟隨。女婿陳經濟躧着馬。檯放烟火花炮。與衆婦人瞧。宋惠蓮道。姑夫你好歹略等等兒。娘們攜帶我走走。我到屋裡搭搭頭就來。經濟道。俺們如今就行。惠蓮道。你不等我、就是惱你一生。于是走到屋裡換了一套綠閃紅段子對衿衫兒白挑線裙子又用一方紅銷金汗巾子搭着頭額角上貼着飛金三個香茶并面花兒金燈籠墜子出來跟着眾人走百媚兒月色之下恍若仙娥都是白綾襖兒遍地金比甲頭上珠翠堆滿粉面朱唇經濟與來興兒左右一邊一個隨路放慢吐蓮金絲菊一丈蘭賽月明出的大街市上但見香塵不斷遊人如蟻花炮轟雷燈光雜彩簫鼓聲喧十分熱鬧左右見一隊紗燈引導一簇男女過來皆披紅垂綠以爲出於公侯之家莫敢仰視都躲路而行那宋惠蓮一回叫姑夫你放過桶子花我瞧一回又道姑夫你放過元宵炮燇我聽一回又落了花翠拾花翠一回又吊了鞋扶着人且兠鞋左來右去只和經濟嘲戲玉樓看不上說了兩句如何只見你

吊了鞋玉簫道他怕地下泥套着五娘鞋穿着哩玉樓道你叫他過來我瞧真個穿着五娘的鞋金蓮道他昨日問我討了一雙鞋誰知成精的狗肉他套着穿惠蓮于是摟起裙子來與玉樓看看見他穿着兩雙紅鞋在脚上用紗緑線帶兒扎着褲腿一聲兒也不言語須臾走過大街到燈市裡金蓮向玉樓道咱如今往獅子街李大姐房子裡走走去于是分付畫童來安兒打燈先行迤邐往獅子街來小厮先去打門老馮已是歇下房中有兩個人家買的丫頭在炕上睡慌的老馮連忙開了門讓衆婦女進來旋戳開爐子頓茶挈着壺往街上取酒孟玉樓道老馮你且住不要去打酒俺每在家酒飯吃的飽飽來你每有茶倒兩甌子來吃罷金蓮道你既留人吃酒先訂下菜兒纔好

李瓶兒道媽媽子一瓶兩瓶取了來打水不渾的勾誰吃要取一兩罎兒來玉樓道他哄你不消取只看茶來罷那婆子方纔不動身李瓶兒道媽媽子怎的不往那邊去走走端的不知你成日在家做些甚麽婆子道奶奶你看丟下這兩個業障在屋裡誰看他玉樓便問道兩個丫頭是誰家賣的婆子道一個是北邊人家房裡使女十三歲只要五兩銀子一個是汪序班家出來的家人媳婦家人走了主子把鬏髻打了領出來賣要十兩銀子玉樓道媽媽我說與你有一個人要你撰他些銀子使婆子道三娘果然是誰要告我說玉樓道如今你二娘房裡只元宵兒一個不勾使還尋大些的丫頭使喚你到把這大的賣與他罷因問這丫頭十幾歲婆子道他今年屬牛十七歲了說

着拿茶來衆人吃了茶那春梅玉簫并惠蓮都前後瞧了一遍又到臨街樓上推開窗子瞧了一遍陳經濟催逼說夜深了看了快些家去罷金蓮道恠短命催的人手脚兒不停住慌的是些甚麼於是叫下春梅衆人來方纔起身馮媽媽送出門李瓶兒因問平安往那裡去了婆子道今日這咱還沒來教老身半夜三更開門閉户等着他來安兒道今日平安兒跟了爹往應二爹家去了李瓶兒分付媽媽早些關了門睡了罷他多也是不來省的悮了你的睡頭明日早來宅裡伺候你是石佛寺長老請着你就張致了婆子道誰是老身主兒老身敢張致李瓶兒道媽媽休得多言多語明日早與你二娘送丫頭來說畢看着他閞了大門這一簇男女方纔回家走到家門首只聽見

住房子的韓回子老婆韓嫂兒聲音。因他男子漢答應馬房內臣。他在家跟着人走百病兒去了。醉回來家。說有人夜晚剜開他房門。偷了狗。又不見了些東西。坐在當街上撒酒風罵人。衆婦人方纔立住了脚。金蓮使來安兒你去叫韓嫂兒。等俺每問他個端的。不一時把韓嫂兒叫到當面。你爲甚麽來。韓嫂子不慌不忙。扠手向前拜了兩拜。說道。三位娘在上。聽小媳婦從頭兒告訴。唱耍孩兒爲証。太平佳節元宵夜。云云玉樓等衆人聽了。每人掏袖中些錢果子與他。叫來安兒你叫你陳姐夫送他進屋裡。那陳經濟且顧和惠蓮兩個嘲戲。不肯搊他去。金蓮使來安兒扶到他家中。分付教他明日早來宅內漿洗衣裳。我對你爹說。替你出氣。那韓嫂兒千恩萬謝。回家去了。玉樓等剛走過門首來只見賁四娘子穿着紅袄玄色段比甲玉色裙勒着銷金汗巾在門首笑嘻嘻向前道了萬福說道三位娘那裡走了走請不棄到寒家献茶玉樓道方纔因小兒哭俺站住問了他聲承嫂子厚意天晚了不到罷賁四娘子道那嚛三位娘上門怪人家就笑話俺小家人家茶也奉不出一杯兒來生死拉到屋裡原來外邊供養觀音八難并関聖賢當門掛着雪花燈兒一盞掀開門簾他十四歲女兒長姐在屋裡卓上兩盞紗燈擺設着春臺菓酌與三人坐連忙教他長姐過來與三位娘磕頭遞茶玉樓金蓮每人與了他兩枝花兒李瓶兒袖中取了方汗巾又是一錢銀子與他買瓜子兒磕喜歡的賁四娘子拜謝了又拜欵留不住玉樓等起身到大門首小厮來興在門首迎接

金蓮就問你爹來家不曾來興道爹未回家哩三個婦人還看着陳經濟在門首放了兩筒一丈菊和一筒大烟蘭一個金盞銀臺兒纔進後邊去了西門慶直至四更來家正是醉後不知天色暝任他明月下西樓却說陳經濟因走百病兒與金蓮等衆婦人嘲戲了一路兒又和來旺媳婦宋惠蓮兩個言來語去都有意了次日早辰梳洗畢也不到舖子內逕往後邊吳月娘房裡來只見李嬌兒金蓮陪着吳大妗子坐的放着炕卓兒綫擺茶吃月娘便往佛堂中去了燒香這小夥兒向前作了揖坐下金蓮便說道陳姐夫你好人兒昨日教你送送韓嫂兒你就不動只當還教你小厮送去了且和媳婦子打牙犯嘴不知甚麽張致等你大娘燒了香來看我對他說不說經濟道你老人

家還說哩。昨日險些兒子腰累癱瘓了哩。跟了你老人家走了一路兒。又到獅子街房裡回來。該多少里地。人辛苦走了。還教我送韓回子老婆。教小廝送送也罷了。睡了多大回。就天晓了。今早還扒不起來。正說着。吳月娘從燒了香來。經濟作了揖。月娘便問。昨日韓嫂兒為甚麼撒酒風罵人。經濟把因走百病。被人剜開門。不見了狗。坐在當街哭喊罵人。今早他漢子來家。一頓好打的。這咱還沒起來哩。金蓮道。不是俺每回來。勸的他進去了。一時你爹來家。撞見甚模樣子。說畢。玉樓李瓶兒大姐。都到月娘房裡吃茶。經濟也陪着吃了茶。後次大姐回房。罵經濟不知死的囚根子。平白和來旺媳婦子打牙犯嘴。倘忽一時傳的爹知道了。淫婦便沒事。你死也沒處死。幾句說經濟。那日西門慶。在李瓶兒房裡宿歇。起來的遲。只見荆千户。新陞一處兵馬都監來拜西門慶。纔起來旋梳頭。包網巾。整衣出來。陪荆都監在廳上說話。一面使平安兒進來後邊要茶。宋惠蓮。正和玉筲小玉。在後邊院子裡撾子兒。賭打瓜子。頑成一塊。那小玉把玉筲騎在底下。笑罵道。賊淫婦。輸了瓜子。不教我打。因叫惠蓮你過來。扯着淫婦一隻腿。等我合這淫婦一下子。正頑着。只見平安走來。叫玉筲姐。前邊荆老爹來。使我進來要茶哩。那玉筲也不理他。且和小玉厮打頑耍。不理他。那平安兒只顧催逼說人坐下來這一日了。宋惠蓮道。怪囚根子。爹要茶。問厨房裡上竈的要去。如何只在俺這裡纏。俺這後邊。只是預備爹娘房裡用的茶。不管你外邊的帳。那平安兒走到厨房下。那日該來保妻惠祥。惠祥道。怍因我這裡使着手做飯你問後邊要兩鍾茶出去就是了。巴巴來問我要茶。平安道。我到後頭來。後邊不打發茶。惠蓮嫂子說。該是那上竈的首尾。問那個要。他不管哩。這惠祥便罵道。賊淫婦。他認定了他是爹娘房裡人。俺天生是上灶的來。我這裡又做大家夥裡飯。又替大娘子炒素菜。幾隻手。論起就倒倒茶兒去。也罷了。巴巴坐名兒來尋上竈的。上竈的是你叫的悞了茶也罷。我偏不打發上去。平安道。荊老爹來坐了這一日。嫂子快些打發茶。我拿上去罷。遲了又惹爹罵。當下這裡推那裡。那裡推這裡。就躭悞了半日。比及又等玉筲取茶菓茶匙兒出來。平安兒拿出茶去。那荊都監坐的久了。再三要起身。被西門慶留住。嫌茶冷不好吃。喝罵平安來。另換茶上去。

吃了。荆都監纔起身去了。西門慶進來。問今日茶是誰頓的。平安道。是竈上頓的茶。西門慶回到月娘上房。告訴月娘今日頓這樣茶去與人吃。你往厨下查。那個奴才老婆上竈採出來問他打與他幾下。小玉道。今日該惠祥上竈哩。慌的月娘說道。這搥辣骨待死。越發頓恁樣茶上去了。一面使小玉。呼將惠祥當院子跪着。問他要打多少。惠祥答道。因把做飯炒大娘子素菜。使着手。茶畧冷了些。被月娘數罵了一回。饒了他起來。分付今後但凡你爹前邊人來。教玉簫和惠蓮後邊頓茶。竈上只管大家茶飯。這惠祥在厨下忍氣不過。剛等的西門慶出去了。氣恨恨走來後邊。尋着惠蓮。指着大罵。賊淫婦。趂了你的心了罷了。你天生的就是有時運的。爹娘房裡人。俺每是上竈的老婆來。

巴巴使小廝坐名問上竈要茶。上竈的是你叫的。你我生米做成熟飯。你識我見的。促織不吃癩蝦蟆肉。都是一鍬土上人。你恒數不是爹的小老婆就罷了。是爹的小老婆。我也不怕你。惠蓮道。你好沒要緊。你頓的茶不好。爹嫌你。管我甚事。你如何走來拿人散氣。惠祥聽了此言。越發惱了。罵道。賊淫婦。你倒繞調唆打我幾棍兒好來。怎的不教打我。你在蔡家養的漢。數不了。來這裡還弄鬼哩。惠蓮道。我養漢你看見來。沒有扯臊淡哩。嫂子。你也不什麼清淨姑姑兒。那惠祥道。我怎不是清淨姑姑兒。蹺起腳兒來。比你這淫婦好些兒。我不說你罷。漢子有一拿小米數兒。你在外邊那個不吃你嘲過。你說你背地幹的那營生兒。只說人不知道。你把娘們還放不到心上。何況以下的人。惠蓮道。我背地說甚麼來。怎的放不到心上。隨你壓我。我不怕你。惠祥道。有人與你做主兒。你可不怕哩。兩個正拌嘴。被小玉兒請的月娘來。把兩個都喝開了。賊臭肉們不幹那營生去。都拌的是些甚麼。教你主子聽見。又是一塲兒頭裡不曾打得成。等住回却打得成了。惠蓮道。若打我一下兒。我不把淫婦口裡腸抝了。也不筭我。破着這命擯兌了你。也不差甚麼。咱大家都離了這門罷。說着。徃前去了。後次這宋惠蓮。越發猖狂起來。仗西門慶背地和他勾搭。把家中大小。都看不到眼裡。逐日與玉樓金蓮李瓶兒西門大姐。春梅在一處頑耍。那日馮媽媽。送了丫頭來。約十三歲。先到李瓶兒房裡看了。送到李嬌兒房裡。李嬌兒用五兩銀子買下。房中伏侍。不在話下。正是梅花淴逞春情

性。不怕封夷號令嚴。有詩爲証

外作禽荒內色荒　連沾此二子又何妨

早辰跨得雕鞍去　日暮歸來紅粉香

畢竟未知後來何如且聽下回分解

金瓶梅

第二十五回　吳月娘春晝鞦韆

來旺兒醉中謗訕

第二十五回

雪蛾透露蝶蜂情　來旺醉謗西門慶

名家臺榭綻羣芳　搖拽鞦韆鬬艶粧
曉日暖添新錦綉　春風和藹舊門墻
玉砌蘭芽幾雙美　絳紗簾幙一枝良
堪笑家麋養家禍　閨門自此壞綱常

話說燒燈已過。又早清明將至。西門慶有應伯爵。早來邀請。常時節先在花園內捲棚下擺飯。看見許多銀匠。在前打造生活。孫寡嘴作東。邀去郊外耍子去了。先是吳月娘。花園中扎了一架鞦韆。至是西門慶不在家。閑中率衆姊妹每遊戲一番。以消春晝之困。先是月娘與孟玉樓。打了一回下來。教李嬌兒和潘金蓮打。李嬌兒辭以身体沉重。打不的。却教李瓶兒和金蓮打。打了一回。玉樓便叫六姐過來。我和你兩個打個立鞦韆。分付休要笑。看何如。當下兩個婦人。玉手挽定綵繩。將身立于畫板之上。月娘却教宋惠蓮在下相送。又是春梅。正是得多少紅粉面對紅粉面。玉酥肩並玉酥肩。兩雙玉腕挽復挽。四隻金蓮顛倒顛。那金蓮在上頭便笑成一塊。月娘道。六姐。你在上頭笑不打緊。只怕一時滑倒。不是耍處。說着。不想那畫板滑。又是高底鞋。跐不牢。只聽得滑浪一聲。把金蓮擦下來。早時扶住架子。不曾跌着。險些沒把玉樓也拖下來。月娘道。我說六姐笑的不好。只當跌下來。因望李嬌兒衆人說道。這打鞦韆最不該笑。笑多了有甚麽好。已定腿軟了。跌下來。也是我那咱在家做女兒時。

隔壁周臺官家。有一座花園。花園中扎着一座鞦韆。也三月佳節。一日他家周小姐。和俺一般三四個女孩兒。都打鞦韆耍子也是這等笑的不了。把周小姐滑下來。騎在畫板上。把身上喜抓去了。落後嫁與人家。被人家說不是女兒。休逐來家。今後打鞦韆。先要忌笑。金蓮道。孟三兒不濟。等我和李大姐打個立鞦韆。月娘道。你兩個仔細打。却教玉簫春梅。右傍推送。纔待打時。只見陳經濟自外來。說道。娘每在這裡打鞦韆哩。月娘道。姐夫來的正好。且來替你二位娘送送兒。丫頭每氣力少。送不的。這經濟老和尚不撞鐘得不的一聲。于是潑步撩衣。向前說。等我送二位娘。先把潘金蓮裙子帶住。說道。五娘站牢。兒子送也。那鞦韆飛在半空中。猶若飛仙相似。那李瓶兒見鞦韆起去了。諕的上面惟呌道。不好了。姐夫你也來送我送兒慌的陳經濟說。你老人家。到且急性。也等我慢慢兒的。打發將來。這相這回子。這裡呌那裡呌。把兒子瘆病都使出來了。也沒些氣力使于是把李瓶兒裙子掀起露着他大紅底衣摳了一把那李瓶兒道。姐夫慢慢着些。我腿軟了。經濟道你老人家原來吃不得紫酒。先呌成一塊。把兒子頭也呌花了。金蓮又說。李大姐。把我裙子又搅住了。兩個打到半中腰裡。都下來了。却是春梅和西門大姐。兩個打。早時又沒站下我來。手挽綵繩。身子站的直屢屢脚跐定下邉風來一回却教玉筲和惠蓮兩個打立鞦韆這惠蓮也不用人推送。那鞦韆飛起在半天雲裡。然後抱地飛將下來。端的却是飛仙一般。甚可人愛。月娘看見。對玉樓李瓶兒說。你看媳婦子他到會打正說着被一陣風過來把他裙子刮起裡邊露見大紅潞紬褲兒扎着臟頭紗綠褲腿兒好五色納紗護膝銀紅線帶兒玉樓指與月娘瞧月娘笑罵了一句賊成精的就罷了這裡月娘衆人打鞦韆不題話分兩頭卻表來旺兒徃杭州織造蔡太師生辰衣服回還押着許多馱垜箱籠船上先走來家到門首打了頭口進入裡面拂了塵灰收卸了行李到於後邊只見雪蛾正在堂屋門首作了揖那雪蛾滿面微笑說道好呀你來家了路上風霜多有辛苦幾時沒見吃得黑胖了來旺因問爹娘在那裡雪蛾道你爹今日被應二衆人邀去門外耍子去了你大娘和大姐都在花園中打鞦韆哩來旺兒道阿呀打他則甚鞦韆雖是北方戎戲南方人不打他婦女每到

春三月。只鬪百草耍子。雪娥便往廚下。倒了一盞茶。與他吃。因問你吃飯不曾吃。來旺道。我且不吃飯。見了娘。往房裡洗洗臉着。因問媳婦子。在竈上。怎的不見那雪娥。冷笑了一聲。說道。你的媳婦兒。如今是那時的媳婦兒了。好不大了。他每日只跟着他娘們夥兒裡下棋撾子兒抹牌頑耍。他肯在竈上做活哩。正說着。小玉走到花園中。報與月娘說。來旺兒來了。只見月娘自前邊走來坐下。來旺兒向前磕了頭。立在傍邊。問了些路上往回的話。月娘賞了兩瓶子酒吃。一回。他媳婦宋惠蓮來到。月娘道。也罷。你辛苦。且往房裡洗洗頭臉。歇宿歇宿去。等你爹來。好見你爹回話。那來旺兒便歸房裡。惠蓮先付鑰匙開了門兒。舀水與他洗臉攤塵。收進褡連去。說道。賊黑囚。幾時沒見。便吃得這等肥肥的來家。替他替換了衣裳安排飯食與他吃。睡了一覺起來、已時日西時分。西門慶來家。來旺兒走到根前、恭見悉把杭州織造蔡太師生辰尺頭、并家中衣服、俱已完備、打成包裹。裝了四箱、搭在官船上來家。只少顧夫過稅。西門慶滿心歡喜。與了他趕脚銀兩。明日早裝載進城。收卸停當。交割數目。西門慶賞了他五兩。房中盤纏、又交他家中買辦東西。這來旺兒。私已帶了些人事。悄悄送了孫雪娥兩方綾汗巾。兩雙裝花膝褲。四匣杭州粉。二十個胭脂、背地告訴。來旺兒說自從你去了四個月光景。你媳婦怎的和西門慶勾搭。玉簫怎的做牽頭從後子起。金蓮屋裡怎的做窩巢、先在山子底下。落後在屋裡打撅。成日明睡到夜。夜睡到明。與他的衣服首飾花翠銀錢大包帶在身邊。使小廝在門首買東西。見一日也使二三錢銀子。來旺道。惟道箱子裡放着衣服首飾。我問着他。說娘與他的。雪娥道。那娘與他。到是爺與他的哩。這來旺兒遂聽記在心。到晚夕。到後邊吃了幾鍾酒。歸到房中。常言酒發頓腹之言。因開箱子中。看見一疋藍段子。甚是花樣奇異。便問老婆是那裡的段。誰人與你的。趁早實說。老婆不知就裡。故意笑着回道。怪賊囚問怎的。此是後邊見我沒個襖兒。與了這疋段子。放在箱中。沒工夫做。端的誰肯與我。來旺兒罵道。賊淫婦。還搗鬼哄我。端的是那個與你的。又問這些首飾是那裡的。婦人道。呸。怪囚根子。那個沒個娘老子。就是石頭𦊔刺兒裡迸出來。也有個窩巢兒。棗胡兒生的。也有個仁兒。泥人合下來的。他也有靈性兒。靠着石頭養的。也有個根絆兒。爲人就沒個親戚六眷。此是我姨娘家借來的釵梳。是誰與我的。白眉赤眼。兒鬼到死囚根子。被來旺兒一拳來。險不打了一交。兒賊淫婦。還說嘴哩。有人親看見你。和那沒人倫的豬狗有首尾。玉簫丫頭怎的牵頭。送段子的。與你在前邊花園內兩個幹。落後吊在潘家那淫婦屋裡明幹。成日合的不值了。賊淫婦。你還來我手裡吊子曰兒。那婦人便大哭起來。說道。賊不逢好死的囚根子。你做甚麽來家打我。我幹壞了你甚麽事來。你恁是言不是語。丟塊磚瓦兒也要個下落。是那個嚼舌根的。沒空生有。枉口拔舌。調唆你來欺負老娘。老娘不是那沒根基的貨。教人就欺負死。也揀個乾淨地方。誰說我就不信。你問聲兒。宋家的丫頭若把脚畧趄兒把宋字兒倒過來。我也還眦着嘴兒說人哩。賊淫婦王八。你來嘈說我。你這賊囚根子。得不的個風兒就雨兒。萬物也要個實纔好。人教你殺那個人。你就殺那個人。幾句語兒來旺兒不言語了半日說道。不是我打你。一時被那廝局騙了。這疋藍段子越發我和你說了罷。也是去年十一月裡。三娘生日。娘看見我身上。上穿着紫襖。下邊借了玉簫的裙子穿着。說道。媳婦子怪剌剌的。甚麼樣子不好。纔與了我這疋段。誰得閑做他。那個是不知道。就纂我恁一偏舌頭。你錯認了老娘。老娘不是個饒人的明日我呪罵了樣兒與他聽。破着我一條性命。自恁尋不着主兒哩。來旺兒道。你既沒此事罷。平白和人合甚氣。快些打鋪我睡。這婦人一面把鋪伸下。說道。怪倒路死的囚根子。喫了那黃湯。挺你那覺受福乎白惹老娘罵。你那毯臉彈子。于是把來旺掠番在炕上面裡𩑶𩑶歷如雷的了。看官聽說。但凡世上養漢子的婆娘。饒他男子漢十八分精細。咬斷鐵的漢子。吃他幾句左話兒右說的話十個九個。都着了他道兒。正是東淨裡磚兒。又臭又硬。有詩爲証。

宋氏偷情專主房　來旺乘醉詈婆娘
雪蛾牆泄蜂媒事　致使干戈肘掖傍

這宋惠蓮窩盤住來旺兒。過了一宿。到次日到後邊問玉簫。誰人透露此事。終莫知其所由。只顧海罵。雪蛾不敢認把。一日禍便是這段起。月娘使小玉叫取雪蛾。一地裡尋不着。走到來旺兒房門首。只見雪蛾從來旺兒屋裡去來。只猜和他媳婦說話。

不想走到廚下。惠蓮在裡面切肉。良久。西門慶前邊陪着喬大戶說話。央及楊州鹽商王四峰。被安撫使送監在獄中。許銀二千兩。央西門慶對蔡大師人情釋放。剛打發大戶去了。西門慶家中叫來旺。來旺從他屋裡跑出來。正是雪隱鷺鷥飛始見。柳藏鸚鵡語方知。以此都知雪蛾與來旺兒有首尾。一日來旺兒吃醉了。和一般家人小厮。在前邊恨罵。西門慶。說怎的我不在家。要了我老婆。使玉簫丫頭。拿一疋藍段子。別房裡㖃他。把他吊在花園裡姦耍。後來怎的停眠整宿。潘金蓮怎做窩主。由他只休要撞到我手裡。我教他白刀子進去。紅刀子出來。好不好把潘家那淫婦。也殺了。我也只是個死。你看我說出來。做的出來。潘家那淫婦。想着他在家擺死了他頭漢子武大。他小叔武松因來告狀多虧了誰替他上東京打點把武松墊發充軍去了今日兩腳踏住平川路落得他受用還挑撥我的老婆養漢我的仇恨與他結的有天來大常言道一不做二不休到根前再說話破着一命剮便把皇帝打這來旺兒自知路上說話不知草裡有人不想被同行家人來興兒聽見這來興兒本姓因在甘州生養的西門慶父親西門達往甘州販絨去帶了來家使喚就改名叫做甘來興兒至是十二三年光景娶妻生子西門慶常叫他在家中買辦食用攢錢近日因與來旺媳婦宋氏勾搭把買辦奪了却教來旺兒管領這來興兒就與來旺不睦兩個有殺人之仇聽見發此言語有個不懷仇忌恨的于是走來潘金蓮房裡告訴與金蓮金蓮正和孟玉樓一處坐的只見

來興兒揪簾子進來。金蓮便問來興兒。你來有甚事。你爹今日往誰家吃酒去了。來興道今日俺爹和應二爹往門外送殯去了。適有一件事告訴老人家。只放在心裡。休說是小的來說。金蓮道你有甚事。只顧說不妨事。來興兒道別無甚事。自耐來旺兒昨日不知那裡吃的稀醉了。在前邊大喓小喝。指猪罵狗。罵了一日。又邏着小的廝打。小的走開一邊不理他。對着家中大小。又罵爹和五娘。潘金蓮就問賊囚根子。罵我怎的。來興。小的不敢說。三娘在這裡也不是別人。那廝說爹怎的打發他不在家。要了他的爹老婆。使玉簫怎的送了一疋段子到他房裡。又是証見說五娘怎的做窩主。賺他老婆在房裡和爹兩個明睡到夜。夜睡到明。他打下刀子。要殺爹和五娘。白刀子進去。紅刀子出來又說五娘那咱在家毒藥擺殺了親夫多虧了他上東京去打點救了五娘一命說五娘如今恩將仇報挑撥他老婆養漢小的穿青衣抱黑柱不先來告五娘說聲早晚休乞那厮暗算玉樓聽了如提在冷水盆內一般先吃一驚這金蓮不聽見便罷聽了此言粉面通紅銀牙咬碎罵道這犯死的奴才我與他往日無冤近日無仇他主子要了他的老婆他怎的纏我我若教這奴才在西門慶家永不算老婆怎的我虧他救活了性命因分付來興兒你且去等你爹來家問你時你也只照恁般說來興兒說五娘說那裡話小的又不賴他有一句說一句隨爹怎的問也只是這等說說畢來興兒往前邊去了玉樓便問金蓮真個他和爹這媳婦可有金蓮道你問那沒廉恥的貨甚

的好老婆也不枉了教奴才這般挾制了。在人家使過了的。九焯十八火的主子的奴才淫婦。當初在蔡通判家房裡。和大婆作弊養漢。壞了事。纔打發出來。嫁了廚子蔣聰。見過一個漢子。他怎的不可舞手。有一拿小米數兒甚麽事兒不知道。賊強人瞞神兒諕鬼。使玉簫送段子兒與他。做襖兒穿。我看他胆子敢穿出來。筭他好老婆。也是一冬裡。我要告訴你。沒告訴你。那一日大姐姐往喬大户家吃酒。不在。咱每都不在前邊下棋。只見丫頭說他爹來家。咱每不散了。落後我走到後邊儀門首。見小玉立在穿廊下。我問他。小玉望着我搖手兒。我剛走到花園前。只見玉簫那狗肉。在角門首站立。原來替他兩個覷風。我還不知。故教我徑往花園裡走。玉簫攔着我。不教我進去。說爹在裡

面教我罵了兩句賊狗肉。我從新又怕起你爹來了。我到疑影
和他有些甚麼查子帳。不想走到裡面他和媳婦子在山洞裡
幹営生。他老婆見我進去。把臉飛紅的走出來了。他爹見了我
訕訕的。乞我罵了兩句。沒廉耻落後媳婦子。走到屋裡打旋麽
跪着我教我休對他娘說。落後正月裡他爹要把淫婦安托在
我屋裡過一夜兒。乞我和春梅折了幾句。再幾時容他傍個影
兒賊萬殺的奴才。沒的把我扯在裡頭。說我招惹他。好嬌態的
奴才淫婦我肯容他在那屋裡頭弄砕兒。就是我罷了。俺春梅
那小肉兒。他也不肯容他。玉樓道嗔道賊臭肉。在那在坐着見
了俺每意意似似的。待起不起的。誰知原來背地有這本帳。論
起來。他爹也不該要他。那裡尋不出老婆來。教奴才在外邊猖

揚。甚麽様子。傳出去了醜聽。金蓮道。左右的皮靴兒沒番正。你要奴才老婆奴才暗地裡偷你的小娘子。彼此換着做賊。小婦奴才。千也嘴頭子嚼說人。萬也嚼說。今日打了嘴也說不的。玉樓向金蓮道。這些事咱對他爹說好。不對他爹說好。大姐姐又不管。倘忽那厮眞個安心。咱每不言語。他爹又不知道。一時遭了他手怎的。正是有心筭無心。不備怎提備。六姐你還該說說正是爲驢扭棍傷了紫荆樹。金蓮道。我若饒了這奴才。除非是他就合下我來。正是平生不作皺眉事。世上應無切齒人。有詩爲証。

來旺無端醉詈主　甘興懷恨架風波

金蓮聽畢眞情話　咬碎銀牙怒氣多

西門慶至晚來家，只見金蓮在房中，雲鬟不整，睡揾香腮，哭的眼壞壞的。問其所以，遂把來旺兒酒醉發言，要殺主之事，訴說一遍。見有來興兒，某日親自聽見他罵，你說此言語，思想起來，你背地圖要他老婆，他便背地要你家小娘子，你的皮靴兒沒番正。那厮殺你，便該當與他何干，連我一例也要殺，趂早不爲之計，夜頭早晚，人無後眼，只怕暗遭他毒手。西門慶因問誰和那厮有首尾。金蓮道，你休來問我，只問那上房裡小玉便知了。又說這奴才欺負我不是一遭兒了，說我當初怎的用藥擺殺漢子，你要了我來，虧他尋人情搭救出我性命來，在外邊對人揚條，早是奴沒生下兒長下女，若是生下兒長下女，教賊奴才揚條着好聽，敢說你家娘當初在家不得地時，也虧你尋人情救了他性命。恁說在你臉上。也無光了。你便沒羞。我都成不的。要這命做甚麽。這門慶聽了婦人之言。走到前邊。叫將來興兒無人處。問他始末緣由。這小厮一五一十。說了一遍。走到後邊摘問了小玉口詞。與金蓮頭說無差。委的某日。親眼看見雪蛾從他來旺兒屋裡出來。他媳婦兒不在屋裡。委的有此事。這西門慶心中大怒。把孫雪蛾打了一頓。被月娘再三勸了。拘了他頭面衣服。只教他伴着家人媳婦上竈。不許他見人。此事表過不題。西門慶在後邊。因使玉簫叫了宋惠蓮。背地親自問他。這老婆便道。阿呀。爹你老人家沒的說。他可是沒有這個話。我就替他賭了大誓。他酒便吃兩鍾。敢恁七個頭八個膽。背地裡罵爹。又吃紂王水土。又說紂王無道。他靠那裡過日子。爹你不要聽人言語、我且問爹、聽見誰說這個話來。那西門慶被老婆一席話兒。閉口無言。問的急了。說是來興兒告訴我說來。他每日吃醉了。在外風裡言。風裡語罵我。惠蓮道。來興兒因爹叫俺這一個買辦。說俺每奪了他的。不得撰些錢使。挾下這仇恨兒。平空做作出來。拿這血口噴他。爹就信了。他有這個欺心的事。我也不饒他。爹你依我。不要教他在家裡。在家裡和他合氣。與他幾兩銀子本錢。教他信信脫脫。遠離他鄉。做買賣去。休要放他在家裡。曠了他身子。自古道。飽暖生閑事。飢寒發盜心。他怎麼不胡生事兒。這裡無人。他出去了。早晚爹和我說句話兒。也方便些。西門慶聽了。滿心歡喜。說道。我的兒。說的是。我有心叫他早上東京。與蔡太師押送生辰担。他又纔從杭州回來家。不好又使他的吽來保去罷。既你這說我明日打發他去便了。同來時我教他領一千兩銀子。同主管往杭州販買紬絹絲線做買賣。你意下何如。老婆心中大喜。說道爹若這等纔好。休放他在家裡使的他馬不停蹄纔好。正說着西門慶見無人。就摟他過來親嘴。老婆先遞舌頭在他口裡。兩個咂做一處。婦人道爹你許我編鬏髻。怎的還不替我編。恁時候不戴到幾時戴。只教我成日戴這頭髮殼子兒。西門慶道不打緊。到明日將八兩銀子往銀匠家替你拔絲去。西門慶又道怕你大娘問怎生回答。老婆道不打緊。我自有話打發他。只說問我姨娘家借來戴戴。怕怎的。當下二人說了一回話。各自分散了。到了次日。西門慶在廳上坐着。吽過來旺兒來。你收拾衣服行李。赶後日三月二十八日起身。往東京押送蔡太師。生辰担去。回來我還打發你杭州做買賣去。這來旺兒心中大喜。應諾下來。回房收拾行李。在外買人事。來興兒打聽得知。就來告報金蓮知道。金蓮打聽西門慶在花園捲棚內。走到那裡不見西門慶。只見陳經濟那裡封蟒衣尺頭。先是叫銀匠在家。打造了一付四陽捧壽銀人。都是高一尺有餘。甚是奇巧。又是兩把金壽字壺。兩副玉桃杯。兩套杭州織造。大紅五彩羅段紵絲蟒衣。只少兩疋玄色焦布。和大紅紗蟒衣。一地裡拿銀子。尋不出來。李瓶兒道。我那邊樓上。還有幾件沒裁的蟒。等我瞧去。不一時西門慶與他同往上樓去尋。揀出四件來。兩件大紅紗。兩疋玄色焦布。俱是金織邊五彩蟒衣。比杭州織來的花樣身分更強十倍。把西門慶喜歡要不的。正在捲棚內。教陳經濟封尺頭。金蓮便問你爹在那裡。你封的是甚麼。經濟道。爹纔在這裡來。往六娘那邊樓上去。我封的是往東京蔡太師生辰担的尺頭。金蓮問打發誰去。經濟道。我聽見昨日。爹分付來旺兒去。敢打發來旺兒去。這金蓮纔待下臺基。往花園那條路上走。正撞見西門慶。叫到屋裡問他明日打發誰往東京去。西門慶道。來旺兒和吳主管二人。還有鹽客王四峯。一千幹事的銀兩。以此多着兩個去。婦人道。隨你心下。我說的話兒你不依。到聽那奴才淫婦。一面兒言。他隨問怎的。只護他的漢子。那奴才有話在先。不是一日兒了。左右破着。把老婆丟與你。坑了你這頭子。拐的往那頭裡停停脫脫去了。看哥哥兩眼兒哩。你的白丟了罷了。難為人家一千兩銀子。

不怕你不賠他我說在你心裡隨你隨你老婆無故只是爲你
這奴才發言不是一日了不曾你貪他這老婆你留他在家裡
不好你就打發他出去做買賣也不好你留他在家裡早晚沒
這些眼防範他你打發他外邊去他使了你本錢頭一件你先
說不的他你若要他這奴才老婆不如先把奴才打發他離門
離户常言道剪草不除根萌芽依舊生剪草若除根萌芽再不
生就是你也不躭心老婆他也死心塌地一席話兒說的西門
慶如醉方醒正是數語撥開君子路片言提醒夢中人畢竟未
知後來如何且聽下回分解

第二十六回

來旺遞解徐州

蕙蓮含羞自縊

第二十六回

來旺兒遞解徐州　宋惠蓮含羞自縊

閑居慎句說無妨　纔說無妨便有方
爭先徑路機關惡　近後語言滋味長
爽口物多終作疾　快心事過必爲殃
與其病後能求藥　不若病前能自防

話說西門慶。聽了金蓮之言。變了卦兒。到次日那來旺兒。收拾行李伺候。裝馱垛起身。上東京。等到日中。還不見動靜。只見西門慶出來。叫來旺兒到根前。說道。我夜間想來。你纔打杭州來家。多少時兒。又教你往東京去。忒辛苦了。不如叫來保替你去罷了。你且在家歇息幾日。我到明日家門首生意。尋一個與你做罷。自古物定主財。貨隨客便。那來旺兒。那裡敢說甚的。只得應諾下來。西門慶就把生辰担。并細軟銀兩。馱槖書信。交付與來保。和吳主管五月廿八日起身。往東京去了。不在話下。這來旺兒回到房中。把押担生辰不要他去。教來保去了一節。心中大怒。吃酒醉倒房中。口中胡說。怒起宋惠蓮來。要殺西門慶。被宋惠蓮罵了他幾句。你咬人的狗兒。不露齒。是言不是語。墻有縫壁有耳。吃了那黃湯。挺他兩覺。打發他上床睡了。到次日走到後邊串作玉簫房裡。請出西門慶。兩個在廚房後墻底下。僻靜處說話。玉簫在後門首替他觀着風。老婆甚是埋怨。西門慶說道。爹你是個人。你原說教他去。怎麼轉了靶子。又教別人去你乾淨是個毬子心腸。滚下滚上。燈草拐棒兒。原拄不定。把你到明日盖個廟兒。立起個旗杆來。就是個謊神爺。你謊乾淨順屁股喇喇。我再不信你說話了。我那等和你說了一塲。就沒些情分兒。西門慶笑道。到不是此說。我不是也教他去。恐怕他東京蔡太師府中不熟。所以教來保去了。留下他家門首。尋個買賣與他做罷。婦人道你對我說。尋個甚麼買賣與他做。西門慶道。我教他搭個主管。在家門首開酒店。婦人聽言。滿心歡喜。走到屋裡。一五一十。對來旺兒說了。单等西門慶示下。一日西門慶在前廳坐下。着人呌來旺兒近前。卓上放下六包銀兩。說道。孩兒你一向杭州來家。辛苦要不的。教你往東京去了。恐怕你蔡府中不十分熟些。所以教來保同吳主管去了。今日這六包銀子三伯兩。你拿去搭上個主管。在家門首開個酒店。月間尋些利息孝順我。也是好處。那來旺連忙扒在地下磕頭。領了六包銀兩。回到房中。告與老婆說。他到過瞧來了。拿買賣來窩盤我。今日與了我這三百兩銀子。教我搭主管開酒店做買賣。老婆道。怪賊黑囚。你還嗔老娘說。一鍬就撅了井。也等慢慢來。如何今日也做上買賣了。你安分守已。休再吃了酒。口裡六說白道。來旺兒叫老婆把銀兩收在箱中。我在街上尋夥計去也。於是走到街上。尋主管。尋到天晚。主管也不成。又吃的大醉來家。老婆打發他睡了。也是合當有事。剛睡下沒多大回。約一更多天氣。將人纔初靜時分。只聽得後邊一片聲。叫趕賊。老婆忙推醒來旺兒。酒還未醒。楞楞睜睜。扒起來。就去取床前防身稍棒。要往後邊趕賊。婦人道。夜晚了。須看個動靜。你不可輕易就進去。來旺兒道。養軍千日。用在一時。豈可聽見家有賊怎不行趕。于是拖着稍棒。大扠走入儀門裡面。只見玉簫在廳堂臺上站立。大叫一個賊往花園中去了。這來旺兒徑往花園中趕來。趕到廂房中角門首。不防黑影拋出一條櫈子來。把來旺兒絆倒了一交。只見啊啷了一聲。一把刀子落地。左右閃過四五個小厮。大叫捉賊。一齊向前。把來旺兒一把捉住了。來旺兒道我是來旺兒進來趕賊。如何顛倒把我拿住了。眾人不由分說。一步兩棍。打倒廳上。只見大廳上燈燭熒煌。西門慶坐在上面。即叫拿上來。來旺兒跪在地下說道。小的聽見有賊。進來捉賊。如何到把小的拿住了。那來興兒就把刀子放在面前。與西門慶看。西門慶大怒罵道。眾生好度人難度。這厮真個殺人賊。我到見你杭州來家。教你領三百兩銀子做買賣。如何寅夜進內來要殺我。不然拿這刀子做甚麼。取過來我燈下觀看。是一把背厚刃薄扎尖刀。鋒霜般快。看見越怒。喝令左右與我押到他房中。取我那三百兩銀子來。衆小廝隨即押到房中。惠蓮見了。放聲大哭說道。他去後邊捉賊。如何拿他做賊。向來旺道我教你休去。你不聽。只當暗中了人的拖刀之計。一面開箱子。取出六包銀兩來。拿到廳上。西門慶燈下打開觀看。內中止有一包銀兩。餘者都是錫鉛定子。西門慶大怒。因問如何抵換了我的銀兩。往那裡去了。趂早實說。那來旺兒哭道。爹擡舉小的做買賣。小的怎敢欺心抵換銀兩。西門慶道。你打下刀子。還要殺我。刀子現在。還要支吾甚麼。因把甘來興兒叫到面前跪下挑証說你從某日。沒曾在外對衆發言要殺爹。嗔爹不與你買賣做。這來旺兒。只是嘆氣張眉。口兒合不的要。西門慶道。既賍証刀杖明白。叫小厮與我拴鎖在門房內。明日寫狀子送到提刑所去。只見宋惠蓮雲鬢蓬鬆。衣裙不整。走來廳上。向西門慶不當不正跪下。說道爹此是你幹的營生。他好意進來赶賊。把他當賊拿了。你的六包銀子。我收着原封兒不動。平白怎的抵換了。恁活埋人。也要天理。他爲甚麼。你只因他甚麼。打與他一頓。如今拉刺刺着送他那裡去。西門慶見了他。回嗔作喜道。媳婦兒不關你事。你起來。他無理胆大。不是一日。見藏着刀子。要殺我。你不得知道。你自安心。沒你之事。因令來安兒小厮。好速攙扶你嫂子回房去。休要慌嚇他。那惠蓮只顧跪着不起來。說爹好狠心處。你不看僧面看佛面。我恁說着。你就不依依兒。他雖故他吃酒。並無此事。纏的西門慶急了。教來安兒攙他起來。勸他回房去了。到天明。西門慶寫了柬帖。叫來興兒做証見。揣着狀子。押着來旺兒。往提刑院去。說某日酒醉持刀。夤夜殺害家主。又抵換銀兩等情。纔待出門。只見吳月娘輕移蓮步。走到前廳。向西門慶再三將言勸解。說道。奴才無禮。家中處分他便了。好要拉刺刺出去。驚官動府做甚麼。西門慶聽言。圓睜二目喝道。你婦人家不曉道理。奴才安心要殺我。你到還教饒了他罷。于是不聽月娘之言。喝令左右把來旺兒押送提刑院去了。月娘當下羞赧而退。回到後邊。向玉樓衆人說道。如今這屋裡亂世爲王。九條尾狐狸精出世。不知聽信了甚麼人言語。平白把小廝弄出去了。你就賴他做賊。萬物也要個着實纔好。拿紙棺材糊人。成個道理。恁沒道理昏君行貨。宋惠蓮跪在當面哭泣。月娘道。孩兒你起來不消哭。你漢子恒是問不的他死罪。打死了人還有消繳的日子兒。賊強人他吃了迷魂湯了。俺每說話不中聽。老婆當軍充數兒罷了。玉樓向惠蓮道。你爹正在個氣頭上。待後慢慢的俺每再勸他。你安心回房去罷。按下這裡不題。單表來旺兒押到提刑院。西門慶先差玳安下了一百石白米與夏提刑賀千户二人。受了禮物。然後坐廳。來興兒遞上呈狀。看了一遍。已知來旺。先因領銀做買賣。見財起意。抵換銀兩。恐家主査筭。夤夜持刀突入後廳。謀殺家主等情。心中大怒。把來旺叫到當廳。審問這件事。這來旺兒告道。望天官爺査情。容小的說。小的便說。不容小的。小的不敢說。夏提刑道。你這厮見獲贓証明白。勿得推調。從實與我說來。免我動刑。來旺兒悉把西門慶。初時令某人將藍段子。怎的調戲他媳婦兒宋氏成姦。如今故入此罪。要墊害圖霸妻子一節。訴說一遍。夏提刑大喝了一聲。令右左打嘴巴。說你這奴才欺心背主。你這媳婦也是你家主娶的。配與你爲妻。又托資本與你做買賣。你不思報本。還生事倚醉。夤夜突入卧房。持刀殺害。滿天下人都像你這奴才。也不敢使人了。來旺兒口還叫寃屈。被夏提刑叫過甘來興兒過來面前執証。那來旺兒有口也說不得了。正是會施天上計。難免目前災。夏提刑即令左右選大夾棍上來。把來旺兒夾了一夾。打了二十大棍。打的皮開肉綻。鮮血淋漓。分付獄卒。帶下去收監。來與兒鉞安兒。來家回覆了西門慶話。西門慶滿心歡喜。分付家中小厮。鋪盖飯食。一般都不與他送進去。但打了休要來家。對你嫂子說。只說衙門中一下兒也沒打他。監幾日便放出來。衆小厮應諾道。小的每知道了。這宋惠蓮自從拿了來旺兒去後。頭也不梳。臉也不洗。黃着臉兒。裙腰不整。倒靸了鞋。只是關閉房門哭泣。茶飯不吃。西門慶慌了。使了玉簫。并賁四娘子兒。再三進房勸解他。說道你放心。爹因他吃酒狂言。監他幾日。耐他性兒。不久也放他出來。惠蓮不信。使小厮來安兒送飯進監去。回來問他。也是這般說。哥見官一下兒也沒打。一兩日來家。教嫂子在家安心。這惠蓮聽了此言。方纔不哭了。每日淡埽蛾眉。薄施脂粉。出來走跳。西門慶要便來回打房門首走。老婆在簾下叫道房裡無人爹進來坐坐不是西門慶抽身進入房裡與老婆做一處說話西門慶哄他說道我兒你放心我看你面上寫了帖兒對官府說也不曾打他一下兒監他幾日耐耐他性兒一兩日還放他出來還教他做買賣婦人摟抱着西門慶脖子說道我的親達達你好歹看奴之面奈何他兩日放他出來隨你教他做買賣不教他做買賣也罷這一出來我教他把酒斷了隨你去近到遠使他往那去他敢不去再不你若嫌不自便替他尋上個老婆他也罷了我常遠不是他的人了西門慶道我的心肝你話是了我明日買了對過喬家房收拾三間房子與你住搬了那裡去咱兩個自在頑耍老婆道着來親親隨你張主便了說畢兩個閉了門首原來婦人夏月常不

穿褲兒只单吊着兩條裙子。遇見西門慶在那裡便掀開裙子了
就幹。口中常噙着香茶餅兒。于是二人觧佩露腰妃之玉。有幾
點漢署之香。雙鳬飛肩雲雨一席。婦人將身帯所佩的白銀條
紗挑線四條穗子的香袋兒。裡面裝着松栢兒挑着冬夏長青
玫瑰花蕋并跤趾排草。挑着嬌香美愛八個字。把西門慶令轉
了喜的心中要不的。恨不的與他誓共死生。不能遽捨。向袖中
又掏了一二兩銀子。與他買菓子吃。房中盤纏。再三安撫他不
消憂慮。只怕憂慮壞了你。我明日冩帖子。對夏大人說就放他
出來。說了一回。西門慶恐有人來。連忙出去了。這婦人對了西
門慶此話。到後邊對衆丫鬟媳婦。詞色之間。未免輕露。孟玉樓
早已知道。轉來告潘金蓮。說他爹怎的早晚要放來旺兒出來

另替他要一個怎的要買對門喬家房子把媳婦子吊到那裡去與他三間房住又買個丫頭扶侍他與他編銀絲鬏髻打頭面一五一十說了一遍就和你我等輩一般甚麼張致大姐姐也就不管管兒潘金蓮不聽便罷聽了忿氣滿懷無處着雙腮紅上更添紅說道真個由他我就不信了今日與你說的話我若教賊奴才淫婦與西門慶做了第七個老婆我不是喇嘴說就把潘字吊過來哩玉樓道漢子沒正條大的又不管咱每能走不能飛到的那些兒金蓮道你也忒不長俊要這命做甚麼活一百歲殺肉吃他若不依我拚着這命擯兑在他手裡也不差甚麼玉樓笑道我是小胆兒不敢惹他看你有本事和他纏話休絮煩到晚西門慶在花園中翡翠軒書房裡坐的要教陳

經濟來寫帖子。往夏提刑處說。要放來旺兒出來。被金蓮驀地走到根前。搭伏着書桌兒問你教陳姐夫寫甚麼帖子。送與誰家去。西門慶不能隱諱。把來旺兒責打與他幾下。放他出來罷。一節告訴一遍。婦人止住小廝。且不要叫陳姐夫來。坐在傍邊。因說道你空躭着漢子的名兒原來是個隨風倒舵順水推船的行貨子。我那等對你說的話兒你不依。倒聽那賊奴才淫婦話兒隨你怎的逐日沙糖拌蜜與他吃他還只疼他的漢子依你如今。把那奴才放出來。你也不好要他這老婆的了。教他奴才好藉口。你放在家裡不葷不素。當做甚麼人兒看成待要把他做你小老婆。奴才又見在。待要說是奴才老婆。你見把他逞的恁沒張置的在人根前上頭上臉。有些些樣兒就筭另替那奴才娶一個着你要了他這老婆往後倘忽你兩個坐在一答裡。那奴才或走來根前回話。做甚麼見了有個不氣的。老婆見了他站起來是。不站起來是。先不先只這個就不雅相。傳出去休說六隣親戚笑話。只家中大小把你也不着在意裡。正是上梁不正下梁歪。你既要幹這營生。誓做了泥鰍怕污了眼睛。不如一狠二狠把奴才結果了。你就摟着他老婆也放心。幾句又把西門慶又念翻了。把帖子寫就了。送與提刑院。教夏提刑限三日提出來受一頓拷。識撈打的通不像模樣。提刑兩位官府并上下觀察緝捕排軍。監獄中押鎖上下。都受了西門慶財物。只要重不要輕。內中有一當案的孔目陰先生。名喚陰騭。乃山西孝義縣人。極是個仁慈正直之士。因是提刑官吏。上下受了西門慶賄賂。要陷害此人。圖謀他妻子。故入他奴婢圖財。持刀謀殺家長的重罪。也要天理。做官的養兒養女也往上長。再三不肯做文書送問。與提刑官抵面相講。況兩位提刑官。上下都被西門慶買通了。以此掣肘難行。又況來旺兒監中無錢。受其淩逼。多虧陰先生憫念他。負屈啣寃。是個沒底人。反替他分付監中獄卒。凡事鬆寬看顧他。延挨了幾日。人情兩盡。只把當廳責了他四十。論個遞解原籍徐州為民。當查原贓花費十七兩鉛錫五包。責令西門慶家人來興兒領回。差人寫了個帖子。回覆了西門慶。隨教即日押發起身。這裡提刑官當廳押了一道公文。差兩個公人。把來旺兒取出來。已是打的稀爛。旋釘了扭。上了封皮。限即日起程。逕往徐州管下交割。可憐這來旺兒。在監中監了半月光景沒錢使用弄的身體狼狽衣服藍縷沒處投奔京告兩個公人哭泣不一說兩位哥在上我打了一場屈官司身上分文沒有寸布皆無要奏些脚步錢與二位無處所奏望你可憐見押我到我家主家處有我的媳婦兒并衣服箱籠討出來變賣了致謝二位并路途盤費也討得一步鬆寬那兩個公人道你好不知道理你家主西門慶既要擺佈了一場他又肯發出媳婦并箱籠與你你還有甚親故俺每看陰師父分上瞞上不瞞下領你到那裡胡亂討些錢米勾你路上盤費便了誰指望你甚脚步錢兒來旺道二位哥哥你只可怜引我先到我家主門首我央浼兩三位親隣替我美言討討兒無多有少兩個公人道也罷我每押你到他門首這來旺兒先到應伯

爵門首。伯爵推不在家。又央了左隣賈仁清伊面慈二人來西門慶家替來旺兒說念討媳婦箱籠。西門慶也不出來。使出五六個小廝。一頓棍打出來。不許在門首纏繞。把賈伊二人羞的要不的。他媳婦兒宋惠蓮在屋裡瞞的鐵桶相似。並不知一字。西門慶分付那個小厮。走漏消息。决打二十板。兩個公人。又押到丈人家。賣棺材的宋仁家。來旺兒如此這般。對宋仁哭訴其事。打發了他一兩銀子與那兩個公人一吊銅錢。一斗米路上盤纏。哭哭啼啼。從四月初旬離了清河縣。往徐州大道而來。這來旺兒。又是那棒瘡發了。身邊盤纏缺乏。甚是苦惱。正是若得苟全痴性命。也甘飢餓過平生。有詩為証。

當案推詳秉至公　來旺遭陷出牢籠

今朝遞解徐州去　病草萋萋遇暖風

不說來旺兒遞解徐州去了且說宋惠蓮在家每日只盼他出來小廝一般的替他送飯到外邊衆人都吃了轉回來惠蓮問着他只說哥吃了監中無事若不是也放出來了連日提刑老爹沒來衙門中問事也只在一二日來家西門慶又哄他說我差人說了不久即出婦人以為信實一日風裡言風裡語聞得人說來旺兒押出來在門首討衣箱不知怎的去了這婦人幾次問衆小廝每都不說忽見鉞安兒跟了西門慶馬來家叫住問他你旺哥在監中好麼幾時出來鉞安道嫂子我告你知了罷俺哥這早晚到流沙河了惠蓮問其故這鉞安千不合萬不合如此這般打了四十板遞解原籍徐州家去了只放你心裡

休題我告你說。這婦人不聽萬事皆休。聽了此言是實。關閉了房門放聲大哭道。我的人㗘你在他家幹壞了甚麼事來。被人紙棺材暗筭計了你。你做奴才一塲。好衣服沒曾揮下一件在屋裡。今日只當把你遠離他鄉筭的去了。坑得奴好苦也。你在路上死活未知。存亡未保。我如今合在缸底下一般。怎的曉得。哭了一回。取一條長手巾。拴在臥房門楮上。懸梁自縊。不想來昭妻一丈青。住房正與他相連。說後來聽見他屋裡哭了一回。不見動靜。半日只聽喘息之聲。扣房門叫他不應。慌了手脚。教小廝平安兒撬開窻户。拴進去。見婦人穿着隨身衣服。在門楮上正吊得好。一面解救下來。關了房門。取姜湯撅灌。須臾捜的後邊知道。吳月娘率領李嬌兒孟玉樓西門大姐李瓶兒玉簫小玉都來看視見。賁四娘子兒也來瞧。一丈青攙扶他坐在地下。只顧哽咽白哭。不出聲來。月娘叫着他只是低着頭。口吐涎痰不答應。月娘便道。原來是個傻孩子。你有話只顧說便好。如何尋這條路起來。因問一丈青。灌些姜湯與。他不曾。一丈青道。纔灌了些姜湯吃了。月娘令玉簫扶着他親叫道。蕙蓮孩兒你有甚麽心事。越發老實叫上幾聲不妨事。問了半日。那婦人哽咽了一回。大放聲排手拍掌哭起來。月娘叫玉簫扶他上炕。他不肯上炕。月娘衆人勸了半日。回後邊去了。止有賁四嫂同玉簫相伴在屋裡。只見西門慶掀簾子進來。也看見他坐在冷地下哭泣。令玉簫你攙他炕上去罷。玉簫道。剛纔娘教他上去。他不肯去。西門慶道。好襁孩子。冷地下冰着你。你有話對我說。如何這等拙智惠蓮把頭搖着說道爹你好人兒你瞞着我幹的好勾當兒還說甚麼孩子不孩子你原來就是個弄人的劊子手把人活埋慣了害死人還看出殯的你成日間只哄着我今日也說放出來明日也說放出來只當端的好出來你如遞解他也和我說聲兒暗暗不透風就解發遠遠的去了你也要合憑個天理你就信着人幹下這等絕户計把圈套兒做的成你還瞞着我你就打發兩個人都打發了如何留下我做甚麼西門慶笑道孩兒不關你事那厮壞了事難以打發你你安心我自有個處因今玉簫你和賁四娘子相伴他一夜兒我使小厮送酒來你每吃說畢往外去了賁四嫂良久扶他上炕坐的和玉簫將話兒勸解他做一處坐的只見西門慶到前邊舖子裡

問傳夥計要了一吊錢買了一錢酥燒拿盒子盛了又是一瓶酒使來安兒送到惠蓮屋裡說道爹使我送這個與嫂子吃惠蓮看見一頓罵賊囚根子趁早與我都拿了去省的我摔一地大拳打了這回拿手撲拳來安兒道嫂子收了罷我拿回去爹又打我于是放在卓子上就是那惠蓮跳下來把酒拿起來纔待趕着摔了去被一丈青攔住了那賁四嫂看着一丈青咬指頭兒正相伴他坐的只見賁四嫂家長兒走來叫他媽他爹門外頭來家要吃飯賁四嫂和一丈青走出來到一丈青門首只見西門大姐在那裡和來保兒媳婦惠祥說話因問賁四嫂那裡去賁四嫂道他爹門外頭來了要飯吃我到家瞧瞧就來我來看看乞他大爹再三央陪伴他坐坐兒誰知倒把我來掛住

了。不得脫身。因問他想起甚麼幹這道路。一丈青接過來道。早是我打後邊來。聽見他在屋裡哭着。就不聽的動靜兒。乞我慌了。推門推不開。旋叫了平安兒來。打窗子裡跳進去。纔救下來了。若遲了一步兒。胡子老兒吹燈。把人了了。惠祥道。剛纔爹在屋裡。他說甚麼來。那賁四嫂只顧笑。說道看不出他。旺官娘子原來也是個辣菜根子。和他大爹。白搽白折的平上。誰家媳婦兒有這個道理。惠祥道。這個媳婦兒。比別的媳婦兒不同好些從公公身上。拉下來的媳婦兒。這一家大小誰如他。說畢。往家裡去了。一丈青道。四嫂。你到家快來。賁四嫂道。甚麼話。我若不來。惹他大爹就怪死了。西門慶白日教賁四嫂和一丈青陪他坐。晚夕教玉簫伴他一處。睡慢慢將言詞說勸化他。說道宋大姐。你是個聰明的、趁早恁妙齡之時一朶花初開。主子愛你。也是緣法。相投你如今將上不足。比下有餘、守着主子、強如守着奴才。他去也是去了。你恁煩惱不打緊。一時哭的有好歹。却不辜負了你的性命。常言道。我做了一日和尚撞了一日鐘。往後貞節輪不到你頭上了。那惠蓮聽了。只是哭涕。每日飯粥也不吃。玉簫回了西門慶話。西門慶又令潘金蓮親來對他說也不依。金蓮惱了。向西門慶。賊淫婦他一心只想他漢子。千也說一夜夫妻百夜恩。萬也說相隨百步。也有個徘徊意。這等貞節的婦人便拿甚麼拴的住他心。西門慶笑道。你休聽他擴說。他若早有貞節之心。當初只守着廚子蔣聰。不嫁來旺兒了。一面坐在前廳上。把衆小厮家人、都叫到根前。審問你每近前幾日來旺兒逓解去時是誰對他說來趁早舉出來我也一下不打他不然我打聽出每人三十板子即與我離門離户忽有畫童跪下說道小的不敢說西門慶道你說不妨畫童道那日小的聽見鉞安跟了爹馬來家在夾道内嫂子問他他走了口對嫂子說這西門慶不聽便罷聽了心中大怒一片聲使人尋鉞安兒這鉞安兒早已知此消息一直躲在潘金蓮房裡不出來金蓮正洗臉小厮走到屋裡跪着哭道五娘救小的則個金蓮罵道賊囚猛可走來諕我一跳你又不知幹下甚麼事鉞安道爹因爲小的告嫂子說了旺哥去了要打我娘好歹勸勸爹過出去爹在氣頭上小的就是死罷了金蓮啐道因根子諕的鬼也似的我說甚麼勾當來恁驚天動地的原來爲那奴才淫婦分付

你在我這屋裡不要出去于是藏在門背後西門慶見叫不將鉞安去在前廳暴叫如雷一連使了兩替小厮來金蓮房裡尋他都被金蓮罵的去了落後西門慶一陣風自家走來到手裡拿着馬鞭子問奴才在那裡金蓮不理他被西門慶遶屋走了一遍從門背後採出鉞安來要打乞金蓮向前把馬鞭子奪了掠在牀頂上說道沒廉耻的貨兒你臉做個主了那奴才淫婦想他漢子上吊羞急拿小厮來煞氣關小厮另脚兒事那西門慶氣的睜睜的金蓮叫小厮你往前頭幹你那營生去不要理他等他再打你有我哩那鉞安得手一直往前去了正是兩手劈開生死路翻身跳出是非門這潘金蓮幾次見西門慶留意在宋惠蓮身上于是心生一計行在後邊唆調孫雪蛾說來旺

兒媳婦子。怎的說你要了他漢子。備了他一篇是非。他爹惱了。纔把他漢子打發了。前日打了你那一頓。拘了你頭面衣服都是他過嘴苦說的。這孫雪蛾耳滿心滿掉了。雪蛾口氣兒走到前邊。向惠蓮又是一樣說說孫雪蛾。怎的後邊罵你。是蔡家使喝了的奴才。積年轉主子養漢。不是你背養主子。你家漢子怎的離了他家門。說你眼淚留着些脚後跟。說的兩下都懷仇忌。恨一日也是合當有事。四月十八日。李嬌兒生日。院中李媽媽并李桂姐。都來與他做生日。吳月娘。留他同衆堂客在後廳飲酒。西門慶徃人家赴席不在家。這宋惠蓮吃了飯兒從早辰在後邊打了個提兒。一頭拾到屋裡直睡到日沉西。由着後邊一替兩替使了丫鬟來叫。只是不出來。雪蛾尋不着這個由頭兒走來他房裡叫他說道嫂子做了王美人了怎的這般難請那惠蓮也不理他只顧面朝裡聽這雪蛾又道嫂子你思想你家旺官兒哩早思想好來不得你他也不得死還在西門慶家裡這惠蓮聽了他這一句話打動潘金蓮說的那情由翻身跳起來望雪蛾說道你沒的走來浪聲顙氣他便因我弄出去了你爲甚麼來打你一頓攆的不容上前得人不說出來大家將就些便罷了何必撐着頭兒來尋趁人這雪蛾心中大怒罵道好賊奴才養漢淫婦如何大胆罵我惠蓮道我是奴才淫婦你是奴才小婦我養漢養主子強如你養奴才你倒背地偷漢我的漢子你還來倒自家掀騰這幾句話分明戳在雪蛾身上那雪蛾怎不急了那宋惠蓮不防他被他走向前一個巴掌打在臉

上。打的臉上通紅的。說道你如何打我。於是一頭撞將去。兩個就揪扭打在一處。慌的來昭妻一丈青。走來勸解。把雪蛾拉的後走。兩個還罵不絕口。吳月娘走來罵了兩句。你每都沒些規矩兒。不管家裡有人沒人。都這等家反宅亂。等你主子回來。我對你主子說不說。當下雪蛾便往後邊去了。月娘見惠蓮頭髮揪亂。便道還不快梳了頭。往後邊來哩。惠蓮一聲兒不吞話。打發月娘後邊去了。走到房內。倒插了門。哭泣不止。哭到掌燈時分。衆人亂着後邊堂客吃酒。可憐這婦人。忍氣不過。尋了兩條脚帶。拴在門楹上。自縊身死。亡年二十五歲。正是世間好物不堅牢。彩雲易散琉璃脆。那時可霎作怪。不想月娘正送李嬌嬌桂姐出來。打惠蓮門首過。関着不見動靜。心中甚是疑影。打發李媽媽娘兒兩個。上轎去了。回來推他門不開。都慌了手脚。還使小厮打窓户內跳進去。正是瓦罐不離井上破。割斷脚帶觧卸下。撅救了半日。不知多咱時分。嗚呼哀哉死了。但見

四肢冰冷。一氣燈殘。香魂渺渺。已赴望鄉台。星眼雙瞑。魄悠悠。屍橫光地下。半晌。不知精爽逝何處。疑是行雲秋水中。

月娘見救下不活。慌了。連忙使小厮來興兒騎頭口往門外請西門慶來家。雪娥恐怕西門慶來家拔樹尋根。歸罪於巳。在上房打旋磨兒。跪着月娘。教休題出和他嚷鬧來。月娘見他說的那等腔兒。心中又下般不的。比時你恁害怕。當初大家省言一句兒便了。至晚等的西門慶來家。只說惠蓮因思想他漢子。哭了一日。趕後邊人亂。不知多咱。尋了自盡。西門慶便道。他自個

拙婦原來沒福一面差家人遞了一紙狀子報到縣主李知縣手裡只說本婦因本家請堂客吃酒他管銀器家火他失落一件銀鍾恐家主查問見責自縊身死又送了知縣三十兩銀回來知縣自恁要做分上胡亂差了一員司吏帶領幾個仵作來看了自買了一具棺材討了一張紅票賁四來興兒同送到門外地藏寺與了火家五錢銀子多架些柴薪纔待發火燒燬不想他老子賣棺材宋仁打聽得知走來攔住叫起寃屈來說他女兒死的不明口稱西門慶因倚強姦要他我家女兒貞節不從威逼身死我還要撫按上告進本告狀誰敢燒化屍首那衆火家都亂走了不敢燒賁四來興少不的把棺材停在寺裡來家回話正是青龍與白虎同行吉凶事全然未保畢竟未知後

來何如。且聽下回分解。

金瓶梅

第二十七回

李瓶兒私語翡翠軒

潘金蓮醉鬧葡萄架

第二十七回

李瓶兒私語翡翠軒　潘金蓮醉鬧葡萄架

頭上青天自恁欺　害人性命覇人妻
須知奸惡千般計　要使人家一命危
淫嬻從來由濁富　貪嗔轉念是慈悲
天公尚且含生育　何況人心忒妄爲

話說來保。正從東京來下頭口。在捲棚內回西門慶話。具言到東京先見稟事的管家下了書。然後引見太師老爺看了揭帖。把禮物收進去。交付明白。老爺分付不日寫書馬上差人下與山東巡撫侯爺。把山東滄州塩客王霽雲等。一十二名寄監者。盡行釋放。翟叔多上覆爹。老爺壽誕六月十五日好歹教爹上京走走他有話和爹說。這西門慶聽了。滿心歡喜。來保此遭回來。撰了鹽商王四峰五十兩銀子。西門慶使他回喬大户話去。只見賁四來興走來。見西門慶在捲棚內。和來保說話。立在傍邊。來保便往喬大户家去了。西門慶問賁四你每燒了回來了。那賁四不敢言語。來興兒向前附耳低言。如此這般。被宋仁走到化人塲上。攔着屍首。不容燒化。聲言甚是無禮。小的不敢說。這西門慶不聽萬事皆休。聽了心中大怒。罵道這少死光棍。這等可惡。即令小廝請你姐夫來寫帖兒。就差來興兒送與正堂李知縣。隨即差了兩個公人。一條索子把宋仁拿到縣里。反問他打網詐財。倚屍圖賴。當廳一夾二十大板。打的順腿淋漓鮮血。寫了一紙供案。再不許到西門慶家纏擾。併責令地方火甲。

眼同西門慶家人。即將屍燒化訖來回話。那宋仁。打的兩腿棒瘡。歸家着了重氣。害了一瑒時疫。不上幾日。嗚呼哀哉死了。正是失曉人家逢五道。溟冷餓鬼撞鍾馗。有詩為証。

縣官貪汚更堪嗟　得人金帛售奸邪
宋仁為女歸陰路　致死冤魂塞滿衙

西門慶剛了畢宋惠蓮之事。就打點三百兩金銀。交賴銀率領許多銀匠。在家中捲棚內。打造蔡太師上壽的四陽捧壽的銀人。每一座高尺有餘。又打了兩把金壽字壺。尋了兩副玉桃盃不消半月光景。都儹造完備。西門慶打開來旺兒杭州織造蟒衣。少兩件蕉布紗蟒衣。拿銀子教人到處尋買不出好的來。將就買二件。一日打包端就着。來保同吳主管五月二十八日。離清河縣上東京去了。不在話下。過了兩日。卻是六月初一日。即今到三伏天。正是大暑無過未中大寒無過丑寅天氣十分炎熱。到了那赤烏當午的時候。一輪火傘當空。無半點雲翳。真乃爍石流金之際。人口有一隻詞單道這熱。

祝融南來鞭火龍。火雲焰焰燒天紅。日輪當午凝不去。方國如在紅爐中。五岳翠乾雲彩滅。陽侯海底愁波竭。何當一夕金風發。為我掃除天下熱。

說話的世上有三等人怕熱。有三等人不怕熱。那三等人怕熱。第一怕熱田舍間農夫。每日耕田邁隴。扶犁把鑼。趁王苗二稅。納倉廩餘粮。到了那三伏時節。田中無雨。心間一似火燒。第二經商客旅。經年在外。販的是那紅花紫草。蜜蠟香茶。肩負重担。

手碾沉車路途之中走的飢又飢渴又渴汗涎滿面衣服精濕得不的寸陰之下實是難行第二是那邊塞上戰士頭頂重盔身披鐵甲渴飲刀頭血困歇馬鞍轎經年征戰不得回歸衣生虱麀瘡痍潰爛體無完膚這三等人怕熱又有那三等人不怕熱第一是皇宮內院水殿風亭曲水爲池流泉作沼有大塊小塊玉正對倒透犀碧玉欄邊種着那異果奇葩水晶盆內堆着那瑪瑙珊瑚又有廂成水晶卓上擺列着端溪硯象管筆蒼頡墨蔡琰箋又有水晶筆架白玉鎮紙悶時作賦吟詩醉後南薰一枕又有王侯貴戚富室名家每日雪洞涼亭終朝風軒水閣蝦鬚編成簾幙鮫綃織成帳幔茉莉結就的香毬吊掛雲母牀上鋪着那水紋涼簟鴛鴦珊枕四面摥起風車來那傍邊水盆

內浸着沉李浮瓜。紅菱雪藕。楊梅橄欖。蘋婆白雞頭。又有那如花似朶的佳人。在傍打扇。又有那琳宮梵剎。羽士禪僧。住着那侵雲經閣。接漢鍾樓。閑時常到方丈內。講誦道法黃庭。時來仙苑中。摘取仙桃異菓。悶了時。喚童子松陰下。橫琴膝上。醉後携棋。枰柳陰中對友笑談。原來這三等人不怕熱。有詩爲証。

赤日炎炎似火燒　野田禾黍半枯焦
農夫心內如湯煑　樓上王孫把扇搖

這西門慶起來。遇見天熱。不曾出門。在家撒髮披襟避暑。在花園中翡翠軒。捲棚內看着小厮每。打水澆灌花草。只見翡翠軒正面前栽着一盆瑞香花。開得甚是爛熳。西門慶令小厮來安兒。拿小噴壺兒看着澆水。只見潘金蓮和李瓶兒家常都是白銀條紗衫兒。密合色紗桃線。穿花鳳縷金拖泥裙子。李瓶兒是大紅焦布比甲。金蓮是銀紅比甲。都用羊皮金滾邊。粧花楣子。惟金蓮不戴冠兒。拖着一窩子。杭州攢翠雲子網兒。露着四鬢。上粘着飛金。貼粉面額上貼着三個翠面花兒。越顯出粉面油頭。朱唇皓齒。兩個携着手兒。笑嘻嘻驀地走來。看見西門慶澆花兒。說道你原來在這裡。看着澆花兒哩。怎的還不梳頭去。西門慶道。你教丫頭拿水來。我這裡梳頭罷。金蓮叫來安你且放下噴壺去。屋裡對丫頭說教他快拿水拿梳子來。與你爹這裡梳頭。來安應諾去了。金蓮看見那瑞香花。就要摘了戴在頭上。西門慶攔住道。怪小油嘴趂早休動手。我每人賞你一朶罷。原來西門慶把傍邊少開頭。早已摘下幾朶來。浸在一隻翠磁胆瓶內。金蓮笑道。我兒你原來。掐下恁幾朵來放在這裡。不與娘戴。于是先搶過一枝來。插在頭上。西門慶遞了一朵與李瓶兒只見春梅。送了抿鏡梳子來。秋菊拿着洗面水。西門慶遞了三枝花。教送與月娘。李嬌兒。孟玉樓戴。就請你三娘來。教他彈回月琴我聽。金蓮道。你把孟三兒的。拿來等我送與他。教春梅送他大娘。和李嬌兒的。去回來。你再把一朵花兒與我。我只替你叫唱的也該與我一朵兒。西門慶道。你去回來與你。金蓮道。我的兒誰養的你恁乖。你哄我替你叫了孟三兒。你是全不與我。我不去。你與了我。我纔叫去。那西門慶笑道。賊小淫婦兒這上頭也掐個先兒。于是又與了他一朵。金蓮簪於雲鬢之傍。方纔往後邊去了。止撇下李瓶兒。和西門慶二人。在翡翠軒內。西門慶見他紗裙內罩着大紅紗褲兒。日影中玲瓏剔透。露着玉骨氷肌。不覺淫心輙起。見左右無人。且不梳頭。把李瓶兒按在一張凉椅上。揭起湘裙。紅裩初褪。倒蹓着隔山取火。幹了半晌。精還不洩。兩人曲盡于飛之樂。不想潘金蓮。不曾往後邊叫玉樓去。走到花園角門首。把花兒遞與春梅送去。想了想回來。悄悄躡足。走在翡翠軒槅子外潛聽。聽勾多時。聽見他兩個在裡面正幹得好。只聽見西門慶向李瓶兒道。我的心肝。你達不愛別的。愛你好個白屁股兒。今日儘着你達受用。良久又聽的李瓶兒低聲叫道。親達達。你省可的擺罷。奴身上不方便。我前番乞你弄重了些些。把奴的小肚子疼起來。這兩日纔好些些兒。西門慶因問你。怎的身上不方便。李瓶兒道。不瞞你說。奴身中已懷臨月孕。望你將就些兒。西門慶聽言。滿心歡喜。說道我的心肝。你怎不早說。既然如此。你爹胡亂耍耍罷。于是樂極情濃。怡然感之。兩手抱定其股。一泄如注。婦人在下。弓股承受其精。良久只聞的西門慶氣喘吁吁。婦人鶯鶯聲軟。都被金蓮在外聽了個不亦樂乎。正聽之間。只見玉樓從後來。驀地來到。便問五姐丫頭在這裡做甚麼兒。那金蓮便搖手兒。兩個一齊走到軒內。慌的西門慶凑手脚不迭。問西門慶我去了這半日。你做甚麼。恰好還沒曾梳頭洗臉哩。西門慶道。我等着丫頭取那茉莉花肥皂來我洗臉。金蓮道。我不好說的。巴巴尋那肥皂洗臉。恠不的你的臉。洗的與人家屁股還白。那西門慶聽了。也不着在意裡。落後梳洗畢。與玉樓一同坐下。因問你在後邊做甚麼來。帶了月琴來不曾。玉樓道。我在屋裡。替大姐姐穿珠花來。到明日與吳舜臣媳婦兒鄭三姐下茶去戴。月琴春梅拿了來。不一時春梅來到。說花兒都送與大娘二娘收了。西門慶令他安排酒來。不一時冰盆內。沉李浮瓜。凉亭上偎紅倚翠。玉樓道。不使春梅請大姐姐。西門慶道。他又不飲酒。不消邀他去。當下妻妾四人便了。西門慶居上坐。三個婦人兩邊打横。得多少壺斟美釀。盤列珍羞。那潘金蓮放着椅兒不坐。只坐豆青磁凉墩兒。孟玉樓叫道。五姐你過這椅兒上坐。那凉墩兒只怕冷。金蓮道不妨事。我老人家不怕冰了胎。怕甚麼。須臾酒過三巡。西門慶教春梅取月琴來。教玉樓取琵琶。教金蓮彈。你兩個唱一套。赤帝當權耀太虛。我聽。金蓮不肯。說道。我兒。誰養的你恁乖。俺每唱。你兩

個是會受用快活。我不也教李大姐也拿了庄樂器兒。西門慶
道他不會彈甚麼。金蓮道。他不會。教他在傍邊代板。西門慶笑
道這小淫婦。单管咬蛆兒。一面令春梅旋取了一副紅牙象板
來。教李瓶兒拿着。他兩個方纔輕舒玉指。欵跨鮫綃。合着聲唱
雁過沙。丫鬟綉春在傍打扇。赤帝當權耀太虛。唱畢。西門慶每
人遞了一杯酒。與他吃了。那潘金蓮不住在席上只呷冰水或
吃生菓子。玉樓道。五姐你今日怎的只吃生冷。金蓮笑道。我老
人家。肚內沒閑事。怕甚麼冷糕麼。羞的李瓶兒在傍臉上紅一
塊白一塊。西門慶瞅了他一眼。說道你這小淫婦兒。单管只胡
說白道的。金蓮道。哥兒。你多說了話。老媽媽睡着吃乾臘肉。是
恁一絲兒一絲兒的。你管他怎的。正飲酒中間。忽見雲生東南

霧障西北雷聲隱隱。一陣大雨來。軒前花草皆濕。正是江河淮海添新水。翠竹紅榴洗濯清。少頃雨止。天外殘虹。西邊透出日色來。得多少。微雨過碧磯之潤。晚風涼院落之清。只見後邊小玉來請玉樓。玉樓道。大姐姐叫。有幾朵珠花沒穿了。我去罷。惹的他怪。李瓶兒道。咱兩個一答兒裡去。奴也要看姐姐穿珠花哩。西門慶道。等我送你每一送。于是取過月琴來。教玉樓彈着。西門慶排手。衆人齊唱梁州序

向晚來雨過南軒。見池面紅粧凌亂。聽春雷隱隱。雨收雲散。但聞得荷香十里。新月一鈎。此景佳無限。蘭湯初浴罷。晚粧殘。深院黃昏懶去眠。合金縷唱。碧筒勸。向冰山雪檻排佳宴。清世界。能有幾人見。

柳陰中。忽噪新蟬。見流螢飛來庭院。聽菱歌何處畫船歸晚只見玉繩低度。朱户無聲此景猶堪羨。起來攜素手。整雲偏月照紗厨人未眠。合前節節高漣漪戲彩鴛。綠荷翻。清香瀉下瓊珠濺。香風扇。芳沼邊。閒亭畔。坐來不覺人清健。蓬萊閬苑何足羨。合只恐西風又驚秋。暗中不覺流年換。

衆人唱着。不覺到角門首。玉樓把月琴遞與春梅。和李瓶兒同往後去了。潘金蓮遂叫道。孟三兒等我等兒。我也去。纔待撒了西門慶走。被西門慶一把手拉住了。說道小油嘴兒。你躲滑兒。我偏不放你。拉着只一輪。險些不論了一交。婦人道惟行貨子。我衣服着出來的看勾了。我的肐膊。㸃孩兒他兩個都走去了。我看你留下我做甚麼。西門慶道。咱兩個在這太湖石下取酒

來投個壺兒。耍子吃三杯。婦人道。怪行貨子。咱往亭子上那裡
投去來、平白在這裡做甚麼。你不信使春梅小肉兒。他也不替
你取酒來。西門慶因使春梅。春梅越發把月琴丟與婦人。揚長
的去了。婦人接過月琴。在手內彈了一回。說道我問孟三兒。也
學會了幾句兒了。一壁彈着。見太湖石畔。石榴花經雨盛開。戲
折一枝簪於雲鬢之傍。說道我老娘帶個三日不吃飯眼前花。
被西門慶聽見。走向前把他兩隻小金蓮。扛將起來。戲道我把
這小淫婦。不看世界面上。就合死了。那婦人便道。怪行貨子。且
不要發訕。等我放下這月琴着。于是把月琴順手倚在花臺邊。
因說道我的兒。再一來來越發罷了。適纔你和李瓶兒合搗去
罷。沒地摭囂兒來纏我做甚麼。西門慶道怪奴才。单管只胡說

誰和他有甚事。婦人道我見。你但行動瞞不過當方土地。老娘是誰。你來瞞我。我往後邊送花兒去。你兩個幹的好營生兒。西門慶道。恠小淫婦兒休胡說。于是按在花臺下。就親了個嘴。婦人連忙吐舌頭在他口裡。西門慶道。你叫我聲親達達。我饒了你。放你起來罷。那婦人強不過。叫了他聲親達達。我不是你那可意的。你來纏我怎的。兩個正是弄晴鶯舌於中巧。着雨花枝分外研。兩個頑了一回。婦人道。咱往葡萄架那裡投壺耍子兒去。走來于是把月琴。跨在肐膊上。彈着找梁州序後半截。

清宵思爽然。好涼天。瑤臺月下清虛殿。神仙春。開玳筵。重歡宴。任教玉漏催銀箭。水晶宮裡笙歌按。合前只恐西風又驚秋。不覺暗中流年換。

尾聲　光陰迅速如飛電。好良宵可惜漸闌。拚取歡娛歌笑喧。

日日花前宴　宵宵伴玉娥

今生能有幾　不樂待如何

兩人並肩而行。須臾轉過碧池。抹過木香亭。從翡翠軒前穿過。來到葡萄架上。睜眼觀看。端的好一座葡萄。但見

四面雕欄石甃。周圍翠葉深稠。迎眸霜色如千枝。紫彈墜流蘇噴鼻秋香。似萬架綠雲垂繡帶。縋縋馬亂水晶丸裡浥瓊漿。滾滾綠珠。金屑架中含翠幄。乃西域移來之種。隱甘泉珍玩之勞。端的四時花木襯幽葩。明月清風無價買。

二人到於架下。原來放着四個涼墩。有一把壺在傍。金蓮把月

琴倚了。和西門慶投壺。遠遠只見春梅拿着酒。秋菊掇着菓盒。盒子上一碗水湃的菓子。婦人道。小肉兒。你頭裡使性兒的去了。如何又送將來了。春梅道。教人還往那裡尋你們去。誰知驀地這裡來。秋菊放下去了。西門慶一面揭開盒。裡邊攢就的八槅細巧菓菜。一槅是糟鵝胗掌。一槅是一封書臘肉絲。一槅是木樨銀魚鮓。一槅是劈晒雛雞脯翅兒。一槅鮮蓮子兒。一槅新核桃穰兒。一槅鮮菱角。一槅鮮荸薺。一小銀素兒葡萄酒。兩個小金蓮蓬鍾兒。兩雙牙筋兒。安放一張小涼杌兒上。西門慶與婦人對面坐着投壺耍子。須臾過橋翎花。倒入雙飛雁。登科及第。二喬觀書。楊妃春睡。烏龍入洞。珍珠倒捲簾。投了十數壺。把婦人灌的醉了。不覺桃花上臉。秋波斜睨。西門慶要吃藥五香酒又取酒去。金蓮說道小油嘴。我再央你央兒。往房內把涼蓆和枕頭取了來。我困的慌。這裡畧倘倘兒。那春梅故作撒嬌說道罷麼。偏有這些支使人的。誰替你又拿去。西門慶道你不拿教秋菊抱了來。你拿酒就是了。那春梅搓着頭兒去了。進了半日。只見秋菊先抱了涼蓆枕衾來。婦人分付放下鋪盖。拽花園門。往房裡看去。我叫你便來。那秋菊應諾放下衾枕。一直去了。這西門慶于是起身脫下玉色紗旋兒搭在欄杆上。逕往牡丹畦西畔。松墻邊花架下。小淨手去了。回來婦人又早在架兒底下。鋪設涼簟枕衾停當。脫的上下沒條絲。仰臥於袵蓆之上。脚下穿着大紅鞋兒。手弄白紗扇兒搖涼。西門慶走來。看見怎不觸動滛心。于是乘着酒興。亦脫去上下衣。坐在一涼墩上。先將脚指挑弄其花心。挑的淫津流出。如蝸之吐涎。一面又將婦人紅綉花鞋兒摘取下來。戲把他兩條脚帶觧下來。拴其雙足。吊在兩邊葡萄架兒上。如金龍探爪相似。使牝户大張。紅鈎赤露。鷄舌内吐。西門慶先倒覆着身子。執麈柄抵牝口。賣了個倒入翎花。一手摳枕。極力而提之。提的陰中淫氣連綿。如數鰍行泥淖中相似。婦人在下没口子呼叫達達不絕。正幹在美處。只見春梅盪了酒來。一眼看見。把酒注子放下。一直走到山頂上。一座最高亭兒。名喚臥雲亭。那裡搭伏着棋桌兒弄棋子耍子。西門慶擡頭看見他在上面。點手兒叫他不下來。說道小油嘴我拿不下你來就罷了。于是撇了婦人。比及大扠步從石磴上走到上頂亭子上時。那春梅早從右邊一條羊腸小道兒下去。打藏春塢雪洞兒裡穿過去走到半中腰滴翠山叢花木深處繞待藏躲不想被西門慶撞見黑影裡攔腰抱住說道小油嘴我却也尋着你了遂輕輕抱出到於葡萄架下笑道你且吃鍾酒着一面摟他坐在腿上兩個一遞一口飲酒春梅見把婦人兩腿拴吊在架上便說道不知你每甚麼張致大青天白日裡一時人來撞見恠模恠樣的西門慶問道角門子關上了不曾春梅道我來時扣上來了西門慶道小油嘴看我投個肉壺名喚金彈打銀鵝你瞧若打中一彈我吃一鍾酒于是向水碗內取了枚玉黃李子向婦人牝中內一連打了三個皆中花心這西門慶一連吃了三鍾藥五香酒又令春梅斟了一鍾兒遞與婦人吃又把一個李子放在牝內不取出來又不行事急的婦人

春心沒亂。淫水直流。又不好去叫出來的。只是朦朧星眼。四肢軃然於枕簟之上。口中叫道好個作惟的冤家。捉弄奴死了。鶯聲顫掉。那西門慶叫春梅在傍打着扇。只顧吃酒不理他。吃來吃去。仰臥在醉翁椅兒上打睡。就睡着了。春梅見他醉睡。走來摸摸。打雪洞內一溜烟往後邊去了。聽見有人叫角門。開了門。原來是李瓶兒。由着西門慶睡了。一個時辰。睜開眼。醒來看見婦人還吊在架下。兩隻白生生腿兒。蹺在兩邊。興不可遏。因見春梅不在跟前。向婦人道。淫婦我丟與你罷。于是先摳出牝中李子。教婦人吃了。坐在一隻枕頭上。向紗褶子順袋內。取出淫器包兒來。先以初使上銀托子。次只用硫黃圈來。初時不肯只在牝口子來回。擂晃不肯深入。急的婦人仰身迎播。口中不住聲叫達達。快些進去罷。急壞了淫婦了。我曉的你惱我。爲李瓶兒故意使這促。却來奈何我。今日經着你手段。再不敢惹你了。西門慶笑道。小淫婦兒。你知道就好說話兒了。于是一壁提着他心子。把那話拽出來。向袋中包兒裡打開捻了些閨艷聲嬌。塗在蛙口內。頂入牝中。送了幾送。須臾那話昂健奢稜。跐胞暴怒起來。垂首看着往來抽拽。翫其出入之勢。那婦人在枕畔朦朧星眼。呻吟不已。沒口子叫大⿱髟巴長達達。你不知使了甚麼行子。進去又罷了。淫婦的毬心子痒到骨髓裡去了。可怜見饒了罷。淫婦口裡碜死的言語都叫出來。這西門慶一上手。就是三四百回。兩隻手倒按住枕蓆。仰身竭力。迎播掀幹。抽沒至脛復進。至根者。又約一百餘下。婦人以帕在下不住手搽拭牝中之津。隨拭隨出。衽席為之皆濕。西門慶行貨子。沒稜露腦。往來逗遛不已。因向婦人說道。我要要個老和尚撞鐘。忽然仰身望前只一送。那話攮進去了。直抵牝屋之上。牝屋者。乃婦人牝中深極處。有屋如含苞花蕋。到此處。無折男子莖首。覺翕然暢美不可言。婦人觸疼。急跨其身。只聽磕碴响了一聲。把個硫黃圈子折在裡面。婦人則目瞑息微。有聲嘶舌尖冰冷。四肢收嚲然於衽席之上矣。西門慶慌了。急解其縛。向牝中摳出硫黃圈并勉鈴來。拆做兩截。于是把婦人扶坐。半日星眸驚閃。蘧省過來。因向西門慶作嬌泣聲。說道。我的達達。你今日怎的這般大惡險不喪了奴之性命。今後再不可這般所為。不是耍處。我如今頭目森森然。莫知所之矣。西門慶見日色已西。連忙替他披上衣棠。叫了春梅秋菊來。收拾衾枕。同扶他歸房。春梅回來。看着秋菊。收了吃酒的家火。纔待關花園門。來昭的兒子小鐵棍兒從花架下鑽出來。趕着春梅問姑娘要菓子吃。春梅道。小囚兒你在那裡來。把了幾個李子桃子與他。說道你爺醉了。還不往前邊去。只怕他看見打你。那猴子接了菓子。一直去了。春梅關了花園門。回來房打發西門慶與婦人上牀就寢。不在話下。正是

朝隨金谷宴　暮伴綺樓娃
休道歡娛處　流光逐暮霞

畢竟未知後來何如且聽下回分解

金瓶梅

第二十八回

陳敬濟徼倖爵金蓮

西門慶糊塗打鐵棍

第二十八回

陳經濟因鞋戲金蓮　西門慶怒打鐵棍兒

風波境界立身難　處世規模要放寬
萬事盡從忙裡錯　此心須向靜中安
路當平處行更穩　人有常情耐久看
直到始終無悔吝　纔生枝節便多端

話說西門慶扶婦人到房中。脫去上下衣裳。着薄纊短襦。赤着身體。婦人止着紅紗抹胸兒。兩個並肩疊股而坐。重斟杯酌。復飲香醪。西門慶一手摟着他粉項。一遞一口和他吃酒。極盡溫存之態。睨視婦人雲鬟斜嚲。酥胸半露。嬌眼乜斜。猶如沉醉楊妃一般。纖手不住只向他腰裡摸弄那話。那話因驚。銀托子還帶在上面軟叮噹毛都魯的纍垂偉長西門慶戲道你還弄他哩都是你頭裡號出他風病來了婦人問怎的風病西門慶道既不是風病如何這軟癱熱化起不來了你還不下去央及他央及兒哩婦人笑瞅了他一眼一面蹲下身子去枕着他一隻腿取過一條褲帶兒來把那話拴住用手提着說道你這廝頭裡那等頭睜睜股睜睜把人奈何昏昏的這咱你推風症裝佯死兒提弄了一回放在粉臉上偎𢲷良久然後將口吮之又用舌尖挑舐其蛙口那話登時暴怒起來裂瓜頭凹眼圓睜落腮鬍挺身直豎西門慶亦發坐在枕頭令婦人馬爬在紗帳內儘着吮咂以暢其美俄而淫思益熾復與婦人交接婦人哀告道我的達達你饒了奴罷又要撥弄奴也是夜二人淫樂爲之無

慶有詩為証。

戰酣樂極。雲雨歇。嬌眼乜斜。手持玉莖猶堅硬。告才郎將就些些。滿飲金杯頻勸。兩情似醉如痴。

雪白玉體透簾幃　口賽櫻桃手賽荑
一脉泉通聲滴滴　兩情膠合色迷迷
翻來覆去魚吞藻　慢進輕抽猫咬鷄
靈龜不吐甘泉水　使得嫦娥敢暫離

一宿晚景題過。到次日西門慶往外邊去了。婦人約飯時起來。換睡鞋。尋昨日腳上穿的那一雙紅鞋。左來右去少一隻。問春梅。春梅說昨日我和爹攙扶着娘進來。秋菊抱娘的鋪盖來。婦人吽了秋菊來問。秋菊道。我昨日沒見娘穿着鞋進來。婦人道。

你看胡說。我沒穿鞋進來。莫不我精着脚進來了。秋菊道。娘你穿着鞋怎的屋裡沒有。婦人罵道。賊奴才。還裝憨兒。無故只在這屋裡。你替我老實尋是的。這秋菊三間屋裡。牀上牀下。到處尋了一遍。那裡討那雙鞋來。婦人道。端的我這屋裡有鬼。攝了我這雙鞋去了。連我脚上穿的鞋也不見了。要你這奴才在屋裡做甚麼。秋菊道。倒只怕娘忘記落在花園裡。沒曾穿進來。婦人道。敢是合昏了。我鞋穿在脚上。沒穿在脚上我不知道。叫春梅你跟着這賊奴才。往花園裡尋去。尋出來便罷。若尋不出我的鞋來。教他院子裡頂着石頭跪着。這春梅。真個押着他。花園到處。并葡萄架根前。尋了一遍兒。那裡得來。再有一隻也沒了。正是都被六十收拾去。芦花明月竟難尋。尋了一遍兒回來。春梅罵道奴才你媒人婆迷了路兒沒的說了。王媽媽賣了磨推不的了秋菊道好。省恐人家不知。甚麼人偷了娘的這隻鞋去了。我沒曾見娘穿進屋裡去。敢是你昨日開花園門。放了那個拾了娘的鞋去了。被春梅一口稠唾沫噦了去。罵道賊見鬼的奴才。又攪纏起我來了。六娘叫門我不替他開。可可兒的就放進人來了。你抱着娘的鋪盖就不經心瞧瞧。還敢說嘴兒一面押他到屋裡回婦人說沒有鞋。婦人教採出他院子裡跪着。秋菊把臉哭喪下水來說等我再往花園裡尋一遍。尋不着隨娘打罷春梅道娘休信他花園裡地也掃得乾乾淨淨的。就是針也尋出來那裡討鞋來。秋菊道等我尋不出來。教娘打就是了。你在傍戳舌兒怎的婦人向春梅道也罷你跟着他這奴才看他那裡尋去。這春梅又押他在花園山子底下。各雪洞兒花池邊松墻下。尋了一遍。沒有。他也慌了。被春梅兩個耳刮子。就拉回來見婦人。秋菊道。還有那個雪洞裡沒尋哩。春梅道。那裡藏春塢是爹的暖房兒。娘這一向又沒到那裡。我看尋哩。尋不出來。我和你答話。于是押着他到於藏春塢雪洞內。正面是張坐牀。傍邊香几上都尋到。沒有。又向書篋內尋。春梅道。這書篋內都是他的拜帖紙。娘的鞋怎的到這裡。沒的摭溜子捱工夫兒。翻的他恁亂騰騰的。惹他看見。又是一塲兒。你這歪剌骨可死成了。良久。只見秋菊說道。這不是娘的鞋。在一個紙包內。裹着些棒兒香排草。取出來與春梅瞧。可怎的有了。娘的鞋。剛纔就調唆打我。春梅看見果是一隻大紅平底鞋兒。說道。是娘的。怎麼來到這書篋內好蹺蹊的事于是走來見婦人婦人問有了我的鞋端的在那裡春梅道在藏春塢爹暖房書篋內尋出來和些些拜帖子紙排草安息香包在一處婦人拿在手內取過他的那隻鞋來一比都是大紅四季花嵌八寶段子白綾平底綉花鞋兒綠提根兒藍口金兒惟有鞋上鎖線兒差些些一隻是紗綠鎖線兒一隻是翠藍鎖線不仔細認不出來婦人登在脚上試了試尋出來這一隻比舊鞋畧緊些些方知是來旺兒媳婦子的鞋不知幾時與了賊強人不敢拿到屋裡悄悄藏放在那裡不想又被奴才翻將出來看了一回說道這鞋不是我的鞋奴才快與我跪着去分付春梅拿塊石頭與他頂着那秋菊哭起來說道不是娘的鞋是誰的鞋我饒替娘尋出鞋來還要打我

若是再尋不出來。不知違怎的打我哩。婦人罵道。賊奴才休說嘴。春梅一面掇了塊大石頭頂在頭上。那時婦人另換了一雙鞋穿在脚上。嫌房裡熱。分付春梅把粧臺放在玩花樓上。那裡梳頭去。梳了頭要打秋菊不在話下。却說陳經濟早辰從舖子裡進來尋衣服。走到花園角門首。小鐵棍兒在那裡正頑着。見陳經濟。手裡拿着一副銀絲巾圈兒。便問姑夫你拿的甚麼與了我耍子兒罷。經濟道。此是人家當的絲巾圈兒。來贖我尋出來與他。那小猴子笑嘻嘻道。姑夫你與了我耍子罷。我換與你件好物件兒。經濟道。傻孩子。此是人家當的。你要我另尋一副兒與你耍子。你有甚麼好物件拿來我瞧。那猴子便向腰裡掏出一隻紅綉花鞋兒與經濟看。經濟便問是那裡的。那猴子笑嘻嘻道。姑夫我對你說了罷。我昨日在花園裡耍子。看見俺爹吊着俺五娘兩隻腿在葡萄架兒底下。一陣好風搖落。後俺爹進去了。我尋俺春梅姑姑要菓子。在葡萄架底下拾了這隻鞋。經濟接在手裡。曲似天邊新月。紅如退瓣蓮花。把在掌中。恰剛三寸。就知是金蓮脚上之物。便道。你與了我。明日另尋一對好圈兒與你耍子。猴子道。姑夫你休哄我。我明日就問你要了。經濟道。我不哄你。那猴子一面笑的耍去了。這陳經濟把鞋褪在袖中。自已尋思。我幾次戲他。他口兒且是活。及到中間。又走滚了。不想天假其便。此鞋落在我手裡。今日我着實撩逗他一番。不怕他不上帳兒。正是。時人不用穿針線。那得工夫送巧來。經濟袖着鞋。逕往潘金蓮房來。轉過影壁。只見秋菊跪在院內。便

戲道小大姐為甚麽來拔了新軍又掇起石頭來了金蓮在
樓上聽見便叫春梅問道是誰說他掇起石頭來了乾淨這奴
才沒頂着春梅道是姐夫來了秋菊頂着石頭哩婦人便叫陳
姐夫樓上沒人你上來不是這小廝兒方扒步撩衣上的樓來
只見婦人在樓前面開了兩扇窗兒掛着湘簾那裡臨鏡梳頭
這陳經濟走到傍邊一個小杌兒坐下看見婦人黑油般頭髮
手挽着梳還拖着地兒紅絲繩兒扎着一窩絲攢上戴着銀絲
鬏髻還墊出一絲香雲鬏髻內安着許多玫瑰花瓣兒露着四
鬢上打扮的就是個活觀音須臾看着婦人梳了頭掇過粧臺
去向面盆內洗了手穿上衣裳喚春梅拿茶來與姐夫吃那經
濟只是笑不做聲婦人因問姐夫笑甚麽經濟道我笑你管情

不見了些甚麽兒婦人道賊短命我不見了關你甚事你怎的曉得經濟道你看我好心倒做了驢肝肺你倒訕起我來傒說我去罷抽身往樓下就走被婦人一把手拉住說道怪短命會張致的來旺兒媳婦子死了沒了想頭了却怎麽還認的老娘因問你猜着我不見了甚麽物件兒這經濟向袖中取出來提溜着鞋拽靶兒笑道你着這個好的兒是誰的婦人道好短命原來是你偷拿了我的鞋去了教我打着丫頭遶地裡尋經濟道你怎的到得我手裡婦人道我這屋裡再有誰來敢是你賊頭鼠腦偷了我這隻鞋去了經濟道你老人家不害羞我這兩日往你這屋裡來我怎生偷你的婦人道好賊短命等我對你爹說你到偷了我鞋還說我不害羞經濟道你只好拿爹來

諕我罷了。婦人道。你好小胆子兒。明知道和來旺兒媳婦子七個八個。你還調戲他。想那淫婦教你戲弄。既不是你偷了我的鞋。這鞋怎落在你手裏。趂早實供出來。交還與我鞋。你還便益。自古物見主不索取。但迸半個不字。教你死無葬身之地。經濟道。你老人家是個女番子。且是倒會的放刁。這裏無人。咱每好講。你既要鞋。拿一件物事兒我換與你。不然天抔也打不出去。婦人道。好短命。我的鞋應當還我。教換甚物事兒與你。經濟笑道。五娘你拿你袖的那方汗巾兒賞與兒子。兒子與了你的鞋罷。婦人道。我明日另尋一方好汗巾兒。這汗巾兒是你爹成日眼裏見過。不好與你的。經濟道。我不別的。就與我一百方也不筭。一心我只要你老人家這方汗巾兒。婦人笑道。好個老成久

慣的短命。我也沒氣力和你兩個纏。于是向袖中取出一方細

撮穗白綾挑線鶯鶯燒夜香汗巾兒。上面連銀三字兒都掠與

他。這經濟連忙接在手裡。與他深的唱個喏。婦人分付你好生

藏着。休教大姐看見。他不是好嘴頭子。經濟道我知道。一面把

鞋遞與他。如此這般是小鐵棍兒昨日在花園裡拾的。今早拿

着問我換網巾圈兒耍子。一節告訴了一遍。婦人聽了。粉面通

紅。銀牙嚙咬。說道你看賊小奴才油手把我這鞋弄的恁漆黑

的。看我教他爹打他不打他。經濟道你弄殺我。打了他不打緊。

敢就賴在我身上。是我說的。千萬休要說罷。婦人道。我饒了小

奴才除非饒了蝎子。可有他兩個正說在熱鬧處。忽聽小厮來

安兒來尋爹在前廳請姐夫寫禮帖兒哩。婦人連忙攛掇他出

去了下的樓來教春梅取板子來要打秋菊秋菊說着不肯倘
說道尋將娘的鞋來娘還要打我婦人把剛纔陳經濟拿的鞋
遞與他看罵道賊奴才你把那個當我的鞋將這個放在那裡
秋菊看見把眼瞪了半日不敢認說道可是作怪的勾當怎生跑
出娘的三隻鞋來了婦人道好大胆奴才你敢是拿誰的鞋來
搪塞我倒如何說我是三隻脚的蟾這個鞋從那裡出來了不
由分說教春梅拉倒打了十下打的秋菊抱股而哭望着春梅
道都是你開門教人進來收了娘的鞋這回教娘打我春梅罵
道你倒收拾娘鋪盖不見了娘的鞋娘打了你這幾下兒還敢
抱怨人早是這隻舊鞋若是娘頭上的簪環不見了你也推賴
個人兒就是了娘惜情兒還打的你少若是我外邊叫個小厮

辣辣的打上他二三十板。看這奴才怎麼樣的幾句罵得秋菊忍氣吞聲不言語了。當下西門慶叫了經濟。到前廳封尺頭禮物。送提刑所賀千户。新陞了淮安提刑所掌刑正千户。本衛親識都與他送行。在永福寺。不必細說。西門慶差了鉞安送去。廳上陪着經濟吃了飯。歸到金蓮房中。這金蓮千不合萬不合。把小鐵棍兒拾鞋之事。告訴一遍。說道都是你這沒才料的貨。平白幹的勾當。教賊萬殺的小奴才。把我的鞋拾了。拿到外頭誰是沒瞧見被我知道要將過來了。你不打與他兩下。到明日慣了他。西門慶就不問誰告你說來。一冲性子。走到前邊。那小猴子不知。正在石臺基頑耍。被西門慶揪住頂角。用拳打脚踢。殺猪也似叫起來。方纔住了手。這小猴子。倘在地下。死了半日。慌得來昭兩口子走來扶救半日甦醒見小廝鼻口流血抱他到房裡問慢慢問他方知爲拾鞋之事拾了金蓮一隻鞋因和陳經濟換圈兒惹起事來這一丈青氣忿忿的走到後邊廚下指東罵西一頓海罵道賊不逢好死的淫婦王八羔子我的孩子和你有甚冤仇他纔十一二歲曉的甚麼知道毬生在那塊兒平白地調唆打他恁一頓打的鼻口都流血假若死了他淫婦王八兒也不好稱不了你甚麼願于是廚房裡罵了到前邊又罵整罵了一二日還不定教金蓮在房中陪西門慶吃酒還不知道晚夕上牀宿歇西門慶見婦人脚上穿着兩隻紗紬子睡鞋兒大紅提根兒因說道阿呀如何穿這個鞋在脚上恠恠的不好看婦人道我只一雙紅鞋倒乞小奴才拾了一隻弄油了

我的那裡再討第二雙來。西門慶道。我的兒。你到明日做一雙兒穿在脚上。你不知我達一心只喜歡穿紅鞋兒。看着心裡愛。婦人道。怪奴才。可可兒的來。我想起一件事來。要說又忘了。因令春梅你取那隻鞋來。與他瞧瞧。你認的這鞋是誰的鞋。西門慶道。我不知道是誰的鞋。婦人道。你看他還打張雞兒哩。瞞着我黃貓黑尾。你幹的好萌兒。一行死了來旺兒媳婦子的。一隻臭蹄子。寶上珠也一般。收藏在山子底下。藏春塢雪洞兒裡。拜帖匣子內。攪着些字紙和香兒一處放着。甚麼罕稀物件。也不當家化化的。怪不的那賊淫婦死了。墮阿鼻地獄。指着秋菊罵奴才。當我的鞋。又翻出來。教我打了幾下。分付春梅趁早與我掠出去。春梅把鞋掠在地下。看着秋菊說道。賞與你穿了罷。那秋菊拾在手裡說道娘這個鞋只好盛我一個脚指頭兒罷了婦人罵道賊奴才還教甚麼毯娘哩他是你家主子前世的娘不然怎的把他的鞋這等收藏的嬌貴到明日好傳代沒廉耻的貨秋菊拿着鞋就徃外走被婦人又叫回來分付取刀來等我把淫婦剁做幾截子掠到毛司裡去叫賊淫婦陰山背後永世不得超生因向西門慶道你看着越心疼我越發偏剁個樣兒你瞧西門慶笑道恠奴才丟開手罷了我那裡有這個心婦人道你沒這個心你就睹了誓淫婦死的不知徃那去了你還留着他鞋做甚麼早晚有省好思想他正經俺每和你恁一場你也沒恁個心兒還教人和你一心一計哩西門慶笑道罷了恠小淫婦兒偏有這些兒的他就在時也沒曾在你根前行差了禮

法。于是摟過粉項來就親了個嘴。兩個雲雨做一處。正是動人春色嬌還媚。惹蝶芳心軟意濃。有詩爲証

漫吐芳心說向誰　欲於何處寄相思

相思有盡情難盡　一日都來十二時

畢竟未知後來如何且聽下回分解

金瓶梅　第二十九回　吳神仙冰鑑定終身

潘金蓮蘭湯邀午戰

第二十九回

吴神仙貴賤相人　潘金蓮蘭湯午戰

百年秋月與春花　展放眉頭莫自嗟
吟幾首詩消世慮　酌二杯酒度韶華
閒敲棋子心情樂　悶撥瑤琴興趣賒
人事與時俱不管　且將詩酒作生涯

話說到次日，潘金蓮早起，打發西門慶記掛着要做那紅鞋，拿着針線筐兒往花園翡翠軒臺基兒上坐着，那裡描畫鞋扇，使春梅請了李瓶兒來到。李瓶兒問道：姐姐，你㨨金的是甚麽？金蓮道：要做一雙大紅光素段子，白綾平底鞋兒，鞋尖兒上扣繡鸚鵡摘桃。李瓶兒道：我有一方大紅十樣錦段子，也照依姐姐

描恁一雙兒我要做高底的罷了是取了針線筐兩個同一處
做金蓮描了一隻丢下說道李大姐你替我描這一隻等我後
邊把孟三姐叫了來他昨日對我說他也要做鞋哩一直走到
後邊玉樓房中倚着護炕兒手中也衲着一隻鞋兒哩金蓮進
門玉樓道你早亦金蓮道我起的早打發他爹往門外與賀千
户進行去了教我約下李大姐花園裡赶早凉做些些生活等住
回日頭過熱了做不的我纔描了一隻鞋教李大姐替我描着
逕來約你同去咱三個一答兒哩好做因問你手裡衲的是甚
麽鞋玉樓道是昨日你看我開的那雙玄色段子鞋金蓮道你
好漢又早衲出一隻來了玉樓道那隻昨日就衲了這一隻又
衲了好些些了金蓮接過看了一回說你這個到明日使甚麽雲

頭子。玉樓道。我不得你們小後生。花花黎黎。我老人家了。使羊皮金緝的雲頭子罷。週圍拿紗綠線鎖。出白山子兒上。白綾高底穿。好不好。金蓮道。也罷。你快收拾。咱去來。李瓶兒那裡等着哩。玉樓道。你坐着。咱吃了茶去。金蓮道。不吃罷。咱拿了茶那裡吃去來。玉樓分付蘭香。頓下茶。莛去。兩個婦人手拉着手兒袖着鞋扇。逕往外走。吳月娘到上房穿廊下坐。便問你們那去。金蓮道。李大姐使我替他叫孟三兒去。與他描鞋。說着一直來到花園內。三人一處坐下。拿起鞋扇。你瞧我的。我瞧你的。都瞧了一遍。先是梅香拿茶來吃了。然後李瓶兒那邊的茶到。孟玉樓房裡蘭香落後纔拿茶至。三人吃了。玉樓便道。六姐。你平白又做平底子紅鞋做甚麼。不如高底鞋好着。你若嫌木底子响腳。也似我用毡底子。却不好走着。又不响。金蓮道。不是穿的鞋。是睡鞋。也是他爹因我不見了那隻睡鞋。被小奴才兒偷了。弄油了我的。分付教我從新又做這雙鞋。玉樓道。又說鞋哩。這個也不是舌頭。李大姐在這裡聽着。昨日因你不見了這隻鞋。來昭家孩子小鐵棍兒。怎的花園裡拾了。後來不知你怎的知道了。對他爹說。打了小鐵棍兒一頓。說把他猴子打的鼻口流血。倘在地下。死了半日。惹的一丈青好不在後邊海罵。罵那個淫婦王八羔子學舌。打了他小厮。說他小厮一點尿不撓孩子。曉的甚麽便唆調打了他恁一頓。早是活了。若死了。淫婦王八羔子也不得清潔。俺再不知罵淫婦王八羔子是誰。落後小鐵棍兒進來。他大姐姐問他。你爹爲甚麽打你。小厮纔說因在花園裡耍子。

拾了一隻鞋。問姑夫換圈兒來。不知甚麽人對俺爹說了。教爹打我一頓。我如今尋姑夫。問他要圈兒去也。說畢。一直徃前跑了。原來罵的王八羔子。是陳姐夫。早是只李嬌兒在傍邊坐着。大姐沒在根前。若聽見時。又是一塲兒。金蓮問大姐姐沒說甚麽。玉樓道。你還說哩。大姐姐好不說你哩。說如今這一家子亂世爲王。九條尾狐狸精出世了。把昏君禍亂的。貶子休妻。想着去了的來旺兒小厮。好好的從南邊來了。東一帳西一帳。說他老婆養着主子。又說他怎的拿刀弄杖。成日做賊哩。養汗哩。生生兒禍弄的。打發他出去了。把個媳婦又逼臨的吊死了。如今爲一隻鞋子。又這等驚天動地反亂。你的鞋。好好穿在脚上。怎的教小厮拾了。想必吃醉了。在那花園裡和漢子不知怎的餳成一塊纔吊了鞋。如今沒的摭羞。拿小厮頂缸。打他這一頓。又不曾爲甚麽大事。金蓮聽了道。沒的那扯淡。甚麽是大事。殺了人是大事了。奴才拿刀子要殺主子。向玉樓道。孟三姐早是瞞不了你。咱兩個聽見來興兒說了一聲。諕的甚麽樣兒的。你是他的大老婆。倒說這個話。你也不曾我也不曾教奴才殺了漢子纔好。老婆成日在你那後邊使喚。你縱容着他不曾教他欺大滅小。和這個合氣。和那個合氣。各人冤有頭債有主。你揭條我。我揭條你。吊死了你還瞞着漢子不說。早時苦了錢好人情說下來了。不然怎了。你這的推乾淨說面子話兒。左右是左右。我調唆漢子也罷。若不教他把奴才老婆漢子一條提攆的離門離戶。也不筭恒屬人。挾不到我井裡頭。玉樓見金蓮粉面通紅惱了。又勸道六姐。你我姊妹都是一個人。我聽見的話兒有個不對你說。說了只放在你心裡。休要使出來。金蓮不依他到晚等的。西門慶進入他房來。一五一十。告西門慶說來旺媳婦子一丈青。怎的在後邊指罵。說你打了他孩子。要邏揸兒和人攘。這西門慶不聽便罷。聽了。說在心裡。到次日。要攆來昭三口子出門。多虧月娘。再三攔勸下。不容他在家。打發他往獅子街房子那看守。替了平安兒來家看守大門。後次月娘知道。甚惱金蓮。不在話下。正是事不三思終有悔。人逢得意早回頭。却說西門慶。在前廳打發來昭三口子。搬移獅子街看守房屋去。一日正在前廳坐。忽有看守大門的平安兒來報。守備府周爺差人送了一位相面先生。名喚吳神仙。在門首伺候見爹。西門慶道。來人進見遞上守備帖兒。然後道有請。須臾那吳神仙頭戴青布道巾。身穿布袍草履。腰繫黃絲雙穗縧。手執龜殼扇子。自外飄然進來。年約四十之上。生的神清如長江皓月。貌古似太華喬松。威儀凜凜。道貌堂堂。原來神仙有四般古怪。身如松。聲如鐘。坐如弓。走如風。但見他

能通風鑑。善究子平。觀乾象能識陰陽。察龍經明知風水。五星深講。三命秘談。審格局。決一世之榮枯。觀氣色。定行年之休咎。若非華岳修眞客。定是成都賣卜人。

西門慶見神仙進來。忙降階迎接。接至廳上。神仙見西門慶長揖。稽首禮畢就坐。須臾茶罷。西門慶動問神仙高名雅號。仙鄉何處。因何與周大人相識。那吳神仙坐上欠身道。貧道姓吳名奭。

道號守真。本貫浙江仙遊人。自幼從師。天台山紫虛觀出家。雲遊上國。因往岱宗訪道。道經貴處。周老總兵相約。看他老夫人目疾。特送來府上觀相。西門慶道。老仙長會那幾家陰陽。道那幾家相法。神仙道。貧道粗知十三家子平。善曉麻衣相法。又曉六壬神課。常施藥救人。不愛世財。隨時住世。西門慶聽言。益加敬重。誇道。真乃謂之神仙也。一面令左右放卓兒擺齋管待神仙。神仙道。周老總兵。送貧道來。未曾觀相。造可先要賜齋。西門慶笑道。仙長遠來。已定未用早齋。待用過。看命未遲。于是陪着神仙吃了些齋食素饌。擡過卓席。拂抹乾淨。討筆硯來。神仙道。請先觀貴造。然後觀相尊容。西門慶便說與八字。屬虎的。二十九歲了。七月二十八日子時生。這神仙暗暗掐指尋紋。良久說道官人貴造。丙寅年。辛酉月。壬午日。丙子時。七月廿三日。白露已交八月算命。月令提綱。辛酉理傷官格。子平云。傷官傷盡復生財。財旺生官福轉來。立命申宮。是城頭土命。七歲行運辛酉。十七行壬戌。二十七癸亥。三十七甲子。四十七乙丑。官人貴造。係貧道所講。元命貴旺。八字清奇。非貴則榮之造。但戊土傷官生在七八月。身忒旺了。幸得壬午日干。丑中有癸水。水火相濟。乃成大器。丙子時。丙合辛生。後來定掌威權之職。一生盛旺。快樂安然。發福遷官。主生貴子。為人一生耿直幹事無二。喜則和氣春風。怒則迅雷烈火。一生多得妻財。不少紗帽戴。臨死有二子送老。今歲丁未流年。丁壬相合。目下丁火來尅。若你尅我者為官鬼。必主平地登雲之喜。添官進祿之榮。大運見行癸亥。戊土得癸水滋潤。定見發生。目下。透出紅鸞天喜。熊羆之兆。又命宮驛馬臨申。不過七月必見矣。西門慶問道。我後來運限何如。有災沒有。神仙道。官人休怪。我說。但八字中不宜陰水太多。後到甲子運中。常在陰人之上。只是多了底流星打攪。又被了壬午日破了。不出六六之年。主有嘔血流膿之災。骨瘦形衰之病。西門慶問道。于今如何。神仙道。目今流年。只多日逢破敗。五鬼在家炒鬧。些些小氣惱。不足爲災。都被喜氣神臨門冲散了。西門慶道。命中還有敗不。神仙道。年赶着月。月赶着日。實難矣。西門慶聽了。滿心歡喜。便道。先生。你相我面何如。神仙道。請尊容轉正。貧道觀之。西門慶把座兒掇了一掇。神仙相道。夫相者。有心無相。相逐心生。有相無心。相隨心往。吾觀官人。頭圓項短。必爲享福之人。體健筋強。決是英豪之輩。天庭高聳。一生衣祿無虧。地閣方圓。晚歲榮華定取。此幾庄見好處。還有幾庄不足之處。貧道不敢說。西門慶道。仙長但說無妨。神仙道。請官人走兩步看。西門慶真個走了幾步。神仙道。你行如擺柳。必主傷妻。魚尾多紋。定終須勞碌。眼不哭而淚汪汪。心無慮而眉縮縮。若無刑剋。必損其身。妻宮剋過方可。西門慶道。已刑過了。神仙道。請出手來看一看。西門慶舒手來與神仙看。神仙道。智慧生於皮毛。苦樂觀乎手足。細軟豐潤。必享福逸祿之人也。兩目雖雄。必主富而多詐。眉抽二尾。一生常自足歡娛。根有三紋。中主必然多耗散。奸門紅紫。一生廣得妻財。黃氣發於高曠。旬日內必定加官。紅色起於三陽。今歲間必生貴子。又有一件不敢說。淚堂豐厚。亦主貪花。谷道亂毛。號為淫抄。且喜得鼻乃財星。驗中年之造化。承漿地閣。管末世之榮枯。

承漿地閣要豐隆　準乃財星居正中

生平造化皆由命　相法玄機定不容

神仙相畢西門慶道。請仙長相相房下眾人。一面令小廝後邊請你大娘出來。于是李嬌兒。孟玉樓。潘金蓮。李瓶兒。孫雪娥等眾人都跟出來。在軟屏後潛聽。神仙見月娘出來。連忙道了稽首。也不敢坐。在傍邊觀相。請娘子尊容轉正。那吳月娘把面容朝看廳外。神仙端詳了一回。說娘子面如滿月。家道興隆。唇若紅蓮。衣食豐足。必得貴而生子。聲响神清。必益夫而發福。請出手來。月娘從袖口中露出十指春葱來。神仙道。乾姜之手。女人必善持家。照人之鬓。坤道定須秀氣。這幾樁好處。還有些不足之處。休道貧道直說。西門慶道。仙長但說無妨。神仙道。淚堂黑痣。若無宿疾。必刑夫。眼下皺紋。亦主六親若冰炭。

女人端正好容儀　緩步輕如出水龜
行不動塵言有節　無肩定作貴人妻

相畢。月娘退後。西門慶道。還有小妾輩。請看看。于是李嬌兒過來。神仙觀看良久。此位娘子。額尖鼻小。非側室。必三嫁其夫。肉重身肥。廣有衣食而榮華安享。肩聳聲泣。不賤則孤。鼻梁若低非貧即夭。請步幾步我看。李嬌兒走了幾步。神仙道。

額尖露臂并蛇行　早年必定落風塵
假饒不是娼門女　也是屏風後立人

相畢。李嬌兒下去。吳月娘叫孟三姐。你也過來相一相。神仙觀着這位娘子。三停平等。一生衣祿無虧。六府豐隆。晚歲榮華定取。平生少疾。皆因月孛光輝。到老無災。大抵年宫潤秀。請娘子走兩步。玉樓走了兩步。神仙道。

口如四字神清徹　温厚堪同掌上珠
威媚兼全財命有　終主刑夫兩有餘

玉樓相畢。叫潘金蓮過來。那潘金蓮只顧嬉笑。不肯過來。月娘催之再三。方纔出見。神仙擡頭觀看這個婦人。沉吟半日。方纔說道。此位娘子。髮濃鬓重。光斜視以多淫。臉媚眉彎。身不搖而自顫。面上黑痣。必主刑夫。人中短促。終須壽夭。

舉止輕浮惟好淫　眼如點漆壞人倫

月下星前長不足　雖居大廈少安心

相畢金蓮西門慶又叫李瓶兒上來教神仙相一相神仙觀看這個女人皮膚香細乃富室之女娘容貌端莊乃素門之德婦只是多了眼光如醉主桑中之約眉靨漸生月下之期難定觀臥蚕明潤而紫色必產貴兒體白肩圓必受夫之寵愛常遭疾厄只因根上昏沉頻過喜祥盖謂福星明潤此幾椿好處還有幾椿不足處娘子可當戒之山根青黑三九前後定見哭聲法令細纏雞犬之年焉可過慎之慎之

花月儀容惜羽輪　平生良友鳳和鸞

緑門財祿堪依倚　莫把凡禽一樣看

相畢李瓶兒下去月娘令孫雪娥出來相一相神仙看了說道

這位娘子，體矮聲高，額尖鼻小，雖然出谷遷喬，但一生冷笑無情，作事機深內重，只是吃了這四反的虧，後來必主凶亡。夫四反者，唇反無稜，耳反無輪，眼反無神，鼻反不正故也。

燕體蜂腰是賤人　眼如流水不廉真
常時斜倚門兒立　不為婢妾必風塵

雪蛾下去，月娘教大姐上來相一相。神仙道：這位女娘，鼻梁仰露，破祖刑家，聲若破鑼，家私消散，面皮太急，雖溝洫長而壽亦夭，行如雀躍，處家室而衣食缺乏，不過三九，常受折磨。

惟夫反目性通靈　父母衣食僅養身
狀貌有拘難顯達　不遭惡死也艱辛

大姐相畢，教春梅也上來教神仙相相。神仙睜眼兒見了春梅，年約不上二九頭戴銀絲雲髻兒白線挑衫兒桃紅裙子藍紗比甲兒纏手縛脚出來道了萬福神仙觀看良久相道此位小姐五官端正骨格清奇髮細眉濃禀性要强神急眼圓爲人急燥山根不斷必得貴夫而生子兩額朝拱位早年必戴珠冠行步若飛仙聲响神清必益夫而得禄三九定然封贈但乞了這左眼大早年尅父右眼小周歲尅娘左口角下只一點黑痣主常沾啾唧之灾右腮一點黑痣一生受夫愛敬

天庭端正五官平　口若塗硃行步輕
倉庫豐盈財禄厚　一生常得貴人憐

神仙相畢衆婦女皆咬指以爲神相西門慶封白銀五兩與神仙又賞守備府來人銀五錢拿拜帖回謝吳神仙再三辭却說

道貧道雲遊四方。風飡露宿化救萬道。周總兵送將過來。可一時之情耳。要這財何用決不敢受西門慶不得已拿出一疋大布。送仙長做一件大衣何如。神仙方纔受之。令小童接了。收在經包內。稽首拜謝。西門慶送出大門。揚長飄然而去。正是拄杖兩頭挑日月。葫芦一個隱山川。西門慶送神仙出。回到後廳問月娘。衆人所相何如。月娘道。相的也都好。只是三個人相不着。西門慶道。那三個人相不着。月娘道。相李大姐有實疾到明日生貴子。他見將今懷着身孕。這個也罷了。相咱家大姐到明日受折磨。不知怎的折磨。相春梅後日來也生貴子。或者只怕你用了他。各人子孫也看不見。我只不信說他春梅後來戴珠冠有夫人之分。端的咱家又沒官。那討珠冠來。就有珠冠也輪不到他頭上。西門慶笑道。他相我目下有平地登雲之喜，加官進祿之榮。我那得官來。他見春梅和你每站在一處。又打扮不同。戴着銀絲雲髻兒。只當是你我親生養女兒一般。或後來匹配名門。招個貴婿。故說有些珠冠之分。自古筭的着命筭不着好。相逐心生。相隨心滅。周大人送來。咱不好嚚了他的頭。教他相相。除疑罷了。說畢。月娘房中。擺下飯。打發吃了飯。西門慶手拿芭蕉扇兒。信步閒遊來。花園大捲棚內。聚景堂內。週圍放下簾櫳。四下花木掩映。正值日當午時分。只聞綠陰深處。一派蟬聲。忽然風送花香。襲人撲鼻。有詩為證。

綠樹陰濃夏日長　樓臺倒影入池塘
水晶簾動微風起　一架薔薇滿院香

別院深沉夏草青　石榴開遍透簾明
槐陰滿地日卓午　時聽新蟬噪一聲

西門慶坐於椅上以手扇搖涼。只見來安兒畫童兒兩個小厮來井上打水西門慶道叫一個來。拿涼水安放盆內。來安兒忙走向前西門慶分付到後邊對你春梅姐說有梅湯提一壺來。放在這冰盤內湃着。來安兒應諾去了半日只見春梅家常露着頭戴着銀絲雲髻兒穿着毛青布衫兒桃紅夏布裙子。手提一壺蜜煎梅湯笑嘻嘻走來問道你吃了飯了西門慶道我在後邊上房裡吃了。春梅嗔道不進房裡來。把這梅湯放在冰內湃着你吃。西門慶點頭兒春梅湃上梅湯走來扶着椅兒取過西門慶手中芭蕉扇兒替他打扇問道頭裡大娘和你說甚麼話來西門慶道說吳神仙相面一節春梅道那道士平白說戴珠冠教大娘說有珠冠只怕輪不到他頭上常言道凡人不可貌相海水不可斗量從來旋的不圓砍的圓各人裙帶上衣食怎麽料得定莫不長遠只在你家做奴才罷西門慶笑道小油嘴兒自胡亂你若到明日有了娃兒就替你上了頭于是把他摟到懷裡手扯着手兒頑耍問他你娘在後邊在屋裡怎的不見春梅道娘在屋裡教秋菊熱下水要洗浴等不的就在牀上睡了西門慶道等我吃了梅湯等我掴混他一混去于是春梅向冰盆倒了一甌兒梅湯與西門慶呷了一口湃骨之涼透心沁齒如甘露洒心一般須臾吃畢搭伏着春梅肩膀兒轉過角門來到金蓮牀房中掀開簾櫳進來看見婦人睡在正面一張

新買的螺甸床上原是因李瓶兒房中安着一張螺甸廠廳床婦人旋教西門慶使了六十兩銀子也替他也買了這一張螺甸有欄杆的床兩邊槅扇都是螺甸攢造安在床内樓臺殿閣花草翎毛裡面三塊梳背都是松竹梅歲寒三友掛着紫紗帳幔錦帶銀鉤兩邊香毬吊掛婦人赤露玉體止着紅綃抹胸兒盖着紅紗衾枕石鴛鴦枕在凉席之上睡思正濃房裡異香噴鼻西門慶一見不覺淫心頓起令春梅帶上門出去悄悄脫了衣褲上的床來掀開紗被見他玉體互相掩映戲將兩股輕開按麈柄徐徐插入牝中比及星眸驚欠之際已抽拽數十度矣婦人睜開眼笑道恠強盜三不知多咱進來奴睡着了就不知道奴睡的甜甜兒摑混死了我西門慶道我便罷了若是有個

生漢子進來你也推不知道罷婦人道我不好罵的誰人七個頭八個胆敢進我這房裡來只許了你恁沒大沒小的罷了原來婦人因前日西門慶在翡翠軒誇獎李瓶兒身上白淨就暗暗將茉莉花蕋兒攪酥油定粉把身上都搽遍了搽的白膩光滑異香可掬使西門慶見了愛他以奪其寵西門慶於是見他身體雪白穿着新做的兩隻大紅睡鞋一面蹲踞在上兩手兜其股極力而提之垂首觀其出入之勢婦人道怪貨只顧端詳甚麼奴的身上黑不似李瓶兒的身上白就是了他懷着孩子你便輕憐痛惜俺每是拾兒由着這等掇弄西門慶問道說你等着我洗澡來婦人問道你怎得知道來西門慶把春梅告訴他話說了一遍婦人道你洗我教春梅掇水來不一時把浴盆掇

到房中注了湯。二人下牀來同浴蘭湯。共效魚水之歡。當下添湯換水洗浴了一回。西門慶乗興把婦人仰臥在浴板之上。兩手執其雙足。跨而提之。掀騰排幹何止二三百回。其聲如泥中螃蟹一般。响之不絕。婦人恐怕香雲拖墜。一手扶着雲髻。一手扳着盆沿口中燕語鶯聲。百般難述。怎見這場交戰。但見

華池蕩漾波紋亂。翠幃高捲秋雲暗。才郎情動要爭持。稔色心忺顯手段。一個顫顫巍巍挺硬鎗。一個搖搖擺擺輪鋼劍。一個捨死忘生往裡鑽。一個尤雲殢雨將功幹。撲撲鼕鼕皮皷催。礶礶礴礴鎗付劍。砍砍磕磕弄响聲。砰砰硼硼成一片。下下高高水逆流。洶洶湧湧盈清澗。滑滑濁濁怎住停。攔攔濟濟難存站。一來一往。一衝一撞。東西探。熱氣騰騰。妖雲生

紛紛馥馥香氣散。一個逆水撑船將玉股搖。一個稍公把舵將金蓮揩。一個紫騮猖獗逞威風。一個白面妖嬈遭馬戰。喜喜歡歡美女情。雄雄糾糾男兒愿。翻翻覆覆意歡娛。鬧鬧挨挨情摸亂。你死我活更無休。千戰千贏心胆戰。口口聲聲叫殺人。氣氣昂昂情不厭。古古今今廣鬧爭。不似這番水裡戰

當下二人水中戰鬬了一回。西門慶精泄而止。搽抹身體乾淨撒去浴盆。止着薄纊短襦上牀。安放炕卓菓酌飲酒。教秋菊取白酒來。與你爹吃。又向牀閣板上方盒中拿菓餡餅與西門慶吃。恐怕他肚中飢餓。只見秋菊半日拿上一銀注子酒來。婦人纔待斟在鍾上。摸了摸冰凉的。就照着秋菊臉上只一潑。潑了一頭一臉。罵道。好賊少死的奴才。我分付教你篩了來。如何拿

冷酒與爹吃、你不知安排些甚麼心兒。叫春梅與我把這奴才。採到院子裡跪着去。春梅道、我替娘後邊捲裹脚去來、一些兒沒在根前、你就弄下磣兒了。那秋菊把嘴谷都着、口裡喃喃吶吶說道、每日爹娘還吃水湃的酒兒、誰知今日又改了腔兒。婦人聽見、罵道、好賊奴才、你說甚麼、與我採過來、教春梅每邊臉上打與他十個嘴巴。春梅道、皮臉沒的打汚濁了我手。娘只教他頂着石頭跪着罷、于是不由分說、拉到院子內、教他頂着塊大石頭跪着。不在話下。婦人從新教春梅煖了酒來。陪西門慶吃了幾鍾。掇去酒卓、放下紗帳子來、分付拽上房門、兩個抱頭交股、體倦而寢、正是若非群玉山頭見、多是陽臺夢裡尋。畢竟未知後來何如、且聽下回分解。

第三十回　蔡太師擅恩錫爵

西門慶生子加官

第三十回

來保押送生辰担　西門慶生子喜加官

得失榮枯總是閑　機關用盡也徒然
人心不足蛇吞象　世事到頭螳捕蟬
無藥可醫卿相壽　有錢難買子孫賢
家常寸分隨緣過　便是逍遙自在天

話說西門慶。與潘金蓮兩個洗畢澡。就睡在房中。春梅坐在穿廊下。一張凉椅兒上納鞋。只見琴童兒在角門首探頭舒腦的觀看。春梅問道你有甚話說。那琴童又見秋菊頂着石頭跪在院内。只顧用手往來指春梅罵道怪囚根子你有甚麼話說就是了。指手畫脚怎的。那琴童笑了半日。方纔說有看墳的張安見在外邊等爹說話哩。春梅道。賊囚根子。張安就是了。何必大驚小怪。見鬼也似悄悄兒的。爹和娘在屋裡聽着了。驚醒他你就是死。你且教張安在外邊等等兒。那琴童兒走出來外邊約等勾半日。又走來角門首踅探問姐。爹起來了不曾。春梅道。恠囚失張冒勢。傜諕我一跳。有要沒緊。兩頭回來遊魂哩。琴童道。張安等爹出去見了。說了話。還要赶出門去。怕天晚了。春梅道。爹娘正睡的甜甜兒的。誰敢擣擾他。你教張安且等着去。十分晚了。教他明日去罷。正說着。不想西門慶在房裡聽見。便呌春梅進房問誰說話。春梅道。琴童小廝進來說墳上張安兒在外邊見爹說話哩。西門慶道。拿〻衣我穿。等我起去。春梅一面打發西門慶穿〻衣裳。金蓮便問張安來說甚麼話。西門慶道。張安前日來說。咱家墳隔壁。趙寡婦家庄子兒。連地要賣。價錢三百兩銀子。我只還他二百五十兩銀子。教張安和他講去。若成了。我教賁四。和陳姐夫去兌銀子。裡面一眼井。四個井圈打水。我買了這庄子。展開合爲一處。裡面盖三間捲棚。三間廳房。叠山子花園。松墻槐樹棚。井亭射箭廳。打毬塲耍子去處。破使幾兩銀子收拾也罷。婦人道也罷。咱買了罷。明日你娘們上墳。到那裡好遊玩耍子。說畢。西門慶往前邊和張安說話去了。金蓮起來向鏡臺前重勻粉臉。再整雲鬟。出來院內要打秋菊。那春梅旋去外邊叫了琴童兒來。吊板子。金蓮便問道。教你拿酒。你怎的拿冷酒與你爹吃。原來你家沒大了。說着你還丁嘴鐵舌兒的唱聲叫琴童兒。與我老實打與這奴才二十板子。那琴童繞打到十板子上多虧了李瓶兒笑嘻嘻走過來勸住了饒了他十板金蓮教與李瓶兒磕了頭放他起來廚下去了李瓶兒道老潘領了個十五歲的丫頭後邊二姐姐買了房裡使喚要七兩五錢銀子請你過去瞧瞧要送與他去哩這金蓮遂與李瓶兒一同後邊去了李瓶兒果然問了西門慶用七兩銀子買了丫頭改名夏花兒房中使喚不在話下安下一頭却說一處单表來保同吳主管押送生辰担自從離了清河縣一路朝登紫陌暮踐紅塵飢食渴飲夜住曉行正值大暑炎蒸天氣爍石流金之際路上十分難行評話捷說有日到了東京萬壽門外尋客店安下到次日賫抬馱箱禮物逕到天漢橋蔡太師府門前伺候來保教吳主管押着禮物他穿上青衣逕向守門官吏唱了

個喏。那守門官吏問道。你是那裡來的。來保道。我是山東清河
縣西門員外家人。來與老爺進獻生辰禮物。官吏罵道。賊少死
野囚軍。你那裡便興你。東門員外西門員外。俺老爺當今一人
之下。萬人之上。不論三台八位。不論公子王孫。誰敢在老爺府
前這等稱呼。趂早靠後。内中有認的來保的。便安撫來保說道
此是新叅的守門官吏。纔不多幾日。他不認的你。休惟。你要稟
見老爺。等我請出翟大叔來。這來保便向袖中。取出一包銀子
重一兩。遞與那人。那人道。我到不消。你再添一分。與那兩個官
吏。休和他一般見識。來保連忙拿出三包銀子來。每人一兩。都
打發了。那官吏纔有些笑容兒。說道。你既是清河縣來的。且畧
候候。等我領你先見翟管家。老爺纔從上清寶籙宮。進了香回

來書房內廳。良久請到翟管家出來。穿着凉鞋淨襪。青絲絹道袍。來保見了。先磕下頭去。翟管家答禮相還。說道前者累你。你來與老爺進生辰担禮來了。來保先遞上一封揭帖。脚下人捧着一對南京尺頭。三十兩白金。說道家主西門慶多上覆翟爹。無物表情。這些薄禮與翟爹賞人。前者鹽客王四之事。多蒙翟爹費心。翟謙道此禮我不當受。罷罷。我且收下。來保又遞上太師壽禮帖兒。看了。還付與來保。分付把禮檯進來。到二門裡首伺候。原來二門西首。有三間倒座。來往雜人。都在那裡待茶。須臾一個小童。拿了兩盞茶來。與來保吳主管吃了。少頃。太師出廳。翟謙先稟知太師。太師然後令來保吳主管進見。跪於堦下。翟謙先把壽禮揭帖。呈遞與太師觀看。來保吳主管各捧獻禮

物但見黄烘烘金壺玉盞白晃晃減靸仙人良工製造費工夫
巧匠鑽鑿人罕見錦綉蟒衣五彩奪目南京紵段金碧交輝湯
羊美酒盡貼封皮異菓時新高堆盤榼如何不喜便道這禮物
決不好受的你還將回去于是慌了來保等在下叩頭說道小
的主人西門慶沒甚孝順些小微物進献老爺賞人便了太師
道既是如此令左右收了傍邊左右祗應人等把禮物盡行收
下去太師又道前日那滄州客人王四等之事我已差人下書
與你巡撫侯爺說了可見了分上不曾來保道蒙老爺天恩書
到衆塩客都牌提到塩運司與了勘合都放出來了太師因向
來保說道禮物我故收了累次承你主人費心無物可伸如何
是好你主人身上可有甚官役來保道小的主人一介鄉民有

何官後太師道既無官役。昨日朝廷欽賜了我幾張空名。告身劄付。我安你主人。在你那山東提刑所。做個理刑副千户。頂補千户賀金的員缺。好不好。來保慌的叩頭謝道。蒙老爺莫大之恩。小的家主。舉家粉首碎身。莫能報答。於是喚堂後官。擡書案過來。即時僉押了一道空名告身劄付。把西門慶名字。塡註上面。列銜金吾衛衣左所副千户。山東等處提刑所理刑。向來保道。你二人替我進獻生辰禮物。多有辛苦。因問後邊跪的。是你甚麼人。來保纔待説是夥計。那吳主管向前道。小的是西門慶舅子。名喚吳典恩。太師道。你既是西門慶舅子。我觀你到好個儀表。喚堂後官取過一張劄付。我安你在本處清河縣。做個驛丞。倒也去的。那吳典恩慌的磕頭如擣蒜。又取過一張劄付來。

把來保名字。填寫山東鄆王府做了一名校尉。俱磕頭謝了。領了劄付分付明日早辰吏兵二部掛號。討勘合限日上任應役。又分付翟謙西廂房管待酒飯討十兩銀子與他二人做路費。不在話下。看官聽說那時徽宗天下失政奸臣當道讒佞盈朝。高楊童蔡四個奸黨在朝中賣官鬻獄賄賂公行懸秤陞官指方補價。夤緣鑽刺者。驟陞美任。賢能廉直者。經歲不除。以致風俗頹敗。贓官汚吏遍滿天下役煩賦重民窮盜起天下騷然不因奸佞居台輔合是中原血染人當下翟謙把來保吳主管邀到廂房管待廚下大盤大碗肉賽花糕酒如琥珀湯飯點心齊上飽飡了一頓翟謙向來保說我有一件事央及你爹替我處處未知你爹肯應承我否來保道翟爹說那裡話蒙你老人家這等。老爺前扶持看顧。不揀甚事。但肯分付。無不奉命。翟謙道。不瞞你說。我答應老爺。每日止賤荊一人。我年也將及四十。常有疾病。身邊通無所出。央及你爹。只說你那貴處有好人才女子。不拘十五六上下。替我尋一個送來。該多少財禮。我一一奉過去。于是一封人事。并回書付與來保。又巳送二人五兩盤纏。來保再三不肯受。說道。剛纔老爺上巳賞過了。翟爹還收回去。翟謙道。那是老爺的。此是我的。不必推辭。當下吃畢酒飯。翟謙道。如今我這裡替你差個办事官。同你到下處。明早好往吏兵二部掛號。就領了勘合。好起身。省的你明日又來。途間往返了。我分付了。去部裡不敢遲滯了你文書。那時喚了個办事官。名喚李中友。你與二位。明日同到部裡掛了號。討勘合來回我話那員官與來保吳典恩作辭出的府門來。到天漢橋街上。白酒店內會話。管待酒飯。又與了李中友三兩銀子。約定明日。絕早先到吏部。然後到兵部。都掛號討了勘合。閘得是太師老爺府裡。誰敢遲滯。顛倒奉行。金吾衛太尉朱勔。即時使印僉了票。帖行下頭司。把來保塡註在本處山東鄆王府當差。又拿了個拜帖。回翟管家。不消兩日。把事情幹得完備。有日顧頭口起身。星夜回清河縣來報喜。正是富貴必因奸巧得。功名全仗鄧通成。

且說一日三伏天氣。十分炎熱。在家中聚景堂中。大捲棚內。賞玩荷花。避暑飲酒。吳月娘與西門慶居上坐。諸妾與大姐都兩邊列坐。春梅迎春玉簫蘭香。一般兒四個家樂。在傍彈唱。怎見的當日酒席。但見盆栽綠草。瓶插紅花。水晶簾捲。蝦鬚雲母屏開。孔雀盤堆麟脯。佳人笑捧紫霞觴。盆浸冰桃。美女高擎碧玉斝。食烹異品。菓獻時新。絃管謳歌。奏一派聲清韻美。綺羅珠翠。擺兩行舞女歌兒。當筵象板撒紅牙。遍體舞裙補錦綉。消遣壺中閒日月。遨遊身外醉乾坤。

妻妾正飲酒中間。坐間不見了李瓶兒。月娘向綉春說道。你娘往屋裡做甚麼哩。怎的不來吃酒。綉春道。我娘害肚裡疼。屋裡挃着哩。便來也。月娘道。還不快對他說去。休要挃着。來這裡坐着聽一回唱罷。西門慶便問月娘怎的。月娘道。李大姐忽然害肚裡疼。屋裡倘着哩。我剛纔使小丫頭請他去了。因向玉樓道。李大姐七八臨月。只怕攙撒了。潘金蓮道。大姐姐。他那裡是這個月約他是八月裡孩子還早哩。西門慶道。既是早哩。使丫頭請你六娘來聽唱。不一時只見李瓶兒來到。月娘道。只怕你掉了風冷氣。你吃上鍾熱酒。管情就好了。不一時各人面前斟滿了酒。西門慶分付春梅。你每唱個人皆畏夏日。我聽那春梅等四個。方纔箏排雁柱。阮跨鮫綃。啟朱唇。露皓齒。唱人皆畏夏日云云。那李瓶兒在酒席上。只是把眉頭忔𢠢着。也沒等的唱完了。回房中去了。月娘聽了詞曲。就着心使小玉房中瞧去。回來報說。六娘害肚裡疼。在炕上打滚哩。慌了月娘道。我說是時候。這六姐還強說早哩。還不喚小厮來。快請老娘去。西門慶即令來安兒風跑。快請蔡老娘去。于是連酒也吃不成。都來李瓶兒房中問他。月娘問道。李大姐。你心裡覺怎的。李瓶兒回道。大娘。

我只心口連小肚子往下鱉墜着疼月娘道你起來休要睡着只怕滚壞了胎老娘請去了便來也少頃漸漸李瓶兒疼的緊了月娘又問使了誰請老娘去了這咱還不見來玳安道爹使了來安去了月娘罵道這囚根子你還不快迎迎去平白没筭計使那小奴才去有緊没慢的西門慶叫玳安快騎了騾子赶了去月娘道一個風火事還像尋常慢條斯禮兒的那潘金蓮見李瓶兒待養孩子心中未免有幾分氣在房裡看了一回把孟玉樓拉出來兩個站在西稍間簷柱兒底下那裡歇凉一處說話說道耶嚛嚛緊着熱刺刺的擠了一屋子裡人也不是養孩子都看着下象胆哩良久只見蔡老娘進門望衆人那位主家奶奶李嬌兒道這位大娘裡那蔡老娘倒身磕頭去月娘道

姥姥生受你。怎的這咱纔來。蔡老娘道。你老人家聽我告訴。

我做老娘姓蔡　兩隻脚兒能快　身穿怔綠喬紅

各樣鬏髻歪戴　㦸絲環子鮮明　閃黃手帕符攃

入門利市花紅　坐下就要管待　不拘貴宅嬌娘

那管皇親國太　教他任意端詳　被他褪衣刮劃

横生就用刀割　難產須將拳揣　不管臍帶包衣

着忙用手撕壞　活時來洗三朝　死了走的偏快

因此主顧偏多　請的時常不在

月娘道。你且休閑說。請看這位娘子。敢待生養也。蔡老娘向牀前摸了摸李瓶兒身上。說道。是時候了。問大娘預備下繃接草紙不曾。月娘道。有。便教小玉往我房中快取去。且說玉樓見老

娘進門便向金蓮說蔡老娘來了咱不往屋裡看看去那金蓮
一面不是一面說道你要看你去我是不看他他是有孩子的
姐姐又有時運人怎的不看他頭裡我自不是說了句話兒見
他不是這個月的孩子只怕是八月裡的教大姐姐白搶白相
我想起來好沒來由倒惱了我這半日玉樓道我也只說他是
六月裡孩子金蓮道這回連你也韶刀了我和你恁筭他從去
年八月來又不是黃花女兒當年懷入門養一個後婚老婆漢
子不知見過了多少也一兩個月纔生胎就認做是咱家孩子
我說差了若是八月裡孩兒還有咱家些影兒若是六月的踩
小板凳兒糊險道神還差着一帽頭子哩失迷了家鄉那裡尋
犢兒去正說着只見雪娥後邊和小玉抱着草紙繃接并小褥

子兒來。孟玉樓道。此是大姐姐預備下。他早晚臨月用的物件兒。今日且借來應急兒。金蓮道。一個是大老婆。一個是小老婆。明日兩個對養。十分養不出來。零碎出來也罷。俺每是買了個毋雞不下蛋。莫不殺了我不成。又道。仰着合着。沒的狗咬尿胞虛喜歡。玉樓道。五姐是甚麼話。以後見他說話兒出來。有些不防頭。惱。只低着頭弄裙子。並不作聲應答他。潘金蓮用手扶着庭桂兒。一隻脚跐着門檻兒。口裡磕着瓜子兒。只見孫雪娥聽見李瓶兒前邊養孩子。後邊慌慌張張。一步一跌走來觀看。不防黑影裡被臺基。險此不曾絆了一交。金蓮看見教玉樓你看獻勲的小婦奴才。你慢慢走。慌怎的。搶命哩。黑影子拌倒了。磕了牙也是錢。姐姐。賣蘿蔔的拉塩担子。攘醎嘈心。養下孩子來。

明日賞你這小婦一個紗帽戴。良久。只聽房裡呱的一聲。養下來了。蔡老娘道。對當家的老爹說。討喜錢。分娩了一位哥兒。吳月娘報與西門慶門慶慌的連忙洗手。天地祖先位下。滿爐降香。告許一百二十分清醮。要祈子母平安。臨盆有慶。坐草無虞。這潘金蓮。聽見生下孩子來了。合家歡喜。亂成一塊。越發怒氣。生走去了。房裡自閉門戶。向牀上哭去了。時宣和四年。戊申六月廿一日。也正是。不如意處常八九。可與人言無二三。這蔡老娘收拾孩兒。咬去臍帶。埋畢衣胞。熬了些定心湯。打發李瓶兒吃了。安頓孩兒停當。月娘讓老娘後邊管待酒飯。臨去西門慶與了他五兩一定銀子。許洗三朝來。還與他一疋段子。這蔡老娘千恩萬謝出門。當日西門慶進房去。見一個滿抱的孩子。生

的甚是白淨。心中十分歡喜。合家無不欣悅。晚夕就在李瓶兒
菻房中歇了。不住來看孩兒。次日巴天不明早起來。拿十副方
盒使小厮各親戚隣友處。分投送喜麵。應伯爵謝希大。聽見西
門慶生了子。送喜麵來慌的兩步做一步走來賀喜。西門慶留
他捲棚內吃麵。剛打發去了。正在廳上亂着。使小厮叫媒人來。
尋養娘。看妳孩兒。忽有薛嫂兒領了個妳子來原是小人家媳
婦兒。年三十歲。新近丟了孩兒。不上一個月。男子漢當軍。過不
的。恐出征去無人養贍。只要六兩銀子要賣他。月娘見他生的
乾淨。對西門慶說。兊了六兩銀子。留下起名如意兒。教他早晚
看妳哥兒。又把老馮叫來。暗房中使喚。每月與他五錢銀子。管
顧他衣服。正熱鬧一日。忽有平安報來保吳主管。在東京回還。

見在門首下頭口。不一時二人進來。見了西門慶報喜。西門慶問喜從何來。二人悉把到東京。見蔡太師進禮一節。從頭至尾訴說一遍。老爺見了禮物甚喜。說道我累次受你主人禮太多。無可補報。因問爹原祖上有甚差事。小的說一介鄉民。並無寸役在身。太師老爺說朝廷欽賞了他幾張空名誥身劄付。與了爹一張。塡寫爹名姓在上。塡註在金吾衛副千户之職。就委差的在本處提刑所理刑。頂補賀老爹員缺。把小的做了鐵鈴衛校尉。塡註鄆王府當差。吳主管陞做本縣驛丞。于是把一樣三張印信劄付。并吏兵二部勘合。并誥身都取出來。放在卓上。與西門慶觀看。西門慶看見上面。銜着許多印信。朝廷欽依事例。果然他是副千户之職。不覺歡從額角眉尖出。喜向腮邊笑臉生便把朝廷明降。拿到後邊。與吳月娘衆人觀看。說太師老爺擡舉我。陞我做金吾衛副千户。居五品大夫之職。你頂受五花官誥。坐七香車。做了夫人。又把吳主管携帶做了驛丞。來保做了鄆王府校尉。吳神仙相我不少紗帽戴。有平地登雲之喜。今日果然不上半月。兩樁喜事都應驗了。對月娘說。李大姐養的這孩兒甚是脚硬。到三日洗了三。就起名叫做官哥兒罷。與月娘看了。來保進來。與月娘衆人磕頭。說了回話。分付明日早把文書。下到提刑所衙門裡。與夏提刑知會了。吳主管明日早下文書到本縣。作辭西門慶回家去了。到次日洗三畢。衆親隣朋友。一槩都知西門慶第六個娘子。新添了娃兒。未過三日。就有如此美事。官祿臨門。平地做了千户之職。誰人不來趨附。送禮慶賀。人來人去。一日不斷頭常言時來誰不來。時不來誰來。正是時來頑鐵有光輝運退真金無艷色。畢竟未知後來何如。且聽下回分解。

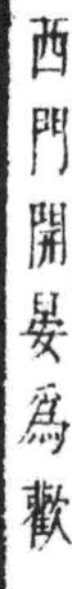

西門開宴為歡

新刻金瓶梅詞話卷之四

第三十一回

琴童藏壺覷玉簫　門慶開宴吃喜酒

家富自然身貴　逢人必讓居先
貧寒敢仰上官憐　彼此都看錢面
婚嫁專尋勢要　通財邀結豪英
不知興廢在心田　只靠眼前知見

話說西門慶。次日使來保提刑所。本縣下文書。一面使人做官帽。又喚趙裁。率領四五個裁縫。在家來裁剪尺頭。攢造衣服。又叫了許多匠人。釘了七八條。都是四尺寬。玲瓏雲母。犀角鶴頂。紅玳瑁魚骨香帶。不說西門慶家中熱亂。且說吳典恩。那日走到應伯爵家。把做驛丞之事。再三央及伯爵。要問西門慶借銀子。上下使用。許伯爵借銀子出來。把十兩銀子買禮物謝老兒。說着跪在地下。慌的伯爵一手拉起。說道。此是成人之美。大官人照顧你東京走了這遭。携帶你得此前程。也不是尋常小可。因問你如今所用多少勾了。吳典恩道。不瞞老兒說。我家活人家。一文錢也沒有。到明日上任參官。贄見之禮。連擺酒。并治衣類鞍馬。少說也得七八十兩銀子。那裡區處。如今我寫了一箇文書在此。也沒敢下數兒。望老兒好歹扶持小人。在旁加美言。事成恩有重報。不敢有忘。伯爵看了文書。因令吳二哥你說借出這七八十兩銀子來。也不勾使。依我取筆來。寫上一百兩。恒是看我面。不要你利錢。你且得手使了。到明日做上官兒。慢慢陸續還他。也是不遲。常言俗語說得好。借米下得鍋。討米下不的鍋。哄了一日是兩晌。何况你又在他家曾做過買賣。他那裡把你這幾兩銀子放在心上。那吳典恩聽了。謝了又謝。于是把文書上塡寫了一百兩之數。當下兩個吃了茶。一同起身來到西門慶門首。伯爵問守門平安兒。你爹起來了不曾。平安兒道俺爹起來了。在捲棚看着匠人釘帶哩。待小的稟去。于是一直走來。報西門慶說。應二爹和吳二叔來了。西門慶道請進。不一時二人進入裡面。見有許多裁縫匠人。七手八脚做生活。西門慶帶着小帽錦衣。和陳經濟在穿廊下。看着寫見官手本揭帖。見二人作揖讓坐。伯爵問哥的手本劄付。下了不曾。西門慶道今早使小价往提刑府下劄付去了。今有手本還未往東平府。

并本縣下去。說畢。小厮畫童兒拿上茶來。吃畢茶。那應伯爵並不題吳主管之事。走下來且看匠人釘帶。西門慶見他拿起帶來看。一徑賣弄說道。你看我尋的這幾條帶如何。伯爵極口稱讚誇奬說道。虧哥那裡尋的。都是一條賽一條的好帶。難得這般寬大。別的倒也罷了。自這條犀角帶。并鶴頂紅。就是滿京城拿着銀子。也尋不出來。不是面奬。說是東京衛主老爺。玉帶金帶空有。也沒這條犀角帶。這是水犀角。不是旱犀角。旱犀不值錢。水犀角號作通天犀。你不信取一碗水。把犀角安放在水內。分水為兩處。此為無價之寶。又夜間燃火照千里。火光通宵不滅。因問哥你使了多少銀子尋的。西門慶道。你每試估估價值。伯爵道。這個有甚行款。我每怎麽估得出來。西門慶道。我對你說了罷。此帶是大街上王招宣府裡的帶。昨日晚間一個人聽見我這裡要帶。巴巴來對我說。我着賁四拿了七十兩銀子。再三回了他這條帶來。他家還張致不肯。定要一百兩。伯爵道。且難得這等寬樣好看。哥你到明日繫出去。甚是霍綽。就是你同僚間見了。也愛。于是誇美了一回。坐下。西門慶便向吳主管問道。你的文書下了不曾。伯爵道。吳二哥文書還未下哩。今日巴巴的他央我來激煩你。雖然蒙你招顧他。往東京押生辰担。蒙太師與了他這個前程。就是你擡舉他一般。也是他各人造化。說不的。一品至九品。都是朝廷臣子。況他如今家中無錢。他告我說。就是如今上任。見官擺酒。并治衣服之類。也并許多銀子使。一客不煩二主。那處活變去。沒奈何。哥看我面。有銀子借與幾兩扶持他賙濟了這些事兒他到明日做上官就啣環結草也不敢忘了哥大恩人你休說他舊是咱府中夥計在哥門下出入就是從前後外京外府官吏哥不知拔濟了多少不然你教他那裡區處去因說道吳二哥你拿出那符兒來與你大官人瞧這吳典恩連忙向懷中取出遞與西門慶觀看見上面借一百兩銀子中人就是應伯爵每月利行五分西門慶取筆把利錢抹了說道既是應二哥作保你明日只還我一百兩本錢就是了我料你上下巴得這些銀子攬纏于是把文書收了纔待後邊取銀子去忽有提刑所夏提刑拿帖兒差了一名寫字的拿手本三班送了十二名排軍來答應就問討上任日期討問字號衙門同僚具公禮來賀西門慶教陰陽徐先生擇定七月

初二日。青龍金匱黃道宜辰時到任。拿拜帖兒回夏提刑。賞了寫字的五錢銀子。俱不必細說。應伯爵和吳典恩。正在捲棚內坐的。只見陳經濟拿着一百兩銀子出來教與吳主管。說吳二哥你明日只還我本錢便了。那吳典恩一面接了銀在手。叩頭謝了。西門慶道。我不留你坐罷。你家中執你的事去。留下應二哥。我還和你說句話兒。那吳典恩拿着銀子。歡喜出門。看官聽說。後來西門慶死了。家中時敗勢衰。吳月娘守寡。把小玉配與玳安為妻。家中平安兒小廝。又偷盜出解當庫頭面。在南瓦子裡宿娼。被吳驛丞拿住。痛刑拷打。教他指攀月娘與玳安有奸。要羅織月娘出官。恩將仇報。此係後事。表過不題。正是不結子花休要種。無義之人不可交。那時責四往東平府。并本縣下了手本來回話。西門慶留他和應伯爵。陪陰陽徐先生擺飯。正吃着飯。只見西門慶舅子吳大舅來拜望。徐先生就起身。良久。應伯爵也作辭出門。來到吳主管家。吳典恩又早封下十兩保頭錢。雙手遞與伯爵。磕下頭去。伯爵道。若不是我那等取巧說着。他會勝不肯借與你。這一百兩銀子與你。隨你上下還使不了這些。還落一半家中盤纏。那吳典恩酧謝了伯爵。治办官帶衣類。擇日見官上任不題。那時本縣正堂李知縣。會了四衙同僚。差人送羊酒賀禮來。又拿帖兒送了一名小郎來答應。年方一十八歲。本貫蘇州府常熟縣人。喚名小張松。原是縣中門子出身。生的清俊。面如傅粉。齒白唇紅。又識字會寫。善能歌唱南曲。穿着青絹直裰。京鞋淨襪。西門慶一見小郎伶俐。滿心歡喜。就拿拜帖回覆李知縣留下他在家答應。改換了名字。叫做書童兒。與他做了一身衣裳新靴新帽不教他跟馬。教他專管書房收禮帖。拿花園門鑰匙。祝日念又舉保了。一個十四歲小厮來答應亦改名棋童每日派定和琴童兒兩個背書袋。夾拜帖匣跟馬上任日期在衙門中擺大酒席卓面出票拘集三院樂工牌色長承應吹打彈唱。後堂飲酒日暮時分散歸。每日騎着大白馬頭戴烏紗。身穿五彩洒線揉頭獅子補子員領四指大寬萌金茄楠香帶。粉底皂靴。排軍喝道。張打着大黑扇。前呼後擁何止十數人跟隨。在街上搖擺。上任回來。先拜本府縣。帥府都監。并清河左右衛同僚官然後親朋隣舍。何等榮耀施爲。家中收禮接帖子。一日不斷。正是

白馬血纓彩色新　不來親者強來親
時來頑鐵皆光彩　運去良金不發明

西門慶自從到任以來。每日坐提刑院衙門中。陞廳畫卯。問理公事。光陰迅速。不覺李瓶兒坐蓐一月將滿。吳大妗子。二妗子。楊姑娘。潘姥姥。吳大姨。喬大户娘子。許多親鄰堂客女眷。都送禮來。與官哥兒做彌月。院中李桂姐。吳銀兒見西門慶做了提刑所千户。家中又生了子。亦送大禮。坐轎子來慶賀。西門慶那日在前邊大廳上擺設筵席。請堂客飲酒。春梅。迎春。玉簫。蘭香都打扮起來。在席前與月娘斟酒執壺。堂客飲酒。原來西門慶每日從衙門中來。只見外邊廳上。就脫了衣服。教書童疊了。安在書房中。止戴着冠帽。進後邊去。到次日起身。旋使丫鬟來書房中取新近收拾大廳西廂房一間做書房。內安牀几卓椅屏幃筆硯琴書之類書童兒晚夕只在牀脚踏板書搭着鋪睡未曾西門慶出來就收拾頭腦打掃書房乾淨伺候答應或是在那房裡歇早辰就使出那房裡丫鬟來前邊取衣服取來取去不想這小郎本是門子出身生的伶俐乖覺又清俊二者又各房丫頭打牙犯嘴慣熟于是暗和上房裡玉簫兩個嘲戲上了那日也是合當有事這小郎正起來在書房牀地平上插着棒兒香正在窗户臺上擱着鏡兒梳頭拿紅繩扎頭髮不料上房玉簫推開門進來看見說道好賊囚你這咱還來描眉畫眼兒的爹吃了粥便出來書童也不理只顧扎包髻兒那玉簫道爹的衣服疊了在那裡放着哩書童道在牀南頭安放着哩玉簫道他今日不穿這一套他分付我教問你要那件玄色圖金補子系布圓領玉色襯衣穿書童道那衣服在厨櫃裡我昨日纔收了今日又要穿他姐你自開門取了去那玉箇且不拿衣服走來根前看着他扎頭戲道恠賊囚也像老婆般拿紅繩扎着頭兒梳的髮這虛籠籠的因見他白滚紗漂白布汗掛兒上繫着一個銀紅紗香袋兒一個綠紗香袋兒問他要你與我這個銀紅的罷書童道人家個愛物兒你就要玉箇道你小厮家帶不的這銀紅的只好我帶書童道早是這個罷了打要是個漢子兒你也愛他罷被玉箇故意向他肩膊上擰了一把說道賊囚你夾道賣門神看出來的好畫兒不由分說把兩個香袋子等不的解都揪斷繫兒放在袖子內書童道你好不尊貴把人

的帶子也揪斷被玉簫發訕一拳一把戲打在身上打的書童急了說姐你休鬼混我待我扎上這頭髮著玉簫道我且問你沒聽見爹今日往那去書童道爹今日與縣中三宅華主簿老爹送行在皇莊薛公公那裡擺酒來家早下午時分我聽見會下應二叔今日兌銀子要買對門喬大户家房子那裡吃酒罷了玉簫道等住回你休往那去了我來和你說話書童道我知道玉簫于是與他約會下拿衣服一直往後邊去了少頃西門慶出來就叫書童分付在家別往那去了先寫十二個請帖兒都用大紅紙封套二十二日請官家吃慶官哥兒酒教來興兒買辦東西添厨役茶酒預備卓面齊整玳安和兩名排軍送帖兒叫唱的留下琴童兒在堂客面前管酒分付畢西門慶上馬

送行去了。那吳月娘眾姊妹請堂客到齊了。先在捲棚擺茶。然後大廳上屏開孔雀。褥隱芙蓉。上坐席間叫了四個妓女彈唱。果然西門慶到午後時分來家。家中安排一食菓酒菜。邀了應伯爵和陳經濟。掐了七百兩銀子。往對門喬大戶家成房子去了。堂客正飲酒中間。只見玉簫拿下一銀執壺酒。并四個梨。一個柑子。逕來廂房中送與書童兒吃。推開門。不想書童兒不在裡面。恐人看見。連壺放下。就出來了。可霎作怪。琴童兒正在上邊看酒。冷眼睃見玉簫進書房去。半日出來。只知有書童兒在裡邊。三不知扠進去。瞧不想書童兒外邊去。不曾進來。一壺熱酒和菓子還放在牀底下。這琴童連忙把菓子藏袖裡。將那一壺酒。影着身子一直提到李瓶兒房裡。迎春和婦人都在上邊不曾下來。止有奶子如意兒和綉春在屋裡看哥兒。那琴童進門就問。姐在那裡。綉春道。他在上邊與娘斟酒哩。你問他怎的。琴童兒道。我有個好的兒。教他替我收着。綉春問他甚麼。他又不拿出來。只說着。迎春從上邊拿下一盤子燒鵝肉。一碟玉米面玫瑰菓餡蒸餅兒與奶子吃。看見便道。賊囚你在這裡笑甚麼。不在上邊看酒。那琴童方纔把壺從衣裳底下拿出來。教迎春姐你與我收了。迎春道。此是上邊篩酒的執壺。你平白拿來做甚麼。琴童道。姐你休管他。此是上房裡玉簫和書童兒小廝七個八個偷了這壺酒和些柑子梨。送到書房中與他吃。我趕眼不見戲了他的來。你只與好生收着。隨問甚麼人來抓尋休拿出來。我且拾了白財兒着。因把梨和柑子。掏出來與迎春瞧說着我看篩了酒今日該我獅子街房子裡我上宿去也迎春道等住回抓尋壺久亂你就承當琴童道我又沒偷他的壺各人當場者亂隔壁心寬管我腿事說畢揚長去了迎春把壺藏放在裡間卓上不題至晚酒席上人散查收家火少了一把壺玉簫往書房中尋那裡得來再有一把也沒了問書童說我外邊有事去不知道那玉簫就慌了一口推在小玉身上小玉罵道肏昏了你這淫婦我後邊看茶你抱着執壺在席上與娘斟酒這回不見了壺兒你來賴我向各處都抓尋不着良久李瓶兒到房來迎春如此這般告訴琴童兒拿了一把進來教我替他收着李瓶兒道這囚根子他做甚麼拿進他這把壺來後邊爲這把壺好不反亂玉簫推小玉小玉推玉簫急的那大丫頭

賭身發呪只是哭你趂早還不快替他送進去哩遲回管情就賴在你這小淫婦兒身上那迎春方纔取出壺要送入後邊來後邊玉簫和小玉兩個正亂這把壺不見了兩個嚷到月娘面前月娘道賊臭肉還敢嚷的是些甚麼你每管着那一門兒把壺不見了玉簫道我在上邊跟着娘遞酒他守着銀器家火不見了如今賴我小玉道大妗子要茶我不往後邊替他取茶去你抱着執壺兒怎的不見了敢屁股大吊了心了也怎的月娘道我省恐今日席上再無閒雜人怎的不見了東西等住回看這把壺從那裡出來等住回嚷的你主子來沒這壺管情一家一頓玉簫道爹若打了我我把這淫婦饒了也不筭正亂着只見西門慶自外來問因甚嚷亂月娘把不見壺一節說了一遍

西門慶道。慢慢尋就是了。平白嚷的是些甚麼。潘金蓮道。若是吃一遭酒。不見了一把。不嚷亂你家是王十萬。頭醋不酸。到底兒薄。看官聽說。金蓮此話。訕諷李瓶兒首先生孩子滿月。不見了也是不吉利。西門慶明聽見。只不做聲。只見迎春送壺進來。玉簫便道。這不是壺有了。月娘問迎春。這壺端的在那裡來。迎春悉把琴童從外邊。拿到俺娘屋裡收着。不知在那裡來。月娘因問琴童兒那奴才。如今在那裡。玳安道。他今日該獅子街房差上宿去了。金蓮在旁不覺鼻子裡笑了一聲。西門慶便問。你笑怎的。金蓮道。琴童兒是他家人。放壺他屋裡。想必要瞞昧這把壺的意思。要叫我使小廝。如今叫將那奴才。老實打着。問他個下落。不然頭裡就賴他那兩箇。正是走殺金剛坐殺佛。西門慶聽了。心中大怒。睜眼看着金蓮說道。看着你恁說起來。莫不李大姐他愛這把壺。既有了。丢開手就是了。只管亂甚麼。那金蓮把臉羞的飛紅了。便道。誰說姐姐手裡沒錢。說畢。走過一邊。使性兒去了。西門慶就被陳經濟來請。說有管磚廠劉太監差人送禮來。往前去看了。金蓮和孟玉樓站在一處。罵道。恁不逢好死。三等九做賊強盜。這兩日作死也怎的。自從養了這種子。恰似他生了太子一般。見了俺每如同生剎神一般。越發通沒句好話兒說了。行動就睜着兩個毬窟礲喓喝人。誰不知姐姐有錢。明日慣的他每小廝丫頭養漢做賊。把人合遍了。也休要管他。說着只見西門慶坐了一回。往前邊去了。孟玉樓道。你還不去。他管情往你屋裡去了。金蓮道。可是他說的有孩子屋裡熱鬧。俺每沒孩子的屋裡冷清。正說着。只見春梅從外來。玉樓道。我說他往你屋裡去了。你還不信哩。這春梅來叫你來了。一面叫過春梅來問他。春梅道。我來問玉簫要汗巾子來。他今日借了我汗巾子戴來。玉樓問道。你爹在那裡。春梅道。爹往六娘房裡去了。這金蓮聽了。心上如攛上一把火相似。罵道賊強人到明日永世千年。就跌折脚也別要進我那屋裡。踹踹門檻兒教那牢拉的四根子。把懷子骨挫折了。玉樓道。六姐你今日怎的下恁毒口呪他。金蓮道。不是這說賊三寸貨強盜。那鼠腹鷄腸的心兒。只好有三寸大一般。都是你老婆無故只是多有了這點尿胞種子罷了。難道怎麼樣兒的。做甚麼恁撞一個。滅一個。把人躧到泥裡。正是。大風刮倒梧桐樹。自有旁人話短長。這裡金蓮使性兒不題。且說西門慶走到前邊。薛太監差了家人送了一罈內酒。一牽羊。兩疋金段。一盤壽桃。一盤壽麵。四樣鮹饌。一者祝壽。二者來賀。西門慶厚賞來人。打發去了。到後邊有李桂姐吳銀兒兩個拜辭要家去。西門慶道你每兩個再住一日兒。到二十八日。我請你帥府周老爹和提刑夏老爹都監荊老爹。管皇庄薛公公和磚廠劉公公。有院中親要扮戲的教你二位。只專遞酒。桂姐道。既留下俺每我教人頭家去回媽聲放心些。于是把兩人轎子都打發去了。不在話下。次日西門慶在大廳上錦屏羅列。綺席鋪陳。預先發柬請官客飲酒。因前日在皇庄見管磚廠劉公公故與薛內相都送了禮來。西門慶這裡發柬請他。又邀了應伯爵謝希大兩個相陪。從飯時各人衣帽

齊整。又早先到了。西門慶讓他捲棚內坐待茶。伯爵因問今日
哥席間請那幾客。西門慶道。有劉薛二內相。帥府周大人都監
荊南江敝。同僚夏提刑。團練張總兵。衛上范千戶。吳大哥吳二
哥。喬老便今日使人來回了不來。連二位通只數客。說畢。適有
吳大舅二舅到。作了揖同坐下。左右放卓兒擺飯。吃畢。應伯爵
因問哥兒滿月。抱出來不曾。西門慶道。也是因衆堂客要看。房
下說且休教孩兒出來。恐風試着他。他妳子說不妨事。教妳子
用被裹出來。他大媽屋裡走了遭。應了個日子兒。就進屋去了。
伯爵道那日嫂子這裡請去。房下也要來走走。百忙他舊時那
疾又舉發了。起不的炕兒。心中急的要不的。如今趂人未到。爹
倒好說聲。抱哥兒出來。俺每同看一看。西門慶一面分付後邊

慢慢抱哥兒出來。休要諕着他。對你娘說。大舅二舅在這裡和應二爹謝爹要看一看。月娘教奶子如意兒用紅綾小被兒裹的緊緊的。送到捲棚角門首。玳安兒接抱到捲棚內。衆人睜眼觀看。官哥兒穿着大紅叚毛衫兒。生的面白紅唇。甚是富態。都喝采誇獎不已。伯爵與希大每人袖中掏出一方錦叚兜肚。上着一個小銀墜兒。惟應伯爵與一柳五色線。上穿着十數文長命錢。教與玳安兒好生抱回房去。休要驚諕哥兒。說道。相貌端正。天生的就是個戴紗帽胚胞兒。西門慶大喜。作揖謝了他二人重禮。伯爵道。哥沒的說。惶恐表意罷了。說話中間。忽報劉公公薛公公來了。慌的西門慶穿上衣。儀門迎接。二位內相坐四人轎。穿過肩蟒。纓鎗隊喝道而至。西門慶先讓至大廳上。拜見叙

禮。接茶。落後周守備荊都監夏提刑等衆武官。都是錦綉服。遺

藤棍大扇。軍牢喝道。僚掾跟隨。須臾都到了門首。黑壓壓的許

多伺候。裡面皷樂喧天。笙簫迭奏。上坐遞酒之時。劉薛二內相

相見。廳正面設十二張卓席。都是幗拴錦帶。花插金瓶。卓上擺

着簇盤定勝。地下鋪着錦裀綉毯。西門慶先把盞讓坐。次劉薛

二內相再三讓遜。還有列位大人。周守備道。二位老太監齒德

俱尊。常言三歲內宦。居於王公之上。這個自然首坐。何消泛講

彼此讓遜了一回。薛內相道。劉哥既是列位不肯。難爲東家。咱

坐了罷。于是羅圈唱了個諾。打了恭。劉內相居左。薛內相居右。

每人膝下。放一條手巾。兩個小厮在傍打扇。就坐下了。其次者

纔是周守備。荊都監。衆人。須臾堦下一派簫韶。動起樂來。怎的

的當日好筵席。但見食烹異品。菓獻時新。須臾酒過五巡。湯陳三獻。厨役上來割了頭一道。小割燒鵝。先首位劉內相賞了五錢銀子。教坊司俳官跪呈上大紅帋手本。下邊簇擁一段笑樂的院本。當先是外扮節級上開

法正天心順。官清民自安。妻賢夫禍少。子孝父心寬。小人不是別人。乃是上廳節級是也。手下管着許多長行樂偏匠。昨日市上買了一架圍屏。上寫着滕王閣的詩。訪問人

請問人說是唐朝身不滿三尺。王勃殿試所作。自說此人下筆成章。廣有學問。乃是個才子。我如今叫傳末抓尋着。請得他來。見他一見。有何不可。傳末的在那裡。末云 堂上一呼。堦下百諾。稟復節級有何使令。外云 我昨日見那圍屏上。寫的滕王閣詩

甚好。聞說乃是唐朝。身不滿三尺。王勃殿試所作。我如今這個
樣板去。恨即時就替我請去。請得來一錢賞賜。請不得來二十
麻杖。決打不饒。末云 小人理會了。轉下云 節級糊塗。那王勃殿
試。從唐時到如今何止千百餘年。教我那裡抓尋他去。不免來
來去去。到於文廟門首。遠遠望見一位飽學秀士過來。不免動
問他一聲。先生你是做滕王閣詩的。身不滿三尺王勃殿試麼。
淨扮秀才笑云 王勃殿試。乃唐朝人物。今時那裡有。試哄他一
哄。我就是那王勃殿試。滕王閣的詩是我做的。我先念兩句你
聽。南昌故郡。洪都新府。星分翼軫。文光射斗牛之墟。人傑地靈。
徐孺下陳蕃之榻。末云 俺節級與了我這副樣板。身只要三尺。
差一指也休請去。你這等身軀如何充得過。淨云 不打緊。道在

人爲。你見那裡。又一位王勃殿試來了。皆粧矮子來 將樣板比。淨 越縮 末 笑云。可克得過了。淨云 一件。見你節級切記好歹小板櫈兒要緊。來來去去。到節級門首。末 令 淨 外邊伺候 淨云 小板櫈兒要緊。等進去稟報節級 外云 你請得那王勃殿試來了。末云 見請在門外伺候 外云 你與說。我在中門相待。榛松泡茶。剴肉水飯。相見科 此眞乃王勃殿試也。一見尊顏三生有幸磕下頭 淨慌科 小板櫈在那裡 外又云 亘古到今。難逢難遇。聞名不曾見面。今日見面勝若聞名。再磕下頭去 那淨慌科 小板櫈在那裡 末 躲過一邊去了。外云 聞公慱學廣記。筆底龍蛇。眞才子也在下。如渴思漿。如熱思涼。多拜兩拜 淨 急了說道。你家爺好。你家媽好。你家姐和妹子。一家兒都好 外云 都好 淨云 狗合娘的。你

既一家大小都好。也教我直直腰兒着正是

百寶粧腰帶　　珎珠絡臂韝

笑時能近眼　　舞罷錦纏頭

筵前遞酒。席上衆官都笑了。薛内相大喜。叫上來賞了一兩銀子。磕頭謝了。須臾李銘吳惠兩個小優兒上來彈唱了。一個㩦箏。一個琵琶。周守備先舉手讓兩位内相說。老太監分付賞他二人唱那套詞兒。劉太監道。列位請先。周守備道。老太監自然之理。不必計較。劉太監道。兩個子弟唱個嘆浮生有如一夢裡。周守備道。老太監此是這歸隱嘆世之詞。今日西門大人喜事。又是華誕。唱不的。劉太監又道。你會唱。雖不是八位中紫綬臣。管領的六宫中金釵女。周守備道。此是陳琳抱粧盒雜記。今日慶賀唱不的薛太監道你叫他二人上來等我分付他你記的普天樂想人生最苦是離別夏提刑大笑道老太監此是離別之詞越發使不的薛太監道俺每內官的營生只曉的答應萬歲爺不曉的詞曲中滋味憑他每唱罷夏提刑倒還是金吾執事人員倚仗他刑名官一樂工上來分付你唱套三十腔今日是你西門老爹加官進祿又是好的日子又是弄璋之喜宜該唱這套薛內相問這怎的弄璋之喜周守備道二位老太監此日又是西門大人公子彌月之辰俺每同僚都有薄禮慶賀薛內相道我等因向劉太監道劉家咱每明日都補禮來慶賀西門慶謝道學生生一豚犬不足爲賀到不必老太監費心說畢喚玳安裡邊交出吳銀兒李桂姐席前遞酒兩個唱的打扮出

來。花枝招颭。望上不端不正。揷燭也似磕了四個頭兒。起來執壺斟酒。逐一敬奉。兩個樂工。又唱一套新詞。歌喉宛轉。眞有遶梁之聲。當夜前歌後舞。錦簇花攢。直飲至更餘時分。方纔薛內相起身。說道生等。一者過蒙盛情。二者又値喜慶。不覺留連暢飲。十分擾極。學生告辭。西門慶道。杯茗相邀。得蒙光降。頓使蓬蓽增輝。幸再寬坐片時。以畢餘興。衆人俱出位說道。生等深擾酒力不勝。各躬身施禮相謝。西門慶再三款留不住。只得同吳大舅。吳二舅等。一齊送至大門。一派鼓樂喧天。兩邊燈火燦爛前遮後擁。喝道而去。正是得多少歡娛嫌日短。故燒高燭照紅粧。畢竟後項未知如何。且聽下回分解。

第三十二回　李桂姐趨炎認女

潘金蓮懷嫉驚兒

第三十二回

李桂姐拜娘認女　應伯爵打渾趨時

常言富者貴之基　財旺生官衆所知
延攬宦途陪激引　夤緣權要入遷推
姻連黨惡人皆懼　勢倚豪强孰敢欺
好把炎炎思寂寂　豈容人力敵天時

話說當日衆官飲酒席散。西門慶還留吳大舅二舅。應伯爵。謝希大後坐。打發樂工等酒飯吃了。分付你每明日還來答應一日。我請縣中四宅老爹吃酒。俱要齊備些〻纔好。臨了等我一總賞你每罷。衆樂工道。小的每無不用心。明日多是官樣新衣服來答應。吃了酒飯。磕頭去了。良久李桂姐吳銀兒。搭着頭出來。

笑嘻嘻道爹只怕晚了轎子來了俺每去罷應伯爵道我兒你倒且是自在二位老爹在這裡不說唱個曲兒與老舅聽就要去罷桂姐道你不說這一聲兒不當啞狗賣俺每兩日沒往家里去媽不知怎麽盼哩伯爵道盼怎的玉黄李子兒掐了一塊兒去了西門慶道也罷教他兩個去罷本等連日辛苦了咱教李銘吳惠唱一回罷問道你吃了飯了桂姐道剛纔大娘房裡留俺每吃了于是齊插燭磕頭下去西門慶分付你二位後日還來走走再替我叫兩個不拘鄭愛香兒也罷韓金釧兒也罷我請親朋吃酒伯爵道造化了小淫婦兒教他叫又討提錢使桂姐道你又不是架兒你怎曉的恁切說畢笑的去了伯爵因問哥後日請誰西門慶道那日請喬老二位老舅花大哥沈姨

夫并會中列位兄弟歡樂一日。伯爵道。說不得。俺每打攪的哥忒多了。到後日俺兩個還該早來與哥做副東。西門慶道。此是二位下顧了。說畢話。李銘吳惠拏樂器上來。唱了一套。吳大舅等衆人方一齊起身。一宿晚景不題。到次日西門慶請本縣四宅官員。先送過賀禮。西門慶纔生兒。那日薛內相來的早。西門慶請至捲棚內待茶。薛內相因問劉家沒送禮來。西門慶道。劉老太監送過禮了。良久薛內相要請出哥兒來看一看。我與他添壽。西門慶推卻不得。只得教玳安後邊說去。抱哥兒出來。不一時養娘抱官哥送出到角門首。玳安接到上面。薛內相看見。只雇喝采。好個哥哥。便叫小厮在那里。須臾兩個青衣家人。戥金方盒。拏了兩盒禮物。爛紅官段一疋。福壽康寧鍍金銀錢四個追金瀝粉綵畫壽星博郎鼓兒一個銀八寶貳兩說道窮內相沒什麽這些微禮兒與哥兒耍子西門慶作揖謝道多蒙老公公費心看畢抱哥兒回房不題西門慶陪他吃了茶擡上八仙桌來先擺飯就是十二碗嗄飯上新稻米飯剛纔吃罷忽門上人來報四宅老爹到了西門慶慌整衣冠出二門迎接因是知縣李達天并縣丞錢成主簿任廷貴典史夏恭基各先投拜帖然後廳上叙禮薛內相方出見衆官讓薛內相居首席席間又有尚舉人相接分賓坐定普坐遞了一巡茶少頃堦下鼓樂响動笙歌擁奏遞酒上坐教坊呈上揭帖薛內相揀了四摺韓湘子昇仙記又陳舞數囘十分齊整薛內相心中大喜喚左右拏兩弔錢出來賞賜樂工不說當日衆官飲酒至晚方散且說

李桂姐到家見西門慶做了提刑官。與虔婆鋪謀定計。次日買了盒菓餡餅兒。一副豚蹄。兩隻燒鴨。兩瓶酒。一雙女鞋。教保兒挑着盒担。絕早坐轎子先來。要拜月娘做乾娘。他做乾女兒。進來先向月娘笑嘻嘻。插燭也似拜了四雙八拜。然後纔與他姑娘和西門慶磕頭。把月娘哄的滿心歡喜。說道前日受了你媽的重禮。今日又教你費心。買這許多禮來。桂姐笑道媽說爹如今做了官。比不的那咱常往裏邊走。我情愿只做乾女兒罷。圖親戚來往。宅裡好走動。慌的月娘連教他脫衣服坐。收拾罷。因問桂姐有吳銀姐和那兩個怎的還不來。桂姐道吳銀兒我昨日會下他。不知他怎的還不見來。前日爹分付教我叫了鄭愛香兒和韓金釧兒。我來時他轎子都在門首。怕不也待來。言未了。只見銀兒和愛香兒。又與一個穿大紅紗衫年小的粉頭提着衣裳包兒進門。先望月娘花枝招颭綉帶飄飄磕了頭。吳銀兒看見李桂姐脫了衣裳。坐在炕上。說道桂姐你好人兒不等俺每等兒就先來了。桂姐道我等你來。媽見我的轎子在門首。說道只怕銀姐先去了。你快去罷。誰知你每來的遲。月娘笑道也不遲你每坐着多一搭兒里擺茶因問這位姐兒上姓吳銀兒道他是韓金釧兒的妹子。玉釧兒不一時小玉放卓兒擺了八碟茶食。兩碟點心。打發四個唱的吃了。那李桂姐賣弄他是月娘的乾女兒。坐在月娘炕上和玉簫兩個剝菓仁兒裝菓盒吳銀兒鄭香兒韓釧兒在下邊杌兒上一條邊坐的。那桂姐一徑抖搜精神。一回叫玉簫姐累你。有茶倒一甌子來我吃。一回又叫小玉姐。你有水盛些來我洗這手。那小玉真個拿錫盆舀了水。與他洗了手。吳銀兒衆人都看他睜睜的。不敢言語。桂姐又道銀姐你三個拿樂器來。唱個曲兒與娘聽。我先唱過了。月娘和李嬌兒對面坐着。吳銀兒見他這般說。只得取過樂器來。當下鄭愛香兒彈唱。吳銀兒琵琶。韓玉釧兒在旁隨唱。唱了一套八聲甘州。花遮翠擁。須臾唱畢。放下樂器。吳銀兒先問月娘爹今日請那幾位官家吃酒。月娘道。你爹今日請的。都是親朋。桂姐道。今日沒有那兩位公公。月娘道。薛內相昨日只他一位在這里來。那姓劉的沒來。桂姐道。劉公公還好。那薛公公快頑把人掐擰的魂也沒了。月娘道。左右是個內官家。又沒什麼隨他擺弄一回子。就是了。桂姐道。娘且是說的好。乞他奈何的人慌。正說着。只見玳安兒進來。取菓盒。見他四個在屋里坐着。說道客已到了一半。七八待上坐。你每還不快收拾上去。月娘便問前邊有誰來了。玳安道。喬大爹花大爹。大舅二舅謝爹都來了。這一日了。桂姐問道。今日有應二花子。和祝麻子二人沒有。玳安道。會中十位。今日一個兒也不少。應二爹從辰時就來了。爹使他有勾當去了。便道就來也。桂姐道。爺嚛。遭遭兒有這起攮刀子的。又不知纏到多早晚。我今日不出去。寧可在屋里唱與娘聽罷。玳安道。你倒且是自在性兒。拏出菓盒去了。桂姐道娘還不知道。這祝麻子在酒席上。兩片子嘴不住。只聽見他說話。饒人那等罵着。他還不理。他和孫寡嘴。兩個好不涎臉。鄭愛香兒道。常和應二走的那祝麻子。他前日和張小二官兒到俺那里挐着十兩銀子。要請俺家妹子愛月兒。俺媽說他纔教南人梳弄了。還不上一個月。南人還沒起身。我怎麽好留你。說着他再三不肯。纏的。媽急了。把門倒插了。不出來見他。那張小官兒好不有錢。騎着大白馬。四五個小廝跟隨。坐在俺每堂屋裡只雇不去。急得祝麻子直撅兒跳。在天井內。說道好歹請出媽來。收了這銀子。只教月姐兒一見。待一盃茶兒。俺每就去。把俺每笑的要不的。只想告水災的。好箇涎臉的行貨子。吳銀兒道張小二官兒。先包着董猫兒來。鄭愛香道。因把猫兒的虎口內火燒了兩醮。和他丁八着。好一向了。這日只散走哩。因望着桂姐道。昨日我在門外庄子上收頭。會見周肖兒。多上覆你。說前日同聶鉞兒到你家。你不在。桂姐使了個眼色。說道。我來爹宅里來他請了俺姐姐桂卿了鄭愛香兒道你和馮没點兒相交如何却打熱桂姐道好合的劉九兒把他當個孤老甚麽行貨子可不砢磣殺我罷了他爲了事出來逢人至人說了來嗔我不看他媽說你只在俺家俺倒買些什麽看看你不打緊你和別人家打熱俺傻的不勾了真是硝子石望着南兒丁口心說着都一齊笑了月娘坐在炕上聽着他說你每說了這一日我不懂不知說的是那家話按下這里不題却說前邊各客都到齊了西門慶冠冕着遞酒衆人讓喬大戶爲首先與西門慶把盞只見他三個唱的從後邊出來都頭上珠冠躧躧身邊蘭麝降香應伯爵一見戲道怎的三個零布在那里來攔住休放他進來因問東家李家桂兒怎不來西門慶道我不知道初是鄭

愛香兒彈箏吳銀兒琵琶韓玉釧兒撥板啟朱唇露皓齒先唱水仙子馬蹄金鑄就虎頭牌一套良久遞酒畢喬大戶坐首席其次者吳大舅二舅花大哥沈姨夫應伯爵謝希大孫寡嘴祝日念雲離守常時節白來搶傅自新賁地傳共十四人上席八張桌兒西門慶下席主位說不盡歌喉宛轉舞態蹁躚酒若波流肴如山疊到了那酒過數巡歌吟三套之間應伯爵就在席上開言說道東家也不消教他每唱了翻來弔過去左右只是這兩套狗撾門的誰待聽你教大官兒拏三個座兒來教他與列位遞酒倒還強似唱西門慶道且教他孝順席尊衆親兩套詞兒着你這狗才就是這等搖席破坐的鄭愛香兒道應花子你門背後放花子等不到晚了伯爵親自走下席來罵道怪小淫

婦兒什麽晚不晚你娘那毬教玳安過來你替他把刑法多拏了一手拉着一箇都拉到席上教他遞酒鄭愛香兒道怪行貨子拉的人手脚兒不着地伯爵道我實和你說小淫婦兒時光有限了不久青刀馬過遞了酒罷我等不的了謝希大便問怎麽是青刀馬伯爵道寒鴉兒過了就是青刀馬衆人都笑了當下吳銀兒遞喬大戶鄭愛香兒遞吳大舅韓玉釧兒遞吳二舅兩分頭挨次遞將來落後吳銀兒遞到應伯爵根前伯爵因問李家桂兒怎的不來吳銀兒道二爹你老人家還不知道李桂姐如今與大娘認義乾女兒我告訴二爹只放在心裡却說人弄心前日在爹宅裡散了都一答兒家去了都會下了明日早來我在家裡收拾了只雇等他誰知他安心早買了禮就先來

了倒教我等到這咱晚使了頭往你家瞧去說你來了好不教媽說我早時就與他姊妹兩個來了你就拜認與爹娘做乾女兒對我說了便怎的莫不撓了你什麼分兒瞞着人幹事嗔道他頭里坐在大娘炕上就賣弄顯出他是娘的乾女兒剁菓仁兒定菓盒挐東挐西把俺每往下躧我還不知道倒是裡邊六娘剛纔悄悄對我說他替大娘做了一雙鞋買了一盒菓餡餅兒兩隻鴨子一副膀蹄兩瓶酒老早坐了轎子來從頭至尾告訴一遍伯爵聽了說道他如今在這里不出來不打緊我務要柰何那賊小淫婦兒出來我對你說罷他想必和他搗子計較了見你大爹做了官又掌着刑名一者懼怕他勢要二者恐進去稀了假着認乾女兒往來斷絕不了這門兒親我猜的是不

是我教與你個法兒他認大娘做乾女你到明日也買些禮來。都認與六娘是乾女兒就是了你和他爹還是過世你花爹一條路上的人各進其道就是了我說的是不是你也不消惱他。吳銀兒道二爹說的是我到家就對媽說說畢遞過酒去就是韓玉釧兒挨着來遞酒伯爵道韓玉姐起動起動不消行禮罷。你姐姐家裡做什麼哩玉釧兒道俺姐姐家中有人包着哩好些時沒出來供唱伯爵道我記的五月裡在你那里打攪了再沒見你姐姐韓玉釧道那日二爹怎的不肯深坐坐老早就去了伯爵道那日不是我還坐坐內中有兩個人還不合節又是你大老爹這里相招我就先走了韓玉釧兒見他吃過一盃又斟出一盃伯爵道罷罷少斟些我吃不得了玉釧道二爹你慢慢上上過待我唱曲兒你聽。伯爵道我的姐姐，誰對你說來。正可着我心坎兒。常言道養兒不要屙金溺銀，只要見景生情。倒還是麗春院娃娃，到明日不愁沒飯吃。强如鄭家那賊小淫婦，歪剌骨兒只躱滑兒，再不肯唱。鄭香兒道應二花子，汗邪了你，好罵。西門慶道你這狗才，頭里嗔他唱，這回又索落他。伯爵道這是頭里帳。如今遞酒，不教他唱個兒，我有三錢銀子使的那小淫婦兒推磨。韓玉釧兒不免取過琵琶來，席上唱了四個小曲兒。伯爵因問西門慶，今日李桂兒怎的不教他出來。西門慶道他今日沒來。伯爵道我剛纔聽見後邊唱，就替他說謊。因使玳安好歹後邊快叫他出來。那玳安又不肯動，說這應二爹錯聽了。後邊是女先生郁大姐彈唱與娘每聽來。伯爵道賊小油嘴還哄我住等我自家後邊去叫祝日念便向西門慶道哥也罷只請李桂姐來與列位老親遞盃酒來不教他唱也罷我曉的他今日人情來了西門慶被這起人纏不過只得使玳安往後邊請李桂姐去那李桂姐正在月娘上房彈着琵琶唱與大妗子楊姑娘潘姥姥衆人聽見玳安進來叫他便問誰使你來玳安道爹教我來請桂姨上去遞一巡酒桂姐道娘你爹韶刀頭里我說不出去又來叫我玳安道爹被衆人纏不過纔使進小的來月娘道也罷你出去遞巡酒兒快下來就了桂姐又問玳安真箇是你爹叫我便出去若是應二花子隨問他怎的叫我一世也不出去于是向月娘鏡臺前重新粧點打扮出來衆人看見他頭戴銀絲鬏髻周圍金纍絲釵梳珠翠堆滿上着藕

緑衣裳下着翠綾裙尖尖趫趫一對紅鴛粉面貼着三個翠面花兒一陣異香噴鼻朝上席不當不正只磕了一個頭就用洒金扇兒掩面佯羞整翠立在西門慶面前西門慶分付玳安放錦杌兒在上席教他與喬大戶捧酒喬大戶到忙欠身道到不消勞動還有列位尊親西門慶道先從你喬大爹起這桂姐于是輕搖羅袖高捧金樽遞喬大戶酒伯爵在旁說道喬上尊你請坐交他侍麗春院粉頭供唱遞酒是他的職分休要慣了他喬大戶道二老此位姐兒乃是這大官府令翠在下怎敢起動使我坐起不安伯爵道你老人家放心他如今不做表子了見大人做了官情愿認做乾女兒了那桂姐便臉紅了說道汗邪你了誰恁胡言謝希大道真個有這等事俺每不曉的趂今日

衆位老爹在此一箇也不少。每人五分銀子人情都送到哥這里來與哥慶慶乾女兒伯爵接過來道還是哥做了官好自古不怕官只怕管這回子連乾女兒也有了。到明日酒上些水看出汁兒來被西門慶罵道。你這賤狗才。單管這閑事胡說伯爵道胡鐵倒打把好刀兒哩。鄭愛香正遞沈姨夫酒揷口道。應二花子李桂姐便做了乾女兒你到明日與大爹做個乾兒子罷弔過來就是箇兒乾子。伯爵罵道賊小淫婦兒你又少死得我不纏你念佛李桂姐道香姐你替我罵這花子兩句鄭愛香兒道不要理這望江南巴山虎兒汗東山斜紋布伯爵道你這小淫婦道你調子曰兒罵我我沒的說只是一味白鬼把你媽那裨帶子也扯斷了。由他到明日不與你箇功德你也不怕不把將軍爲神道。桂姐道。咱休惹他。哥兒拏出急來了。鄭愛香笑道。這應二花子。今日鬼酉上車兒推醜。東瓜花兒醜的沒時了。他原來是箇王姑來子。伯爵道。這小歪刺骨兒。諸人不要。只我將就罷了。桂姐罵道。怪攮刀子。好乾淨嘴兒。擺人的牙花巳㬹了。爹你還不打與他兩下子哩。你看他恁發訕。西門慶罵道。怪狗才東西教他遞酒。你鬥他怎的。走向席上。打了他一下。伯爵道賊小淫婦兒。你說你倚着漢子勢兒。我怕你。你看他叫的爹那甜。又道且休教他遞酒。倒便益了他。拏過刑法來。且教他唱一套與俺每聽着。他後邊滑了。這會滑兒也勾了。韓玉釧兒道。二爹曹州兵備。管的事兒寬。這里前廳花攢錦簇。飲酒頑耍不題。

單表潘金蓮。自從李瓶兒生了孩子。見西門慶常在他房宿歇于是常懷嫉妬之心。每蓄不平之意。知西門慶前廳擺酒。在鏡臺前巧畫雙蛾。重扶蟬髻。輕點朱唇。整衣出房。聽見李瓶兒房中孩兒啼哭。便走入來。問他媽媽原來不在屋裡。他怎這般哭妳子如意兒道。娘往後邊去了。哥哥尋娘赶着這等哭。那潘金蓮笑嘻嘻的。向前戲弄那孩兒。說道你這多少時。初生的小人芽兒。就知道你媽媽。等我抱的後邊尋你媽媽去。纔待解開衫兒。把這孩子。妳子如意兒就說。五娘休抱哥哥。只怕一時撒了尿在五娘身上。金蓮道怪臭肉。怕怎的。拏襯兒托着他不妨事。一面接過官兒來。抱在懷裏。一直往後去了。走到儀門首。一逕把那孩兒舉得高高的。不想吳月娘正在上房穿廊下。看着家人媳婦。定添換菜碟兒。李瓶兒與玉簫在房首。揀酥油蚫螺兒那潘金蓮笑嘻嘻看孩子說道大媽媽你做什麼哩你說小大官兒來尋俺媽媽來了月娘忽擡頭看見說道五姐你說的什麼話早是他媽媽沒在跟前這咱晚平白抱出他來做什麼舉的恁高只怕諕着他他媽媽在屋裡忙着手哩便叫道李大姐你出來你家兒子尋你來了那李瓶兒慌走出來看見金蓮抱着說道小大官兒好好兒在屋裏妳子抱着平白尋我怎的看溺了你五媽身上尿金蓮道他在屋裡好不哭着尋你我抱出他來走走這李瓶兒忙解開懷接過來月娘引鬪了一回分付好好抱進房裡去罷休要諕他李瓶兒到前邊便悄悄說妳子他哭你慢慢哄着他等我來如何教五娘抱着他到後邊尋我如意兒道我說來五娘再三要抱了去那李瓶兒慢慢看着他

喂了奶子。安頓他睡了。誰知睡下不多時。那孩子就有些睡夢
中驚哭。半夜發寒潮熱起來。奶子喂他奶。也不吃。只是哭。李瓶
兒慌了。且說西門慶前邊席散。打發四個唱的出門。月娘與了
李桂姐一套重絹絨金衣服。二兩銀子。不必細說。西門慶晚夕
到李瓶兒房裡看孩兒。因見孩兒只雇哭。便問怎麼的。李瓶兒
亦不題起金蓮抱他後邊去一節。只說道不知怎的睡了起來
這等哭。奶子也不吃。西門慶道。你好好拍他睡。因罵如意兒不好
生看哥兒。管何事。諕了他。走過後邊對月娘說。月娘就知金蓮
抱出來諕了他。就一字沒得對西門慶說。只說我明日叫劉婆
子看他看。西門慶道。休教那老淫婦來胡針亂灸的。另請小兒
科太醫來看孩兒。月娘不依他。說道。一個剛滿月的孩子。什麼

小兒科太醫到次日打發西門慶早往衙門中去了使小廝請了劉婆來看了說是着了驚與了他三錢銀子灌了他些藥兒那孩兒方纔得穩睡不洋奶了李瓶兒一塊石頭方落地正是

蒲懷心腹事盡在不言中畢竟未知後來如何且聽下回分解

金瓶梅
第三十三回
陳敬濟失鑰罰唱

韓道國縱婦爭風

第三十三回

陳經濟失鑰罰唱　韓道國縱婦爭鋒

人生雖未有前知　富貴功名豈力為
枉將財帛為根蒂　豈容人力敵天時
世俗炎涼空過眼　塵紛離合漫忘機
君子行藏須用舍　不開眉笑待何如

話說西門慶衙門中來家。進門就問月娘。哥兒好些。使小廝請太醫去。月娘道。我已叫劉婆子來了。吃了他藥。孩子如今不洋奶。穩穩睡了這半日。覺好些了。西門慶道。信那老淫婦。胡針亂灸。還請小兒科太醫看纔好。既好些了罷。若不好。拏到衙門里去。拶與老淫婦一拶子。月娘道。你枉恁的口拔舌罵人。你家孩兒現吃了他藥好了。還恁舒着嘴子罵人。說畢。丫鬟擺上飯來。西門慶剛纔吃了飯。只見玳安兒來報。應二爹來了。西門慶教小廝拏茶出去。請應二爹捲棚內坐。向月娘道。把剛纔我吃飯的菜蔬休動。教小廝拏飯出去。教姐夫陪他吃。我就來。月娘便問你昨日早辰使他往那里去。那咱纔來。西門慶便告說應二哥認的湖州一箇客人何官兒。門外店里堆着五百兩絲線急等着要起身家去。來對我說。要折些𤼵脫。我只許他四百五十兩銀子。昨日使他同來保拏了兩錠大銀子作樣銀。巳是有了。來了。約下今日兊銀子去。我想來獅子街房子空閑。打開門面兩開。倒好收拾開個絨線鋪子。搭個夥計。況來保巳是鄆王府認納官錢。教他與夥計在那里。又看了房兒。又做了買賣。月娘道少不得又尋夥計。西門慶道應二哥說。他有一相識姓韓。原是絨線行。如今沒本錢。閑在家里。說寫筭皆精。行止端正。再三保舉。改日領他來見我。寫立合同。說畢。西門慶在房中。兌了四百五十兩銀子。教來保拏出來。陳經濟已是陪應伯爵。在捲棚內吃完飯。等的心裡火發。見銀子出來。心中歡喜。與西門慶唱了喏。說道。昨日打攪哥。到家晚了。今日再扒不起來。西門慶道。這銀子我兌了四百五十兩。教來保取搭連。眼同裝了。今日好日子。便雇車輛。搬了貨來。鎖在那邊房子里。就是了。伯爵道哥主張的有理。只怕蠻子停留長智。推進貨來。就完了帳。于是同來保騎頭口。打着銀子。逕到門外店中。成交易買賣。誰知伯爵背地與何官兒砸殺了。只四百二十兩銀子。打了三十兩背工對着來保當面只拏出九兩用銀來二人均分了雇了車脚即日推貨進城堆在獅子街空房內鎖了門來回西門慶話西門慶教應伯爵擇吉日領韓夥計來見其人五短身材三十年紀言談滚滚相貌堂堂滿面春風一團和氣西門慶即日與他寫立合同同來保領本錢雇人染絲在獅子街開張鋪面發賣各色絨絲一日也賣數十兩銀子不在話下光陰迅速日月如梭不覺八月十五日月娘生辰來到請堂客擺酒留下吳大妗子潘姥姥楊姑娘并兩箇姑子住兩日晚夕宣諵唱佛曲兒帶坐到二三更分歇那日西門慶因上房有吳大妗子在這里不方便走到前邊李瓶兒房中看官哥兒心裡要在李瓶兒房裡睡李瓶兒道孩子纔好些兒我心裡不耐煩往他五媽媽房裡

睡一夜罷西門慶笑道我不惹你于是走過金蓮這邊來那金蓮聽見漢子進他房來如同拾了金寶一般連忙打發他潘姥姥過李瓶兒這邊宿歇他便房中高點銀燈款伸錦被薰香澡牝夜間陪西門慶同寢枕畔之情百般難述無非只要牢籠漢子之心使他不往別人房裡去正是鼓鬣遊蜂嫩蕋半勻春蕩漾貪香粉蝶花房深宿夜風流李瓶兒見潘姥姥過來連忙讓在炕上坐的教迎春安排酒席烙餅晚夕說話坐半夜纔睡到次日與了潘姥姥一件葱白綾襖兒兩雙段子鞋面二百文錢把婆子喜歡的屁滾尿流過這邊來拏與金蓮瞧說此是那邊姐姐與我的金蓮見了反說他娘好恁小眼薄皮的什麼好的拏了他的來潘姥姥道好姐姐人倒可憐見與我你却說這個

話。你肯與我一件兒穿。金蓮道。我比不得他有錢的姐姐。我穿的還沒有哩。拏什麼與你。你平白吃了人家的來。等住回。咱整理幾碟子來。篩上壺酒。拏過去還了他就是了。倒明日少不的教人䂻言試語。我是聽不上。一面分付春梅定八碟菜蔬四盒菓子。一錫瓶酒。打聽西門慶不在家。教秋菊用方盒拏到李瓶兒房裡。說娘和姐姐過來。無事和六娘吃盃酒。李瓶兒道。又教你娘費心。少頃金蓮和潘姥姥來。三人坐定。把酒來斟。春梅侍立斟酒。娘兒每說話間。只見秋菊來叫春梅。說姐夫在那邊尋衣裳。教你去開外邊樓門哩。金蓮分付叫你姐夫尋了衣裳來這裡呵甌子酒去。不一時。經濟尋了幾家衣服。就往外走。春梅進來回說他不來。金蓮道。好歹拉了他來。又使出綉春去。把經濟請來。潘姥姥在炕上坐。小卓兒擺着菓菜兒。金蓮李瓶兒陪着吃酒。連忙唱了喏。金蓮說。我好意教你來吃酒兒。你怎的張致不來。就弔了造化了。掇了個嘴兒教春梅拏寬盃兒來。篩與你姐夫吃。經濟把尋的衣服。放到炕上坐下。春梅做定科範。取了箇茶甌子。流沿邊斟上。遞與他。慌的經濟說道。五娘賜我寧可吃兩小鍾兒罷。外邊舖子裡。許多人等着要衣裳。金蓮道。教他等着去。我偏教你吃這一大鍾。那小鍾子。刁刁的不耐煩。潘姥姥道。只教哥哥吃這一鍾罷。只怕他買賣事忙。金蓮道。你信他有什麼忙。吃好少酒兒。金漆桶子。吃到第二道箍上。那經濟笑着。拏酒來。剛呷了兩口。潘姥姥叫春梅姐姐。你拏筯兒與哥哥。教他吃寡酒。春梅也不拏筯。故意毆他。向攢盒內。取了兩個核桃。遞與他。那經濟接過來道。你敢笑話我就禁不開他。于是放在牙上只一磕咬碎了。下酒。潘姥姥道。還是小後生家。好口牙。相老身東西兒硬些。就吃不得。經濟道兒子世上有兩庄兒鵞卵石。牛騎角吃不得罷了。金蓮見他吃了那鍾酒。教春梅再斟上一鍾兒。說頭一鍾。是我的了。你姥姥和六娘不是人麼。也不教你吃多。只吃三甌子。饒了你罷。經濟道五娘可憐見兒子來真吃不得了。此這一鍾。恐怕臉紅。惹爹見怪。金蓮道。你也怕你爹。我說你不怕他。你爹今日往那里吃酒去了。經濟道。後晌往吳驛丞家吃酒。如今在對過喬大戶房子里。看收拾哩。金蓮問喬大戶家。昨日搬了去。咱今日怎不與他送送茶。經濟道今早送茶去了。李瓶兒問他家搬到那里住去了。經濟道。他在東大

街上使了一千二百銀子買了所好不大的房子與咱家房子
差不多兒門面七間到底五層說話之間經濟捏着鼻子又挨
了一鍾趂金蓮眼錯得手拏着衣服往外一溜烟跑了迎春便
道娘你看姐夫忘記鑰匙去了那金蓮取過來坐在身底下向
李瓶兒道等他來尋你每且不要說等我柰何他一回兒纔與
他潘姥姥道姐姐與他便了又柰何他怎的那經濟走到鋪子
裡袖內摸摸不見鑰匙一直走到李瓶兒房里尋金蓮道誰見
你什麽鑰匙你拏鑰匙管着什麽來放在那裡就不知道春梅
道只怕你鎖在樓上了頭里我沒見你拏來經濟道我記的帶
出來金蓮道小孩兒家屁股大敢弔了心又不知家裡外頭什
麽人扯落的你恁有魂沒識心不在肝上經濟道有人來贖衣

裳可怎的樣趂爹不過來少不得叫個小爐匠來開樓門纔知有沒那李瓶兒忍不住只雇笑經濟道六娘拾了與了我罷金蓮道也沒見這李大姐不知和他笑什麼恰似俺每拏了他的一般急得經濟只是油回磨轉轉眼看見金蓮身底下露出鑰匙帶兒來說道這不是鑰匙纔待用手去取被金蓮褪在袖內不與他說道你的鑰匙兒怎落在我手裡急得那小厮兒只是殺雞扯膝金蓮道只說你會唱的好曲兒倒在外邊舖子里唱與小厮聽怎的不唱個兒我聽今日趂着你姥姥和六娘在這裡只揀眼生好的唱四箇兒我就與你這鑰匙不然隨你就跳上白塔我也沒有經濟道這五娘就勒掯出人痞來誰對你老人家說我會唱的兒金蓮道你還搗鬼南京沈萬三北京枯樹

人的名兒樹影兒那小厮兒吃他柰何不過說道死不了人等
我唱我肚子裏使心柱肝要一百個也有金蓮罵道說嘴的短
命自把各人面前酒斟上金蓮道你再吃一盃蓋着臉兒好唱
經濟道我唱了慢慢吃我唱菓子花兒名山坡羊兒你聽
初相交在桃園兒裡結義相交下來把你到玉黃李子兒擡
舉人人說你在青翠花家飲酒氣的我把頻波臉兒撾的紛
紛的碎我把你賊你學了虎刺賓了外實裏虛氣的我李子
眼兒珠淚垂我使的一對桃奴兒尋你見你在軟棗兒樹下
就和我別離了去氣的我鶴頂紅剪一柳青絲兒來呵你海
東紅反說我理虧罵了句牛心紅的强賊逼的我急了我在
弔枝乾兒上尋個無常到三秋我看你倚靠着誰　又

我聽見金雀兒花。眼前高哨。撒的我鶯毛菊在斑竹簾兒下喬叫。多虧了二位靈鵲兒報喜。我說是誰來。不想是望江南兒來到。我在水紅花兒下。梳粧未了。狗奶子花迎着門子去咬。我暗使着迎春花兒。遶到處尋你。手搭伏薔薇花口吐丁香。把我玉簪兒來叫。紅娘子花兒。慢慢把你接進房中來。呵同在碧桃花下。鬬了回百草。得了手。我把金盞兒花丟了。曾在轉枝蓮下。纏勾你幾遭。叫了你聲嬌滴滴石榴花兒。你試被九花丫頭。傳與十姊妹。什麼張致。可不交人家笑話乂了。唱畢。就問金蓮要鑰匙。說道。五娘快與了我。罷駿計鋪子裡。不知怎的等着我哩。只怕一時爹過來。金蓮道。你倒自在性兒。說的且是輕巧。等你爹問我。就說你不知在那里吃了酒。把鑰匙不見了。走來俺屋裡尋。經濟道爺嘹。五娘就是弄人的劊子手。李瓶兒和潘姥姥。再三傍邊說道。姐姐與他去罷。金蓮道。若不是姥姥和你六娘勸我。定罰教你唱到天晚。頭里騙嘴說一百個。二百個。纔唱兩個曲兒就要騰翅子。我手裡放你不過。經濟道。我還有兩個兒看家的。是銀錢名山坡羊亦發孝順你老人家罷。于是頓開喉音唱道。

冤家你不來白悶我一月。閃的人反拍着外膛兒細絲諒不徹。我使獅子頭定兒小廝。拏着黃票兒請你。你在兵部窪兒里。元寶兒家歡娛過夜。我陪銅磬兒家。私爲焦心。一旦兒棄捨我。把如同印籍兒印在心里。愁無救解。叫着你。把那挺臉兒高揚着不理。空教我撥着雙火同兒頓着罐子。等到你更深半夜。氣的奴花銀竹葉臉兒咬定銀牙。來呵。喚官銀。頂上了我房門。隨那潑臉兒寬家乾。敲兒不理罵了句煎徹了的三傾兒。搗槽斜賊。空把奴一腔子煖汁兒。眞心倒與你。只當做熱血。

又

姐姐你在開元兒家。我和你燃香說誓。我拏着祥道祥元。好黃邊錢也。在你家行三坐四誰知你將香爐拆爪哄我。受不盡你家虔婆鵝眼兒鬪氣。你榆葉兒身輕。筆管兒心虛。姐姐你好似古碌錢。身子小。眼兒大無庢兒可取。自好被那一條棍滑鏝兒。油嘴把你戲耍。腕的你光屁股。把你綫邊火漆打硌硌跌澗兒無所不爲。來呵。到明日。只弄的倒四顛三。一箇黑沙。也是不值。叫了聲二典兒姐姐。你識聽知可惜我黃鄧鄧的金背。配你這錠雖兒一臉猾子。

經濟唱畢，金蓮纔待叫春梅斟酒與他，忽有吳月娘從後邊來見妳子如意兒抱着官哥兒在房門首石臺基上坐，便說道，孩子纔好些，你這狗肉，又抱他在風裡，還不抱進去。金蓮問是誰說話，繡春回道，大娘來了。經濟慌的拏鑰匙往外走不迭。衆人都下來迎接月娘，月娘便問，陳姐夫在這里做什麼來。金蓮道，李大姐整治些菜，請俺娘坐坐，陳姐夫尋衣服，叫他進來吃一盃，姐姐你請坐，好甜酒兒，你吃一盃。月娘道，我不吃，後邊他大妗子，和楊姑娘，要家去，我又記掛着這孩子，逕來看看，李大姐你也不管，又教妳子抱他在風裡坐的。前日劉婆子說他是驚寒，你還不好生看他。李瓶兒道，俺每陪着他姥姥吃酒，誰知賊臭肉，三不知抱他出去了。月娘坐了半歇，回後邊去了。一回使小玉來，請姥姥和五娘六娘後邊坐。那潘金蓮和李瓶兒，勻了臉，同潘姥姥往後來，陪大妗子、楊姑娘吃酒。到日落時分，與月娘送出大門，上轎去了。都在門裡站立。先是孟玉樓說道：大姐姐，今日他爹不在，往吳驛丞家吃酒去了，咱到好往對門喬大戶家房裡瞧瞧。月娘問看門的平安兒：誰拏着那邊鑰匙哩？平安道：娘每要過去瞧，開着門哩，來興哥看着兩個坌工的在那里做活。月娘分付：你教他躲開，等俺每瞧瞧去。平安兒道：娘每只顧瞧，不妨事，他每都在第四層大空房擻灰篩土，叫出來就是了。當下月娘、李嬌兒、孟玉樓、潘金蓮、李瓶兒都用轎子短搬兩個坌工擡過房子內，進了儀門，就是三間廳，第二層是樓，月

娘要上樓去可是作怪剛上到樓梯中間不料梯磴陡趄只聞
月娘哎了一聲滑下一隻脚來早是月娘攀住樓梯兩邊欄杆
慌了玉樓便道姐姐怎的連忙攙住他一隻胳膊不曾打下來
月娘乞了一驚就不上去眾人扶了下來諕的臉蠟查兒黃了
玉樓便問姐姐怎麽上來失了脚不曾蹅着那里月娘道跌倒
不曾跌着只是扭了腰子諕的我心跳在口裡樓梯子趄我只
當咱家裏樓上來滑了脚早是攀住欄杆不然怎了李嬌兒道
你又身上不方便早知不上樓也罷了于是眾姊妹相伴月娘
回家剛到家叫的應就肚中疼痛月娘忍不過趂西門慶不在
家使小廝叫了劉婆子來看婆子道你已是去經事來着傷多
是成不的了月娘道便是五個多月了上樓着了扭婆子道你

吃了我這藥安不住下來罷了月娘道下來罷婆子于是留了兩服大黑丸子藥教月娘用艾酒吃那消半夜弔下來了在榪桶內點燈撥看原來是個男胎已成形了正是胚胎未能全性命真靈先到杳冥天幸得那日西門慶來到沒曾在上房睡在玉樓房中歇了到次日玉樓早辰到上房問月娘身子如何月娘告訴半夜果然存不住落下來了倒是小厮兒玉樓道可惜了的他爹不知道月娘道他爹吃酒來家到我屋里纔得脫衣裳我說你往他每屋里去罷我心裡不自在他纔往你這邊來了我沒對他說我如今肚裡還有些隱隱的疼玉樓道只怕還有些餘血未盡篩酒吃些鍋臍灰兒就好了又道姐姐你還計較兩日兒且在屋裡不可出去小產比大產還難調理只怕掉

了風寒。難爲你的身子。月娘道你没的說。倒没的倡揚的。一地里知道。平白噪剌剌的。抱什麼空窩。惹的人動的唇齒。以此就没教西門慶知道此事。表過不題。且說西門慶新搭的開絨線舖夥計。也不是守本分的人。姓韓名道國。字希堯。乃是破落戶韓光頭的兒子。如今跌落下來。替了大爺的差使。亦在鄆王府做校尉。見在縣東街。牛皮小巷居住。其人性本虚飄。言過其實。巧于詞色。善于言談。許人錢。如捉影捕風。騙人財。如探囊取物。因此街上人見他是般說謊。順口叫他做韓道國。自從西門慶家做了買賣。手裡財帛從容。新做了幾件乾鮑皮。在街上虚飄說詐。掇着肩膊兒。就搖擺起來。人見了。不叫他個韓希堯。只叫他做韓一搖。他渾家乃是宰牲口王屠妹子。排行六姐。生的長挑身材瓜子面皮紫膛色約二十八九年紀身上有個女孩兒嫡親三口兒度日他兄弟韓二名二搗鬼是個要手的搗子在外另住舊與這婦人有姦要使赶韓道國不在家鋪中上宿他便時常走來與婦人吃酒到晚夕刮涎就不去了不想街坊有幾個浮浪子弟見婦人搽脂抹粉打扮喬模喬樣常在門首站立睃人人略鬭他鬭兒又臭又硬就張致罵人因此街坊這些小夥子兒心中有幾分不憤暗暗三兩成羣背地講論看他背地與什麼人有首尾那消半個月打聽出與他小叔韓二這件事來原韓道國在牛皮小巷住着門面三間房裡兩邊都是隣舍後門通水塘這夥人單看韓二進去或倩老嫗灑堂或夜晚扒在牆上看覷或白日裡暗使小猴子在後堂推道捉蝨兒單

等捉姦。不想那日二搗鬼。打聽他哥不在。大白日裝酒。和婦人吃醉了。倒揷了門。在房裡幹事。不防眾人睃見蹤跡。小猴子扒過來。把後門開了。眾人一齊進去。撥開房門。韓二奪門就走。被一少年。一拳打倒。拏住。老婆還在炕上。慌穿衣不迭。一人進去。先把褲子。搗在手裡。都一條繩子。拴出來。須臾圍了一門首人。跟到牛皮街廂鋪里。就烘動了那一條街巷。這一個來問。那一個來瞧。都說韓道國婦人與小叔犯姦。內中見男婦二人拴做一處。便問左右站的人。此是為什麼事的。旁邊有多口的道。你老人家不知。此是小叔姦嫂子的。那老者點了點頭兒說道。可傷。原來小叔兒要嫂子的。到官叔嫂通姦。兩個都是絞罪。那旁多口的認的他。有名叫做陶扒灰。一連娶三個媳婦。都吃他扒了因此捕口説道你老人家深通條律相這小叔養嫂子的便是絞罪若是公公養媳婦的却論什麽罪那老者見不是話低着頭一聲兒沒言語走了正是各人自掃簷前雪莫管他家屋上霜這里二搗鬼與婦人被捉不題单表那日韓道國鋪子里不該上宿來家早八月中旬天氣身上穿着一套兒輕紗軟絹衣服新盔的一頂帽兒細綢巾圈玄色段子履鞋清水絨襪兒搖着扇兒在街上潤行大步搖擺走着但遇着人或坐或立口若懸河滔滔不絕就是一回內中遇着他兩個相熟的人一個是開紙鋪的張二哥一個是開銀鋪的白四哥慌作揖舉手張好問便道韓老兄連日少見聞得恭喜在西門大官府上開寶鋪做買賣我等欽禮失賀休怪休怪一面讓他坐下那韓道國

坐在櫈上把臉兒揚着手中搖着扇兒說道學生不才仗賴列位餘光在我恩主西門大官人做夥計三七分錢掌巨萬之財督數處之鋪甚蒙敬重比他人不同有謝汝謊道聞老兒在他門下做只做線鋪生意韓道國笑道二兒不知線鋪生意只是名目而已今他府上大小買賣出入貲本那些兒不是學生筭帳言聽計從禍福共知通沒我一時兒也成不得初大官人每日衙門中來家擺飯常請去陪侍沒我便吃不下飯去俺兩個在他小書房裡閑中吃菓子說話兒常坐半夜他方進後邊去昨日他家大夫人生日房下坐轎子行人情他夫人留飲至二更方回彼此通家再無忌憚不可對兒說就是背地他房中話兒也常和學生計較學生先一個行止端莊立心不苟與財主

與利除害拯溺救焚凡百財上分明取之有道就是傅自新也怕我幾分不是我自巳誇獎大官人正喜我這一件兒剛說在鬧熱處忽見一人慌慌張張走向前叫道韓大哥你還在這裡說什麼教我鋪子裡尋你不着拉到僻靜處告他說你家中如此如此這般這般大嫂和二哥被街坊衆人撮弄兒拴到鋪裡明早要解縣見官去你還不早尋人情理會此事這韓道國聽了大驚失色口中只咂嘴下邊頓足就要翅趄走被張好問叫道韓老兒你話還未盡如何就去了這韓道國舉手道學生家有小事不及奉陪慌忙而去正是誰人挽得西江水難洗今朝一面羞畢竟未知後來何如且聽下回分解

第三十四回　獻芳樽內室乞恩

受私賄後庭說事

第三十四回

書童兒因寵攬事　平安兒含恨截舌

自恃官豪放意爲　休將喜怒作公私
貪財不顧綱常壞　好色全忘義理虧
狎客盜名求勢利　狂奴乘飲弄奸欺
欲占後世興衰理　今日施爲可類知

話說韓道國、走到家門首打聽、見渾家和他兄弟韓二拴在舖中去了。急急走來獅子街舖子內、和來保計議。來保說你還早央應二叔來、對當家的說了、拏個帖兒、對縣中李老爹一說、不論多大事情、都了了。這韓道國、竟到應伯爵家。他娘子兒、使丫頭出來、回沒人在家、不知往那里去了。只怕在西門大老爹家、韓道國道沒在宅裡。問應實也跟出去了。韓道國慌了。往构欄院里抓尋。原來伯爵被湖州何蠻子的兄弟何二蠻子。號叫何兩峯。請在四條巷內何金蟾兒家吃酒。被韓道國抓着了。請出來。伯爵吃的臉紅紅的。帽簷上揷着剔牙杖兒。韓道國唱了喏拉到僻靜處。如此這般告他。說伯爵道。既有此事。我少不得陪你去。于是作辭了何兩峯。與道國先同到的問了端的。道國央及道。只望二叔往大官府宅裡說說。討個帖兒。只怕明早解縣上去。轉與李老爹案下。求青目一二。只不教你姪婦見官。事畢重謝二叔。磕頭就是了。說着跪在地下。伯爵用手拉起來。說道賢契。這些事兒。我不替你處。你取張紙兒。寫了個說帖兒。我如今同你到大官府裡。對他說。把一切閑話多丟開。你只說我常不在家。被街坊這夥光棍。時常打磚掠瓦。欺負娘子。衆人稱你兄弟韓二。氣忿不過。和他嚷亂。反被這夥人羣住。揪採在地亂行踢打。同拴在鋪裏。望大官府討個帖兒。對李老爹說。只不教你令正出官。管情見個分上。就是了。那韓道國取筆硯連忙寫了說帖。安放袖中。伯爵領他逕到西門慶門首。問守門的兒。爹在家。平安道。爹在花園書房裡。二爹和韓大叔請進去。那應伯爵。狗也不咬。走熟了的。同韓道國進入儀門。轉過大廳。由鹿頂鑽山進去。就是花園角門。抹過木香棚。兩邊松墻。松墻裏面。三間小捲棚。名喚翡翠軒。乃西門慶夏月納凉之所。前後簾櫳掩映。四面花竹陰森。周圍擺設珍禽異獸。瑤草琪花。各極其盛。裏面一明兩暗書房。有畫童兒小廝在那里掃地。說應二爹和韓大叔來了。二人揪開簾子。進入明間內。只見書童在書房裡。看見應二爹。和韓大叔。便道請坐。俺爹剛纔進後邊去了。一面使畫童兒請去。伯爵見上下。放着六把雲南瑪瑙漆減金釘籐絲甸矮矮東坡椅兒。兩邊掛四軸天青衢花綾裱白綾邊名人的山水。一邊一張螳螂蜻蜓脚一封書大理石心壁畫的幫卓兒卓兒上安放古銅爐流金仙鶴。正面懸着翡翠軒三字。左右粉箋吊屏上寫着一聯。風靜槐陰清院宇。日長香篆散簾櫳。伯爵于是正面椅上坐了。韓道國拉過一張椅子打橫。畫童後邊請西門慶去了。良久。伯爵走到裏邊書房內。裏面地平上安着一張大理石黑漆縷金京床。掛着青紗帳幔。兩邊綵漆描金書厨。盛的都是送禮的書帕尺頭几席文具。書籍堆滿。綠紗窗下。安放一隻黑漆琴桌獨獨放着一張螺鈿交椅書篋內都是往來書柬拜帖并送中秋禮物帳簿應伯爵取過一本揭開觀開上面寫着蔡老爺蔡大爺朱太尉童太尉中書蔡四老爹都尉蔡五老爹并本處知縣知府四宅第二本是周守備夏提刑荆都監張團練并劉薛二內相都是金段尺頭猪酒金餅鰣魚海鮮雞鵞大禮各有輕重不同這裡二人等候不題且說畫童兒走到後邊金蓮房內問春梅姐爹在這裡春梅罵道賊見鬼小奴才兒爹在間壁六娘房裡不是巴巴的跑來這里問畫童便走過這邊只見綉春在石臺基上坐的悄悄問爹在房裡應二爹和韓大叔來了在書房裡請爹說話綉春道爹在房裡看着娘與哥裁衣服哩原來西門慶拏出兩疋尺頭來一疋大紅紵絲

一疋鸚哥綠潞紬。教李瓶兒替官哥裁毛衫兒披襖背心兒護
頂之類。在酒金炕上。正鋪着大紅氊條。妳子抱着哥兒在旁邊
迎春執着熨斗。只見綉春進來。悄悄拉迎春一把。迎春道。你拉
我怎麽的。拉撇了這火落在氊條上。李瓶兒便問你平白拉他
怎的。綉春道。畫童說。應二爹來了。請爹說話。李瓶兒道。小奴才
見應二爹來。你進來說就是了。巴巴的扯他。西門慶分付畫童
請二爹坐坐。我就來。于是看裁完了衣服。便衣出來書房內見
伯爵二人作揖坐下。韓道國打橫。西門慶喚畫童取茶來。不一
時。銀匙雕漆茶鍾。蜜餞金澄泡茶吃了。收了盞托去。伯爵就開
言說道。韓大哥。你有甚話。對你大官府說。西門慶道。你有甚話
說來。韓道國。纔待說街坊有夥不知姓名棍徒。被應伯爵攔住

便道賢侄你不是這等說了嗆着骨禿露着肉也不是事對着
你家大官府在這里越發打開後門說了罷韓大哥常在鋪子
里上宿家下沒人止是他娘子兒一人還有箇孩兒左右街坊
有幾個不三不四的人見無人在家時常打磚掠瓦鬼混欺負
的急了他令弟韓二哥看不過來家聲罵了幾句被這起光棍
不由分說羣住打了個臭死如今都拴在鋪裏明早解廂往本
縣正宅往李大人那里去見他哭哭啼啼敬央煩我來對哥說
討個帖兒差人對李大人說說青目一二有了他令弟也是一
般只不要他令正出官就是了因說你把那說帖兒拏出來與
你大官人瞧好差人替你去韓道國便向袖中取去連忙雙膝
跪下說道小人忝在老爹門下萬乞老爹看應二叔分上俯就

一二舉家沒齒難忘慌的西門慶一把手拉起說道你請起來于是觀看帖兒上面寫着犯婦王氏乞青目免提西門慶道這帖子不是這等寫了只有你令弟韓二一人就是了向伯爵道比時我拏帖對縣裏說只分付地方改了報单明日帶來我衙門里來發落就是了伯爵教韓大哥你還與大老爹下個禮兒這等亦發好了那韓道國又倒身磕頭下去西門慶教玳安你外邊快叫個答應的班頭來不一時叫了個穿青衣的節級來在旁邊伺候西門慶叫近前分付你去牛皮街韓夥計住處問是那牌那鋪地方對那保甲說就稱是我的鈞語分付把王氏即時與我放了查出那幾個光棍名字來改了報帖明日早解提刑院我衙門里聽審那節級應諾領了言語出門伯爵道韓

大哥。你卽一同跟了他。幹你的事去罷。我還和大官人說句話
那韓道國。千恩萬謝。出門與節級同往牛皮街。分付去了。西門
慶陪伯爵在翡翠軒坐下。因令玳安放卓兒。後邊對你大娘說
昨日磚廠劉公公送的木樨荷花酒。打開篩了來。我和應二叔
吃。就把糟鰣魚蒸了來。伯爵舉手道。我還沒謝的哥。昨日蒙哥
送了那兩尾好鰣魚與我。送了一尾與家兄去。剩下一尾對房
下說。拏刀兒劈開送了一叚與小女。餘者打成窄窄的塊兒。拏
他原舊紅糟兒培着。再攪些〻香油。安放在一個磁礶內。留着我
一早一晚吃飯兒。或遇有個人客兒來。蒸恁一碟兒上去。也不
枉辜負了哥的盛情。西門慶告訴劉太監的兄弟劉百戶。因在
河下管蘆葦塲。撰了幾兩銀子。新買了一所庄子。在五里店。拏

皇木蓋房。近日被我衙門裡辦事。依着夏龍溪饒了他一百兩
銀子。還要動本条送、申行省院、劉太監慌了。親自拏着一百兩
銀子。到我這里。再三央及。只要事了。不瞞說。咱家做着些〻薄生
意了。料着也過了日。那裡希罕他這樣錢。況劉太監平日與我
相交。時常受他些〻禮。今日因這些〻事情。就又薄了面皮。教我絲
毫沒受他的。只教他相房屋邊連夜拆了。到衙門裡只打了他
家人劉三二十。就發落開了事。畢劉太監感〻不過我這些〻情。宰
了一口猪。送我一罈自造荷花酒。兩包糟鰣魚。重四十斤。又兩
疋粧花織金段子。親自來謝。彼此有光。見箇情分。錢恁自中使
伯爵道。哥你是希罕這個錢的。夏大人他出身行伍。起根立地
上沒有。他不過些〻兒。拏甚過日。哥你自從到任以來。也和他問

了幾椿事兒。西門慶道。大小也問了幾件公事別的倒也罷了。只吃了他貪濫蹹婪的。有事不問青水皂白。得了錢在手裡。就放了。成什麼道理。我便再三扭着不肯。你我雖是個武職官兒掌着這刑條。還放些體面纔好。說未了。酒菜齊至。先放了四碟菜菓。然後又放了四碟案鮮紅鄧鄧的泰州鴨蛋。曲灣灣王瓜拌遼東金蝦。香噴噴油煠的燒骨。禿肥肥乾蒸的劈晒雞第二道。又是四碗嗄飯。一甌兒濾蒸的燒鴨。一甌兒水晶膀蹄一甌兒白煠猪肉。一甌兒炮炒的腰子。落後纔是裏外青花白地磁盤。盛着一盤紅馥馥柳蒸的糟鰣魚。馨香美味。入口而化。骨刺皆香。西門慶將小金菊花盃斟荷花酒。陪伯爵吃不說兩個說話兒。坐更餘方散且說那夥人。見青衣節級下地方。把婦人王氏放回家去。又拘總甲。查了各人名字。明早解提刑院問理。都各人面面相覷。就知韓道國是西門慶家夥計。尋的本家攊子。只落下韓二一人在鋪裡。都說這事弄的不好了。這韓道國又送了節級五錢銀子。登時問保甲查寫了那幾個名字。送到西門慶宅內單等次日早解過。一日西門慶與夏提刑兩位官到衙門裡坐廳。該地方保甲帶上人去。頭一起就是韓二。跪在頭里。夏提刑先看報单。牛皮街一牌四鋪總甲蕭成為地方喧鬧事。第一個就叫韓二。第二個車淡。第三個管世寬。第四個游守。第五個郝賢。都叫過花名去。然後問韓二為什麼起來。那韓二先告道小的哥。是買賣人。常不在家去的。小男幼女。被街坊這幾個光棍。要便彈打胡博詞扠兒。坐在門首。胡歌野調。夜晚打磚百般欺負。小的在外另住，來哥家看視。含忍不過，罵了幾句。被這夥羣虎棍徒，不由分說，揪倒在地，亂行踢打，獲在老爺案下。望老爺查情。夏提刑便問你怎麼說。那夥人一齊告道。老爺休信他巧對。他是耍錢的搗鬼。他哥不在家，和他嫂子王氏有姦。王氏平日倚逞刁潑，毀罵街坊。昨日被小的每捉住，見有底衣為證。夏提刑因問保甲蕭成，那王氏怎的不見。蕭成怎的好回節級放了，只說王氏腳小，路上走不動，便來。那韓二在下邊兩隻眼只看着西門慶。良久，西門慶欠身望夏提刑道。長官也不消要這王氏。想必王氏有些姿色，這光棍因調戲他不遂，捏成這個圈套。因叫那為首的車淡上去，問道。你在那里捉住那韓二來。衆人道。昨日在他屋裏捉來。又問韓二。王氏是你什麼人保甲道是他嫂子兒又問保甲這夥人打那里進他屋裡保甲道越墻進去西門慶大怒罵道我把你這起光棍他既是小叔王氏也是有服之親莫不不許上門行走相你這起光棍你是他什麽人如何敢越墻進去況他家男子不在又有幼女在房中非姦即盜了喝令左右拏夾棍來每人一夾二十大棍打的皮開肉綻鮮血迸流況四五個都是少年子弟出娘胞胎未經刑杖一個個打的號哭動天呻吟滿地這西門慶也不等夏提刑開口分付韓二出去聽候把四個都與我收監不日取供送問四人到監中都互相抱怨個個都懷鬼胎監中人都嚇詐他你四個若送問都是徒罪到了外府州縣皆是死數這些人慌了等的家下人來送飯稍信出去教各人父兄使錢上下尋

人情。內中有拏人情。央及夏提刑。說這王氏的丈夫。是你西門老爹門下的夥計。他在中間扭着要送問同僚上。我又不好處得。你須還尋人情和他說去。纔好出來。也有央吳大舅出來的說。人都知西門慶家有錢不敢來打點。四家父兄都慌了。會在一處。內中一箇說道。也不消再央吳千戶。他也不依我聞得人說東街上住的開紬絹鋪應大哥兄弟應二。和他契厚。咱不如每人拏出幾兩銀子。湊了幾十兩銀子。封與應二。教他過去替咱每說說。管情極好。于是車淡的父兄開酒店的車老兒爲首。每人拏十兩銀子來。共湊了四十兩銀子。齊到應伯爵家。央他對西門慶說。伯爵收下。打發眾人去了。他娘子兒便說。你既替韓夥計出力擺布這起人。如何又攬下這銀子。反替他說。反便不惹韓夥計怪伯爵道我可知不好說的我如今如此這般拏十五兩銀子去悄悄進與他管書房的書童兒教他取巧說這樁事你不知他爹大小事兒甚是托他專信他說話管情一箭就上梁于是把銀子兌了十五兩包放袖中早到西門慶家西門慶還未回來伯爵進入廳上只見書童正從西廂房書房內出來頭帶瓦楞帽兒札着玄色段子總角兒撇着金頭蓮瓣簪子身上穿着蘇州絹直裰玉色紗𧞤兒凉鞋淨襪說道二爹請客位內坐交畫童兒後邊拏茶去說道小厮我使你拏茶與應二爹你不動且耍子兒等爹來家看我說不說那小厮就拏茶去了伯爵便問你看衙門里還沒來家書童道剛纔答應的來說爹衙門散了和夏老爹門外拜客去了二爹有甚說話伯爵

道沒甚話。書童道二爹前日說的。韓夥計那事。爹昨日到衙門裡。把那夥人都打了收監明日做文書還要送問他。伯爵拉他到僻靜處。和他說。如今又一件。那夥人家屬如此這般聽見要送問。多害怕了。昨日晚夕到我家。哭哭啼啼。再三跪着。央及我教對你爹說。我想已是替韓夥計說在先怎又好管他的。惹的韓夥計不怪。沒奈何。教他四家處了這十五兩銀子。看你巧取對你爹說。看怎麽。將就饒他放了罷。因向袖中取出銀子來遞與書童。書童打開看了。大小四錠。零四塊。說道既是應二爹分上。交他再拏五兩來。待小的替他說。還不知爹肯不肯。昨日吳大舅親自來。和爹說了。爹不依。小的虼蟆臉兒。好大面皮兒。實對二爹說。小的這銀子。不獨自一個使。還破些些鉛兒轉達知俺

生哥的六娘這個灣兒替他說纔了他此事伯爵道既如此等
我和他說你好歹替他上心些他後晌些來討回話書童道爹
不知多早來家你教他明日早來罷說畢伯爵去了這書童把
銀子拏到鋪子劉下一兩五錢來教買了一罈金華酒兩隻燒
鴨兩隻鷄一錢銀子鮮魚一肘蹄子二錢頂皮酥菓餡餅兒一
錢銀子的搽穰捲兒把下飯送到來興兒屋裏央及他媳婦惠
秀替他整理安排端正那一日不想潘金蓮不在家從早間坐
轎子往門外潘姥姥家做生日了書童使畫童兒用方盒把下
飯先拏在李瓶兒房中然後又提了一罈金華酒進去李瓶兒
便問是那里的畫童道是書童哥送來孝順娘的李瓶兒笑道
賊囚他怎的孝順我良久書童兒進來見李瓶在描金炕床上

舒着雪藕般玉腕兒。帶着鍍金鐲釧子。引着玳瑁猫兒和哥兒耍子。因說道。賊囚。你送了這些東西來。與誰吃。那書童只是笑。李瓶兒道。你不言語。笑是怎的。說書童道。小的不孝順娘再孝順誰。李瓶兒道賊囚。你平白好好的。怎麽孝順我是的。你不說明白。我也不吃。常言說的好。君子不吃無名之食那書童把酒打開。菜蔬都擺在小卓上。教迎春取了把銀素篩了來傾酒在鍾內。雙手遞上去。跪下說道。娘吃過等小的對娘說。李瓶兒道。你有甚事。說了我纔吃你的。不說你就跪一百年。我也是不吃。又道你起來說。那書童于是把應伯爵所央四人之事從頭訴說一遍。他先替韓夥計說了。不好來說得。央及小的。先來禀過娘。等爹問休說是小的說。只假做花大舅那頭使人來說。小的寫下個帖兒在前邊書房內。只說是娘遞與小的。教與爹看。娘屋裡再加一美言。況昨日衙門裡。爹已是打過他罪兒。爹胡亂做個處斷。放了他罷。也是老大的陰騭。李瓶兒笑道。原來也是這個事。不打緊。等你爹來家。我和他說就是了。你平白整治這些東西來做什麼。又道。賊囚。你想必問他起發些東西了。書童道。不瞞娘說。他送了小的五兩銀子。李瓶兒道。賊囚。你倒且是會排鋪撰錢。于是不吃小鍾。旋教迎春。取了付大銀衢花盃來。先吃了兩鍾。然後也回斟一盃。與書童吃。書童道。小的不敢吃。吃了快臉紅。只怕爹來看見。李瓶兒道。我賞你吃。怕怎的。于是磕了頭起來。一吸而飲之。李瓶兒把各樣嗄飯。揀在一個碟兒里。教他吃。那小厮一連陪他吃了兩大盃。怕臉紅。就不敢吃。就出來了。到了前邊鋪子里還。剩了一半點心。嗄飯擺在櫃上。又打了兩提罈酒。請了付夥計。賁四。陳經濟。來興兒。玳安兒衆人都一陣風捲殘雲。吃了箇淨光。就忘了教平安兒吃。那平安兒坐在大門首。把嘴谷都着。不想西門慶約後响從門外。拜了客來家。平安看見也不說。那書童聽見喝道之聲。慌的收拾不迭兩三步扠到廳上。與西門慶接衣服。西門慶便問今日沒人來。書童道。沒人。西門慶脫了衣服。摘去冠帽。帶上巾幘。走到書房內坐下。書童兒取了一盞茶來。遞上西門慶。呷了一口放下。因見他面帶紅色。便問你那里吃酒來。這書童就向卓上硯臺下。取着一紙柬帖。與西門慶瞧。說道此是後邊六娘。叫小的到房裡。與小的這個柬帖。是花大舅那里送來。說車淡等。那六娘教小的收着。與爹瞧。因賞了小的一盞酒吃不想臉就紅了。西門慶把帖觀看。上寫道犯人車淡四名。乞青目看了。遞與書童分付放下我書篋内。教答應的明日衙門裡稟我。書童一面接了。放在書篋内。又走在旁邊侍立。西門慶見他吃了酒。臉上透出紅白來。紅馥馥唇兒。露着一口糯更牙兒。如何不愛。于是淫心輙起。摟在懷裡。兩個親嘴咂舌頭。那小郎口噙香茶桂花餅。身上薰的噴鼻香。西門慶用手撩起他衣服。褪了花袴兒。摸弄他屁股。因囑付他少要吃酒。只怕糟了臉。書童道。爹分付。小的知道。兩個在屋裡正做一處。且說一個青衣人。騎了一匹馬。走到大門首。跳下馬來。問守門的平安。作揖問道。這里是問刑的西門老爹家。那平安兒因書童兒。不請他吃東道。把嘴頭子撅着。

正沒好氣半日不答應那人只雇立着說道我是帥府周老爺差來送轉帖與西門老爹看明日與新平寨坐營須老爹送行明日在永福寺擺酒也有荊都監老爹掌刑夏老爹營里張老爹每位分資一兩剛纔多到了還來報知累門上哥禀禀進去小人還等回話那平安方拏了他的轉帖入後邊打聽西門慶在花園書房內走到裡面剛轉過松牆只見畫童兒在窓外基臺上坐的見了平安擺手兒那平安就知西門慶與書童幹那不急的事悄悄走在窓下聽覷半日聽見裏邊氣呼呼跐的地平一片聲响西門慶吽道我的兒把身子吊正着休要動就半日沒聽見動靜只見書童出來與西門慶舀水洗手看見平安兒畫童兒在窓子下跕立把臉飛紅了往後邊拏去了平安拏轉

帖進去西門慶看了取筆畫了知分付後邊問你二娘討一兩銀子教你姐夫封了付與他去平安兒應諾去了書童拏了水來西門慶洗畢手回到李瓶兒房中李瓶兒便問你吃酒教丫頭篩酒你吃西門慶看見卓子底下放着一罈金華酒便問是那里的李瓶兒不好說是書童兒買進來的只說我一時要想些酒兒吃旋使小厮街上買了這罈酒來打開只吃了兩鍾兒就懶待吃了西門慶道阿呀前頭放着酒你又拏銀子買因前日買酒我賒了丁蠻子的四十罈河清酒丟在西廂房內你要吃時教小厮拏鑰匙取去說畢李瓶兒還有頭里吃酒的一碟燒鴨子一碟雞肉一碟鮮魚沒動教迎春安排了四碟小菜切了一碟火薰肉放下卓兒在房中陪西門慶吃酒西門慶更不

問這嗄飯是那里可見平日家中受用。管待人家。這樣東西。無日不吃。西門慶飲酒中間。想起問李瓶兒頭里書童拏的那帖兒。是你與他的。李瓶兒道。是門外花大舅那里來說。教你饒了那夥人罷。西門慶道。前日吳大舅來說。我沒依。若不是。我定要送問這起光棍。既是他那里分上。我明日到衙門里每人打他一頓。放了罷。李瓶兒道。又打他怎的。打的那雌牙露嘴。什麼模樣。西門慶道。衙門是這等衙門。我管他雌牙不雌牙。還有比他嬌貴的。昨日衙門中。問了一起事。咱這縣中過世陳參政家。陳參政死了。母張氏守寡。有一小姐。因正月十六日。在門首看燈。有對門住的。一箇小夥子兒。名喚阮三。放花兒看見那小姐。生得標致。就生心調胡博詞琵琶唱曲兒調戲他。那小姐聽了邪心動。使梅香暗暗把這阮三。叫到門裏。兩個只親了個嘴。後次竟不得會面。不期阮三在家。思想成病。病了五個月。不起。父母那裡不使錢請醫看治。看看至死。不久身亡。有一朋友周二定計說陳宅母子每年中元節令。在地藏寺薛姑子那里。做伽藍會燒香。你許薛姑子十兩銀子。藏他在僧房內。與小姐相會。管病就要好了。那阮三喜歡。果用其計。薛姑子受了十兩銀子。在方丈內。不期小姐午寢。遂與阮三苟合。那阮三剛病起來。久思色慾。一旦得了。遂死在女子身上。慌的他母親。忙領女子回家。這阮三父母。怎肯干罷。一狀告到衙門裡。把薛姑子陳家母子。都拏了。依着夏龍溪。知陳家有錢。就要問在那女子身上。便是我不肯。說女子與阮三。雖是私通。阮三久思不遂。況又病體不孩一旦苟合豈不傷命那薛姑子不合假以作佛事窩藏男女通姦因而致死人命況又受贓論了個知情褪衣打二十板責令還俗其母張氏不合引女入寺燒香有壞風俗同女每人一拶二十敲取了個供招都釋放了若不然送到東平府女子穩定償命李瓶兒道也是你老大個陰騭你做這刑名官早晚公門中與人行些方便兒別的不打緊只積你這點孩兒罷西門慶道可說什麼哩李瓶兒道別的罷了只是難為那女孩兒虧那小嫩指頭兒上怎的禁受來他不害疼西門慶道疼的兩個字拶的順着指頭兒流血李瓶兒道你到明日也要少拶打人得將就將就些兒那里不是積福處西門慶道公事可惜不的情兒這裡兩個正飲酒中間只見春梅掀簾子進來見西門慶

正和李瓶兒。腿壓着腿兒吃酒。說道你每自在吃的好酒兒這咱晚。就不想使個小廝。接接娘去。只有來安兒一個。跟着轎子。隔門隔戶。只怕來晚了。你倒放心。西門慶見他花冠不整雲鬢蓬鬆。便滿臉堆笑道。小油嘴兒。我猜你睡來。李瓶兒道。你頭上挑線汗巾兒。跳上去了。還不往下拉拉。因讓他好甜金華酒。你吃鍾兒。西門慶道。你吃。我使小廝接你娘去。那春梅一手挾着桌頭。且覺輕。因說道。我纔睡起來。心裡惡拉拉懶待吃。西門慶道。你看出來。小油嘴吃好少酒兒。李瓶兒道。左右今日你娘不在你吃上一鍾兒。怕怎的。春梅道。六娘。你老人家自飲。我心里本不待吃。有俺娘在家不在家。便信的。就是娘在家。遇着我心不耐煩。他讓我。我也不吃。西門慶道。你不吃。呵口茶兒罷。我使迎春前頭叫個小厮接你娘去因把手中吃的那盞木樨芝蔴薰笋泡茶遞與他那春梅似有如無接在手里只呷了一口就放下了說道你教迎春叫去我已叫了平安兒在這裡他還大些教他接去西門慶隔窗就叫平安兒那小厮應道小的在這里伺候西門慶道你去了誰看大門平安道小的委付棋童兒在門上西門慶道既如此你快拏個燈籠接去罷于是逕拏了燈籠來迎接潘金蓮迎到半路只見來安兒跟着轎子從南來了原來兩個是熟擡轎的一個叫張川兒一個叫魏聰兒走向前一把手拉住轎扛子說道小的來接娘來了金蓮就叫平安兒問道你爹在家是你爹使你來接我誰使你來平安道是爹使我來倒少倒少是姐使了小的接娘來了金蓮道你爹想必衙

門裡。沒來家平安道。沒來家門外拜了人。從後晌就來家了。在六娘房裡。吃的好酒兒若不是姐旋叫了小的進去。催逼着拏灯籠來接娘。還早哩。小的見來安一個跟着轎子又小。只怕來晚了。路上不方便。須得個大的兒來接纔好。又沒人看守大門小的委付棋童兒在門首。小的纔來了。金蓮又問你來時。你爹在那里。平安道。小的來時。爹還在六娘房里吃酒哩。姐稟問了爹纔打發了小的來了。金蓮聽了。在轎子內半日沒言語。冷笑駡道賊强人。把我只當亡故了的一般。一發在那淫婦屋裏睡了長覺也罷了。到明日。只交長遠倚逞那尿胞種。只休要晌午錯了。張川兒在這里聽着。也沒別人。你脚踏千家門萬家戶。那裡一箇纔尿出來。多少時兒的孩子。拏整綾段尺頭裁衣裳與他穿。你家就是王十萬使的使不的。張川兒接過來道。你老人家。不說。小的也不敢說這個可是使不的不說可惜。倒只恐折了他花麻痘疹還沒見好容易就能養活的大。去年東門外一個高貴大庄屯人家。老兒六十歲。見居着祖父的前程手里無碑記的銀子。可是說的牛馬成羣。米糧無數。丫鬟侍妾只成羣立紀。穿袍兒的身邊也有十七八個。要個兒子花樣兒也沒有。東廟里打齋西寺裡修供。捨經施像。那里沒求。到不想他第七個房里。生了個兒子。喜歡的了不得。也像咱當家的一般成日如同掌兒上看擎。錦繡綾羅窩兒裡抱大。糊了五間雪洞兒的房。買了四五個養娘扶侍。成日見了風也怎的。那消三歲。因出痘疹丟了。休怪小的說。倒是潑丟潑養的還好。金蓮道。潑丟潑養。恨不得成日金子兒果着他哩。平安道。小的還有庄事對娘說。小的若不說。到明日娘打聽出來。又說小的不是了。便是韓夥計。說的那夥人。爹衙門裡。都夾打了。收在監裡。要送問他今早應二爹來。和書童兒說話。想必受了幾兩銀子。大包子拏到鋪子裡。就硬鑿了二三兩使了。買了許多東西嗄飯。在來興屋裡。教他媳婦子。整治了。掇到六娘屋裡。又買了兩罈金華酒先和六娘吃了。又走到前邊鋪子裡。和傅二叔賁四。姐夫玳安來興。衆人打夥兒直吃到爹來家時分。纔散了哩。金蓮道。他就不讓你吃些。平安道。他讓小的。好不大胆的蠻奴才。把娘每還不放到心上。不該小的說。還是爹慣了他。爹先不先和他在書房裡幹的齷齪營生。况他在縣里。當過門子。什麼事兒不知道。

爹。若不早把那蠻奴才打發了。到明日咱這一家子乞他弄的壞了。金蓮問道。在李瓶兒屋里吃酒。吃的多大回。平安兒道。吃了好一日兒。小的看見他吃的臉通紅。纔出來。金蓮道。你爹來家。就不說一句兒。平安道。爹也打牙粘住了。說什麼。金蓮罵道。恁賊沒廉耻的昏君强盜。賣了兒子招女婿。彼此騰倒着做。你便圖毬他那屎屁股門子。奴才。左右合你家愛娘子。囑付平安等他再和那蠻奴才。在那里幹這齷齪營生。你就來告我說。平安道。娘分付。小的知道。老川在這里聽着。也沒走了裡話。他在咱家也荅應了這幾年。也是舊人。小的穿青衣。抱黑住。娘就是小的的主兒。小的有話兒。怎不告娘說。娘只放在心裡。休要題出小的一字兒來。于是跟着轎子。直說到家門首。潘金蓮下了

轎上穿着丁香色南京雲紬襖的五彩納紗喜相逢天圓地方
補子對衿衫兒下着白碾光絹一尺寬攀枝耍娃娃挑線拖泥
裙子胸前襟帶金玲瓏襟領兒下邊羊皮金荷包先進到後邊
月娘房裡拜見月娘月娘道你住一夜慌的就來了金蓮道俺
娘要留我住他又招了俺姨那里一個十二歲的女孩兒在家
養活都擠在一個炕上誰住他又恐怕隔門隔戶的教我就來
了俺娘多多上覆姐姐多謝重禮于是拜畢月娘又到李嬌兒
孟玉樓衆人房裡多拜了回到前邊打聽西門慶在李瓶兒屋
裡吃酒逕來拜李瓶兒李瓶兒見他進來連忙起身笑着迎接
兩個齊拜說道姐姐來家早請坐吃鍾酒兒教迎春快拏座兒
與你五娘坐金蓮道今日我偏了孟重復吃了雙席兒不坐了

說着揚長抽身就去了。西門慶道：好奴才，恁大胆，來家就不拜我拜兒。那金蓮接過來道：我拜你？還沒修福來哩！奴才不大膽，什麽人大膽？看官聽說：潘金蓮這幾句話，分明譏諷李瓶兒，說他先和書童兒吃酒，然後又陪西門慶，豈不是雙席兒？那西門慶怎曉的就里。正是：情知語是針和線，就地引起是非來。畢竟未知後來何如，且聽下回分解。

金瓶梅

第三十五回

西門慶爲男寵報仇

書童兒作女粧媚客

第三十五回

西門慶挾恨責平安　書童兒粧旦勸狎客

莫入州衙與縣衙　勸君勤謹作生涯
池塘積水須防旱　買賣辛勤是養家
教子教孫并教藝　栽桑栽棗莫栽花
閑是閑非休要管　渴飲清泉悶煮茶

此八句。單說爲人之父母。必須自幼訓教子孫。讀書學禮。知孝順父母。尊敬長上。和睦鄉里。各安生理。切不可縱容他少年驕惰放肆。三五成羣。遊手好閑。張弓挾矢。籠養飛鳥。蹴踘打毬。飲酒賭博。飄風宿娼。無所不爲。將來必然招事惹非。敗壞家門。似此人家。使子陷于官司。大則身亡家破。小則吃打受牢。財入公

門。政出吏口。連累父兄。悲悔躭憂。有何益哉。話說西門慶。早到
衙門。先退廳與夏提刑說此四人再三尋人情來說。交將就他
夏提刑道。也有人到學生那邊。不好對長官說。既是這等。如今
提出來。戒飭他一番。放了罷。西門慶道。長官見得有理。即陞廳
令左右提出車淡等犯人跪下。生怕又打。只雇磕頭。西門慶也
不等夏提刑開言。我把你這起光棍。如何尋這許多人情來說
本當都送問。且饒你這遭。若犯了我手裡。都活監死。出去罷。連
韓二都喝出來了。往外金命水命走投無命。這里處斷公事不
題。且說應伯爵。拏着五兩銀子。尋書童兒問他討話。悄悄遞與
他銀子。書童接的袖了。那平安兒在門首。拏眼兒睃着他。書童
于是如此這般。勸住時。說昨日已對爹說了。今日往衙門裡發

落去了。伯爵道。他四個父兄再三說，恐怕又責罰他。書童道，你老人家。只顧放心去。管情兒一下不打他。那伯爵得了這消息急急走去。回他每話去了。到日飯時分。四家人都到家。個個撲着父兄家屬，放聲大哭，每人去了百十兩銀子，落了兩腿瘡。再不敢妄生事了。正是禍患每從勉強得，煩惱皆因不忍生，却說那日西門慶未來家時，書童兒在書房內，叫來安兒掃地，向食盒揭了。把人家送的卓面上响糖與他吃。那小厮千不合萬不合，叫書童哥。我有句話兒告你說，昨日俺平安哥接五娘轎子。在路上好不學舌。說哥的過犯。書童問道。他說我什麼來，來安兒道。他說哥攬的人家幾兩銀子。大膽買了酒肉。送在六娘房裡吃了半日出來，又在前邊鋪子里吃，不與他吃。又說你在書房裡和爹幹什麼營生。這書童一不聽便罷。聽了暗記在心。過了一日也不題。赶到次日西門慶早辰。約會了。不往衙門裡去。都往門外永福寺。置酒與湞坐營送行去了。直到下午時分。纔來家。下馬就分付平安。但有人來。只說還沒來家。說畢。進到廳上書童兒接了衣裳。西門慶因問今日沒人來。書童道沒有。管屯的徐老爹。送了兩包螃蠏。十斤鮮魚。小的拏回帖打發去了。與了來人二錢銀子。又有吳大舅送了六個帖兒。明日請娘每吃三日。原來吳大舅兒子吳舜臣。娶了喬大戶娘子姪女兒鄭三姐做媳婦兒。西門慶早送了茶去。他那里來請西門慶到後邊月娘拏帖兒與他瞧。說道明日你每都收拾了去。說畢。出來到書房裡坐下。書童連忙拏炭火爐內燒甜香餅兒。雙手遞茶上去西門慶擎茶在手。他慢慢挨近跕立在卓頭邊。良久。西門慶掀了個嘴兒。使他把門關上。用手摟在懷里。一手捧着他的臉兒。西門慶吐舌頭。那小郎口裡噙看鳳香餅兒。遞與他。下邊又替他弄玉莖。西門慶問道。我兒外邊沒人欺負你。那小廝乘機就說。小的有樁事。不是爹問。小的不敢說。西門慶道。你說不妨。書童就把平安一節。告說一遍。前日爹叫小的在屋裏。他和畫童在窓外聽覻。小的出來舀水。與爹洗手。親自看見他。又在外邊對着人。罵小的蠻奴才。百般欺負小的。西門慶聽了。心中大怒。發狠說道。我若不把奴才腿卸下來。也不筭這里書房中說話。不題。平昔平安兒。專一打聽這件事。三不知走去房中。報與金蓮。金蓮使春梅前邊來。請西門慶說話。剛轉過松墻。只見畫童兒在那里弄松虎兒便道姐來做什麼爹在書房里被春梅頭上鑿了一下西門慶在裡面聽見裙子响就知有人來連忙推開小廝走在床上睡着那書童在卓上弄筆硯春梅推門進來見了西門慶咂嘴兒說道你每悄悄的在屋裡把門兒關着敢守親哩娘請你說話西門慶仰睡在枕頭上便道小油嘴兒他請我說什麼話你先行等我畧倘倘兒就去那春梅那里容他說道你不去我就拉起你來西門慶怎禁他死拉活拉拉到金蓮房中金蓮問他在前頭做什麼春梅道他和小廝兩個在書房里把門兒揷着揑殺蠅子兒是的赤道幹的什麼繭兒恰似守親的一般我進去小廝在卓子根前推寫字兒了我眼張大個的他便倘刺在床上拉着再不肯來潘金蓮道他進來我

這屋裡只怕有鍋鑊吃了他是的賤沒廉耻的貨你想有個廉耻大白日和那奴才平白兩個關着門在屋里做什麼來左右是奴才臭屁股門子鑽了到晚夕還進屋裏還和俺每沾身睡好乾淨兒西門慶道你信小油嘴兒胡說我那里有此勾當我看着他寫禮帖兒來我便揺在床上金蓮道巴巴的關着門兒寫禮帖什麼機密謠言什麼三隻腿的金剛兩個觭角的象怕人瞧見明日吳大妗子家做三日掠了個帖子兒來不長不短的也尋什麼件子與我做拜錢你不與莫不問我和野漢子要大姐姐是一套衣裳五錢銀子別人也有簪子的也有花的只我沒有我就不去了西門慶道前邉厨櫃内拏一疋紅紗來與你做拜錢罷金蓮道我就去不成也不要那囂紗片子拏出去

倒沒的教人笑話。西門慶道。你休亂。等我往那邊樓上尋一件什麼與他便了。如今往東京這賀禮也要幾疋尺頭。一套兒尋下來罷。于是走到李瓶兒那邊樓上尋了兩疋玄色織金麒麟補子尺頭。兩疋南京色段。一疋大紅斗牛紵絲。一疋翠藍雲段。因對李瓶兒說。尋一件雲絹衫與金蓮做拜錢。如無。拏帖子鋪討去罷。李瓶兒道。你不要鋪子里取去。我有一件織金雲絹衣服罷。大紅衫兒藍裙。留下一件也不中用。俺兩個都做了拜錢罷。一面向箱中取出來。李瓶兒親自拏與金蓮瞧。隨姐姐揀衫兒也得。裙兒也得。咱兩個一事包了。做拜錢倒好。省得人取去。金蓮道。你的我怎好要你的。李瓶兒道。好姐姐。怎生恁說話。推了半日、金蓮方纔肯了。又出去教陳經濟換了腰封。寫了二人名字在上。這里西門慶後邊揀尺頭不題。且說平安兒正在大門首。只見西門慶朋友白來搶。走來問道。大官人在家麼。平安兒道。俺爹不在家了。那白來搶不信。逕入裏面廳上。見槅子關着。說道。果然不在家。往那里去了。平安道。今日門外送行去了。還沒來。白來搶道。既是送行。這咱晚也來家了。平安道。白大叔有甚說話。說下。待爹來家。小的稟就是了。白來搶道。沒什麼話只是許多時沒見。閑來望望。既不在。我等等罷。平安道。只怕來晚了。你老人家等不得。白來搶不依。把槅子推開。進入廳內。在椅子上就坐了。衆小廝也不理他。由他坐去。不想天假其便。西門慶教迎春抱着尺頭。從後邊走來。剛轉過軟壁。頂頭就撞見白來搶在廳上坐着。迎春兒丟下段子。往後走不迭。白來搶道這不是哥在家。一面走下來唱喏。這西門慶見了。推辭不得。須索讓坐。睃見白來搶頭帶着一頂出洗覆盔過的。恰如太山遊到嶺的舊羅帽兒。身穿着一件壞領磨襟救火的硬漿白布衫脚下靸着一雙乍板唱曲兒前後彎絕戶綻的古銅木耳兒皂靴。裏邊插着一雙一碌子繩子打不到黃絲轉香馬凳襪子。坐下也不吽茶。只見琴童在旁伺候。西門慶分付。把尺頭抱到客房裡。教你姐夫封去。那琴童應諾。抱尺頭往廂房裡去了。白來搶舉手道。一向欠情。沒來望的哥。西門慶道。多謝挂意。我也常不在家。日逐衙門中有事。白來搶道。哥。這衙門中也日日去麽西門慶道。日日去兩次。每日坐廳問事。到朔望日子。還要拜牌畫公座。大發放。地方保甲。番役打卯。歸家便有許多窮冗。無片時閒暇。今日門外去因須南溪陞了新陞了新平寨坐營。衆人和他送行。只剛到家明日曾皇庄薛公公家請吃酒。路遠去不成後日又要打聽接新巡按。又是東京太師老爺四公子又選了駙馬。蕭茂德帝姬。童太尉姪男。童天胤。新選上大堂陞指揮使僉書管事。兩三層都要賀禮。自這連日。通辛苦的了不得。說了半日話。來安兒纔拏上茶來。白來搶纔拏在手裡呷了一口。只見玳安拏着大紅帖兒。往後飛跑。報道掌刑的夏老爹來了。外邊下馬了。西門慶就往後邊。穿衣服去了。白來搶躲在西廂房內。打簾裡望外張看良久。夏提刑進來穿着黑青水緯羅五彩洒線猱頭金獅補子圓領。翠藍羅襯衣。腰繫合香嵌金帶。脚下皂朝靴。身邊帶鑰匙。黑壓壓跟着許多人進到廳上。西門慶

冠帶從後邊迎將來。兩個敘禮畢。分賓主坐下。不一時。棋童兒
雲南瑪瑙雕漆方盤拏了兩盞茶來。銀鑲竹絲茶鍾。金杏葉茶
匙。木樨青荳泡茶吃了。夏提刑道。昨日所言接大巡的事。今日
學生差人打聽。姓曾。乙未進士。牌已行到東昌地方。他列位每
都明日起身遠接。你我雖是武官。係領勑衙門。提點刑獄。比軍
衛有司不同。咱後日起身。離城十里尋個去所。預備一頓飯。那
里接見罷。西門慶道。長官所言甚妙。也不消長官費心。學生這
里着人尋個庵觀寺院。或是人家庄園。亦好教個廚役早去整
理。夏提刑謝道。這等又教長官費心。說畢。又吃了一道茶。夏提
刑起身去了。西門慶送了進來。寬去衣裳。那白來搶還不去。走
到廳上又坐下了。對西門慶說。自從哥這兩個月。沒往會里去

把會來就散了老孫雖年紀大主不得事應二哥又不管昨日七月内玉皇廟打中元醮連我只三四個人兒到没個人拏出錢來都打撒手兒難爲吳道官晚夕謝將又叫了個說書的甚是破費他他雖故不言語各人心上不安不如那咱哥做會首時還有個張主不久還要請哥上會去西門慶道你没的說散便散了罷我那里得工夫幹此事遇閒時在吳先生那里一年打上個醮荅報荅報天地就是了隨你每會不會不消來對我說幾句搶的白來搶没言語了又坐了一回西門慶見他不去只得喚琴童兒廂房内放桌兒拏了四碟小菜帶葷連素一碟煎麵觔一碟燒肉西門慶陪他吃了飯篩酒上來西門慶後邊討副銀鑲大鍾來斟與他吃了幾鍾白來搶纔起身西門慶送

他二門首說道你休怪我不送你我帶着小帽不好出去得那白來搶告辭去了西門慶回到廳上拉了把椅子來就一片聲的呌平安兒那平安兒走到跟前西門慶罵道賊奴才還跕着呌答應的就是三四個排軍在旁伺候那平安不知什麼緣故諕的臉蠟查黄跪下了西門慶道我進門就分付你但有人來答應不在你如何不聽平安道白大叔來時小的回說爹往門外送行去了沒來家他不信强着進來了小的就跟進來問他白大叔有話說下待爹來家小的禀就是了他又不言語自家推開廳上槅子坐下了落後不想出來就撞見了西門慶罵道你這奴才不要說嘴你好小膽子見人進來你在那里耍錢吃酒去來不在大門首守着令左右你聞他口裡那排軍聞了一

聞，稟道沒酒氣，西門慶分付叫兩個會動刑的上來，與我着實拶這奴才，當下兩個伏侍一個，套上拶指，只雇檠起來拶的平安疼痛難忍，叫道小的委的回爹不在，他强着進來，那排軍拶上把繩子綁住，跪下稟道拶上了，西門慶令與我敲五十敲，旁邊數着敲到五十上，住了手，西門慶分付打二十棍，須臾打了二十，打的皮開肉綻，滿腿杖痕，西門慶喝令與我放了，兩個排軍向前解了拶子，解的直聲呼喚，西門慶罵道，我把你這賊奴才，你說你在大門首，想說要人家錢兒在外邊壞我的事，休吹到我耳朶內，把你這奴才腿卸下來，那平安磕頭了，起來提着褲子往外去了，西門慶看見畫童兒在旁邊說道，把這小奴才拏下去，也拶他一拶子，一面拶的小廝殺猪兒似怪叫，這里西門慶在前廳拶人不題。單說潘金蓮從房里出來往後走，剛走到大廳後儀門首，只見孟玉樓獨自一個在軟壁後聽覷。金蓮便問：你在此聽什麼兒哩？玉樓道：我在這里聽他爹打平安兒，連畫童小奴才也拶了一拶子，不知為什麼。一回棋童兒過來，玉樓叫住，問他為什麼打平安兒。棋童道：爹嗔他放進白來搶來了。金蓮接過來道：也不是為放進白來搶來，敢是為他打了象牙梳不是？打了象牙，平白為什麼打得小厮這樣的？賊沒廉耻的貨，亦發臉做了主了，想有些廉耻兒也怎的？那棋童就走了。玉樓便問金蓮：怎的打了象牙？金蓮道：我要告訴你，還沒告訴你。我前日去俺媽家做生日去了，不在家，學說蠻秫秫小厮攬了人家說事幾兩銀子，買嗄飯在前邊整治了兩方盒，又是一鍾金華酒。掇到李瓶兒房裡。和小厮吃了半日酒。小厮纔出來。沒廉耻貨來家。學說也不言語。還和小厮在花園書房里插着門兒。兩個不知幹着什麽營生。平安這小厮。拏着人家帖子進去。見門關着。就在窓下踮着了。蠻小厮開門看見了。想是學與賊沒廉耻的貨。今日挾仇。打這小厮。打的䐐子成。那怕蠻奴才。到明日把一家子都收拾了。管人弔脚兒事。玉樓笑道好說。雖是一家子。有賢有愚。莫不都心邪了。罷。金蓮道。不是這般說。等我告訴你。如今這家中。他心肝肐蒂兒事。偏歡喜的。這兩個人。一個在裏。一個在外。成日把魂。恰似落在他身上一般。見了說也有。笑也有。俺每是沒時運的。行動就相烏眼鷄一般。賊不逢好死。變心的强盗。通把心狐迷住了。更變的如今相他哩。三姐你聽着到明日弄出什麽八怪七喇出來今日爲拜錢又和他合了回氣但來家不是在他房裡就在書房裡不知幹的什麽事我今日使春梅你看他在那里呌他來誰知他大白日裡和賊蠻奴才關着門兒在書房裡春梅推門入去諕的一個眼張失道的到屋裡教我儘力數罵了幾句他只雀左遮右掩的先拏一疋紅紗與我做拜錢我不要落後往李瓶兒那邊樓上尋去賊人膽兒虛自知理虧拏了他廂內一套織金衣服來親自來儘我說道姐姐你看這衣服好不好省的拆開了咱兩個拏去都做了拜錢罷我便說你的東西兒我如何要你的教爹舖子裡取去他慌了說姐姐怎的這般計較姐姐揀衫兒也得裙兒也得看了好拏到前邊教陳姐夫封寫去儘了半日我纔

吐了口兒。他讓我要了衫子。玉樓道。這也罷了。也是他的儘讓之情。金蓮道。你不知道。不要讓了他。如今年世。只怕睜着眼兒的金剛。不怕閉着眼兒的佛。老婆漢子。你若放些鬆兒與他。王兵馬的皂隸。還把你不當合的。玉樓戲道。六丫頭。你是屬麪觔的。倒且是有靳道。說着兩個笑了。只見小玉來請三娘五娘。後邊吃螃蠏哩。我去請六娘和大姑娘去。兩個手拉着手兒進來。月娘和李嬌兒正在上房那門穿廊下坐。說道。你兩個笑什麽兒。金蓮道。我笑他爹打平安兒。月娘道。嗔他恁亂蝍蠏叫喊的。只道打什麽人。原來打他。爲什麽來。金蓮道。爲他打折了象牙了。月娘老實便問象牙放在那里來。怎的敎他打折了。那潘金蓮。和孟玉樓兩個嘻嘻哈哈。只雇笑成一塊。月娘道。不知你每笑什麼不對我說玉樓道姐姐你不知道爹打平安為放進白來搶來了月娘道放進白來搶便罷了怎麼說道打了象牙也沒見這般沒稍幹的人在家閑着膫子坐平白有要沒緊來人家撞些什麼來安道他來望爹來了月娘道那個弔下炕來了望沒的扯臊淡不說來挑嘴吃罷了良久李瓶兒和大姐來到衆人圍遶吃螃蟹月娘分付小玉屋裡還有些葡萄酒篩來與你娘每吃金蓮快嘴說道吃螃蟹得些金華酒吃纔好又道只剛一味螃蟹就着酒吃得隻燒鴨兒撕了來下酒月娘道這咱晚那里買燒鴨子去那席上李瓶兒聽了把臉飛紅了正是話頭兒包含着深意題目兒里暗蓄着留心那月娘是個誠實的人怎曉的話中之話這里吃螃蟹不題且說平安兒被責來到

外邊打。內刺扒着腿兒。走那屋裡。撥的把人揸沙着。賁四來典

衆人都亂來問。平官兒。爹爲什麽打你。平安哭道。我知爲什麽。

來興兒道。爹嗔他放進白來搶來了。平安道。早是頭里你看着

我。那等攔了他兩次兒。說爹不在家。他強着進去了。到廳上槅

子門裡。我說你老人家。有什麽說說下罷。爹門外送行去了。不

知爹咱來。只怕等不得他。說我等等兒。話又不說。坐住了。不想

爹從後邊出來。撞見了。又沒甚話。我閑來望望兒。吃了茶。再不

起身。只見夏老爹來了。我說他去了。他還躲在廂房里。又不去。

爹沒法兒。少不的留他坐。人家知慙愧的。畧坐一回兒就去。他

直等夆酒來吃了。纔去。倒惹的進來。打我這一頓。說我不在門

首看。放進人來了。你說我不造化低。我沒攔他。又說我沒攔他。

他强自進來坐着。不虧了。管我腿事。打我。教那個賊天殺。男盜女娼的。狗骨秃。吃了俺家這東西。打背梁脊下過。來興兒道。爛折脊梁骨的。倒好了。他往下撞。平安道。教他生噎食病。把顋根軸子爛弔了。平安道。天下有没廉耻皮臉的。不拘這狗骨秃。没廉耻來我家鬭的。狗也不咬賊雌飯吃。花子。合的再不爛了。賊忘八的屁股門子。來興笑道。爛了屁股門上。人不知道。只說是臊的。衆人都笑了。平安道。想必是家裡没晚米做飯。老婆不知餓得怎麽樣的。閑的没的幹。來人家抹嘴吃。圖家裡省了一頓也不是常法兒。不如教老婆養漢。做了忘八。倒硬朗些。不教下人唾罵。正是外頭擺浪子。家里老婆背家子。玳安在鋪子裡。覓頭。覓了打發那人錢去了。走出來說。平安兒。我不言語。鱉的我慌虧你還荅應王子。當家的性格。你還不知道。你怎怪人。常言養兒、不要屙金溺銀。只要見景生情。比不的應二叔。和謝叔來荅應在家不在家。他彼此都是心甜厚間便罷了。以下的人。他又分付你荅應不在家。你怎的放人來不打你。却打誰。賁四戲道。平安兒從新做了小孩兒。纔學閑閑。他又會頑。成日只踢毬兒耍子。衆人又笑了一回。賁四道。他便為放進人來。這畫童兒。却為什麼。也陪拶了一拶子。是好吃的菓子兒。陪吃個兒。吃酒吃肉。也有個陪客。十個指頭。套在拶子上。也有個陪的來。那畫童兒揉着手。只是哭。玳安戲道。我兒少哭。你娘養的你忒嬌。把饊子兒。拏繩兒拴在你手兒上。你還不吃。這里前邊小厮熱亂不題。西門慶在廂房中。看着陳經濟書章封了禮物。尺頭。寫了揭帖。次日早打發人上東京。送蔡駙馬童堂上禮。不在話下。到次日。西門慶往衙門裡去了。吳月娘與衆房共五頂轎子。頭帶珠翠冠身穿錦綉袍。來與媳婦。一頂小轎。跟隨往吳大妗家做三日去了。止留下孫雪娥在家中。和西門大姐看家。早間韓道國送禮相謝。一罈金華酒。一隻水晶鵝。一副蹄子。四隻燒鴨。四尾鰣魚帖子上寫着。晚生韓道國頓首拜。書童沒人在家。不敢收。連盒擡留下。待的西門慶衙門中回來。拏與西門慶瞧。西門慶使琴童兒鋪子里。旋叫了韓夥計。甚是說他沒分曉。又買這禮來做什麼。我决然不受。那韓道國拜說。老爹。小人蒙老爹莫大之恩。可憐見與小人出了氣。小人舉家感激不盡。無甚微物。表一點窮心。望乞老爹。好歹笑納。西門慶道。這個使不得。你是我門下夥計如同一家我如何受你的禮即令原人與我擡回去韓道國慌了央說了半日西門慶分付左右只受了鵞酒別的禮都令擡回去了教小厮拏帖兒請應二爹和謝爹去對韓道國說你後晌叫來保看着鋪子你來坐坐韓道國說禮物不受又教老爹費心應諾去了西門慶家中又添買了許多菜蔬後晌時分在花園中翡翠軒捲棚内放下一張八仙卓兒應伯爵謝希大先到了西門慶告他說韓夥計費心買禮來謝我我再三不受他他只雇死活央告只留了他鵞酒我怎好獨享請你二位陪他坐坐伯爵道他和我計較來要買禮謝我說你大官府里那里稀罕你的休要費心你就送去他決然不受如何我恰似打你肚子裡鑽過一遭的果然不受他的說畢吃了茶

兩個打雙陸不一時韓道國到了二人叙禮畢坐下應伯爵謝
希大居上西門慶關席韓道國打橫登時四盤四碗拏來卓上
擺了許多嗄飯吃不了又是兩大盤玉米麵鵞油蒸餅兒堆集
的把金華酒分付來安兒就在旁邊打開用銅甑兒篩熱了拏
來教書童斟酒畫童兒単管後邊拏菓拏菜去酒斟上來伯爵
分付書童兒後邊對你大娘房裡說怎的不拏出螃蟹來與應
二爹吃你去說我要螃蟹吃哩西門慶道傻狗材那里有一個
螃蠏實和你說管屯的徐大人送了我兩包螃蠏到如今娘每
都吃了剩下醃了幾個分付小厮把醃螃蟹揀幾個來今日娘
每都不在往吳妗子家做三日去了不一時畫童拏了兩盤子
醃螃蠏上來那應伯爵和謝希大兩個搶着吃的浄光因見書童

兒斟酒。說道你應二爹。一生不吃啞酒。自誇你會唱的南曲。我
不曾聽見。今日你好歹唱個兒我纔吃這鍾酒。那書童纔待拍
手着唱。伯爵道這個唱一萬個也不筭。你裝龍似龍。裝虎似虎。
下邊搽畫粧扮起來。相個旦兒的模樣。纔好。那書童在席上把
眼只看西門慶的聲色兒。西門慶咲罵伯爵你這狗材。專一歪
斯纏人。因向書童道。旣是他索落你。教玳安兒前邊問你姐要
了衣服。下邊粧扮了來。玳安先走到前邊金蓮房裡。問春梅要。
春梅不與。旋往後問上房玉簫要了四根銀簪子。一個梳背兒。
面前一件仙子兒。一雙金鑲假青石頭墜子。大紅對衿絹衫兒。
綠重絹裙子。紫銷金箍兒。要了些脂粉。在書房裡搽抹起來。儼
然就是個女子。打扮的甚是嬌娜。走在席邊。雙手先遞上一盃

與應伯爵頓開喉音在旁唱玉芙蓉道

殘紅水上飄梅子枝頭小這些時淡了眉兒誰描因春帶得愁來到春去緣何愁未消人别後山遙水遙我爲你數盡歸期畫損了掠兒稍

伯爵聽了誇獎不已說道相這大官兒不枉了與他碗飯吃你看他這喉音就是一管簫說那院裡小娘兒便怎的那套唱都聽的熟了怎生如他那等滋潤哥不是俺每面獎似俺這般的人兒在你身邊你不喜歡西門慶笑了伯爵道哥你怎的笑我倒說的正經話你休戲了這孩子凡事衣類兒上另着個眼兒看他難爲李大人送了他來也是他的盛情西門慶道正是如今我不在家書房中一應大小事收禮帖兒封書柬荅應都是

他和小婿小婿又要舖子裡兼看看應伯爵飲過又斟雙盃伯爵道你替我吃些兒書童道小的不敢吃不會吃伯爵道你不吃我就惱了我賞你怕怎的書童只雇把眼看西門慶西門慶道也罷應二爹賞你你吃了那小廝打了個僉兒慢慢低垂粉頭呷了一口餘下半鍾殘酒用手擎着與伯爵吃了方纔轉過身來遞謝希大酒又唱個前腔兒

新荷池內翻過雨瓊珠濺對南薰燕侶鶯儔心煩啼痕界破殘粧面瘦對腰肢憶小蠻從別後千難萬難我爲你盼歸期靠損了玉欄杆

謝希大問西門慶道哥書官兒青春多少西門慶道他今年纔交十六歲問道你也會多少南曲書童道小的也記不多幾個

曲子。胡亂席上答應爹每罷了。希大道。好個乖覺孩子。亦照前遞了酒下來。遞韓道國。道國道。老爹在上。小的怎敢欺心。西門慶道。今日你是客。韓道國道。豈有此理。還是從老爹上來。次後纔是小人吃酒。書童下席來。遞西門慶酒。又唱第三個前腔兒。

東籬菊綻開。金井梧桐敗。聽南樓塞雁聲哀。傷懷。春情欲寄梅花信。鴻鴈來時人未來。從別後。音乖信乖。我爲你。恨歸期跌綻了綉羅鞋。

西門慶吃畢。到韓道國跟前。那韓道國。慌的連忙立起身來接酒。伯爵道。你坐着。教他好唱。那韓道國。方纔坐下。書童又唱個第四個前腔兒。

漫空柳絮飛。亂舞蜂蝶翅。嶺頭梅開了南枝。折梅須寄皇華

使幾度停針長歎時。從別後。朝思暮思。我爲你數歸期。掐破
了指尖兒。
那韓道國未等詞終。連忙一飲而盡。正飲酒中間。只見玳安來
說賁四叔來了。請爹說話。西門慶道。你叫他來。這里說罷。不一
時。賁四身穿青絹褶子。单穗縧兒。粉底皂靴。向前作了揖。旁邊
安頓坐了。玳安連忙取一雙鍾筯放下。西門慶令玳安後邊取
菜蔬去了。西門慶因問他庄子上收拾怎的樣了。賁四道。前一
層纔蓋罷。後邊捲棚。昨日纔打的基。還有兩邊廂房與後一層
住房的料。沒有。還少客位與捲棚。漫地尺二方磚。還得五百。那
舊的都使不得。砌墻的大城角多沒了。墊地腳帶山子上土也
添勾一百多車子灰。還得二十兩銀子的。西門慶道。那灰不打

緊我明日衙門里分付灰戶教他送去昨日你磚廠劉公公說送我些磚兒你開個數兒封幾兩銀子送與他須是一半人情兒回去只少這木植貴四道昨日老爹分付門外看那庄子今早到賃上同張安兒到那家庄子上原來是向皇親家庄子大皇親沒了如今向五要賣神路明堂咱每不是要他的講過只拆他三間廳六間廂房一層羣房就勾了他口氣要五百兩到跟前拏銀子和他講三百五十兩上也該拆他的休說木植木料光磚瓦連土也值一二百兩銀子應伯爵道我道是誰來是向五的那庄子向五被人告爭地土告在屯田兵備道打官司使了好多銀子又在院裡包着羅存兒如今手裡弄的沒錢了你若要與他三百兩銀子他也罷了冷手撾不着熱饅頭在

那壇兒哩念佛麼西門慶分付賁四你明日拏兩錠大銀子同
張安兒和他講去若三百兩銀子肯拆了來罷賁四道小人理
會良久後邊拏了一碗湯一盤蒸餅上來賁四吃了斟上陪樂
人吃酒書童唱了一遍下去了應伯爵道這等吃的酒沒趣取
箇骰盆兒俺每行個令兒吃纔好西門慶令玳安就在前邊六
娘屋裡取個骰盆來不一時玳安取了來放在伯爵跟前悄悄
走到西門慶耳邊掩口說六娘房裡哥哭哩迎春姐教爹着個
人兒接接六娘去西門慶道你放下壺快教個小廝拏燈籠接
去因問那兩個小廝那里玳安道琴童與棋童兒先拏兩個灯
籠接去了伯爵見盆內放着六個骰兒伯爵即用手拈着一個
說我擲着點兒各人要骨牌名一句兒合着點數兒如說不過

來罰一大盃酒。下家唱曲兒。不會唱曲兒。說笑話兒。兩椿兒不會。定罰一大盃。西門慶道。怪狗材。忒韶刀了。伯爵道。令官放個屁也。欽此欽遵。你管我怎的。呌來安。你且先斟一盃。罰了爹。然後好行令。西門慶笑而飲之。伯爵道。衆人聽着。我起令了。說差了也。罰一盃。說道。張生醉倒在西廂。吃了多少酒。一大壺兩小壺。果然是個么。西門慶教書童兒上來斟酒。該下家謝希大唱。希大拍着手兒。我唱了個折桂令兒。你聽罷。唱道

可人心。二八嬌娃。百件風流。所事慊達。眉蹙春山。眼横秋水。鬢綰着烏鴉。乾相思撇不下。一時半霎。咫尺間如隔着海角天涯。瘦也因他。病也因他。誰與做個成就了姻緣。便是那救苦難菩薩。

伯爵吃過酒，過盃與謝希大，該擲，擲輪着西門慶唱，謝希大拏過骰兒來，說多謝紅兒扶上床。什麼時候，三更四點，可要作怪。擲出個四來，伯爵道：謝子純該吃四盃。希大道：折兩盃罷，我吃不得。書童兒滿斟了兩盃，先吃了頭一盃，等他唱。席上伯爵二個把一碟子荸薺都吃了。西門慶道：我不會唱，說了笑話兒罷。說道：一個人到菓子鋪，問：可有榧子麼？那人說：有。取來看，那買菓子的不住的往口裡放。賣菓子的說：你不買，如何只雇吃？那人道：我圖他潤肺。那賣的說：你便潤了肺，我却心疼。衆人多笑了。伯爵道：你若心疼，再拏兩碟子來，我媒人婆拾馬糞，越發越晒。謝希大吃了。第三，說西門慶擲，說留下金釵與表記，多少重，五六七錢。西門慶拈起骰兒來，擲了個五，書童兒道：再斟上兩鍾半酒謝希大道哥大量也吃兩鍾兒沒這個理哥吃四鍾罷只當俺一家孝順一鍾兒該韓夥計唱韓道國讓賁四哥年長賁四道我不會唱說個笑話兒罷西門慶吃過兩鍾賁四說道一官問姦情事問你當初如何姦他來那男子說頭朝東脚也朝東姦來官云胡說那里有個缺着行房的道理旁邊一個人走來跪下說道告稟若缺刑房待小的補了罷應伯爵道好賁四哥你便益不失當家你大官府又不老別的還可說你怎麼一個行房你也補他的賁四聽見他此言諕的把臉通紅了說道二叔什麼話小人出于無心伯爵道什麼話檀木靶沒了刀兒只有刀鞘兒了那賁四在席上終是坐不住去又不好去如坐針氊相似西門慶于是飲畢四鍾酒就輪該賁四擲賁四纔

待拏起骰子來。只見來安兒來請賁四叔外邊有人尋你。我問他說是窑上人。這賁四巴不得要去聽見這一聲。一個金蟬脫殼走了。西門慶道他去了。韓夥計。你擲罷。韓道國舉起骰兒道小人遵令了。說道夫人將棒打紅娘。打多少。八九十下。伯爵道該我唱。我不唱罷。我也說個笑話兒。教書童合席都篩上酒。連你爹也篩上。聽我這個笑話。一個道士師徒二人往人家送疏行到施主門。徒弟把縧兒鬆了些。垂下來。師父說。你看那樣個相沒屁股的。徒弟回頭答道。我沒屁股。師父。你一日也成不得西門慶罵道。你這歪狗材。狗口裏吐出什麼象牙來。這里飲酒不題。且說玳安先到前邊。又叫了畫童。拏着燈籠。來吳大妗子家接李瓶兒。瓶兒聽見說。家里孩子哭。也等不得上拜。留下拜錢就要告辭來家吳大妗二妗子那里肯放好歹等他兩口兒上了拜見月娘道大妗子你不知道倒教他家去罷家裡沒人孩子好不尋他哭哩俺每多坐回兒不妨事那吳大妗子纔放李瓶兒出門玳安丟下畫童和琴童兒兩個隨着轎子跟了先來家了落後上了拜堂客散時月娘和四位轎子只打着一個燈籠況是八月二十四日月黑的時分月娘問別的燈在那里如何只一個棋童道小的原拏了兩個來玳安要了一個和琴童先跟六娘家去了月娘冷帳更不問就罷了潘金蓮有心便問棋童你每頭里拏幾個來棋童道小的和琴童拏了兩個來接娘每落後玳安與畫童又要了一個去把畫童換下和琴童先跟了六娘去了金蓮道玳安那囚根子他沒拏燈來畫童道

我和他又拏一個燈籠來了。金蓮道。既是有一個。就罷了。怎的又問你要這個。棋童道。我那們說。他强着奪去了。金蓮便叫吳月娘姐姐。你看玳安恁賊獻懃的奴才。等到家裡和他荅話。月娘道。奈煩。孩子家裡緊等着。叫他打了來罷了。怎的。金蓮道。姐姐。不是這等說。俺便罷了。你是個大娘子。沒些家法兒。晴天還好。這等月黑。四頂轎子。只點着一個燈籠。雇那些兒的是。說着轎子到門首。月娘李嬌兒便往後邊去了。金蓮和孟玉樓。一荅兒下轎進門。就問玳安兒在那里。平安道。在後邊伺候哩。剛說着。玳安出來。被金蓮罵了幾句。我把你獻懃的囚根子。明日你只認起了。单揀着有時運的跟。只休要把脚兒錫錫兒。有一個燈籠打着罷了。信那斜汀世界一般又奪了個來。又把小廝也換了來他一頂轎子倒占了兩個燈籠俺每四頂轎子反打着一個燈籠俺每不是爹的老婆玳安道娘錯怪小的了爹見哥兒哭教小的快打燈籠接你六娘先來家罷恐怕哭壞了哥兒莫不爹不使我我好幹着接去來金蓮道你這囚根子不要說嘴他教你接去沒教你把燈籠都拏了來哥哥你的雀兒只揀旺處飛休要認着了冷灶上着一把兒熱灶上着一把兒纔好俺每天生就是沒時運的來玳安道娘說的什麽話小的但有這心騎馬把脯子骨撞折了金蓮道你這欺心的囚根子不要慌我洗浄眼兒看着你哩說着和玉樓往後邊去了那玳安對着衆人說我精攮氣的營生平白的爹使我接的去教五娘罵了我恁一頓玉樓金蓮二人到儀門首撞見來安兒問你爹在

那里坐着哩。來安道。爹和應二爹。謝爹。韓大叔。還在捲棚內吃
酒。書童哥裝了個唱的。在那里唱哩。娘每瞧瞧去。金蓮拉玉樓
咱瞧瞧去。二人同走到捲棚槅子外。往裏觀看。只見應伯爵在
上坐着。把帽兒歪挺着。醉的只相線兒提的。謝希大醉的把眼
兒通睜不開。書童便粧扮在旁邊斟酒唱南曲。西門慶悄悄使
琴童兒抹了伯爵一臉粉。又拏草圈兒悄悄兒從後邊作戲弄
在他頭上。把金蓮和玉樓在外邊忍不住。只是笑的不了。罵賊
囚根子到明日死了。也沒罪了。把醜却教他出盡了。西門慶聽
見外邊笑。使小廝出來問是誰。二人纔往後邊去了。散時已一
更天氣了。西門慶那日往李瓶兒房里睡去了。金蓮歸房。因問
春梅李瓶兒來家說什麼話來。春梅道。沒說什麼。又問你沒廉

恥貨進他屋裡去來。沒有。春梅道。六娘來家爹往他房里。還走了兩遭。金蓮道。眞個是因孩子哭。接他來。春梅道。孩子後晌好不怪哭的。抱着也哭。放下也哭。沒法處。又問書童那奴才。穿的誰的衣服。春梅道。先來問我要。教我罵了。玳安出去。落後和上房玉簫借了。前邊對爹說了。纔使小厮接去。金蓮道。若是這等的也罷了。我說又是沒廉耻的貨。三等兒九般使了接去。金蓮道。衣有來休要與稀稀奴才穿。說畢見西門慶不進來。使性兒關了門睡了。且說應伯爵見賁四管工在庄子上攢錢。明日又拏銀子。買向五皇親房子。少說也有幾兩銀子背。又行令之間可可見賁四不防頭。說出這個笑話兒來。伯爵因此錯他這一錯使他知道。賁四果然害怕。次日封了三兩銀子。親到伯爵家磕頭伯爵反打張驚兒說道我沒曾在你面上盡得心何故行此事賁門道小人一向缺禮早晚只望二叔在老爹面前扶持一二足感不盡伯爵于是把銀子收了待了一鍾茶打發賁四出門拏銀子到房中與他娘子兒說老兒不發狠婆兒沒布裙賁四這狗啃的我舉保他一場他得了買賣扒自飯碗兒就不用着我了大官人教他在庄子上管工明日又托他拏銀子成向五家庄子一向攢的錢也勾了我昨日在酒席上拏言語錯了他錯兒他慌了不怕他今日不來求我送了我這三兩銀子我且買幾疋布勾孩子每冬衣了正是佷小非君子無毒不丈夫畢竟未知後來何如且聽下回分解正是秖恨閑愁成懊惱始知伶俐不如痴

第三十六回 翟管家寄書尋女子

蔡狀元留飲借盤纏

第三十六回

翟謙寄書尋女子　西門慶結交蔡狀元

富川遙望劍江西　一片孤雲對夕暉
有淚應投烟樹斷　無書堪寄雁鱗稀
問安已負三千里　流落空懷十二時
海闊天高都是念　憑誰爲我說歸期

話說次日西門慶早。與夏提刑出郊外。接了新巡按。又到庄上犒勞做活的匠人。至晚來家。有平安進門。就稟今日有東昌府下文書快手。往京裡順便。稍了一封書帕來。說是太師爺府里翟大爹寄來的書與爹。小的接了。交進大娘房裡去了。那人明日午後。來討回書。西門慶聽了。走到上房。取書拆開觀看。上面寫着什麽言詞。

京都侍生翟謙頓首書拜。即擢大錦堂西門大人門下。久仰山斗。未接丰標。屢辱厚情。感媿何盡。前蒙馳諭。生銘刻在心。凡百于老爺左右。無不盡力扶持。所有理事。敢托盛价煩瀆。想已爲我處之矣。今因便鴻。薄具帖金十兩奉賀。兼候起居。伏望俯賜回音。生不勝感激之至。外新狀元蔡一泉。乃老爺之假子。奉勅回籍省視。道經貴處。仍望留之一飯。彼亦不敢有忘也。至祝至祝。秋後一日信。

西門慶看畢。只顧咨嗟不巳。說道快教小廝。叫媒人去。我什麽營生。就忘死了。再想不起來。吳月娘便問什麽勾當。你對我說。西門慶道東京太師老爺府裡翟管家。前日有書來說。無子。來央及我這里替他尋個女子。不拘貧富。不限財禮。只要好的。他要圖生長。粧奩財禮。該使多少。教我開了寫去。他一封封過銀子來。往後他在老爺面前一力好扶持我做官。我一向亂着。上任七事八事。就把這事忘死了。想不起來。來保他又日逐往舖子里去了。又不題我。今日他老遠的。又教人稍書來。問尋的親事。怎樣的了。又寄了十兩折禮銀子賀我。明日原差人來討回書。你教我怎樣回答他。教他就怪死了。吽了媒人。你分付他好歹上緊。替他尋着。不拘大小人家。只要好女兒。或十五六。十七八的也罷。該多少財禮。我這里與他。再不。把李大姐房裡綉春。倒好模樣兒。與他去罷。月娘道。我說你是個火燎腿行貨子。這兩三個月。你早做什麼來。人家央你一塲。替他看個眞正女子去。他也好謝你那丫頭。你又收過他。怎好打發去的。你替他當個事幹。他到明日也替你用的力。如今施捨佛。施燒香。急水裡怎麼下得槳。比不的買什麼兒。拏了銀子。到市上就買的來了。一個人家閨門女子。好歹不同。也等教媒人慢慢踏看將來。你到說的好容易自在話兒。西門慶道。明日他來要回書。怎麼回答他。月娘道。虧你還斷事。這些勾當兒。便不會打發人。等那人明日來。你多與他些盤纏。寫在書上。回覆了他去。只說女子尋下了。只是衣服粧奩未辦。還待幾時完畢。這里差人送去。打發去了。你這里教人替他尋也不遲。此一舉兩得其便。纔幹出好事來。也是人家托你一場。西門慶笑道。說的有理。一面叫將陳經濟來。隔夜修了回書。次日下書人來到。西門慶親自出來。問了備細。又問蔡狀元。幾時船到。好預備接他。那人道。小人來時。蔡老爹纔辭朝京中起身。翟爹說。只怕蔡老爹回鄉。一時缺少盤纏。煩老爹這里多少只顧借與他。寫書去翟爹那里。如數補還。西門慶道。你多上覆翟爹。隨他要多少。我這里無不奉命。說畢。命陳經濟讓去廂房內。管待酒飯。臨去交割回書。又與了他五兩路費。那人拜謝。歡喜出門。長行去了。正是。意急欲搖飛虎跕。心忙拼碎紫花鞭。看官聽說。當初安忱取中頭甲。被言官論他先朝宰相安惇之弟。係黨人子孫。不可以魁多士。徽宗御選早不得已。把蔡蘊擢為第一。做了狀元。投在蔡京門下。做了假子。陞秘書省正事。給假省親。且說月娘家中。使小廝叫了老馮薛嫂兒并別的媒人來。分付各處打聽人家。有好女子。拿帖兒來說不在話下一日西門慶使來保往新河口打聽蔡狀元船隻原來和同榜進士安忱同船這安進士亦因家貧未續親東也不成西也不就辭朝還家續親因此二人同船來到新河口來保拿着西門慶拜帖來到船上見就送了一分嗄程酒麵雞鵝嗄飯盐醬之類況且蔡狀元在東京翟謙已是預先和他說了清河縣有老爺門下一個西門千戶乃是大巨家富而好禮亦是老爺擡舉見做理刑官你到那里他必然厚待這蔡狀元牢記在心見西門慶差人遠來迎接又餽送如此大禮心中甚喜次日到了就同安進士進城拜西門慶西門慶已是叫廚子家裡預備下酒席因在李知縣衙內吃酒看見有一起蘇州戲子唱的好問書童兒說在南門外磨子營兒那里住旋叫了四

個來答應。蔡狀元那日。封了一端絹帕。一部書。一雙雲履。安進士亦是書帕二事。四袋芽茶。四柄杭扇。各具宮袍烏紗。先投拜帖進去。西門慶冠冕迎接至廳上。叙禮交拜。家童獻畢贄儀。然後分賓主而坐。先是蔡狀元舉手欠身說道。京師翟雲峯甚是稱道賢公閥閱名家。清河巨族。久仰德望。未能識荊。今得晋拜堂下。為幸多矣。西門慶答道。不敢。昨日雲峯書來。具道二位老先生華輈下臨。理當迎接。奈公事所羈。幸為寬恕。因問二位老先生仙鄉。尊號。蔡狀元道。學生蔡蘊。本貫滁州之匡廬人也。賤號一泉。僥倖狀元。官拜秘書正字。給假省親。得蒙皇上俞允。不想雲峯先生稱道。盛德拜遲。安進士道。學生乃浙江錢塘縣人氏。賤號鳳山。見除工部觀政。亦給假還鄉續親。敢問賢公尊號西門慶道在下卑官武職何得號稱詢之再三方言賤號四泉累蒙蔡老爺擡舉雲峯扶持襲錦衣千戶之職見任理刑實爲不稱蔡狀元道賢公抱負不凡雅望素著休得自謙敘畢禮話請去花園捲棚內寬衣蔡狀元辭道學生歸心匆匆行舟在岸就要回去既見尊顏又不遽舍奈何奈何西門慶道蒙二公不棄蝸居伏乞暫駐文旆少留一飯以盡芹獻之情蔡狀元道既是雅情學生領命一面脫去衣服二人坐下左右又換了一道茶上來蔡狀元以目瞻顧西門慶家園池花館花木深秀一望無際心中大喜極口稱羨誇道誠乃勝蓬瀛也于是擡過棋卓來下棋西門慶道今日有兩個戲子在此伺候以供燕賞安進士道在那里何不令來一見不一時四個戲子跪下磕頭蔡狀

元問道那兩個是生旦叫甚名字于是走向前說道小的是裝生的叫苟子孝那一個裝旦的叫周順一個貼旦叫袁琰那一個裝小生的叫胡慥安進士問你每是那里子弟苟子孝道小的都是蘇州人安進士道你等先粧扮了來唱個我每聽四個戲子下邊粧扮去了西門慶令後邊取女衣釵梳與他教書童也粧扮起來共三個旦兩個生在席上先唱香囊記大廳正面設兩席蔡狀元安進士居上西門慶下邊主位相陪飲酒中間唱了一摺下來安進士看見書童兒裝小旦便道這個戲子是那里的西門慶道此是小价書童安進士叫上去賞他酒去說道此子絕妙而無以加矣蔡狀元又叫別的生旦過來亦賞酒與他吃因分付你唱個朝元歌花邊柳邊苟子孝答應在旁拍

手唱道。

花邊柳邊。簷外晴絲捲。山前水前。馬上東風軟。自歎行蹤。有如蓬轉。盼望家鄉。留戀雁杳魚沉。離愁滿懷誰與傳。日短北堂萱。空勞魂夢牽。合洛陽遙遠。幾時得上九重金殿。

唱了一箇。吃畢酒。又唱第二個。

十載青燈黃卷。螢窗苦勉旃。雪案費精研。指望榮親姓揚名顯。試向文場鏖戰。禮樂三千。英雄五百爭後先。快着祖生鞭行瞻尺五天。合前

安進士。令苟子孝。你每可記的玉環記。恩德浩無邊苟子孝答道。此是畫眉序。小的記得。

恩德浩無邊。父母重逢感非淺。幸終身托與。又與姻緣風雲

際會。異日飛騰。鸞鳳配。今諧繾綣。合料應夫婦非今世。前生
玉種藍田。
書童兒把酒斟。拍手唱道。
弱質始笄年。父母恩深浩。如天報無由。媿赧此心。縈牽鴛鴦
配深沐親恩。箕箒婦。願夫榮顯。合前
原來安進士。杭州人。喜尚南風。見書童兒唱的好。拉着他手兒
兩個一遞一口吃酒。良久酒闌。上來西門慶陪他復遊花園。向
捲棚內下棋。令小廝拏兩卓盒三十樣。都是細巧菓菜鮮物下
酒。蔡狀元道。學生每初會。不當深擾潭府。天色晚了。告辭罷。西
門慶道。豈有此理。因問二公此回去。還到船上。蔡狀元道。暫借
門外永福佛寺寄居。西門慶道。如今就門外去也。晚了。不如先

生把手下從者留下一二人答應餘者都分付囘去明日來接麽可兩盡其情蔡狀元道賢公雖是愛客之意其如過擾何當下二人一面分付手下都囘門外寺里歇去明日早拏馬來接衆人應諾去了不在話下二人在捲棚內下了兩盤棋子弟唱了兩摺恐天晚西門慶與了賞錢打發去了止是書童一人席前遞酒伏侍看看吃至掌燈二人出來更衣蔡狀元拉西門慶説話此去學生囘鄉省親路費缺少西門慶道不勞老先生分付雲峯尊命一定謹領良久讓二人到花園還有一處小亭請看把二人一引轉過粉墻來到藏春塢乃一邊僻靜所雪洞內裡面暁騰騰掌着燈燭小琴卓兒早巳陳設綺席菓酌之類床榻依然琴書瀟灑從新復飲書童在旁歌唱蔡狀元問道大官

你會唱紅入仙桃。書童道。此是錦堂月。小的記得。蔡狀元道。既是記的。大官你唱。于是把酒都斟。那書童拏住南腔。拍手唱道

紅入仙桃。青歸御柳。鶯啼上林春早。簾捲東風。羅襟曉寒。尤峭。喜仙姑。書付青鸞。念慈母恩同烏鳥。合風光好。但願人景長景。醉遊蓬島。

安進士聽了。喜之不勝。向西門慶稱道。此子可敬。將盃中之酒一吸而飲之。那書童席前穿着翠袖紅裙。勒着銷金箍兒。高擎玉斝。捧上酒去。又唱道。

難報母氏劬勞。親恩罔極。只願壽比松喬。定省晨昏。連枝上有兄嫂。喜春風棠棣聯芳。娛晚景。松栢同操。合前

當日飲至夜分。方纔歇息。西門慶藏春塢翡翠軒兩處俱設床

帳鋪陳綾錦被褥就要派書童玳安兩個小廝荅應西門慶道了安置回後邊去了到次日蔡狀元安進士跟從人夫轎馬來接西門慶廳上擺飯伺候撰盤酒飯與脚下人吃教兩個小廝方盒捧出禮物蔡狀元是金段一端領絹二端合香五百白金一百兩安進士是色段一端領絹一端合香三百白金三十兩蔡狀元固辭再三說道但假十數金足矣何勞如此太多又蒙厚貺安進士道蔡年兄領受學生不當西門慶笑道些須微贐表情而已老先生榮歸續親在下此意少助一茶之需于是二人俱席上出來謝道此情此德何日忘之一面令家人各收下去入氊包內與西門慶相別說道生輩此去天各一方暫違台教不日旋京倘得寸進自當圖報安進士道今日相別何年再

得。奉接尊顏。西門慶道。學生蝸居。屈尊。多有褻慢。幸惟情恕。本當遠送。奈官守在身。先此告過。送二人到門首。看着上馬而去。正是

博得錦衣歸故里。功名方信是男兒。

畢竟未知後來何如。且聽下回分解。